U0662316

广 雅

聚 焦 文 化 普 及 , 传 递 人 文 新 知

广　大　而　精　微

此生有味

苏东坡美食地图

林卫辉 ◎ 著

广西师范大学出版社
GUANGXI NORMAL UNIVERSITY PRESS
·桂林·

此生有味：苏东坡美食地图

CISHENG YOUWEI: SUDONGPO MEISHI DITU

图书在版编目（CIP）数据

此生有味：苏东坡美食地图 / 林卫辉著. -- 桂林：广西师范大学出版社，2024.8（2024.10 重印）

ISBN 978-7-5598-7107-7

Ⅰ. I267.1

中国国家版本馆 CIP 数据核字第 2024DU8535 号

广西师范大学出版社出版发行

（广西桂林市五里店路 9 号　邮政编码：541004

网址：http://www.bbtpress.com ）

出版人：黄轩庄

全国新华书店经销

广西广大印务有限责任公司印刷

（桂林市临桂区秧塘工业园西城大道北侧广西师范大学出版社集团有限公司创意产业园内　邮政编码：541199）

开本：880 mm ×1 240 mm　1/32

印张：12.5　　字数：298 千

2024 年 8 月第 1 版　　2024 年 10 月第 3 次印刷

定价：69.00 元

如发现印装质量问题，影响阅读，请与出版社发行部门联系调换。

苏轼《初到黄州》（知名烹饪艺术家大董书）

序：从苏东坡的"吃货"人生看宋代文化发展

　　这几年，研究我国饮食文化的专著越来越多，水平也越来越高，这对承传和推进我国传统文化具有积极意义。

　　人们常说"食在广州"，许多居住在广州的学者，当然有仔细研究粤菜和其他饮食问题的责任。事实上，近几年来，粤籍和驻广州的学者，围绕粤菜研究，扩展到与此有关的饮食文化问题研究，取得了丰硕的成果。其中，林卫辉对饮食问题各个方面的研究，取得了让人瞩目的成绩。由于他具有丰富的饮食实践和研究经验，因此他的论著以深入浅出、形象生动的方式对饮食作了普及性的展示，更重要的是他往往能将饮食的制作和营养学、化学、生物学等多个学科结合起来，从科学的角度让读者理解为什么食物会产生不同的美味，以及为什么会有不同营养价值。关于这些方面的研究，国内不少从事文科专业研究的学者，由于不具备这方面的知识，只作理论性的论述，或者从饮食史方面搜集资料进行研究。当然这也是必要的，但是纵观当下学界对饮食问题的研究，卫辉的论著却别开生面，自成一格，完全超越一般理论性的研究。因此，他的大作一经面世，自然受到学术界和广大读者的关注。

　　让我想不到的是，卫辉又写成了《此生有味：苏东坡美食地图》。蒙他赐阅书稿，拜读下来，又惊又喜。喜的是他又有新成果问世，惊的是他竟又能以不同于过去的思路，创造出研究有关饮食问题的新方向，并且为研究历史人物提供了新的方式。

　　关于吃，在西方，除法国外，没有多少地方能像我国这样予以足够的重视。其实每个族群或每个人对食材的取舍，烹调的方式，以及饮食的习惯，与时代、地域和历史传统，有着密切的关系，这属于文化方面的问题。我曾到美国波士顿一位朋友的家中做客，他为了表示隆重接待，决定在家里亲自下厨。当时，只见他首先翻开一本厚厚的书，查阅并选取其中某一种菜式的制作方法，按照菜谱上用料的要求，备好相应的食材，然后用小天平——称出食材和油盐等佐料的分量。食材下锅后，又按菜谱上写明的时间加热，看着手表上的指针转动，"如法炮制"。我看到这样的做法不禁失笑，觉得这位朋友哪里是在烹饪，简直是在进行严谨的化学实验。但是据我所知，在我国传统中，有条件的家庭是把烹饪作为一门艺术来看待的。所谓艺术，就存在审美的问题，每一位厨师在烹饪时，作为审美的主体都会根据客观条件的需要，在制作中融入自己的制作经验和喜好，对食材进行煎、焗、蒸、炒等处理。烹饪的方式，用料的取舍，完全根据厨师的审美和经验而定。因此，烹调的成果，实际上融合了厨师的个性，表现为不同的"味"，从而让食者亦即审美受体在味觉中获得美妙的享受。

与对烹调公式化的处理相对应，西方学者对于味觉的研究，也是有所欠缺的。但是，华夏的祖先早就注重研究"味"的问题，人们不仅注意怎样吃、吃什么，而且研究怎样才能吃得好，亦即研究作为审美客体的食物作用于人的味觉、产生美感的问题。公元513年左右，文学批评家钟嵘提出"滋味说"，认为研究和评论文学作品，要和对待食物一样，品出其中之味，这就把对味觉的研究提到了新的高度。我们知道味觉的产生，不同于视觉和听觉。美食，需要有色、香、味的联合效果。色和香，靠的是审美主体视觉和嗅觉的作用；至于味觉，则是作为审美客体的食物，进入审美主体的口腔，舌的不同部位获得的感知与食物中蛋白质结合，继而激发大脑中对"味"特别敏感的皮质细胞，而大脑皮质细胞传达相应信息后再与视觉、嗅觉的信息结合，从而让审美主体产生了美感。在一定的时代和环境中，社会各群体因对味觉有共同的认知，于是饮食问题便成为一定社会文化的表现。因此，研究一位作家对食物的态度，也可以看到一定历史时期文化思想对他的影响。

在我国古代文学史上，苏东坡是极为耀眼的人物，研究他的论著历来已不知有多少。当我知道卫辉有研究苏东坡的意图时，心里也曾经打鼓，因为我知道卫辉是法律专业出身，对化学等理科知识也有丰厚的积累，对饮食学的研究做出过贡献，但苏东坡是诗人，是伟大的文学家，怎么能和饮食研究沾得上边？自然，我便很想知道卫辉是如何把中国古代文学和饮食学研究糅合在一起，更想知道他如何研究苏东坡。

当我看到卫辉惠赐的《此生有味：苏东坡美食地图》书稿，细阅之下，深受启发。我作为长期学习中国文学史的学人，对历来学界研究苏东坡的状况，多少有所了解。人们一般会从文学或从史学的角度，研究他的诗词创作艺术，研究他的生平和政治思想，却从未想到可以从苏东坡对饮食的制作，以及对某些饮食的嗜好的分析，看到他的生活经历和思想变化的全过程；也未想到可以从他对饮食的态度，看到他独特的性格；未想到可以从他在诗中写到的关于食材的使用，看到时代变化的轨迹。例如在书中，卫辉由苏东坡在诗里提到吃盐的问题，联系到历代特别是宋代食盐的制作，以及专卖政策的变化；从苏东坡吃竹鼠、吃竹笋、吃不同鱼类的嗜好，谈到不同时代不同区域的生活方式；从苏东坡对吃雁、吃荔枝和制作东坡肉等食物的描写，觉察并分析苏东坡在思想上的变化和感悟。换言之，卫辉是从研究苏东坡对饮食的态度中，看到了宋代的文化发展；又从宋代饮食状态的描述中，看到了苏东坡的思想和情感变化的轨迹。这创新而独特的研究苏东坡的做法，不仅有助于推动"苏学"研究的进一步发展，也对我们如何研究和开拓中国文学史、文化史以及作家作品分析等方面的思路，具有很大的启发意义。就文学研究而言，我们不仅能从视觉方面分析作品的美，还可以从味觉方面考察审美载体如何给予读者美的享受，达到司空图提出的"辨于味而后可以言诗"的审美要求。

到现在，卫辉关于饮食的研究，已经出版了多部论著，他还把自己的研究心得，直接应用于社会实践。据我所知，近年热门美食纪录片《风味人间》《老广的味道》、电视连续剧《珠江人家》，都邀请他担任过有关饮食方面的顾问，他也为拍摄工作提供了许多有益的意见。可见他并非只是纸上谈兵的说客，而是对饮食和味觉的研究具有真知灼见和实践能力的专家。班固在《汉书·郦食其传》中说："民以食为天。"在过去农业社会，生产力水平较低，生存第一，因此解决人们对饮食的基本需求，是取得社会安定的首要工作。而当社会发展到一定阶段，生存问题基本已解决，为提高生活质量，对饮食的研究，便与对生命和生活的喜爱，以及对美的追求、提高人文素质联系了起来，具有了重要的意义。卫辉这方面的工作取得的成绩，是为社会主义文化建设做出了可喜的贡献。

我在20世纪30年代出生，在1952年考入中山大学中文系学习，毕业后留校从事教学科研工作，改革开放后也做过一段时期的教育行政工作，因此我一直关注学生培养的问题。在我负责中大研究生院工作期间，卫辉正好在中大法律系学习，法律系属社会科学，属于大文科的范畴。但当我阅读他的几本论著时，发现他对化学、营养学甚至生理学等理工科方面的知识十分纯熟，竟能在研究饮食的问题上运用自如。这几天，细读他的《此生有味：苏东坡美食地图》，又发现他在中国古代史和中国古代文学方面也具有良好的修养。我想，卫辉在中山大学学习期间，虽然以学习法律和社会学为主，但也一定关注到了文学和理工科等方方面面学科知识。更重要的是，他在中学学习时，对理科和古代史等不同学科，肯定已有强烈的兴趣且已具备良好的修养，所以当从法律系毕业后，有机会进一步接触化学、古代文学等学科时，他通过自身的努力，便能把法律严谨和实事求是的精神，与其他学科融合在一起，从而在饮食学方面的研究上有所创新，做出了把自然科学与人文社会科学结合起来的成果。

我总觉得，不同学校的学生，在进入社会后，能做出怎样的成绩，与教育部门的指导思想有关，更与不同学校的学风有关。如果在中学阶段，一天到晚只有"考、考、考"，学校为提高升学率让学生只为提高分数而学习，给他们过大的压力，从而让他们失去了学习的兴趣，这实际上是校方大搞"形象工程"的一种方式。在大学，如果学校管理者不懂教育规律，不是强调"教授"首先以教为主，而是只把发表多少论文或拿到多少项目，作为谋取职称的依据，那么教师们便不会因材施教，引导学生开启智慧之门。更有甚者，临近20世纪90年代中期，许多高校还有不成文的规定：不管什么学科，博士生在就读期间，必须发够一定数量的论文，才有资格参加毕业论文答辩。这荒唐的决定，无非是把博士生发表论文的数目，添加到学校上报发表论文数目的资料上，这实际上也是大搞"形象工程"的方式。这样一来，在大学学习的学生，特别是研究生，既没有养成"十年磨一剑"的学习精神，没有扎扎实实地掌握基本功，更无法利用高校的图书资源，涉猎不同学科的知识，从而打开智慧之门。据我所知，卫辉在求学和攻读博士学位期间，中山大学没有推行这种政策，因此，他抓住了能够深入学习化学和营养学的机会，跨越文理学科的界限，从而融会贯通，毕业后经过各种磨练和实践，在饮食学的研究方面打出了一片新天地。

我在康乐园学习和工作多年，认识到博学、求实、包容、创新从来

　　　　　　　序：从苏东坡的"吃货"人生看宋代文化发展

是中大的学风。像黄际遇教授，既能在中文系讲授骈文史，又是中国现代数学的开拓者，且担任过数学天文系的系主任；像陈寅恪教授，贯通文史各个领域；像生物学家江静波教授，既能被法国评为外籍院士，又能写出获得广东省鲁迅文学艺术奖并被拍成电影的中篇小说《师姐》。在中大学风的影响下，许多学生在学习期间，已有意识地扩宽自己的视野，因此，即使毕业后所在领域不一定属于原来所在院系、学科所辖的范围，但因在校时已经具有自学的本领，能力进一步提高后也能触类旁通，干出一番成绩。卫辉在法律系毕业后，横跨理科、人文科学和社会科学，在饮食学方面的深入研究和普及方面取得了优异的成果，这正是继承和发扬中山大学优良学风的表现。现任中大校长高松院士曾在深圳校友会上提出：判断一个大学的成绩，最主要是看它的"产品"。这里的"产品"就是指这所大学培养的学生，毕业后是否出色，是否能获得社会或所在行业的称许。我赞同高校长的判断。我知道，卫辉在毕业后，热心关注和支持母校的建设，在饮食学研究方面的成果得到社会各界的重视和赞扬，他就是中大培养的出色的"产品"。

　　本书的出版，恰逢中山大学一百周年校庆。卫辉嘱我为他的新作写序。我想，他这本论著，恰好是中大学风的体现，学无前后，达者为先。看了卫辉有关饮食学的论著，我大受裨益，遂欣然命笔，仅供读者参考。

黄天骥

于中山大学

目　录

i

*

第一章

家在眉山

1. 馈岁鲤鱼、兔肉

宋仁宗景祐三年（1036），苏轼出生于眉州（今四川眉山市）。父亲苏洵在《族谱后录》中说，公元前1100年左右，苏氏先祖因封于苏，故姓苏。这里说的"苏氏先祖"就是《尚书》中提到的周朝的司寇苏公苏忿生。苏忿生是西周的开国功臣，朝中执政的六卿之一。这个说法是可信的，老苏家这一支迁到眉山，始于唐朝武则天时期的宰相苏味道，苏味道"官声"不怎么样，以处事模棱两可、不作为著称，但文章写得好，为初唐"文章四友"之一。这么看来，苏轼文章了得，确属"祖传"。苏轼家境非常好，爷爷是当地的"士绅"，也有文采，苏轼在《苏廷评行状》中说爷爷"晚好为诗，能自道，敏捷立成，不求甚工。有所欲言，一发于诗。比没，得数千首"。苏轼的父亲苏洵一开始是"啃老"，后来娶了妻，妻子娘家是眉山富豪，又可以"啃妻"，到了二十七岁才开始闭门读书，终成"唐宋八大家"之一。

苏轼从小在这样的家庭长大，八岁就读于天庆观北极院，后由母亲程夫人亲自教读，加上父亲严厉督促，苏轼也很自觉，"我昔家居断还往，著书不复窥园葵"，一心居家读书，"断还往"就是与以前的玩伴断了来往，连庭园的葵都不敢偷看，博览群书，这为苏轼的学识打下了坚实的基础。古人讲"成家立业"，成家在前，立业在后，苏轼二十岁时娶了王弗——也出自书香门第。二十一岁时，也就是嘉祐元年（1056），苏轼的父亲带着他和十九岁的弟弟苏辙到汴京参加开封府的举人考试，苏轼名列第二，苏辙也榜上有名。宋制府试过关中举后，要经过礼部考试和皇帝殿试才能中进士。第二年，苏轼参加了礼部的会试、复试和皇帝的殿试，与苏辙一起中了进士。这一年，苏轼二十二岁，苏辙二十岁，他们名扬京城，一代文豪横空出世。

在眉山的读书岁月，为大文豪奠定了坚实的基础。二十一岁前的苏轼都在眉山生活，他日后成为"美食大家"，青少年时期的美食体验和养成的味觉偏好，会有影响吗？当然！那么，在眉州时，苏轼有过什么美食体验呢？很遗憾，苏轼在成名前没留下什么与吃有关的文字，倒是在嘉祐七年（1062）冬末，他写了一组诗，其中有两首，写到了眉州的美食。在此之前的一年，苏轼应制科入三等（一等、二等从来都空缺），以"将仕郎大理寺评事签书节度判官厅公事"至凤翔。虽然得到知府宋选的关心、爱护，但苏轼一人在凤翔，年终想回汴京和父亲、弟弟团聚而不可得，回想故乡岁暮的淳朴风俗，就写了这组诗寄给弟弟苏辙，以抒发思念之情。"岁晚相与馈问，为馈岁；酒食相邀，呼为别岁；至除夜，达旦不眠，为守岁。蜀之风俗如是。余官于岐下岁暮思归而不可得，故为此三诗以寄子由。"这组诗有三首，其中有两首说到食物，第一首就是《馈岁》：

> 农功各已收，岁事得相佐。为欢恐无及，假物不论贳。山川随出产，贫富称小大。置盘巨鲤横，发笼双兔卧。富人事华靡，彩绣光翻座。贫者愧不能，微挚出春磨。官居故人少，里巷佳节过。亦欲举乡风，独唱无人和。

说的是在眉州过年，各家各户相互馈赠礼物，送上节日祝福的情景，"岁晚相与馈问，为馈岁"。馈赠的礼物是什么呢？"山川随出产"——当地的特产。不论穷人还是富人，皆如此，只是会有多少、轻重之分。都有什么特产呢？"置盘巨鲤横，发笼双兔卧"——鲤鱼与兔子。那个时候眉州人就流行吃鲤鱼和兔子，不知苏轼生活时代的四川人与今天的四川人是不是一样喜欢吃兔头？但可以肯定的是，川人爱吃兔子，因此开发出吃兔头，是有着悠久的历史和传统的。除了鲤鱼和兔子，苏东坡还提到眉州的另一种美食——舂馍，就是粮食加工的年糕，这是穷人之间互送的礼品，富人互赠的礼物是彩绣。如今送年糕的传统还保留着，几乎普及全国。第二首是《别岁》：

> 故人适千里，临别尚迟迟。人行犹可复，岁行那可追。问岁安所之？远在天一涯。已逐东流水，赴海归无时。东邻酒初熟，西舍豕亦肥。且为一日欢，慰此穷年悲。勿嗟旧岁别，行与新岁辞。去去勿回顾，还君老与衰。

说的是别岁欢饮的场面，东邻、西舍、酒熟、豕（猪）肥是互文见义，遥应首篇"农功各已收"一句。这首诗写的是杀年猪和喝酒。至于年猪宰后具体怎么做，没说。苏轼一辈子爱吃猪肉，这与小时候的饮食习惯有关，"东坡肉"能够名闻天下，看来在眉山时就已打下了坚实的基础。

兔子、猪肉和年糕，川人今天还在吃，但鲤鱼却少有人吃了。这是因为随着养殖技术的发展，很多比鲤鱼更好吃、长得更快的淡水鱼出现，将鲤鱼从首选位置挤掉。现在川菜中用到的淡水鱼，煮藿香味的多用鲫鱼，水煮鱼多用花鲢，酸菜鱼多用花鲢或者草鱼，烫涮多用黑鱼，清蒸多用鲈鱼，只有做豆瓣鱼这道传统菜，才会用上鲤鱼，但是因为家里面做起来比较复杂，要过油，所以做的人不多。另外，受佛教的影响，鲤鱼多被拿来放生，加上流传的"鲤鱼是发物"等说法，鲤鱼被人为地边缘化。

在苏轼生活的年代之前，鲤鱼就是当时的"网红美食"。古人认为，龙是最高贵的，而鲤只要越过龙门就能化身为龙。鲤与"礼""利"谐音，因此中国自东周时期始，就形成了很多与鲤鱼有关的文化习俗，比如年画上儿童骑着鲤鱼，过年的年夜饭一定要有鲤鱼，寓意"年年有鱼"。《诗经·小雅·六月》记周宣王伐狁狁胜利后大宴诸侯时："吉甫燕喜，既多受祉，来归自镐，我行永久，饮御亲友，炰鳖脍鲤。""脍鲤"说的是吃鲤鱼刺身。《史记·孔子世家》还提到鲁昭公赐孔子鲤鱼，适其生子，孔子为荣君之赐，便将儿子命名"鲤"，字伯鱼。汉代大诗人蔡邕食过黄河鲤后，留诗曰："客从远方来，遗我双鲤鱼。呼儿烹鲤鱼，中有尺素书。"往鲤鱼肚子里塞些吉利的话，是那个时代的人常做的事。有说唐朝人不吃鲤鱼，比如《西阳杂俎》载"唐朝律，取得鲤鱼即宜放，仍不得食，号赤鲜公，卖者决六十（打六十棍）"。段成式这本笔记类小说，虽然写于唐代，但一部分内容属志怪传奇类，另一些记载各地与异域珍异之物，不可全信。相反，唐诗的鲤文化相当丰富，以鲤为题的诗歌很多，王维有："良人玉勒乘骢马，侍女金盘脍鲤鱼。"李白有诗云："黄河三尺鲤，本在孟津居。点额不成龙，归来伴凡鱼。"岑参的《热海行送崔侍御还京》一诗写道："侧闻阴山胡儿语，西头热海水如煮。海上众鸟不敢飞，中有鲤鱼长且肥。"李商隐的《板桥晓别使君扶侍赴唐州》一诗则曰："水仙欲上鲤鱼去，一夜芙蓉红泪多。"刘禹锡在《洛中送崔司业》中就有："相思望淮水，双鲤不应稀。"宋人继承唐人的传统，继续大吃鲤鱼，大概到了南宋，情况有了变化，南方人不太喜欢鲤鱼了。这当中主要原因还是鲤鱼的缺点太突出，比如多刺、有土腥味且肉质粗糙，但鲤鱼独特的香味也是其他鱼所不具备的。河南第一名菜"红烧黄河鲤鱼"，取用斤半左右的黄河鲤鱼，两面剞花刀，拍生粉入油锅炸至两面金黄，再起锅，下油爆香葱、辣椒和姜蒜，放入炸好的鲤鱼，加酱油烧至软烂入味即成。鲤鱼是底栖鱼类，土腥味重，高温可以使土臭素挥发，油炸酱烧，既去土腥味又入味，妙极了。潮州菜里有一道酸菜番茄鲤鱼煲，取鲤鱼与酸菜、酸梅、番茄、五花肉同煲一个小时左右，酸菜、酸梅里的乙酸可以分解土臭素，番茄和五花肉里的谷氨酸与鲤鱼的肌苷酸协同作战，把鲜味提高二十多倍。这两种"鲤鱼菜"的做法，不回避鲤鱼肌肉粗糙的缺点，肌肉粗糙是肌纤维粗长，但这也意味着肌纤维间隙大，也就更容易入味，长时间的红烧或炖煮，味道鲜美的鲤鱼肉越嚼越香。

苏轼一生都很喜欢吃鲤鱼，除这次提到鲤鱼是在凤翔府任上，章惇送过他一条鱼，苏轼为此写了《渼陂鱼》。据考证，这条鱼就是鲤鱼。他被贬至黄州时，吴复古两次派人到黄州看望他，也送过其鲤鱼。同样是在黄州，他写了《鱼蛮子》，就有："擘水取鲂鲤，易如拾诸途。"他著名的"东坡鱼"，也以鲤鱼为食材。真要开发东坡菜，不能少了鲤鱼，只要方法得当，其美味妙不可言，况且这真是苏轼所提过的，有诗为证嘛。

与鲤鱼命运相似的，还有苏轼诗里的兔子，同样深受青睐。《诗经·小雅·瓠叶》中就有："有兔斯首，炮之燔之。君子有酒，酌言献之。"说的是来客人了，杀只兔子，或煨或烤，再来一杯美酒，这是烤兔子。《礼记·曲礼下》有："凡祭宗庙之礼，牛曰一元大武……兔曰明视。"在周朝的各种祭祀典礼中，兔子作为必不可少的祭品之一，名曰"明视"。为什么叫"明视"？李时珍在《本草纲目》中做了权威解释：取兔子不眨眼睛之故。周天子每天的吃喝用度，讲究得很，其中就有"六兽"。《周礼·天官》就有："庖人，掌共六畜、六兽、六禽，辨其名物。"这"六兽"包括什么呢？东汉末年儒家学者、经学大师郑玄在《周礼注疏》中说："六兽，麋、鹿、熊、麇、野豕、兔。"看来兔子早就是周天子的日常野味。

但这个时候还没实现驯养兔子，养兔子吃至迟在西汉出现，西汉枚乘的《梁王菟园赋》描述了富可敌国的汉文帝次子梁孝王刘武的奢侈生活，"斗鸡走兔，俯仰钓射，烹熬炮炙，极欢到暮"。他为养殖兔子专门建了一个"菟园"，而生活在这片园林里的兔子，当然就成为狩猎和烹熬炮炙的对象。这个时候人们吃兔子，方法比较简单，不外乎醢——做成肉酱，或烹——煮，或熬——慢煮，或炮——包上泥巴扔火堆里烧，或炙——烤。到了东汉，刘熙在《释名·释饮食》中提到了一种新方法："其腊令纤，然后渍以酢也。兔纤亦如之。"即把兔肉熬煮熟后拆成纤细的条状配上醋食用，这相当于今天的肉松，只是少了糖和酱油。到了魏晋南北朝时，做法就多了。贾思勰在《齐民要术》中就介绍了不少新式兔子烹饪法，计有肉酱法、作卒成肉酱法（速成肉酱法）、五味腊法、兔臛法等，其中重点推荐了末一种做法：

兔臛法：兔一头，断，大如枣。水三升，酒一升，木兰五分，葱三升，米一合，盐、豉、苦酒（醋），口调其味也。

将一只兔子斩成枣子大小的肉块，加三升水、一升酒、五分木兰皮、三升葱、一合米（相当于现在二两）一起煮，再下盐、豆豉和苦酒，尝一尝后调好口味。这种做法，对放多少佐料，要求很是精准，有点像兔子粥或兔子羹，但估计不怎么好吃。

苏轼生活的时代兔子怎么做，他老人家没说，但可以参考宋朝美食书《东京梦华录》，里面记载了签盘兔、炒兔、葱泼兔等菜式，已经与现代人的吃法比较接近了。到了明代，李时珍赋予了兔肉药用价值，

《本草纲目·兽部》说兔肉："味辛性平无毒，补中益气，祛热气湿痹，止渴健脾。"这还不算，他还推荐了一味中药——望月砂，主治"目中浮翳，劳瘵五疳，痔疮痔瘘，杀虫解毒"。这个望月砂就是兔子的便便。

兔子出肉率低，在养殖业里养兔子并不经济，肉质也一般，所以它们的地位与鲤鱼也差不多。但在苏轼的故乡，吃兔子历史悠久，形式多样的兔子吃法得到充分的发展。四川人爱吃兔子，甚至有一种说法"没有一只兔子可以活着走出四川"：冷吃兔、辣子兔、陈皮兔丁、红油兔丁、白斩兔、自贡鲜锅兔、哑巴兔、勾魂面（兔子面）……各式各样，变着法子来。20世纪80年代，爱吃兔子的四川人居然打起了兔头的主意，卤兔头、麻辣兔头到处都是。据说四川人一年可以吃掉3亿个兔头，串起来可以绕地球2圈。四川有一种说法，把两个四川人在接吻说成在"啃兔儿脑壳"。

将"兔子菜"打上苏轼的名号，也完全没有问题。苏轼这组诗只是写到一部分小时候生活的回忆，诗里更多的是诉说与苏辙初次离别后的思念之情。无论是"官居故人少，里巷佳节过。亦欲举乡风，独唱无人和"，还是"故人适千里，临别尚迟迟。人行犹可复，岁行那可追。问岁安所之？远在天一涯。已逐东流水，赴海归无时"，抑或是"勿嗟旧岁别，行与新岁辞。去去勿回顾，还君老与衰"，都是苏轼对兄弟间这段感情的难舍难分和岁月流逝的无奈。苏轼初出茅庐，对日后等待他的灾难还未做好准备。

过年是最容易思乡、想念亲人的时候，而想家想家人时，往往会想起某种食物，伟大如苏轼也如此，这就是美食的力量。

2. 野餐记忆

　　眉州的生活，给苏轼留下的是美好的回忆，他在凤翔"将仕郎大理寺评事签书节度判官厅公事"任上，与弟弟苏辙的唱和之作，多有忆及眉州生活，《馈岁》里谈及乡邻年终互赠鲤鱼、兔子和年糕，《别岁》里描述了杀年猪和喝酒，而在这首《和子由踏青》里，则回忆并描述了眉山人踏青的热闹场面，抒发了对故乡及亲人的眷念之情：

> 东风陌上惊微尘，游人初乐岁华新。
> 人闲正好路傍饮，麦短未怕游车轮。
> 城中居人厌城郭，喧阗晓出空四邻。
> 歌鼓惊山草木动，箪瓢散野鸟鸢驯。
> 何人聚众称道人？遮道卖符色怒嗔：
> 宜蚕使汝茧如瓮，宜畜使汝羊如麋。
> 路人未必信此语，强为买服禳新春。
> 道人得钱径沽酒，醉倒自谓吾符神！

　　大意是：春风微拂的田间小路上惊起了微尘，游人们开始来到野外感受春天的喜悦与温馨。人们难得清闲，正好停车在路旁小饮，麦苗短而柔韧，不怕那碾轧过来的车轮。城里人厌倦了高高的城墙，向往着郊外的景致，许多人一大早就爬起来，闹腾腾地涌出城来踏青。鼓乐声惊醒了冬眠的山岭，草木在欢歌笑语中摇动。野餐用的箪瓢遍地都是，前

9

来捡食的乌鸢像驯养熟了一样全不避人。那边是个什么人在自称道人，引得众人都来围观？只见他挡在路上卖符，脸红脖子粗地夸它多么灵："我这符能使你家养蚕结茧似瓮大，养羊如獐圆滚滚。"路上的人未必就信他的话，只是为了图个新春吉利，才勉强买下佩戴在身。道人卖得了钱就径自去买酒喝，醉倒后还自言自语说"我这符可真灵"。

这首诗传达了两个重要信息，一个是眉山人崇尚休闲的生活状态，另一个是眉山人"佛系"的生活态度，而这一态度，也是贯穿苏东坡一生的生活智慧。

先来看看眉山人的休闲生活。正月初七，眉山人倾城出郊踏青，那时不可能有农家乐，更没有什么郊外酒家，郊游吃什么？"人闲正好路傍饮"，"箪瓢散野乌鸢驯"，即从自家带吃的喝的，来一顿浪漫的野餐。可不只是晒晒太阳、欣赏一下风景那么简单，"歌鼓惊山草木动"，载歌载舞、敲锣打鼓，比我们现代人还撒得欢啊！大家去郊游，还坐着车出城，何以见得？"麦短未怕游车轮"。这种休闲方式会不会只是少数有钱人的生活？不是，"城中居人厌城郭，喧阗晓出空四邻"。这是全城出动啊！苏轼用轻松的笔调描绘了一幅春日歌舞宴游的欢乐、热闹场景，犹如一幅赏春风俗画，充满了对美好春日、美好生活的咏赞。

在这首诗里，我们只看到野餐，但吃的是何种食物，苏轼没讲。这个时候的苏轼，风华正茂，意气风发，和所有古代文人一样，他所思所想是"修身齐家治国平天下"，不可能过于专注吃吃喝喝，而能把吃吃喝喝当回事认真讲、反复讲，那是乌台诗案之后的事。但是，对这种与时共舞、与自然亲近、空闲时节出门"要一要"的生活态度，苏轼是认同的，而且是赞赏的，日后他总是借职务调整的机会，在赴任途中拜会朋友、游山玩水。即便是遭贬谪的时候，作为一个闲官，他纵情山水的心情也没有受到影响，在黄州，他写诗说"野饮花间百物无，杖头惟挂一胡芦"。有意思的是，在他被贬黄州后首次被起用为登州知州时，他多次写信给湖州的知州滕元发，叮嘱他找湖州的能工巧匠给自己订制两件"朱红累子"。累子，也称"樏"，是多格食盒，方便携带各种食物。苏轼坦言"某好携具野饮，欲问公求朱红累子两卓二十四隔者……"。他以为到了登州，还可以休闲地外出野游。

只要生活如常，古人是很喜欢春游的，毕竟一个冬天确实憋坏了。最早写春游的诗歌，是《诗经·郑风·溱洧》：

> 溱与洧，方涣涣兮。
>
> 士与女，方秉蕑兮。
>
> 女曰："观乎？"士曰："既且。""且往观乎！"
>
> 洧之外，洵讦且乐。
>
> 维士与女，伊其相谑，赠之以勺药。

大意是：溱（zhēn）河、洧（wěi）河春水涨，两岸景色真漂亮。男男女女来春游，手捧兰花笑呵呵。女士说："结伴去看看？"男士说："那里去过了。"女士说："再去一次又何妨！"洧水之畔溱水河，多么欢乐又宽敞。相互调笑把话讲，赠朵芍药情意长。

这是郑国每年三月的上巳节（农历三月初三），按当时的风俗，大家在这一天春游沐浴，男女青年趁此机自由交往。这种在特定节日春游放飞的习俗，很久以前各地都有，但长期的战争或者动荡的生活，使得这种习俗在很多地方逐渐被淡漠，即便有，春游中人们的休闲心得和娱乐精神也已被生活的艰辛消磨得所剩不多。不信你看看，当时周边有多少人会如眉山人般载歌载舞？

眉州的春游看起来特别热闹，在苏轼生活的年代及以前，巴蜀大地还算得上福地，相对还算平静，天府之国优越的自然环境，让川渝地区的人们有了淡定生活的物质条件，而善于享受生活，乐观从容，也正是川人的生活态度，至今犹然。

生活中因不遂积累的情绪总要有地方释放，在人生的历次困顿时刻，苏轼都能在山水之间、一草一木之间、一蔬一饭之中找到精神寄托，"问汝平生功业，黄州惠州儋州"。那种豁达与超然，是否与眉山人与天地和谐、与大自然共生的生活状态有关系呢？

再来看看眉山人"佛系"的生活态度。春游的时候，一个道士在卖符，不是在路边，而是"遮道卖符"。这是占道经营，幸好那时没有城管。且他自我吹嘘"宜蚕使汝茧如瓮，宜畜使汝羊如麋"。不仅大家不相信，连苏轼本人也不相信。人们明知道他在吹牛，为图个吉利也会买个符添喜庆。

唐宋是一个思想解放的时期，儒、佛、道三教并行，百花齐放。关于苏轼宗教态度的研究，各种说法都有，不同的说法也都可以从苏轼的文章里找到证据，甚至相同的"证据"。据《宋史·苏轼传》载，苏轼早在幼年时期就已经广泛阅读儒道释三家书籍，好学的家风、卓越的天分、不拘一格的读书方式，让苏轼在出川入京前就已经打下了扎实的思辨基础。这首诗里对道士"信也不信"的态度，也是苏轼对儒、释、道三教的态度。

我认同林语堂在《苏东坡传》中的观点："苏东坡的思想理论已然发展到不但喜爱淳朴的生活和纯洁的思想，而且相信纯洁的思想才是淳朴生活的基础。控制自己的心神作为长生不死的不二法门，是儒、道、佛三教的结合理论。"苏轼并没有把宗教当成他的信仰，他只是从宗教中汲取与他自身思想意识和人生观契合的因素，然后纳入自己的人生理论。儒家的入世观点一直贯穿着他的一生，他既关心庙堂，也关心众生，即便是被贬黄州，在那篇著名的《念奴娇·赤壁怀古》中："大江东去，浪淘尽，千古风流人物。故垒西边，人道是，三国周郎赤壁。乱石穿空，惊涛拍岸，卷起千堆雪。江山如画，一时多少豪杰。"他由古怀今，表达了白白耗费许多时光仍不能有所作为的叹息，无论佛、道的思想怎么让他宽慰，还是不能让他真正放下想要为苍生立命的初心。

一生屡屡被朝中奸邪小人诽谤构陷，被流放到黄州、惠州、儋州的苏轼，仅有儒家的入世观当然解决不了他的思想困顿。为了排解内心的苦忧，他开始钻研释道，结交佛僧，只为寻求精神的宁静。佛教大彻大悟的智慧与道教归隐山林的洒脱，对想要摆脱困境的苏轼大有裨益。苏东坡闲来倒是很讲究养生，并与吴复古在这方面还多有探讨，在并不丰富的食物面前挖掘它们在养生方面的价值。与其说他的态度认真，倒不如说他是在进行一种自我宽慰。林语堂说得很到位，"对求长生不死药的想法，他并不认真，但是即便没法得到，但对获得身体健康与心情宁静，他总是喜欢的"。苏轼并未完全被宗教的"幌子"迷住，就如他在眉州时对道士卖符的态度，对此他的内心有一套独特的想法。

苏轼在黄州时就儒、释、道三教有过论述，在《祭龙井辩才文》说："呜呼！孔老异门，儒释分宫。又于其间，禅律相攻。我见大海，有北南东。江河虽殊，其至则同。虽大法师，自戒定通。律无持破，垢净皆空。讲无辩讷，事理皆融。如不动山，如常撞钟。"他认为，虽然儒释道三家互相争辩，但是，正如天地有南有北，江河各有差异，但最终都汇入大海。在苏东坡的世界里，海终纳百川，三教合一也无不可，他随时可以在儒、释、道三教中找到让自己潇洒活下去的理论支持。

眉州的郊游记忆、野餐欢愉，已经为苏轼的人生智慧做了"注脚"。而苏轼在郊游野餐时吃的东西，按现在的说法，应该归入预制菜的行列，大力鼓吹预制菜的专家们，这里给你们提供了研究方向，尽管拿去，不谢。

*

第二章

出川之后

3. 煮蔬之乐——牛口篇

宋朝的官员选拔制度，就是各种考试，苏轼是有名的学霸，各种考试当然难不住他。

嘉祐元年（1056），二十一岁的苏轼在他父亲苏洵带领下，与十九岁的弟弟苏辙一起赴京赶考，先是参加八月开封府的举人考试——因为是开封府主办的，所以叫"府试"。兄弟俩都入榜，苏轼拿到的成绩是第二名，榜首被宁波人袁公济夺得。

这只是举人考试，要中进士，还要参加第二年二月礼部的考试和三月皇帝的殿试。礼部属尚书省，其举办的考试称"省试"。礼部考试的科目为诗、赋、论各一篇，策五道；策与论考的是治国理念，决定能否入选，诗与赋考的是辞章之美，分出高下。这一年的主考官是欧阳修，详定官是梅尧臣。苏轼在考论题时写下的千古名篇《刑赏忠厚之至论》，就是先被梅尧臣看到，再推荐给欧阳修，这篇本应列为第一的文章，欧阳修误以为是自己的学生曾巩所写，为了避嫌，将其列为第二。但不要紧，跟着还有礼部的复试，这次苏轼拿了第一。

接下来皇帝主持的殿试才是最重要的。宋仁宗时的科举制度，参加殿试是给进士分等级，一甲赐"进士及第"，二甲赐"进士出身"，三甲赐"同进士出身"。这一场考试近九百人参加殿试，苏轼得中二甲第四等，获"进士出身"，苏辙中三甲，获"同进士出身"，得中一甲的是浦城人章衡。此人在后文中还会提到。所以，中进士时，苏轼二十二岁，苏辙二十岁。

顺利考中后，就等吏部的任命书，看到哪里任职了。但是，苏轼两兄弟还没等来吏部的通知，却先等来了老家传来的噩耗——母亲程夫人去世了。按照礼仪，苏轼兄弟必须丁忧三年，开缺回原籍，守孝二十七个月后再回朝廷，等候补缺。

嘉祐四年（1059）十月，丁忧三年的苏轼兄弟在老苏的带领下又一次赴京，等待朝廷安排官职赴任。他们顺岷江南下，经戎州（今四川宜宾）、泸州、渝州（今重庆市）、涪州（今重庆市涪陵区）、忠州（今重庆忠县）、夔州（今重庆奉节县），抵达荆州过年，再从荆州转陆路，经浏阳、襄阳、南阳、唐州（今南阳市唐河县）、许州（今许昌市）、汝州，最终抵达京师汴京（今开封市）。这一路线之所以如此清晰，因为兄弟俩在此期间写下了大量诗篇，流传下来的诗中苏轼约八十首，苏辙约三十首，还有数篇赋，后来苏辙将两兄弟这些诗赋与父亲苏洵在此期间所作合辑为《南行集》。

在苏轼的这些诗中，有一首《夜泊牛口》就写到了美食。牛口就是牛口镇，在今四川宜宾市翠屏区思坡镇临江村。

日落红雾生，系舟宿牛口。

居民偶相聚，三四依古柳。

负薪出深谷，见客喜且售。

煮蔬为夜餐，安识肉与酒。

朔风吹茅屋，破壁见星斗。

儿女自咿呶，亦足乐且久。

人生本无事，苦为世味诱。

富贵耀吾前，贫贱独难守。

谁知深山子，甘与麋鹿友。

置身落蛮荒，生意不自陋。

今予独何者，汲汲强奔走。

诗写得直白易懂，大意是：太阳快要落山了，暮霭被夕阳染红，把船系在岸边，住宿在牛口。当地的百姓偶然相聚，三四个人依靠在老柳树上。村民背着打的柴草从深谷出来，看到我们很高兴并向我们兜售自己的柴草。蔬菜就是他们的晚餐，哪里有肉和酒？北风呼呼地吹着茅草屋，破裂的墙壁能看到天上的星星。孩子们在那里咿呀说话，这也足以让人快乐并能持续很长时间。人生本来没有烦心的事情，苦恼是被功名诱惑。我们这些凡人啊，被眼前的功名富贵诱惑，但对贫贱的生活却无法独自坚持。谁人晓得这些住在深山里的人，乐意与麋鹿为友。置身于衰落的蛮荒之地，不觉得自己样态鄙陋。现今为何唯独我，这样匆匆、奔走得如此勉强？

这首诗中有关美食的是"煮蔬为夜餐，安识肉与酒"。对村民来说，只有蔬菜，没有肉和酒。记录和反映宋人生活的《清异录》《东京梦华录》《梦粱录》《武林旧事》等中，虽然可以看到宋人的生活不乏精彩，酒肉也常见，但那主要是权贵和富足的城里人的生活，而当时生活在乡野的人们生活还是很清苦的。苏轼笔下人们的这种生活状态，才是宋朝普通人的日常。

宋代的蔬菜，与我们今天的蔬菜有很大的不同。那时的蔬菜，主要是冬葵（葵菜）、蔓菁（盘菜）、萝卜、芥菜、大白菜、菠菜、莙荙菜（甜菜）等，辣椒、番茄等还没有出现。那时的人做菜都很清淡。没办法，不要说肉不常见，连油都比较缺，虽然炒这种烹饪方式和植物油早已出现，但对于生活在广大乡野的人们，炒需要消耗大量油脂，所以这种烹饪方式并不多采用，更多的是凉拌或做成汤。在主要记录宋人烹煮蔬菜的《山家清供》里，以蔬菜凉拌和煮汤的做法就超过二十种，而炒蔬菜仅有六种。把蔬菜加水煮成汤，如果再往汤里加点油，就已经很奢侈了。在这首诗中，苏轼准确地说出了这一烹饪方式——"煮蔬"。这种以蔬菜为主的生活方式，苏东坡也很能接受。在日后颠沛流离的生活中，他坦然地与蔬菜为伴，也多次在诗词中谈及蔬菜，看来与这首诗和当时的心态有关：大部分人就是这种生活状况，人家过得，我怎么就过不得？

在苏轼的笔下，乡村生活虽然潦倒贫穷，却呈现出陶渊明诗中特有的清贫恬静的田园生活氛围。年纪轻轻、即将初涉官场的苏轼，已经对自己汲汲于功名富贵以及匆忙、奔波表现出怀疑，倒是对深山中简单的生活和快乐十分羡慕，似乎已经有了归隐之意。我想这主要得益于苏轼博览群书，除了应试涉猎必不可少的儒家著作，他对佛、道书籍的浓厚兴趣和深入钻研，也影响着他的生活态度。有了这样的"思想准备"，在面对未来的一连串打击时，苏轼是多少有些不慌乱的。

我们的主人公东坡先生波澜壮阔又颠沛流离的人生大戏即将拉开序幕，让我们往下看，看看他是如何演绎的。

4. 盐与盐井——夔州篇

离开牛口，继续往前走，老苏家一行来到了夔州，就是今天的重庆奉节县。夔州名胜古迹众多，尤其是八阵碛（今重庆奉节县地名，因诸葛亮曾排布古兵阵八阵图于此而名）、盐井和白帝庙等。一家人上岸凭吊瞻仰，苏轼在此留下了《八阵碛》《诸葛盐井》《白帝庙》《永安宫》等诗，奉节之所以被称为"诗城"，苏轼的贡献不小。

柴米油盐，这些是百姓的生活日常，而在凭吊诸葛亮留下的盐井时，苏轼写下了这篇《诸葛盐井》：

> 五行水本咸，安择江与井？
>
> 如何不相入，此意复谁省。
>
> 人心固难足，物理偶相逞。
>
> 犹嫌取未多，井上无闲绠。

我们先不急于弄清楚这首诗是什么意思，先看看诸葛亮留下的盐井是怎么回事。

食盐是百姓日常生活不可或缺之物，居家不能无盐。成人体内所含钠离子的总量约为六十克，其中百分之八十存于细胞外液，即在血浆和细胞间液中，氯离子也主要存在于细胞外液。钠离子和氯离子是维持细胞外液渗透压的主要离子，所以，食盐在维持人体渗透压方面起着重要作用，影响着人体内水的动向。盐还参与体内酸碱平衡的调节，氯离子在体内还参与胃酸的生成。

食盐涉及千家万户，关系国计民生，历代政权无不重视食盐问题。在西汉汉武帝时期，盐、铁属于官营，朝廷有定价权，但到了东汉时期，由于政治越来越黑暗，中央政府逐渐失去政治控制力，再加上在历史上任何时期"政府垄断"都是一件招人骂的事儿，所以朝廷"罢盐铁禁，令民铸铁"。结果，贪官污吏和豪强势力逐渐掌握了盐、铁的控制权和定价权，导致政府的收入大大减少。

蜀地物产富饶，井盐为其主要物产，但由于豪强势力垄断，盐价高企，富盐区的蜀地居然发生吃不起盐的现象。面对巴蜀地区井盐管理乱象，刘备、诸葛亮决定改变这种状况，在益州（今西南一带）重新恢复"盐铁专营"，设立"司盐校尉"专门管理盐务，同时，还设立"司金中郎将"，专门管理兵器和农器的制造。诸葛亮还建议刘备发布命令，不准豪强们从事盐铁生产和经营，实行政府专营制度。诸葛亮理顺了经济发展中最重要的盐铁生产机制问题，蜀汉盐价下降了，人民受益，政府也从专卖中获得了丰厚的收入，后世有人称诸葛亮此举为"以盐立国"。

1954年成都市郊羊子山汉墓中出土盐井画像砖拓片，从中可以看到当时井盐生产的整个工艺过程。井盐是从地下掘井汲取地下盐水熬制而成。汲井取盐水、柴火煮盐，这个过程成本不低，产量也有待提高。诸葛亮的另一重大贡献是利用科学技术对井盐的生产技术进行改进。有一次，诸葛亮得到报告，临邛地区改进了煮盐技术，用最先进的"火井"煮盐，也就是用天然气煮盐，这项技术在当时可谓达到了世界领先的水平。诸葛亮亲自前往视察。火井煮盐最大的特点是使煮盐效率大大提高，相反，传统的煮盐方法"家火煮之，得无几也"。于是，诸葛亮把这一技术推广到既产天然气又有盐井的地区。这一科技成果成本低，产量比"家火"煮盐高一倍以上。为了纪念诸葛亮对火井煮盐的重视和贡献，以这种方式煮盐的盐井又被称作"诸葛盐井"。

苏轼瞻仰了诸葛盐井遗址，在这首诗中自注"井有十四，自山下至山上，其十三井常空，每盛夏水涨，则盐泉迤逦迁去，常去于江水之所不及"。诸葛亮生活的时代离苏轼生活的时代有八百多年，盐井经过多年开采，从原来的十四个变成"十三井常空"，到了夏天涨水期，连那唯一产量稳定的盐井也因含盐量下降而产不了盐。苏轼把这种现象归因于人们对大自然的索取无度，于是写了这首诗，大意是：五行中的水本身就是咸的，又怎么选择流入江中还是井中呢？为什么两者没有融合，此中的含义谁又领悟到了呢？人心本来就难以满足，事物的道理在偶然间才会表现出来。人们来来往往地取着井水仍然觉得不够多，以致井沿上没有闲着的井绳。

井盐里的盐，虽然从井水中来，但其实是水泡了盐矿，水本身是没有味道的。盐矿里的盐并不是取之不竭的，江水上涨，盐井里的水自然多，而稀释后就提炼不出盐。这个道理现代人觉得很简单，但古人哪懂呢？他们将盐变少的原因归咎于盐泉，因为想不明白为什么有些水在江里，有些水在井里，贤如苏轼也是如此。但他对人与自然关系的思考，对人类应如何与大自然相处，以及反对过度使用自然资源的观点是适用于当下的。

这里有一个问题，对于官府垄断食盐专卖，苏轼没有意见，但后来王安石变法，以极低价收购盐，且在盐铁专卖的基础上将专卖政策扩大到所有商品，推行"市易法"，却遭到了苏轼的反对。为何？答案只有一个：大家认为政府对盐实行垄断是必要的。

早在汉武帝时就开始设立盐法，实行官盐专卖，禁止私产私营。《史记·平准书》中记载，当时谁敢私自制盐，就施以割掉左脚趾的刑罚。除了盐铁官营，汉武帝还先后推行算缗、告缗、均输、平准、币制

21

改革、酒榷等一系列经济政策，这些政策虽然增加了政府财政收入，但弊端百出，激起民怨。始元六年（前81年）二月，经谏大夫杜延年提议，霍光以昭帝名义，令丞相田千秋、御史大夫桑弘羊召集文学贤良六十余人，就武帝时期的各项政策，特别是盐铁专卖政策，进行全面的总结和讨论。同年七月，会议闭幕，取消酒类专卖和部分地区的铁器专卖，但食盐专卖却一直保留了下来。

是加强国家宏观调控，还是释放市场活力，历来是令我们这个农业大国头疼的问题，后来的王安石变法，其实是汉武帝时期国家垄断经济的"翻版"，司马光和苏轼反对王安石变法，也是西汉盐铁会议主张释放市场活力"声音"的继续。

年轻的苏轼，当时还没时间思考这个问题。几年后，他却不得不卷入这场变法之争，并因此而遍体鳞伤。但是，人对大自然要索取有度，国家也要善待百姓，这个思想，他是一以贯之的。

5. 以酒壮胆——三峡篇

离开夔州，进入雄伟壮观、惊涛骇浪的三峡，风华正茂、仕途可期的苏家兄弟，面对三峡磅礴壮阔的自然风光，诗兴大发，苏轼作了《入峡》《巫山》等诗，写尽三峡之险，尽赞三峡之美。

三峡有多险？苏轼的《新滩》写得很清楚：

> 扁舟转山曲，未至已先惊。
>
> 白浪横江起，槎牙似雪城。
>
> 番番从高来，一一投涧坑。
>
> 大鱼不能上，暴鬐滩下横。
>
> 小鱼散复合，瀺灂如遭烹。
>
> 鸬鹚不敢下，飞过两翅轻。
>
> 白鹭夸瘦捷，插脚还欹倾。
>
> 区区舟上人，薄技安敢呈。
>
> 只应滩头庙，赖此牛酒盈。

前两句从听觉入手，船还没到新滩，就被新滩雷鸣般的水声给惊到了。接着从视觉入手：高高的白浪，就好像大雪堆成的城墙。继而用了比喻，说船一艘艘从上游下来，就好像坠入深谷一样飞快降落。接下来写鱼儿跳涧，大鱼跳不上来，都死在滩下；小鱼儿扎堆乱窜，就好像在热锅里煮沸了一样。即便是捕鱼好手，面对现成的鱼可以捡，鸬鹚都不敢停留，飞快地掠过新滩。转而写白鹭凭着腿长，得以在此觅食，但也是摇摇摆摆，不甚妥当。接着慨叹鸟兽尚且如此，我们这些可怜的船家和过客，怎么敢狂妄自大？末两句写大家去滩头庙祭拜滩神，奉上牛肉、酒水，以求平安通过。

新滩在哪里？宋孝宗淳熙四年（1177），南宋文学家范成大自四川制置使召还，五月由成都起程，取水路东下，于十月抵临安（今浙江杭州），根据所见所闻写了《吴船录》，对新滩的位置有详细说明："归州下五里，至白狗滩，三十里至新滩。"原来，新滩就在现在湖北秭归县东三十里处。长江三峡之一的西陵峡由香溪至庙河一段，由兵书宝剑峡、牛肝马肺峡、崆岭峡三个峡谷组成，新滩就在兵书宝剑峡和牛肝马肺峡之间。陆游《入蜀记》云："新滩南岸曰官漕，北曰龙门。龙门水湍激，多暗石，官漕差可行，故舟率由南上。然石多锐，易穿船，为峡中最险处。"新滩之险，主要是因江中的"暗石"，这些从山上滚下来的大石头，就"埋伏"在水下，船一不留神撞到就可能导致沉船。老苏带着家人坐船经过，这在宋朝船运欠发达的时候，其惊险可想而知。面对如此险境，苏家人能做的只能是到滩头庙求神拜佛，奉上牛肉和酒以保平安了。

想要过新滩，还得看天气。苏轼一行就因为天气过于恶劣，不敢贸然前往，在滩下停留了三天，以待天气好转。面对行程被迫按下暂停键，前面又是惊险的"闯新滩"，这时苏轼写了一首《新滩阻风》：

北风吹寒江，来自两山口。

初闻似摇扇，渐觉平沙走。

飞云满岩谷，舞雪穿窗牖。

滩下三日留，识尽滩前叟。

孤舟倦鸦轧，短缆困牵揉。

尝闻不终朝，今此独何久。

只应留远人，此意固亦厚。

吾今幸无事，闭户为饮酒。

　　大意是：江水已寒，北风狂吹，夹在两个山口之间，一开始听到好像有人在摇扇，慢慢地就觉得是在飞沙走石。乌云堆满了岩谷，风雪穿过窗户狂舞。如此情景，只能在滩下停留三天，等待天晴。自己无所事事，将滩下的老人都认识了个遍。孤舟困在风浪中疲惫地摇晃着，短短的缆绳被反复牵扯揉搓。《道德经》中有"故飘风不终朝，骤雨不终日"，可这次怎么这么久呢？应该是想把我们这些远方的客人多留几天，这份好客的热情也是够深厚的。我反正也没什么要紧的事，那就关起门来，好好地喝个小酒吧。

　　苏轼博览群书，他的第一位老师就是一位道士，遇到这种极端恶劣的天气，他想起了《道德经》里的"飘风不终朝，骤雨不终日"，暴风骤雨终有时，即便当下不停歇，那又如何呢？就当是热情留客好了，干吗着急？不如喝个小酒！此时的苏轼，只有二十四岁，心智却是老成持重。只能说，苏轼是个天生的乐天派。这样的性格，这样的修养，也使他在往后苦难的日子里沉着冷静，即便敌对势力欲置他于死地，他也总能乐呵呵地苦中作乐，且笔耕不辍，成为一代文豪和国人共同的精神偶像。

　　作为一名顶级"吃货"，所有的美食都逃不出苏轼的眼，形容新滩之险，他说大鱼跳不上来，直接被拍死在滩下，小鱼儿扎堆乱窜，就好像在热锅里煮沸了一样，新滩之险跃然纸上。可如此恐怖的场面，再馋的人也不禁打了个寒战。

25

面对无可奈何的困难，苏轼选择的是与困难和解，他有和解"神器"——酒。林语堂在评价苏东坡的特质时就说苏轼是个"酒精成瘾者"。酒精会使人分泌内啡肽，让人开心、兴奋，再之后就是疲倦、安静。有高兴事的时候喝酒，那是让开心加倍；遇到难处时喝酒，那是把忧愁抛到九霄云外。面对凶险的新滩，苏轼用酒祭滩神，祈求保佑，顺便把酒喝了，既度无聊时光，又可以壮胆压惊，可爱极了。

苏轼极喜欢饮酒，这在后文我们会经常提到，但他不是酒鬼，不像李白一样"但愿长醉不复醒"，盖因他酒量确实有限。人的酒量主要受遗传因素影响，分解乙醇和乙醛的乙醇脱氢酶和乙醛脱氢酶的能力是天生的，后天虽然可以培养，但提升的空间有限。幸好苏轼酒量有限，我们才可以见到如此可爱的一代才俊。

宋代是中国社会经济发展的一个高峰，人民生活相对比较宽裕，政府对酒没有专营，于是酒旗招展，宋人张能臣《酒名记》里列举了百余种酒，分为王家、戚里、后妃、内臣家、市店、三京、四辅等，且酒名雅致，如后妃家的酒名有香泉酒、天醇酒、琼酥酒、瑶池酒、瀛玉酒等；亲王家及驸马家的酒名有琼腴酒、兰芷酒、玉沥酒、金波酒、清醇酒等；开封府有瑶泉，南京有桂香，太原有静制堂等。《武林旧事》卷六《诸色酒名》也记载了五十余种名酒，可以说宋人饮酒成风，在这样的氛围下，苏轼好酒也就不足为怪了。

游历长江，特别是亲历三峡之险，且行且思考，对苏轼的人生启发良多。可以说，没有这段经历，苏轼对长江就不可能有如此深刻的认识，也就不可能有后来的前后《赤壁赋》，甚至后来跌宕起伏的人生旅程，也有三峡游历的功劳。

读万卷书不如行万里路，行万里路还必须有所思，所有这些，苏轼都做到了，以后的日子，再难也只是"轻舟已过万重山"了。

6. 渚宫今昔——荆州篇一

老苏一家从嘉州（今乐山市）出发，沿着长江水路东行，1059年年底到达荆州，已近年关，一家人索性就在荆州过年，再择日由陆路北上赴京。在荆州休整过年期间，苏轼与苏辙兄弟俩陪着老苏游览了荆州的名胜古迹，苏轼在游览了渚宫后，留下了这首《渚宫》：

> 渚宫寂寞依古郓，楚地荒茫非故基。
> 二王台阁已卤莽，何况远问纵横时。
> 楚王猎罢击灵鼓，猛士操舟张水嬉。
> 钓鱼不复数鱼鳖，大鼎千石烹蛟螭。
> 当时郢人架宫殿，意思绝妙般与倕。
> 飞楼百尺照湖水，上有燕赵千峨眉。
> 临风扬扬意自得，长使宋玉作楚辞。
> 秦兵西来取钟虡，故宫禾黍秋离离。
> 千年壮观不可复，今之存者盖已卑。
> 池空野迥楼阁小，唯有深竹藏狐狸。
> 台中绛帐谁复见，台下野水浮清漪。
> 绿窗朱户春昼闭，想见深屋弹朱丝。
> 腐儒亦解爱声色，何用白首谈孔姬。
> 沙泉半涸草堂在，破窗无纸风飔飔。
> 陈公踪迹最未远，七瑞寥落今何之。

百年人事知几变，直恐荒废成空陂。

谁能为我访遗迹，草间应有湘东碑。

渚宫是春秋时期楚成王所建的离宫，在今湖北荆州市江陵县城南。《左传·文公十年》："（子西）沿汉溯江，将入郢，王在渚宫，下，见之。"南朝梁元帝萧绎也曾在此即位，扩建宫苑，苏轼开篇说"渚宫寂寞依古郢，楚地荒茫非故基。二王台阁已卤莽，何况远问纵横时"，说的就是这段历史。

楚成王熊恽，与春秋首霸齐桓公生活在同一年代，他很有一番作为，楚国的势力迅速扩张，陈、蔡、郑、卫、鲁、曹等国均归顺于楚，形成与齐国争霸的局面。对楚国来说，这是一个伟大的时代，楚成王也算是一代明君。楚成王的父亲楚文王迁都郢，楚成王则建了离宫渚宫。渚宫之美，苏轼诗曰："当时郢人架宫殿，意思绝妙般与倕。飞楼百尺照湖水，上有燕赵千峨眉。临风扬扬意自得，长使宋玉作楚辞。"说的是楚国人建这宫殿，工艺上可以媲美鲁班和尧舜时代的伟大工匠倕，宫殿四面环湖，楼高百尺，燕赵美女众多，楚成王洋洋得意，一众文人歌功颂德，歌舞升平，威武霸气。

如此盛世，当然少不了美食，"楚王猎罢击灵鼓，猛士操舟张水嬉。钓鱼不复数鱼鳖，大鼎千石烹蛟螭"，狩猎、捕鱼，场面宏伟壮观，收获也非常多，多到鱼和鳖都数不过来，怎么吃？"大鼎千石烹"，就是一锅煮熟了吃，估计味道不怎么样。古人的烹饪工具、食物和酱料的多样性、烹饪技术与我们今天根本没法比，在美食享受方面，我们比古人幸福太多了。

苏轼写这首诗时，距楚成王生活的年代约一千七百年，这样的场景当然只能靠想象，不过苏轼的想象是靠谱的。比如"楚王猎罢击灵鼓"，这是先秦社祭的一种仪式，《周礼·地官·鼓人》就有"以灵鼓鼓社祭"，郑玄注："灵鼓，六面鼓也。"又比如说楚国盛产鳖，《左传·宣公四年》就有："楚人献鼋于郑灵公。"楚国与齐国争霸的时候，郑国夹在中间，只能选一边站，郑国选择了与楚国结盟，所以楚国送了一只"大王八"给郑灵公。楚国这次送的"大王八"，还因为郑灵公分配不均引起政变，郑国因此大乱。学富五车的苏轼，想象起来当然有凭有据！

如此壮观的渚宫，在秦灭楚后，却是一片荒凉。荒草连天，禾黍遍地，池塘干涸，楼阁塌陷，乱竹横卧，狐狸出没。"台中绛帐谁复见，台下野水浮清漪。绿窗朱户春昼闭，想见深屋弹朱丝。腐儒亦解爱声色，何用白首谈孔姬。沙泉半涸草堂在，破窗无纸风飔飔。"苏轼用一系列的排比，述尽了世事沧桑。不仅楚王旧宫如此，连梁元帝也逃不过"百年人事知几变"的规律，诗中的"七瑞"，是梁元帝萧绎的小字，他曾被封为湘东王，"草间应有湘东碑"也是说他。当年萧绎在荆州登基，破侯景，平建康，何等威风！可惜未到两年，就兵败身亡。博学的苏轼，对前朝的掌故信手拈来，读来酣畅淋漓。

如果只是瞻仰古迹，发一段幽思，那就不是伟大的苏轼了，他写下这首诗，是从"百年人事知几变"中发出"直恐荒废成空陂"的警醒。值得注意的是，在这里苏轼用的是"恐"，是对未来极端情况的提醒。苏轼写这首诗时，宋朝正处于太平、繁华的仁宗时代。仁宗在位期间，北宋的经济高度繁荣，科技、文化也有长足发展，史家将其统治时期概括为"仁宗盛治"。苏轼从大历史的角度，居安思危，这种大视野是超越同时代的政治家的。我们看看这一时代的大人物，如司马光还根本没有意识到潜伏着的危机，抱着"祖宗之法不可变"的守旧思想不放，而即将登上历史舞台、把大宋政坛闹个地覆天翻的王安石，只讲宏伟理想，却不讲具体操作的可能性，小圈子用人，顺我者昌，逆我者亡。此时的苏轼，才二十四岁，还未正式走上工作岗位，已经有了如此大的格局和深刻的思考。

历史的发展，被苏轼不幸言中，就在苏轼发出这一警醒后，大宋王朝迅速进入衰落的轨迹：英宗仅在位四年，英年早逝，接着的神宗、哲宗，虽然想依靠变法挽救危机，但朝廷党争不断，内耗让大宋几乎耗尽了国运，随着一代昏君宋徽宗登场，北宋的"游戏"也宣告结束，这个过程只经过六十年左右，苏轼的政治生涯就是在这么恶劣的环境中度过的，这是北宋历史上的"垃圾时间"，也注定苏轼一生在政治上难以有所作为。

古人重视历史，也强调以史为鉴，但更多是以历史上的某人或某事来支持自己的观点，属于战术层面；而如苏轼般用大历史的视角，从战略上思考国家兴衰规律的，并不多见。宋高宗说他"养其气以刚大，尊所闻而高明。博观载籍之传，几海涵而地负。远追正始之作，殆玉振而金声。知言自况于孟轲。论事肯卑于陆贽"，也称赞他"王佐之才可大用"，直叹与苏轼"恨不同时"。很遗憾，历史不能重来，苏轼这一旷世奇才没被重用，北宋也迈入了万劫不复的深渊，两者尽管没有因果关系，但从宋高宗的叹息中，我们也能体味到当中的遗憾。

7. 吃雁——荆州篇二

在荆州过了年，1060年正月，老苏家从荆州启程，经浰阳（今湖北钟祥市内），渡汉水至襄阳，过南阳、唐州、许州、汝州，抵达京师开封，一路游玩，一路诗歌。苏轼自荆州至京师，途中作诗三十八首，加上苏辙《栾城集》中所存七篇，后人编为《南行后集》。途中也吃了不少东西，作为一名"吃货"，苏轼对这些美食也记录了不少，我们来看看他吃了什么。

在《荆州十首》其九中，他说到了吃雁：

> 北雁来南国，依依似旅人。
>
> 纵横遭折翼，感恻为沾巾。
>
> 平日谁能扼，高飞不可驯。
>
> 故人持赠我，三嗅若为珍。

起因是"故人持赠我"——有一位老朋友给苏轼送了一只雁，吃雁是当时荆州人的风俗，地处长江以南的荆州，正是大雁南迁越冬之地，当地人捕得大雁宰杀，却让苏轼痛斥了一通。他说：大雁从北方来到南方，就如一位不忍离别的客人，却被你们荆州人折翅宰杀，这让我这个同是旅客的人起了恻隐之心，流下了眼泪，连毛巾都沾湿了。大雁啊大雁，你平日高高地飞在天上，谁又能够伤害到你呢？只因你选择了这个地方作为栖息地，以为作为客人会得到善待，却不料成为他们的盘中

31

餐。老朋友抓了一只大雁送给我，我怎么忍心把它当成珍馐美馔？

在这里，苏轼用了"三嗅"这个典故，典故出自《论语·乡党》："色斯举矣，翔而后集。曰：'山梁雌雉，时哉时哉！'子路共之，三嗅而作。"这段话说的是，子路陪孔子在山里走，在山涧的木桥上看到一只雌野鸡，野鸡发现了人，很警惕地向上飞，转了一圈又落下来。子路感叹说，这只野鸡真会掌握时机呀。子路撒下诱饵，但野鸡闻了几遍后还是飞走了。苏轼借用此典故，既表达了他只是闻闻大雁表示对送礼"故人"的尊重，但并不忍心吃大雁，也表达了野鸡对人类险恶用心足够警惕才逃脱灾难之意。他这是巧妙地用大雁对人类的信任、野鸡对人类的警惕而引发的不同结局，讲了他所悟出的为人处世之道。

苏轼生活的时代，大家是吃雁的，他虽"好吃"，却对吃雁不感兴趣。在《荆州十首》组诗中，第六首也同样说到吃雁：

> 太守王夫子，山东老俊髦。
> 壮年闻猛烈，白首见雄豪。
> 食雁君应厌，驱车我正劳。
> 中书有安石，慎勿赋离骚。

苏轼到了荆州，拜见了荆州太守王夫子，他称赞王太守老而益坚，是德高望重的杰出人物，壮年时就以勇猛刚烈而闻名，现在年纪大了，仍然雄壮豪放，鱼肉百姓之事肯定与王太守"无缘"。要赶路，所以拜见了王太守后就匆匆忙忙地离开了。又认为当今朝廷里的宰相，有谢安之能，王太守一定不会如屈原般被放逐，落得只会赋《离骚》的下场。

在这首诗里"食雁君应厌"一句中，有这样一个典故。班固在《后汉书·王符列传》载："渡辽将军皇甫规解官归安定，乡人有以货得雁门太守者，亦去职还家，书刺谒规，规卧不迎，既入而问：'卿前在郡食雁美乎？'"说的是后汉皇甫规很瞧不起来访的雁门太守，他问这位用钱买官的太守说："你在雁门时吃的雁，味道好不好？"这话是对雁门太守搜刮民财的讽刺，恰好借用了雁门地名，后人就以"食雁"为讽贪官污吏之典。看来，苏轼不吃大雁，还与廉洁自律有关。

大雁又称野鹅，属国家二级保护动物，如果现在吃就是违法了。全世界共有九种大雁，我国就有白额雁、鸿雁、豆雁、斑头雁和灰雁等七种，民间通称其为"大雁"。大雁是大型候鸟，每当秋冬季节，它们就从"老家"西伯利亚一带，成群结队、浩浩荡荡地飞到我国的南方过冬；第二年春天，它们经过长途旅行，回到西伯利亚产蛋繁殖。大雁的飞行速度很快，每小时能飞六十至九十公里，几千公里的漫长旅途得飞上一两个月。大雁在长途旅行时会保持严格整齐的队形，排成"人"字形或"一"字形，这是因为它们长途奔波，单靠一只雁的力量是不够的，必须互相帮助，才能飞得快飞得远。领头的头雁在飞行的过程中，其身后会形成一个低气压区，紧跟其后的大雁就可以利用这个低气压区减少空气的阻力，有利于整个队伍的持续飞行。当然了，头雁体力消耗得很厉害，因而它常与别的大雁交换位置，幼鸟和体弱的鸟，大都插在队伍的中间。大雁还很忠于爱情，一群大雁里通常是一雌一雄配对，很少会出现单数，而如果一只死去，另一只也会自杀或者郁郁而亡。

古人看到这个现象，很自然地展开丰富的联想，比如称赞大雁"仁、义、礼、智、信五常俱全"：一队雁阵当中，总有老弱病残之辈，不能够凭借自己的能力觅食为生，其余的壮年大雁，绝不会弃之不顾，养其老送其终，此为"仁"；雌雁雄雁相配，向来是从一而终，不论是雌雁死或是雄雁亡，剩下落单的一只孤雁，到死也不会再找别的伴侣，此为"义"；天空中的雁阵，飞行时或为"一"字，或为"人"字，古人想当然地以为它们是从头到尾依长幼之序而排，阵头都是由老雁引领，壮雁飞得再快，也不会赶超到老雁前边，此为"礼"；雁为难猎获之物，大雁落地歇息之际，群雁中会由孤雁放哨警戒，一旦发现有危险，则会鸣叫提醒伙伴们，此为"智"；大雁是南北迁徙的候鸟，因时节变换而迁动，从不爽期，此为"信"。

尽管雁为"五常俱全"之鸟，但古人一边赞赏不已，一边也吃个不停。《庄子·山木》讲了一个故事：庄子游山玩水，投宿到友人家，其友为招待庄子，欲杀"不鸣之雁"。这说明先秦时大家已经开始吃雁。《仪礼·士相见之礼》记载："士相见，宾见主人要以雉为挚；下大夫相见，以雁为挚；上大夫相见，以羔为挚。"说明大雁是下大夫相见时赠送的礼物。中国文化史上著名的"孔子问礼于老子"，年轻时的孔子向老子请教周礼之义，在出土的汉代石刻画像中，孔子见老子时，还带了一件"礼物"，这件被古人称为"挚"的见面礼，正是大雁。孔子用雁为"挚见礼"这件事，虽未见史料记载，但这一出土文物说明，用大雁作为见面礼，是汉代人常做之事，而且他们认为周朝的人就已经是这样做了。

大雁不仅作为士大夫的见面礼，还在古代迎亲礼中作为"挚"，希望男子在家中不越序成婚，也向女子提出了要遵从"三纲五常"的要求。这个推理逻辑，班固在《白虎通义·嫁娶》中讲得很清楚："用雁者，取其随时南北，不失其节，明不夺女子之时也；又取飞成行，止成列也，明嫁娶之礼，长幼有序，不逾越也。"我们熟知的名句"问世间，情是何物，直教生死相许？"后面还有"天南地北双飞客，老翅几回寒暑"，出自金代文学家元好问的《雁丘词》，也很好地解释了古人用大雁作为迎亲礼物的用意。

博览群书的苏轼，当然不可能不知道前人一边在大雁身上寄托的这些美好祝愿，一边又大口吃雁。他之所以不忍吃雁，除了有廉洁自律之意外，更多的是把自己代入了大雁，"同在异乡为异客"，心生怜悯，对大雁不知人间凶险，对人太过信任，没有丝毫防备而引火烧身有充分的警惕。

为人处世之道，很多人说起来头头是道，但能做到的却少之又少，包括苏轼。才二十五岁的他，已经从吃雁悟出"防人之心不可无"的道理，但是性格上的洒脱不羁，对人毫无防备，是导致苏轼人生颠沛流离的原因之一，比如对待老同事沈括。沈括虽然是科学史上成就极大的科学家（著有《梦溪笔谈》），但在政治上反复无常。苏轼在三十岁那年进崇文院史馆，沈括大苏轼五岁，早苏轼一年进入崇文馆，于是在苏轼进馆后，两人便成为关系比较好的同事。大约当了一年同事，苏轼的父亲苏洵去世，苏轼依例丁忧三年。三年孝期满后，苏轼重返朝堂，赶上了当时的宰相王安石正在推行新法，曾经的同事沈括，已经摇身一变，成为王安石推行新法的先锋人物，而苏轼却是反对变法的以司马光为首的旧党派的一分子。两党气氛剑拔弩张，一度到了势同水火的地步，都想将对方拉下马，甚至置于死地。

面对这样乌烟瘴气的朝堂，苏轼心底是失望的，于是自请出京，到地方外任。宋神宗给了他个杭州通判，相当于二把手的职位。不久，老同事沈括被宋神宗委派为两浙路察访使，成为了钦差大臣。沈括到了杭州，与苏轼叙谈论旧，表现得非常热情和谦虚，在即将离开杭州时，要求苏轼为他书写几副最近作的诗词留作纪念。这本是朋友间交往的常事，苏轼也没有多想，就写了好几副新作的诗送他。

沈括将苏轼送给他的诗，逐首加以批注和解释，附在察访报告里面，贴上标签进呈给宋神宗，状告苏轼"词皆讪怼"。所谓"讪"，就是讽刺；所谓"怼"，就是怨恨。沈括这一招真的做绝了，幸好宋神宗看到后置之不问，但是满朝文武都已知道沈括干的这件见不得人的事。苏轼呢，倒是心大得很，认为这种捕风捉影的忌谤之言，英明的皇上不会信他，并不放在心上，在写给好友刘恕的信中还自嘲道，以后不愁没有人把我的作品进呈给皇帝御览了。

虽然没有马上致苏轼于死地，但在元丰二年（1079），御史中丞李定，御史舒亶、何正臣等人对苏轼的诬害中，所用的手段就完全是从沈括那里学来的。这次宋神宗很生气，估计也记起了沈括以前所告的状，新账旧账一起算，终于弄出个乌台诗案，苏轼的人生跌入了第一个低谷。

反观苏轼，心大得好像这一切就没有发生过。在旧党重新执政、新党下台时，沈括被贬润州。一次，苏轼路过润州，沈括亲自接待，还送了延州石墨作为礼物，苏轼收了礼物，并回赠了篇《书沈存中石墨》，夸赞了一番沈括的功绩，从始至终，非常客气。只是从此之后，两人再无交集。

人生的道理千千万，虽然明白，但发生在自己身上，却不一定能做到。苏轼小心翼翼不吃雁，提醒自己要对人有防备，但他根本就做不到。一些代价，必须自己亲自"买单"，不是懂得道理就可以解决，与吃不吃雁没有关系。

8. 吃黄鱼——荆州篇三

在荆州，苏轼还吃到了黄鱼，在这一路写成的《南行后集》里没有诗文记载，却出现在四年后他在凤翔判官任上所作的《渼陂鱼》中，《渼陂鱼》这首诗我们后面还会详细讲，这里只截取与黄鱼有关的一段，看看他是怎么说在荆州吃黄鱼的：

> 早岁尝为荆渚客，黄鱼屡食沙头店。
> 滨江易采不复珍，盈尺辄弃无乃僭。

大意是：几年前我路过荆州时，多次在沙头的店家吃到黄鱼，此鱼江边很容易抓到，不觉得珍贵，一尺多长的动不动就扔了，这可不是胡说八道。

苏轼吃黄鱼，就在荆州的沙头。唐宋时的沙头，就是今天湖北省荆州市沙市区，杜甫《送王十六判官》有"买薪犹白帝，鸣橹已沙头"。苏轼在《荆州十首》之五有"沙头烟漠漠，来往厌喧卑"，都是指同一个地方。荆州、沙市，这都容易理解，但这"黄鱼"是什么鱼呢？显然不是我们今天所说的"黄鱼"——黄花鱼。今天的黄鱼，指的是鲈形目石首鱼科黄鱼属的一种鱼类的统称，生活于黄海、东海和南海。苏轼说"滨江易采"，指这种鱼是生活在江里的，所以今天的黄鱼可以先排除。

拿黄鱼来写诗的还有杜甫，诗名就叫《黄鱼》：

日见巴东峡，黄鱼出浪新。

脂膏兼饲犬，长大不容身。

筒桶相沿久，风雷肯为神。

泥沙卷涎沫，回首怪龙鳞。

"巴东峡"指的就是三峡。历史上"巴东郡"有二：一是东汉巴东郡，即今天的奉节。二是唐天宝年间巴东郡，即归州（今湖北秭归县），杜甫写这诗时客居夔州。杜甫说巴东峡好多黄鱼，当地人拿它来喂狗，黄鱼长大了，它的麻烦也就来了，当地人用竹筒木桶捕黄鱼历史悠久，它不是鲤鱼——雷一劈就可以化为龙，只落得在泥沙里滚来滚去，口吐白沫，空有龙鳞却没有化龙之命。老杜是以黄鱼自喻，悲叹自己的命运如黄鱼，没有人提携，不能如鲤鱼般遇雷化龙。杜甫写的黄鱼，就在巴东峡，也是生活在江里的，与苏轼笔下的黄鱼，应该是同一物种。

古人所谓的黄鱼，其实就是鲟鱼。而鲟鱼，在古代叫"鳣鱼"。《尔雅·释鱼》里就有"鳣"，晋朝郭璞注："鳣，大鱼，似鱏而短鼻，口在颌下，体有邪行甲，无鳞，肉黄，大者长二三丈，今江东呼为黄鱼。"看来之所以称鳣鱼为黄鱼，原因是"肉黄"。三国时陆玑的《草木虫鱼疏》说："鳣出江海，三月中从河下头来上，形似龙，锐头，口在颌下，背上腹下皆有甲。今于盟津东石碛上钩取之，大者千余斤，可蒸为脠。"长度达二三丈，重达几百斤，形似龙，口在颌下，背上腹下皆有甲，而且生活在长江里，这些特点都直指鲟鱼。比苏轼稍晚的马永卿在《懒真子》中也说："黄鱼极大，至数百斤，小者亦数十斤。"李时珍在《本草纲目·鳞三·鳣鱼》（释名）中提到"黄鱼、蜡鱼、玉版鱼"，也印证了黄鱼就是鲟鱼这一说。

鲟鱼的特点就是大，所以苏轼说"盈尺辄弃无乃僭"，一尺多都扔了，因为不够大。《诗经·卫风·硕人》就有："河水洋洋，北流活活。施罛（gū）涉（huò）涉，鳣鲔（wěi）发发，葭菼揭揭。庶姜孽孽，庶士有朅（qiè）。"这首诗描写了齐女庄姜出嫁卫庄公的壮阔场面和她的美貌。大意是：你看那黄河之水白茫茫，北流入海浩浩荡荡。下水渔网哗哗动，戏水鱼儿刷刷响，两岸芦苇长又长。陪嫁的姑娘身材高挑，随行的男士相貌堂堂！以鲟鱼之大衬托庄姜身材高挑和身份的高贵。那时的黄河，是有鲟鱼的。

鲟鱼是现存起源最早的脊椎动物之一，隶属于硬骨鱼纲辐鳍亚纲软骨硬鳞总目鲟形目。世界上现存二十七种，仅分布于北半球，现存九个自然分布区，包括太平洋东岸、西伯利亚及北冰洋流域、黑龙江水系和日本海、长江和珠江水系等流域。基于自然环境改变、水利工程设施修建和过度捕捞等原因，近年来世界范围内的野生鲟鱼资源明显减少，处于濒危状态。我国境内野生鲟鱼有八种，包括分布于黑龙江、松花江、乌苏里江流域的史氏鲟、达氏鳇和库页岛鲟，分布于长江、金沙江流域的中华鲟、达氏鲟和白鲟，分布于新疆伊宁等地水域中的裸腹鲟，分布于新疆额尔齐斯河、布伦托海、博斯腾湖的西伯利亚鲟。迄今为止，我国从国外引进了俄罗斯鲟、欧洲鳇、小体鲟、匙吻鲟等十几个品种以研究或人工养殖。

苏轼和杜甫所说的黄鱼，是生活在长江的中华鲟或达氏鲟。中华鲟为底层、洄游或半洄游性鱼类，每年五六月群集于河口，秋季上溯到江的上游。以摇蚊和水生昆虫幼虫、软体动物等为主要食物。常见个体重量为50公斤—300公斤，最大的可达600公斤。生长较快，但性成熟较晚。生命周期较长，最长寿命可达40年。达氏鲟也叫长江鲟，为淡水定居性鱼类，是我国长江独有的珍稀野生动物。长江鲟出生和成长都在长江上游至金沙江下游江段，受人类活动影响。从20世纪后期开始，长江鲟自然种群资源规模急剧缩小，至2000年左右自然繁殖活动停止，自然种群已无法自我维持，面临绝迹风险。

在苏轼生活的时代，鲟鱼是"滨江易采不复珍，盈尺辄弃无乃僭"，现在长江的鲟鱼濒临灭绝，已被列为一级保护动物。好消息是鲟鱼已经实现了人工养殖，想吃的话可以吃到，只是价格不菲。

苏轼没说怎么烹鲟鱼，我们只能凭想象了。健硕的鲟鱼，蛋白质含量非常高，比一般鱼类高得多，肝脏中的蛋白质含量为10.31%—16.26%，而肌肉中的蛋白质含量为16.42%—20.41%，鱼卵中的蛋白质含量则可达到26.2%，这就是大名鼎鼎的鱼子酱。鲟鱼身上的另一个值钱部位，那就是"龙筋"。鲟鱼"龙筋"是鲟鱼脊骨的骨髓，质地柔韧，洁白如雪，干制品现在在高级餐厅价格高昂，一般用来炖汤或者红烧。鲟鱼肉可作刺身、入火锅、红烧、清蒸，肉鲜味香。估计苏轼当时吃的就是鲟鱼肉，而在荆州吃到，红烧的做法概率更高。

对东坡菜有兴趣的，可以以鲟鱼做个系列，名字就叫"东坡黄鱼"，这可比那些用现在的黄鱼或鳝鱼冒充"东坡黄鱼"的正宗。

9. 吃鳊鱼——荆州至开封篇一

老苏家一路北上，抵达汉江。汉江是长江最长、最大的支流，流经陕西、湖北两省，在武汉市汉口龙王庙汇入长江。汉江盛产鳊鱼，这回苏轼不再舍不得吃，而且还写了一首诗，诗名就叫《鳊鱼》：

> 晓日照江水，游鱼似玉瓶。
>
> 谁言解缩项，贪饵每遭烹。
>
> 杜老当年意，临流忆孟生。
>
> 吾今又悲子，辍箸涕纵横。

大意是：早上的太阳照耀着江水，水里游荡的鱼儿张开嘴巴，就像一只只玉瓶。鳊鱼啊鳊鱼，你就是因为贪吃，所以才遭遇被烹饪的下场。这话是谁说的呢？对着鳊鱼，想起了当年杜甫忆孟浩然写鳊鱼的诗句。为鳊鱼的命运感到悲伤，不禁放下筷子，泪流满面。这只是这首诗的书面意思，要理解苏轼的真实用意，我们还需先了解他在诗里写到的孟浩然。

在汉江边长大的盛唐诗人孟浩然，是个极其可爱的人。李白浪游四海，向来目空一切，"仲尼且不敬，况乃寻常人？"但当他在旅途中遇到了孟浩然，便产生了宿醉般的敬意，在《赠孟浩然》中说"吾爱孟夫子，风流天下闻"，孔夫子可以不敬，孟夫子却不得不服。孟浩然要去扬州，李白约孟浩然在武昌相会。他们在武昌玩了一个多月，还一起游览了黄鹤楼。黄鹤楼上崔颢的题诗，让李白惋惜地说："此处有景道不得，崔颢题诗在上头。"不过，在孟浩然出发前，李白还是以黄鹤楼为题，作诗为他送别，于是就留下了家喻户晓的"故人西辞黄鹤楼，烟花三月下扬州。孤帆远影碧空尽，唯见长江天际流"。诗名就叫《送孟浩然之广陵》。

同样忘不掉孟浩然的还有杜甫，他在孟浩然去世后所写的《解闷十二首》之六中说：

> 复忆襄阳孟浩然，清诗句句尽堪传。
> 即今耆旧无新语，漫钓槎头缩颈鳊。

以"复忆"二字起笔，可见不是第一次想起，杜甫对孟浩然佩服得五体投地，说孟浩然的诗句句都值得流传下来，而且当今好久没有人写出好的诗句了，更别说跟孟浩然的"漫钓槎头缩颈鳊"相比。在这里，杜甫把孟浩然的两句诗作了简单的连缀，糅成一句，这两句诗分别是《岘潭作》中的"试垂竹竿钓，果得槎头鳊"与《冬至后过吴张二子檀溪别业》中的"鸟泊随阳雁，鱼藏缩项鳊"。

孟浩然的诗传下来的不多，提到"槎头缩颈鳊"的却有好几首，比如《送王昌龄之岭南》写得极为真切：

> 洞庭去远近，枫叶早惊秋。
> 岘首羊公爱，长沙贾谊愁。
> 土毛无缟纻，乡味有槎头。
> 已抱沉痼疾，更贻魑魅忧。
> 数年同笔砚，兹夕间衾裯。

意气今何在，相思望斗牛。

"土毛无缟纻，乡味有槎头"，意思是我这个地方虽无白绢、细麻衣服之类名贵土产，好在有一种"槎头缩颈鳊"还算拿得出手。据《新唐书》记载，开元二十八年（740），王昌龄遇赦北上，再度路过襄阳，专程赴南园拜访孟浩然。大概是受王昌龄如释重负的心境感染，加之自己身上的"痼疾"颇有行将痊愈之势，孟浩然亦大感欢欣，于是用鳊鱼招待王昌龄。这一年，王昌龄四十三岁，孟浩然五十二岁，但谁都没有想到，这次相见竟是两人的最后一面。

据唐人王士源《孟浩然集序》所记："开元二十八年，王昌龄游襄阳，时浩然疾疹发背，且愈。相得欢甚，浪情宴谑，食鲜疾动，终于冶城南园。"原来孟浩然诗中所言之"痼疾"正是背疽，这在古代是一种棘手的毒疮，古人医学水平有限，医不好总得找个理由，于是鱼虾、牛肉之类的"发物"就得"背锅"。但孟浩然不是一个愿意受到束缚的人，更何况，与平生知己欢聚于岘山脚下、汉水之畔的涧南园，岂能少了那尾鲜美绝伦、名动天下的"槎头缩颈鳊"？大快朵颐之后，孟浩然背疽复发，不久就去世了，终年五十二岁。

一条鳊鱼，何至于让苏轼泪流满面？他悲的不是鳊鱼，而是孟浩然。孟浩然生于盛唐，早年有志用世，四十一岁时，游长安，应进士举不第，曾在太学赋诗，凭着"微云淡河汉，疏雨滴梧桐"句，名动公卿，一座倾服，为之搁笔。他和王维交谊甚笃。据《新唐书》载，王维曾邀请孟浩然到他所在的地方，适逢唐玄宗突然到来，孟浩然赶紧躲到床下避让，没想到还是被唐玄宗看出异样，王维不敢隐瞒，据实奏闻，并大力推荐。唐玄宗命孟浩然出来见面，让他露两手。孟浩然自诵其诗"北阙休上书，南山归敝庐。不才明主弃，多病故人疏。白发催年老，青阳逼岁除。永怀愁不寐，松月夜窗虚"。大概说的是：我的命运好苦啊，皇帝看不上我，朋友也离我远去，眼看蹉跎半生却一事无成，愁得都睡不着觉了，唉！

听到"不才明主弃"这一句，唐玄宗不高兴了，说："卿不求仕，而朕未尝弃卿，奈何诬我。"于是下令放归襄阳，永不录用。孟浩然本就对仕途很"佛系"，干脆漫游吴越，只短暂担任过幕僚，很快又穷极山水之胜。关于这个故事，历来有不同版本，但其中的诗绝对是孟浩然的诗。他的一生率真得很，也纠结得很，想出仕做官，又不愿迎合官场；渴望成功，但弯不下腰；别人想提携他，他又不能抗拒内心的真性情。既喜欢山水，又想出仕做官，这种矛盾心境，也正是苏轼的心理写照。这么一个有才之人却郁郁不得志，最后还因吃鳊鱼致死，这样的结局，苏轼"推人及己"，不禁为之"辍箸涕纵横"。

鳊鱼属鲤形目鲤科鳊鱼属，俗称长春鳊、草鳊、油鳊、长身鳊，古名槎头鳊、缩项鳊。体高侧扁，呈长菱形，头小，近似三角形，头后背部隆起。古人根据这种既方且扁的体形特征，给它们取名"鳊""鲂"。李时珍在《本草纲目》中写道："鲂，方也；鳊，扁也。"鳊鱼广泛分布于我国主要水系的江河、湖泊中，北至黑龙江，南到珠江及海南等地的水系，都可以看到它的身影。

鳊鱼在各地生长，形状也稍微有些不同，著名的武昌鱼也是鳊鱼。三国时期，当时东吴最后一任帝王孙皓决定带着自己的亲信从建业（即今天的南京）迁都武昌，试图开启王朝的新篇章，但是他的丞相陆凯却坚决反对，而且还在上奏的文书中写了"宁饮建业水，不食武昌鱼"这样的话。陆凯之所以反对迁都，是因为在他的心中，迁都并不会让东吴王朝再度兴盛，眼下唯一可以做的事情，就是好好地守住建业，不要有移居的心态，倒不是真的嫌弃武昌鱼。南北朝时的文学家庾信在尝了一口鳊鱼肉之后，立马发出了"还思建业水，终忆武昌鱼"的感慨，这让武昌鱼大出风头。毛主席也借用此句，写了"才饮长沙水，又食武昌鱼"，更让全国人民视武昌鱼为武汉的地标性食物。

广东也有鳊鱼，"春鳊秋鲤夏三黎"，春天是鳊鱼的繁殖季节，最为肥美。广东的鳊鱼属大眼华鳊，也叫广东鲂、大眼鳊，它还有一个名字——海鳊，其实鳊鱼属淡水鱼，根本不可能生活在海里，"海鳊"这个名字，骗了不少喜欢海鲜的"老广"。

苏轼吃鳊鱼正是在春天，这个时候的鳊鱼，味道应该不错。这是苏轼第一首以美食为名所写的诗（作于1060年），而具体这道菜怎么做，他没写；味道怎么样，他也没说。这个时候的苏轼，还没有把注意力放在美食上，但后人倒是据此弄出了一道"东坡鳊鱼"，有清蒸、油焖、红烧三种做法。

清蒸的做法：将鱼去鳞、鳃，剖腹去内脏，洗净，在鱼身两面剖花，撒上精盐，盛入盘中；香菇和熟火腿切成薄片，互相间隔着摆在鱼上面；冬笋切成柏叶形薄片，镶在鱼的两边，加葱、姜和绍酒，大火蒸熟；铁锅置旺火上，下猪油烧熟，沁入蒸鱼的汤汁，下鸡汤烧沸，加入味精、鸡油，起锅，浇在鱼上面，撒上胡椒粉即成。

油焖的做法：将鱼去鳞、鳃，剖腹去内脏，洗净，在鱼身两面剖斜十字刀花，每面剖五六刀，用酱油抹鱼身，腌渍五分钟；猪肥膘肉、红辣椒、小葱、笋片，都切成一寸长的粗丝；炒锅置旺火上，下芝麻油，烧至八成熟，将鱼下锅，用勺拨动翻面，待鱼两面炸成淡黄色时捞出；原炒锅倒去余油后置旺火上，放入肥膘肉、红辣椒、小葱、笋片，炒两分钟，至葱散发出香味时，再将鱼下锅，加入绍酒、姜末、酱油、白糖、味精、精盐、清水，焖烧三分钟；待鱼汁渐浓，即移置微火上，加盖焖八分钟至鱼已透味、汤汁浓稠时，再端锅置旺火上，下猪油继续焖

45

二分钟，起锅装盘即成。

红烧做法：同样先将鱼去鳞、鳃，剖去内脏洗净，在鱼身两面剖斜十字刀纹，每面也剖五六刀；笋片切成薄片；炒锅置旺火上，下芝麻油烧热，把鱼下锅两面煎黄，加入绍酒、姜末、酱油、精盐、葱段、笋片、清水等一起烹烧；待汤汁烧沸后，移至中火上烧十分钟至鱼透味，再端锅置旺火上，继续烧至三分钟，直到汤汁稠浓，即将鱼起锅，盛入盘内；将原炒锅连汤汁置旺火上，下味精、白糖，用湿淀粉调稀勾芡，放入熟猪油，起锅，浇在鱼上即成。

此时的苏轼，有些多愁善感，吃条鳊鱼，想到孟浩然，看来，伟大的人物吃吃喝喝，有时还不如我们纯粹。

10. 吃野鸡——荆州至开封篇二

老苏一家继续一路北上，吃过鳊鱼，苏轼又记下了另一道美食：雉，也就是野鸡，诗名就叫《食雉》：

> 雄雉曳修尾，惊飞向日斜。
>
> 空中纷格斗，彩羽落如花。
>
> 喧呼勇不顾，投网复谁嗟。
>
> 百钱得一双，新味时所佳。
>
> 烹煎杂鸡鹜，爪距漫槎牙。
>
> 谁知化为蜃，海上落飞鸦。

大意是：美丽的雄雉拖着修长的尾巴，一路惊叫着向着夕阳的方向飞去。它们善于在空中格斗，彩色的羽毛如花一样纷纷落下。它们大声鸣叫、不管不顾、勇往直前，自投罗网，这样的性情谁又为之感叹、怜惜呢？我花了一百文钱买了两只，新鲜的野鸡肉是大家都喜欢的。烹饪野鸡，要加上鸡和野鸭，满锅都是参差不齐的爪子，可以用牙齿慢慢啃。有谁知道入海成蜃的就是这种野鸡呢？即便化为蛤蜊，也会引来飞鸦纷纷落到海滩上觅食。

诗写得貌似平淡，其实藏着深意，我们一层一层揭开。

野鸡，是鸟纲雉科雉属的一种走禽。虽然叫野鸡，但不是常见的家鸡的未驯化种群，家鸡是由鸡形目雉科原鸡属的原鸡驯化而来的，一个是雉科雉属，一个是雉科原鸡属，算是"远房亲戚"。雉鸡原本是雉属的一个单种属，2014年，雉鸡日本亚种被正式确定为一个独立的物种——绿雉。自此，雉属有了两个属，一个是雉鸡，另一个是绿雉。尽管如此，由于绿雉仅分布于日本，几乎遍布全球温带地区的雉鸡仍旧是人们最为熟悉的野鸡。雉鸡原产于亚洲，后作为捕猎对象被引入欧洲、北美、澳大利亚、新西兰及夏威夷等地，迅速成为几乎遍布全球的物种，分化出了三十多个亚种，我国有十九个亚种分布。

苏轼诗中写的是雄雉。雄雉羽毛非常漂亮，前额和上嘴基部黑色，富有蓝绿色光泽。头顶棕褐色，眉纹白色，眼先和眼周裸出皮肤绯红色。在眼后裸皮上方，白色眉纹下还有一小块蓝黑色短羽，眼下亦有一块更大些的蓝黑色短羽，耳羽丛亦为蓝黑色。颈部有一黑色横带，一直延伸到颈侧与喉部的黑色相连，且具绿色金属光泽。在此黑环下有一比黑环更窄些的白色环带，一直延伸到前颈，形成一完整的白色颈环，其中前颈白带比后颈的更为宽阔。上背羽毛基部紫褐色，具白色羽干纹，端部羽干纹黑色，两侧为金黄色，背和肩为栗红色。下背和腰两侧蓝灰色，中部灰绿色，且具黄黑相间排列的波浪形横斑。尾上覆羽黄绿色，部分末梢沾有土红色。小覆羽、中覆羽灰色，大覆羽灰褐色，具栗色羽缘。飞羽褐色，初级飞羽具锯齿形白色横斑；次级飞羽外翈具白色虫蠹斑和横斑；三级飞羽棕褐色，具波浪形白色横斑，外翈羽缘栗色，内翈羽缘棕红色。尾羽黄灰色，除最外侧两对外，均具一系列交错排列的黑色横斑，黑色横斑两端又连结栗色横斑。颏、喉黑色，具蓝绿色金属光泽。胸部呈带紫的铜红色，亦具金属光泽，羽端具有倒置的锚状黑斑或羽干纹。两胁淡黄色，近腹部栗红色，羽端具一大黑斑。腹黑色，尾下腹羽棕栗色。苏轼说"雄雉曳修尾""彩羽落如花"，都是极准确的。刘邦的皇后吕后名字就叫"吕雉"，古人觉得"雉"就是漂亮的象征，这个名字在当时就如同今天的"吕雅欣""吕梓涵"，可不能叫为"吕野鸡"。

雉鸡脚强健，善于奔跑，特别是在灌丛中奔走极快，也善于藏匿，但并不善于飞行，在迫不得已时才起飞；飞行速度较快，也很有力，但一般飞行时间不持久；飞行距离不长，常成抛物线式飞行，边飞边发出"咯咯咯"的叫声。苏轼说它"惊飞向日斜"，受惊才飞，也是极为准确的。雉鸡实行一夫多妻制，发情期间雄鸟各占据一定领域，并不时在自己的领域内鸣叫，如有别的雄雉侵入，则发生激烈的殴斗，直到将其赶走为止。苏轼看到了这一幕，写下了"空中纷格斗，彩羽落如花"，雄雉这样做，都是因为爱情。

古人很早就食雉，对底层贵族来说，送礼物时没有几只野鸡，还真没法拿出手。《仪礼·士相见之礼》就记载："士相见，宾见主人要以雉为贽。"之所以会选择雉鸡，除了野鸡味道不错以外，更重要的是因为它有独特的个性：雉鸡是一种难以驯服的动物，不吃嗟来之食，被人抓住不久往往就会饿死。这可不是瞎说，《白虎通》就说："士以雉为挚者，取其不可诱之以食，慑之以威，必死不可生畜，士行威介，守节死义，不当转移也。"《韩诗章句》就说："雉，耿介之鸟也。"《礼记·曲礼》也说："凡挚士，雉谓其守介节，交有时，别有伦也。"古人认为，雉鸡的这个特点好比高洁之士的品性，因此被赋予了士的精神象征。

但苏轼这次吃的野鸡，不是别人送的，"百钱得一双"，花了一百文钱买了两只。野鸡个头不大，一大家子当然不够吃，"烹煎杂鸡鹜"，就是加了普通的鸡和野鸭，将这些不同的肉共治一炉，多种氨基酸协同作战，鲜味大大提高。野鸡脂肪含量少，加上普通的鸡和野鸭，带来更多的脂香，也带来了更多的滋味。不得不说，苏轼这一烹饪手法是符合现代烹饪科学的，这位美食家很有天赋！加了鸡和野鸭，爪当然就多了，

"爪距漫槎牙"，苏轼慢慢啃着长短不一的各种爪，鸡爪也是肉，其他肉让给家属们吃，苏轼的吃相一点都不难看。

讲野鸡的特点，讲怎么烹雉，但这些都不是苏轼写这首诗的本意，他想说的是野鸡"喧呼勇不顾，投网复谁嗟"，"谁知化为蜃，海上落飞鸦"。

为了既定的目标，大喊大叫，奋不顾身，一往无前，即便自投罗网也在所不辞，哪怕连叹息、怜惜都没有。野鸡的这种精神，苏轼是赞赏的，他自己也是这么做的。

就在苏轼写这首诗九年后，宋神宗启用王安石实行变法，与王安石政见不同的大臣们，如富弼、张方平、司马光、赵抃，有的称疾求退，有的自请外放，以求明哲保身，而自知人微言轻、不足挽救危机的苏轼，在求见宰相曾公亮，希望他能挺身而出救国救民被婉拒后，居然如雄鸡一样奋不顾身，于1071年二月，进长达八千余字的《上神宗皇帝书》。三月，又有《再上皇帝书》，对王安石新政展开全面的批判，并断言"今日之政，小用则小败，大用则大败，若力行不已，则乱亡随之"。最后，他竟直指神宗"人皆谓陛下圣明神武，必能徙义修慝，以致太平。而近日之事，乃有文过遂非之风，此臣所以愤懑太息而不能已也"。这种话，放在任何时代，杀头尚有余辜，苏轼奋不顾身，岂不是他笔下的"雄雉"？

性格决定命运，苏轼的本性就是一个爽直的人，早在刚登进士第时，欧阳修介绍他的门人晁端彦到兴国浴室来访。一来二去，两人成了好朋友，晁端彦常劝苏轼要注意言语谨慎，苏轼却说："我性不忍事，心里有话，如食中有蝇，非吐不可。"此时苏轼眼见国家到了生死存亡之时，其他人不说，他不能不说。

苏轼太能写、太能说了，虽然只是八品的闲官，但王安石认定苏轼就是反对派司马光的"狗头军师"，要顺利推行变法，就必须先将其赶走，苏轼一生颠沛流离的生活，祸根就是在这时种下的。

苏轼只求一时一吐为快，不知说真话会带来的风险吗？当然不是！在这首诗里，他就说雄鸡"谁知化为蜃，海上落飞鸦"，即使化为蛤蜊，也摆脱不了被飞鸦吃掉的命运。蜃指的就是大的蛤蜊，古人认为立冬有三候："一候水始冰，二候地始冻，三候雉入大水为蜃。"知识有限的古人，相信海里有的东西是陆地上的东西化的，立冬之后雄鸡很少见到，而此时海中开始出现大的蛤蜊，由于蛤蜊的花纹和雉的羽毛颜色有几分相似，于是古人就把这两者联系了起来，认为是雉跑到水里变成了蜃。苏轼不相信在这个开明的时代，自己的直言进谏会惹来杀身之祸，最多就如雄鸡一般化为蜃，虽然命运也好不到哪儿去，"海上落飞鸦"，也会被收拾。他不是没想到，他是不怕！

写此诗时，苏轼才二十五岁，却已经为他的一生写下了终局的注解。

11. 晶饭——开封篇一

到了京师，老苏在汴京买了一栋房子，这房子貌似不错，傍依高槐古柳，前有花园，他们在花园种菜。苏轼在给朋友的信中这样描述他们的家：

> 都下春色已盛，但块然独处，无与为乐。
> 所居厅前有小花圃，课童种菜，亦少有佳趣。
> 傍宜秋门，皆高槐古柳，一似山居，颇便野性也。

花园种菜，这是"吃货"的价值观，一千多年后，国人依然如此。

苏轼两兄弟参加了吏部的典选（相当于面试）后，任职通知来了，苏轼授河南府福昌县主簿，苏辙授渑池县主簿，官阶等级为最低的从九品。三年前，苏轼两兄弟名誉京城，因丁母亲忧未能及时获得任职，这次是补缺。但这样的低起点，估计也低于兄弟俩的预期，于是两人选择了放弃，等待第二年由仁宗特诏举行的制科考试。这种考试门槛太高了，要有大臣推荐，先经秘阁试，过关后再受皇帝亲自策问。策问的内容每次都不一样，大概是六个方面：一、贤良方正，直言极谏；二、博达坟典，明于教化；三、才识兼茂，明于体用；四、详明政理，可使从政；五、识洞韬略，运筹决胜；六、军谋宏远，材任边寄。这就是"六科取士"。苏轼两兄弟这次策问的是贤良方正直言极谏，共有四人报考。此次制科考试的秘阁试，主考官是司马光、杨畋、沈遘，苏轼两兄弟因此成为司马光的门生。

这次考试太难了，连苏轼都说："特于万人之中，求其百全之美……又有不可测知之论，以观其默识之能，无所不问之策，以效其博通之实。"意即在万人之中选拔一人，考试没有范围、无所不问，答案还要完美无瑕，这可得好好准备。

兄弟俩于是从家里移往汴河南岸的怀远驿读书，目的是求清静。怀远驿的日子，清静是清静，还多了清苦。南宋朱弁《曲洧旧闻》对这段日子有这样的记载：

> 东坡尝与刘贡父言："某与舍弟习制科时，日享三白，食之甚美，不复信世间有八珍也。"贡父问："三白何物？"答曰："一撮盐，一碟生萝卜，一碗饭，乃三白也。"贡父大笑。久之，以简招坡过其家吃皛饭。坡不复省忆尝对贡父三白之说也，谓人云："贡父读书多，必有出处。"比至赴食，见案上所设，唯盐、萝卜、饭而巳，乃始悟贡父以三白相戏，笑投匕箸，食之几尽。将上马，云："明日可见过，当具毳饭奉待。"贡父虽恐其为戏，但不知毳饭所设何物。如期而往，谈论过食时，贡父饥甚索食，坡云："少待。"如此者再三，坡答如初。贡父曰："饥不可忍矣！"坡徐曰："盐也毛，萝卜也毛，饭也毛，非毳而何？"贡父捧腹曰："固知君必报东门之役，然虑不及此。"坡乃命进食，抵暮而去。

说的是苏轼和他的好友刘攽（字贡父）曾谈起在怀远驿读书时，每日三餐，饭桌上只有白饭、白萝卜和盐三种食物，戏称之为"三白饭"。刘攽是个爱开玩笑的人，过了一段日子，他发请柬请苏轼去他家吃"皛（xiǎo）饭"。苏轼已经忘记前事，以为刘攽读书多，所谓皛饭必有典，于是欣然前往，待见到饭桌上只有白饭、白萝卜和一碟盐时，才发觉被刘攽所戏，不过苏轼还是吃得津津有味。

苏轼也是爱开玩笑的人，当然不会不还手。于是吃完饭苏轼告辞出来，临上马时对刘贡父说："明天到我家，我准备毳（cuì）饭款待你。"刘贡父害怕被苏轼戏弄，但又想知道"毳饭"到底是什么，第二天便如约前往。两人谈了很久，早过了吃饭时间，刘贡父肚子饿得咕咕叫，便问苏轼为何还不吃饭。苏轼说："再等一会儿。"刘贡父又问了好几次，苏轼也如此这般地回答了几次。最后，刘贡父说："饿得受不了了！"苏轼才慢吞吞地说："盐也毛〔同'冇'（mǎo）音，'没有'的意思〕，萝卜也毛，饭也毛，岂不是'毳'饭？"刘贡父捧腹大笑，说："本来我就知道你一定会报昨天的一箭之仇，但万万没想到这一点！"苏轼这才传话摆饭，二人一直吃到傍晚，刘贡父才回家。

经过认真的准备，加上这对学霸兄弟是"考霸"，考试当然难不倒他们，最后仁宗皇帝给苏轼最高等级——三等。没错，三等已是当时最高的。在宋代，制科一、二等就是个摆设，以示皇帝并没有那么多不足可供士人指摘，另一意思是"你再牛也还有很大差距"。同时参加考试的王介得了四等，而苏辙，经过一番争议，最后也得了四等，总共就录取了这么三个人。"昔仁宗策贤良归，喜甚，曰：'吾今又为吾子孙得太平宰相两人'，盖轼、辙也。"仁宗皇帝高兴地对皇后说为子孙得了两个太平宰相，就是这次考试后说的。

但并不是所有人都喜欢苏轼，比如王安石。此时的王安石为翰林院的知制诰，这是一个负责为皇帝起草重要文件的职位，据南宋邵博《邵氏闻见后录》载：

> 东坡中制科，王荆公问吕申公："见苏轼制策否？"申公称之。

荆公曰："全类战国文章，若安石为考官，必黜之。"

王安石私底下对吕公著表示不喜欢苏轼，看来苏轼与王安石的矛盾，不仅仅是门户之争，还有文章风格之异，苏轼注定了与王安石几乎一辈子水火不容。幸好此时王安石说了不算，仁宗说了才算。当然了，仁宗说的"太平宰相"是"期货"，做官嘛，还是先到基层历练，苏轼被授"将仕郎大理寺评事签书凤翔府节度判官厅公事"："将仕郎"和"大理寺评事"是苏轼的本官，又称寄官，决定文官的工资待遇与品级，这个级别是八品；"凤翔府节度判官"才是他的实职，比之前的福昌县主簿高了不少。至于苏辙的任命，还得再等等，之后我们还会说到。

*

第三章

初仕凤翔

12. 吃肉与吃素——凤翔篇一

　　嘉祐六年（1061）十二月十四日，才二十六岁的苏轼到任凤翔府签判。宋朝的凤翔，位于陕西西部，紧邻西夏，已是边塞要地，虽然此时宋夏和议，宋朝得了"面子"，西夏成为北宋的封国，但西夏得的是"里子"，北宋每年要"岁赐币帛"，就是向西夏交"不骚扰费"。但历年的战争还是使作为前线的凤翔满目萧条。此时的凤翔知府宋选，是位仁厚且对苏轼十分欣赏的长者，凤翔有个官方"宾馆"凤鸣驿，五年前苏轼两兄弟赴京赶考路过此地，这个驿站破败得无法住人，宋选一到任，就对驿站修缮一番，凤鸣驿简直是"鸟枪换炮"。作为吃货，苏轼看到"宾馆"翻天覆地的变化，很是激动，为此写了《凤鸣驿记》：

　　　始余丙申岁举进士，过扶风，求舍于馆人。既入，不可居而出，次于逆旅。其后六年，为府从事。至数日，谒客于馆，视客之所居，与其凡所资用，如官府，如庙观，如数世富人之宅。四方之至者，如归其家，皆乐而忘去。将去，既驾，虽马亦顾其皂而嘶。余召馆吏而问焉。吏曰："今太守宋公之所新也。自辛丑八月而公始至，既至逾月而兴功，五十有五日而成。用夫三万六千，木以根计，竹以竿计，瓦、甓、坯、钉各以枚计，秸以石计者，二十一万四千七百二十有八，而民未始有知者。"余闻而心善之。

　　　其明年，县令胡允文具石，请书其事。余以为有足书者，乃书曰：古之君子，不择居而安，安则乐，乐则喜从事，使人而皆喜从事，则天下何足治欤？后之君子，常有所不屑，使之居其所不屑，则躁，否则惰。躁则妄，惰则废，既妄且废，则天下之所以不治者，常出于此，而不足怪。今夫宋公计其所历而累其勤，使无龃龉于世，则今且何为矣，而犹为此官哉。然而未尝有不屑之心。其治扶风也，视其尫羸者而安植之，求其蒙茸者而疏理之，非特传舍而已，事复有小于传舍者，公未尝不尽心也。尝食刍豢者难于食菜，尝衣锦者难于衣布，尝为其大者不屑为其小，此天下之通患也。《诗》曰："岂弟君子，民之父母。"所贵乎岂弟者，岂非以其不择居而安，安而乐，乐而喜从事欤？夫修传舍，诚无足书者，以传舍之修，而见公之不择居而安，安而乐，乐而喜从事者，则是真足书也。

这篇文章，说的是六年以前他参加科举考试路过这里，那时凤鸣驿破败不堪，现在经过宋选主持改造，简直就像官府、庙观或者富人的豪宅，苏轼把前因后果简要说了一遍后，自然要感叹议论一番，露出了"吃货"的本色。他说："尝食刍豢者难于食菜，尝衣锦者难于衣布，尝为其大者不屑为其小，此天下之通患也。"意思是：习惯了吃肉的人，让他吃素很难；习惯了穿丝绸的人，让他穿布衣很难；做惯了大事的人，就不屑于做小事。这是世人的通病。对于宋朝的普通人，吃肉并不是一件容易的事，苏轼用吃肉与吃菜打比方，通俗易懂，不知写这段话时，他肚里的馋虫有没有在叫？

不得不说，苏轼这篇文章多少有点拍马屁的成分，而且拍得很有艺术。一方面，从上司宋选修凤鸣驿这件小事说到他对其他小事"公未尝不尽心也"，他认为为官者"躁则妄，惰则废"，不屑于从小事抓起，"则天下之所以不治者，常出于此"。这种总结和升华，谁听了都舒服。

另一方面，苏轼对宋选的赞美也是认真的，他确实从宋选身上学到了务实勤勉、从小事做起的实干精神，这种精神贯穿了苏轼的仕宦生涯，他每到一个地方担任地方官，都踏踏实实地干事，造福一方百姓。一个刚刚踏入官场的年轻人，就遇到伯乐式的上司，对上司的崇拜会让人不自觉地神化或夸大对方，上司的这些优秀品质也会影响着自己，这并不矛盾。事实上，在实干这件事上，宋选对苏轼的影响还是挺大的。

苏轼与宋选共事的时间不长，大约只有一年多的时间，苏辙说苏轼这段时间"公尽心其职，老吏畏服"，连凤翔府上年纪的部下对苏轼都既敬畏又服从。这离不开宋选"长吏意公文人，不以吏事责之"，意思是宋选认为苏轼是个文人，就不以官场上的规矩要求苏轼了。在这么宽容的上司领导下，苏轼当然办了不少小事，也干了不少大事。在苏辙《亡兄子瞻端明墓志铭》及《宋史》中都讲了一件大事："修衙规，使衙前得自择水工。"原来，凤翔府的"衙前役"是从终南山伐木，编成木筏，沿河从水路运到京城。由于任务急，运木不择季节，遇到河水湍急季节，很多运木的人葬身河底，或者因完成不了任务而赔得倾家荡产甚至坐牢。还记得苏轼过三峡时写的《新滩》吗？亲历过三峡之险的苏轼，太明白"衙前役"运木工的危险了，于是在向宰相韩琦上书的《凤翔到任谢执政启》中反映了这一情况，并对这种制度做了改进——挑选有经验的百姓服役，选择河水平缓的季节运输，"自是衙前之害减半"。这种改革，既需要智慧，也需要勇气。

这段时间，苏轼还记录了他与宋选一起干的一件大事：求雨。没错，古人把求雨当成一件大事大书特书。位于西北的凤翔，一向干旱，就在苏轼到任后的第二年，干旱十分严重。他们俩到太白山求雨，苏轼还为此写下《凤翔太白山祈雨祝文》，又到真兴寺祷告。说来奇怪，或许是"瞎猫碰上死耗子"，还真下了一场大雨，连绵数日，苏轼为此将落成于后花园的亭子命名"喜雨亭"，还写了一篇《喜雨亭记》刻在亭子上。现位于凤翔东湖公园内的喜雨亭，当然已不是苏轼生活的时代的建筑，但对于求雨之事也是有迹可循。尽管今天看起来，这事与宋选和苏轼的"呼风唤雨"没什么关系，但也可以印证当时苏轼关心民间疾苦。

苏轼的第一份工作看似很完美，而这么好的开局，对于他究竟是福还是祸呢？

13. 渼陂鱼——凤翔篇二

苏轼在凤翔太守宋选手下做事，一方面宋选欣赏他，对他很是爱护，另一方面签判的工作——核判五曹文书，虽然烦琐，但对苏轼来说小菜一碟。对于落实起来令人头疼的衙前役，苏轼也做了大胆的改革，任务完成得不错，工作上是极其顺利的。

嘉祐八年（1063）正月，宋选三年任期届满，接替他的是眉州青神县人陈希亮，字公弼。

虽说是老乡，但苏轼与他简直就是"八字不合"。陈希亮不苟言笑，为人严厉，说话斩钉截铁，常常当面指责下属过错，不留情面。士大夫宴游间，只要听说陈希亮到来，下属们立刻合座肃然，连喝酒都不自在；许多下属对他不敢仰视，唯唯诺诺。而苏轼性格豪阔，不拘小节，做事也敢于担责，即便陈希亮有不同意见，他也要据理力争。两人完全相反的性格，犹如"火星撞地球"，也就互为不妥了。

陈希亮有意裁抑锋芒毕露的后辈苏轼，就从两方面入手。既然都说苏轼的文章好，他就在苏轼上报来的公文上毫不客气地涂抹删改，而且反复多次！苏轼不是参加了仁宗皇帝的"贤良方正直言极谏科"考试吗，府衙里的吏役尊称苏轼为"苏贤良"，陈希亮听到后，大骂吏役"府判官就是府判官，有什么贤良不贤良的"，还把这个吏役打了一顿板子，板子虽打的是别人的屁股，但分明打的是苏轼的脸！

陈希亮是上司，苏轼也无可奈何。但无可奈何不等于无动于衷，不反抗那就不是苏轼了，他在找机会。陈希亮架子大，同僚晋见，他习惯性地让人坐冷板凳等候，甚至有人在候客位打起瞌睡来。对此苏轼作了一首讽刺诗《客位假寐》：

> 谒入不得去，兀坐如枯株。
>
> 岂唯主忘客，今我亦忘吾。
>
> 同僚不解事，愠色见髯须。
>
> 虽无性命忧，且复忍须史。

大意是：拜见太守却被冷遇，傻乎乎地坐着冷板凳就像一株枯树一样。岂止是主人把客人忘了，我现在也把自己给忘了。不懂事的同僚们啊，脸有怒色地看着自己的胡子：不就冷落你一会儿吗？又不是要你的小命，忍一会儿你会死啊！不能指名道姓说陈希亮，那就拿坐冷板凳的同僚来说事，苏轼这诗，够损！

惹不起还躲不起吗？苏轼不愿与陈希亮同时出现在一个场合，官府请客吃饭，苏轼不参加，连中元节也借故不去府厅。这下给陈希亮抓住了把柄，上奏朝廷弹劾苏轼，结果苏轼受了处分：罚铜八斤。相当于一千六百文钱，按照前文《食雉》当时野鸡的价格（五十文一只），这可以买三十二只雉了。

陈希亮对苏轼实施精准打击，苏轼作为下属，除了采取不合作外，也只能通过文字发发牢骚了。机会来了，陈希亮在官宅后面修建了一座"凌虚台"，尽管他平时对苏轼的公文鸡蛋里面挑骨头，但论写文章，他打心底是佩服苏轼的，于是请苏轼写一篇建台记。

苏轼这篇《凌虚台记》，是一篇名作。他先写凤翔的地理形势、凌虚台的建造和结构特征与文章的原委，然后笔锋一转，发起了议论：

轼复于公曰："物之废兴成毁，不可得而知也。昔者荒草野田，霜露之所蒙翳，狐虺之所窜伏。方是时，岂知有凌虚台耶？废兴成毁，相寻于无穷，则台之复为荒草野田，皆不可知也。尝试与公登台而望，其东则秦穆之祈年、橐泉也，其南则汉武之长杨、五柞，而其北则隋之仁寿，唐之九成也。计其一时之盛，宏杰诡丽，坚固而不可动者，岂特百倍于台而已哉？然而数世之后，欲求其仿佛，而破瓦颓垣，无复存者，既已化为禾黍荆棘丘墟陇亩矣，而况于此台欤！夫台犹不足恃以长久，而况于人事之得丧，忽往而忽来者欤！而或者欲以夸世而自足，则过矣。盖世有足恃者，而不在乎台之存亡也。"既以言于公，退而为之记。

太守求文原希望得几句吉利的话，苏轼却借此大讲兴废之理，把陈希亮骂了一通：在凌虚台的东、南、北面，曾有秦穆公、汉武帝、隋文帝和唐太宗修建的壮丽宫殿，其壮丽坚固，岂止百倍于凌虚台？可它们现在都没有了踪影，你一个小小太守建一个小小的土台，有什么了不起？过几年啥都没了！有些人想借凌虚台向世人夸耀其功绩，这就太过了吧？

苏轼这是撕破脸了，没想到陈希亮看后哈哈大笑说：论辈分，你是我孙子辈，平时对你严厉，那是为你好，你小子少年成名，不知谦逊，如果不改，以后会栽得很惨！陈希亮将这篇《凌虚台记》一字不改地刻了上去。

苏轼率真的性格，喜怒哀乐不加掩饰，对上一任太守宋选，他极尽赞美，《凤鸣驿记》《喜雨亭记》不惜拔高奉承；对这一任太守陈希亮，他不惜贬低抵损，客观当然谈不上，但损起人来，也有板有眼，有理有据，这就是苏轼。陈希亮是想挫一挫苏轼的锐气，苏轼此时才二十八岁，哪能理解得了？经过此番交锋，苏轼似乎有所理解，但也并不完全理解。

之所以说苏轼并未完全理解陈希亮，还要从一条鱼说起。

治平元年（1064）初，苏轼的同科进士、时任商洛县令章惇章子厚带着同僚苏旦、安师孟来访，苏轼陪他们玩了好几天。还记得前面我们说过苏轼进士考试的事吗？这一科共八百七十七人参加殿试，苏轼、章惇、章衡都在列，苏轼得中二甲，得中一甲的是浦城人章衡，苏轼对他的评价是"子平之才，百年无人望其项背"。章衡是章惇的族侄，章惇从小就被人说是当大官的料，而且文采飞扬，人长得也英俊潇洒，特别自负。考中进士这已经是特别不容易的事，但章惇羞于考不过自己的侄子，拒不受敕，扔掉敕诰回家。两年后再考，果然是一甲第五名，开封府第一名。

这是一个狠角色，但与苏轼关系很不错。他们同游楼观，访老子出关时的关令尹喜旧宅与授经台，游五郡城、大秦寺、仙游潭南北二寺，这些游迹苏轼都留下了诗迹。在游仙游潭时，面对只有一座独木桥可达的悬崖峭壁，章惇邀苏轼过桥去山壁题字，苏轼"犹有爱山心未至，不将双脚踏飞梯"，而章惇却平步过桥，乘索挽树，以黑漆濡笔，在石壁上大书"苏轼章惇来"，再大摇大摆原路返回，面不改色。苏轼拍拍章惇的后背说："子厚他日必能杀人。"章惇问他为什么这么说，苏轼答："能自判命者，能杀人也。"能说出这么随意且掏心掏肺的话，可见他们之间的友谊。章惇确实是个狠角色，后来官拜宰相。苏轼第一次被贬时他仗义执言，但他也主导苏轼的第二次、第三次被贬，而且屡次想要苏轼的性命，这其中的恩恩怨怨，我们后面还会讲到。

章惇一行回长安时路过渼陂，在朋友的庄园里凿冰钓了一条红鲤鱼，派人送给苏轼。苏轼收到鱼的时候，鱼鳃用紫荇穿着，鱼儿还是活蹦乱跳的。于是他马上洗手下厨，做了一道菜请客人品尝，并且写了这首《渼陂鱼》：

霜筠细破为双掩，中有长鱼如卧剑。
紫荇穿腮气惨凄，红鳞照坐光磨闪。
携来虽远鬐尚动，烹不待熟指先染。
坐客相看为解颜，香粳饱送如填堑。
早岁尝为荆渚客，黄鱼屡食沙头店。
滨江易采不复珍，盈尺辄弃无乃僭。
自从西征复何有，欲致南烹嗟久欠。
游鲦琐细空自腥，乱骨纵横动遭砭。
故人远馈何以报，客俎久空惊忽赡。
东道无辞信使频，西邻幸有庖斋馣。

渼陂是古代湖名，在今西安市鄠邑区涝河西畔，是秦汉上林苑、唐代游览胜地，汇终南山诸谷水，西北流入涝水，经锦绣沟后蓄积成湖，因所产鱼味美得名。杜甫《渼陂行》就有"岑参兄弟皆好奇，携我远来游渼陂"，宋代吴曾《能改斋漫录·事实一》说"唐元澄撰《秦京杂记》载，渼陂以鱼美得名"。而苏轼的这首诗大意是：渼陂湖结冰了，凿开冰面，里面就有如一把放着的长剑的大鱼。用紫色的草穿过鱼鳃方便拿，这让鱼气色惨凄，红色的鱼鳞照着房间，金光闪闪。送来的路虽然遥远，但鱼颔旁小鳍还会动，不等煮熟，我已迫不及待地先尝一口了。座中客人看到我这个样子哈哈大笑，大快朵颐、如填沟堑般填饱了肚子。想想几年前路过荆州，在沙头的店家多次吃到鲟鱼，在江边捕捞鲟鱼太容易了，一尺多长的嫌太小就扔了，这可不是瞎说。自从来到西部凤翔，这种好事哪还有？连南方的食物都好久没吃过了。我啊，就如会游的鯼鱼，又小又腥，空有一副骨头，动不动就遭人一顿乱砍。老朋友啊，你从那么远的地方送来这条鱼，我的砧板很久都是"空空如也"，今天忽然丰盛了起来，有点受宠若惊啊。东边的朋友啊，有好东西记得往我这里送，没有的话也不要紧，我这住在西边的人，厨房里还有腌菜和浓浓的酱汁，也不至于饿死！

是不是写得很调皮且生动？这是苏轼第一次这么详细、形象地写美食。"红鳞照坐光磨闪"，只有红鲤鱼才有这一特征，"烹不待熟指先染"，说的是不等煮熟迫不及待地先尝一口。馋成这样，引来客人哄堂大笑。苏轼的诗，白描也如此生动，当然里面典故也不少："中有长鱼如卧剑"，典出孟浩然《夏日与崔二十一同集卫明府宅》"舞鹤乘轩至，游鱼拥钓来"；"香粳饱送如填堑"，典自曹植《与吴季重书》"食若填巨壑，饮若灌漏卮"。读苏诗，难又不难。但这些都不是重点，他写这首诗是为了表达对现状的不满："游鯼琐细空自腥，乱骨纵横动遭砭。"他自比鯼鱼，动不动就遭人一顿乱砍。谁敢"砭"他？他的顶头上司陈希亮啊！

这说明他还有气！但苏轼是一个善于和自己和解的人，这一年他才二十九岁，已经会开自己的玩笑"东道无辞信使频，西邻幸有庖厨酽"，朋友们送来的美食，可以治愈淡出鸟来的肠胃，朋友们的温暖，可以抵御上司的挑刺。他是借渼陂鱼发泄一通自己的不满。

苏轼年少得志，这是他遇到的第一个小挫折，对比他之后人生路上摔的一个又一个跟头，陈希亮给他的这个小教训实在算不上什么。不知陈希亮是不是看到了这首诗，主动调整了对苏轼的态度，并邀请苏轼到凌虚台饮宴，苏轼赋诗《凌虚台》，里面说到"才高多感激，道直无往还""青山虽云远，似亦识公颜""是时岁云暮，微雪洒袍斑。吏退迹如扫，宾来勇跻攀。台前飞雁过，台上雕弓弯。联翩向空坠，一笑惊尘寰"，看来前嫌已尽释。再后来，陈希亮去世后，苏轼应其子陈慥之请作《陈公弼传》，其中就说道：

> 公于轼之先君子为丈人行，而轼官于凤翔，实从公二年。方是时，年少气盛，愚不更事，屡与公争议，至形于言色，已而悔之。

陈希亮的儿子陈慥，是苏轼的好朋友之一，"河东狮吼"说的就是陈慥的老婆，陈慥被苏轼塑造成一个怕老婆的典型。苏轼写这段话时，已经是经历了乌台诗案被贬黄州了。经历过生死之劫，大风大浪，吃过大亏，苏轼才真切体会到陈希亮的一片用心良苦。

14. 吃竹鼠——凤翔篇三

在凤翔的日子，除了与上司陈希亮不太对付，其他的还算惬意，苏轼把自己的住所修葺了一下，弄了个小园，筑了个小亭，挖了个横池，种莲养鱼，栽树种花。虽然是"三年辄去岂无乡"，但毕竟是自己的居所，所以"种树穿池亦漫忙"，辛苦一点，自己享受，也还值得。闲时遍游凤翔附近名胜古迹，也算过得有滋有味。

有滋有味不仅仅在精神层面，物质上也少不了，有人给他送来了竹鼠，苏轼为此写了一篇《竹䶉》：

> 野人献竹䶉，腰腹大如盎。
>
> 自言道旁得，采不费置网。
>
> 鸱夷让圆滑，混沌惭瘦爽。
>
> 两牙虽有余，四足仅能仿。
>
> 逢人自惊蹶，闷若儿脱襁。
>
> 念此微陋质，刀几安足枉。
>
> 就擒太仓卒，羞愧不能飨。
>
> 南山有孤熊，择兽行舐掌。

竹䶉，这个"䶉"字，左边是"鼠"，右边是"卯"，其实就是竹鼠。《清稗类钞》说："竹鼠，一名竹䶉，亦作竹䶉，似家鼠而大，毛苍色，尾极短，目细而长，前足不分趾爪，行极迟钝。"

这首诗大意是：有人送我一只竹鼠，说是从路边轻易得来，连网都不用下。这竹鼠比皮制的口袋还圆润滑溜，混沌（神话中兽名）跟它比太瘦瘦。这家伙虽有两颗大牙，四个爪足却仅粗具模样而已。一遇到人，它就惊倒颠扑在地，像个刚出襁褓的婴儿。看它这呆萌的样子，哪忍得挥起刀刃？看它这仓皇得擒的样子，怎忍心吃它的肉？听说南山有头孤熊，还是去抓来吃熊掌吧！

竹鼠是哺乳纲真兽亚纲啮齿目鼠形亚目竹鼠科的动物，我国分布的竹鼠一共有五种，包括中华竹鼠、银星竹鼠（又叫花白竹鼠）、大竹鼠、暗褐竹鼠和小竹鼠。竹鼠虽然带个鼠字，但与人人喊打的老鼠只是远房亲戚，它们同目不同科。如果提起竹鼠另外的名字"芒狸""竹狸"，是不是就没那么令人生厌？与翻垃圾、偷粮食、钻下水道、脏兮兮又传播疾病的老鼠不同，竹鼠生活在南方环境清幽的竹林里，吃的是竹根、竹笋或其他植物地下根茎等"高级"食物；老鼠一般只有几十克，最多几百克，太小，没什么吃法，竹鼠的平均体重能达到2公斤—4公斤，体长在30—40厘米，跟家兔的体型差不多，肉多骨少，不论红烧还是烧烤，炖汤还是打边炉，都十分美味。竹鼠肉没有腥膻气味，肉质细腻鲜美，和兔肉一样，属于低脂肪、低胆固醇、高蛋白质肉类，"天上斑鸠，地下竹𩷶"，竹鼠的美味和营养价值，历来为人所称道。

国人吃竹鼠，至少有六千年历史，考古学家在半坡遗址发现了大量竹鼠的骨头，这些竹鼠骨头大多是碎的，说明这些竹鼠是被人吃过的。反映周朝贵族生活的《仪礼》记载，能吃上竹鼠肉的得是三鼎以上的公卿大夫，当时管竹鼠肉叫"璞肉"。汉代扬雄《蜀都赋》中所列珍馐"春兔秋鼠"中的"秋鼠"，应该也是竹鼠。唐代张鷟的《朝野佥载》记载"岭南僚民，好为蜜唧"，蜜唧是以蜜饲的鼠，敢吃的广东人民早就发现了竹鼠这种美味。苏轼生活的时代，人们也是吃竹鼠的，所以才有

"野人献竹䶂"。那么，苏轼吃竹鼠了吗？

诗中说"就擒太仓卒，羞愧不能飨"，为什么会羞愧呢？先看"就擒太仓卒"，有人将此解释为"苏轼此行太仓促，所以没来得及享用竹鼠肉，并深以为憾"，这是错误的。"仓卒"，亦作"仓猝"，意即匆忙急迫，或指非常事变，说的是萌萌呆呆的竹鼠被抓太突然，有点胜之不武，所以才"羞愧不能飨"。苏轼想表达的重点在"南山有孤熊，择兽行舐掌"上：吃个呆萌、惶恐就擒的小竹鼠算什么本事？猎杀野熊吃熊掌才算真本事！至于他有没有吃，还真不好说，他想借此表达对欺善怕恶、挑软柿子捏、避重就轻之流的不屑，顺便对上司陈希亮说：你欺负我这个老实人算什么本事？有种你去惹惹朝廷里的大员！写这首诗时，苏轼和陈希亮关系很僵，至于是否吃竹鼠，不是他想表达的主题。

苏轼将这首诗寄给了弟弟苏辙，苏辙依韵和了诗《次韵子瞻竹䶂》：

> 野食不穿囷，溪饮不盗盎。
> 嗟䶂独何罪，膏血自为疮。
> 阴阳造百物，偏此愚不爽。
> 肥痟与瘦黠，禀受不相仿。
> 王孙处深谷，小若儿在襁。
> 超腾避弹射，将中还复往。
> 一朝受羁绁，冠带相宾飨。
> 愚死智亦擒，临食抵吾掌。

苏辙说，竹鼠又不钻谷仓，又不偷嘴，它有何罪？仓皇的竹鼠像小婴儿，处在磨难中的王孙不也是如在襁褓中的婴儿吗？竹鼠啊，即便会蹦达几下，也逃不出猎人的手掌心，一旦被抓住，衣冠楚楚的人们可不会放过大快朵颐的机会。苏辙这是在感叹，在这个弱肉强食的世界，不论愚蠢的还是有智慧的，都抵挡不住更强大的。苏辙在这首诗里似乎在劝苏轼：竹鼠愚蠢才遭此厄运，你是个有智慧的人，与陈希亮斗争不会有好结果，是不是改变一下策略？

围绕着竹鼠，两兄弟各抒己见，表达了他们的世界观：苏轼不畏强权，敢于战斗，充满斗争精神，结果伤痕累累；苏辙比苏轼好些，知道胳膊扭不过大腿，审时度势，但奈何他是苏轼的弟弟，结果也是一荣俱荣，一损俱损。

从这首诗中，我们似乎可以看到，苏轼的命运早已被"安排"好了，而"安排"他命运的，就是他的性格和价值观。

还需要说明的是，有人认为诗中的竹𪕷，有可能是大熊猫，这种可能性不能排除。

15. 打猎吃野味——凤翔篇四

苏轼这个时期写的诗，基本上都是作好后第一时间寄给苏辙，《渼陂鱼》这篇写得如此有意思，苏辙也忍不住和了一首《次韵子瞻渼陂鱼》：

> 渼陂霜落鱼可掩，枯荄破盘蒲折剑。
> 巨斧敲冰已暗知，长叉刺浪那容闪。
> 鲸孙蛟子谁复惜，朱鬣金鳞漫如染。
> 邂逅相遭已失津，偶然一掉犹思埝。
> 嗟君游宦久羊炙，有似远行安野店。
> 得鱼未熟口流涎，岂有哀矜自欺偭。
> 人生饱足百事已，美味那令一朝欠。
> 少年勿笑贪七箸，老病行看费针砭。
> 羊生悬骨空自饥，伯夷食菜有不赡。
> 清名惊世不益身，何异饮醨徒酩酊。

最懂苏轼的，当然数弟弟苏辙了，两人一起长大，一起参加科举考试，踏入仕途之前，两人所受的教育和经历一模一样，"三观"高度一致。但两兄弟的人生道路有很大不同，毕竟决定人的一生的，除了家庭背景、教育、三观，还有性格和那不可捉摸的命运。苏轼心直口快、勇往直前的性格，必然导致命运多舛，而苏辙没那么激昂，自然也"安全"很多，尽管他一生也多次遭贬，但更多是因为他是苏轼的弟弟而连带着一起倒霉。

苏辙是和苏轼一起参加制科考试的，苏轼拿了宋朝史上最好成绩三等，而苏辙却因所写文章而饱受争议，司马光认为苏辙的对策极言尽谏，语甚切直，应定为三等，而覆考官胡宿则认为苏辙出言不逊，不应录取。司马光与范镇商量，范镇主张降等录取，另一覆考官蔡襄则推卸责任，不发表意见。事情闹到宋仁宗那里，经过又一番复议，还是统一不了意见，最终由宋仁宗拍板：苏辙定为四等。

考试有争议，工作落实上也很不顺利。一番争议后，苏辙授秘书省校书郎，充商州军事推官，前者是官职，后者是工作岗位，从八品，但这个任命居然被王安石拦住了。此时的王安石，为翰林院知制诰，负责起草官员任命文书，居然拒绝撰写苏辙的任命文件。这事儿耽搁了一段时间，最后苏辙以在京陪父亲为由，请求留京。工作没得到安排，当了几年闲官，跟老苏学《易经》。苏轼寄诗安慰他"远别不知官爵好，思归苦觉岁年长"，说商州"夷音仅可通名姓，瘿俗无由辨颈胲。答策不堪宜落此，上书求免亦何哉！"而"策曾忤世人嫌汝，易可忘忧家有师"，说的就是这回事。

苏辙和苏轼《渼陂鱼》这首诗，是对苏轼的理解，也是对苏轼的宽慰，"得鱼未熟口流涎，岂有哀矜自欺谩。人生饱足百事已，美味那令一朝欠"，意为有好吃的就吃吧，别有太多的感慨和哀怨了。

与上司陈希亮的关系缓和后，苏轼心境大为不同，这反映在下面这首狩猎吃野味的诗里，诗名《司竹监烧苇园因召都巡检柴贻勖左藏以其徒会猎园下》：

官园刈苇留枯槎，深冬放火如红霞。

枯槎烧尽有根在，春雨一洗皆萌芽。

黄狐老兔最狡捷，卖侮百兽常矜夸。

年年此厄竟不悟，但爱蒙密争来家。

风回焰卷毛尾热，欲出已被苍鹰遮。

野人来言此最乐，徒手晓出归满车。

巡边将军在近邑，呼来飒飒从矛叉。

戍兵久闲可小试，战鼓虽冻犹堪挝。

雄心欲搏南涧虎，阵势颇学常山蛇。

霜干火烈声暴野，飞走无路号且呀。

迎人截来苗逢箭，避犬逸去穷投罝。

击鲜走马殊未厌，但恐落日催栖鸦。

弊旗仆鼓坐数获，鞍挂雉兔肩分麖。

主人置酒聚狂客，纷纷醉语晚更哗。

燎毛燔肉不暇割，饮啖直欲追羲娲。

青丘云梦古所咤，与此何啻百倍加。

苦遭谏疏说夷羿，又被赋客嘲淫奢。

岂如闲官走山邑，放旷不与趋朝衙。

农工已毕岁云暮，车骑虽少宾殊佳。

酒酣上马去不告，猎猎霜风吹帽斜。

司竹监是唐朝时就已经设立的官署，专门负责皇宫内的竹、苇种植养护以及供给帘笼之类的竹制物品，宋随唐制，凤翔府也专门弄了个"竹苇场"。每年冬天，收割完芦苇，留下的一些枯枝必须烧了，第二年才会长得更好，而芦苇荡里藏着的各种野味，此时四处逃窜，正是猎杀的好机会，苏轼这首诗写的就是这样一个场景。

此诗全诗分三段，第一段为前十二句，起四句写烧苇，次四句写各种野味，预作悼叹之文，末四句写狩猎，此三层如山涧中流水缓缓道来。第二段共十八句，写的是狩猎的场面和吃野味的乐趣，苏轼参与其中，而且身手不凡，苏辙在《和子瞻司竹监烧苇园因猎园下》说："吾兄善射久无敌，是日敛手称不能。凭鞍纵马聊自适，酒后醉语谁能应。"第三段最后十句以余波收尾，苏轼说："酒酣上马去不告，猎猎霜风吹帽斜。"自己吃饱喝足了，上马就走，也不告诉别人，寒风把帽子都吹歪了他也不管，潇洒吧？

这顿野味，苏轼是彻底地吃"嗨"了，具体吃了什么？诗中说"鞍挂雉兔肩分麚"，"雉"是野鸡，兔当然是兔子，"麚"是公鹿，"黄狐老兔最狡捷"，看来还有狐狸。做法是什么样的？"燎毛燔肉不暇割"，就是先用开水烫后去毛，然后整只直接烧烤，把肉扯下来大块吃，连割小块都觉得多余，真够豪迈！

苏轼写美食，不会为了写美食而写美食，他有想表达的心情："苦遭谏疏说夷羿，又被赋客嘲淫奢。岂如闲官走山邑，放旷不与趋朝衙。"说的是国君狩猎这事，历来被拿来说事，比如齐王也喜欢狩猎，就被司马相如的《上林赋》说成骄奢淫逸，"赋客"说的就是司马相如。再看看夷羿，传说中的夷羿就是夏代的后羿，有穷氏，是有穷国国君，篡夺夏国王位，共在位八年，当时夏启的儿子太康耽于游乐田猎，不理政事，有穷氏首领羿趁夏国统治力量衰弱的时机发难，驱逐了太康。太康死后，羿立太康之弟仲康为夏王，实权操纵于后羿之手。仲康死后，其子相继位，后羿又驱逐了相，自己当了国君，这在史书上被称作"太康失国"、后羿代夏。但后羿只顾四处打猎，将政事交于寒浞打理，后为寒浞所杀。苏轼从这次狩猎想到同样是喜欢狩猎的后羿和齐王，哪有自己这闲官潇洒自如，于是心情大好，但说自己是"闲官"，也有对自己目前处境的不满：我此等才华，怎么在凤翔这个地方当个闲官？还是有些牢骚！

此时的苏轼，哪里是个"闲官"？苏轼的牢骚来自工作，不过这次与陈希亮无关。在这次狩猎之前，治平元年（1064）八月，西夏大举犯边，入寇静边寨，围童家堡，朝廷调集大军应对，凤翔为边军的粮草供应中心，苏轼日夜忙于"飞刍挽粟，西赴边陲"，疲惫不堪，哪里是闲官？朝廷一阵瞎指挥后，幸好诏以端明殿大学士王素再知渭州，老将重来，士气大振，西夏也赶紧撤兵。苏轼看到宰相韩琦应对失据，只知将任务摊到陕西民户头上，即便司马光反对也无效，作为下层官员的他，更是一点办法也没有。所以"闲官"暗指自己只能执行明知错误的命令，干不了正确的事。

幸好西夏撤兵，而这次吃野味之后，当年十二月十七日，苏轼在凤翔三年任期届满。宋朝有"磨勘"之法，文资三年一迁，苏轼从将仕郎大理寺评事升官为殿中丞，这个职位掌奉天子玉食、医药、服御、幄帘、舆辇、舍次之政。其实是有官无职，真实的工作岗位，还得回京后再安排。

三年的"下基层"，苏轼积累了丰富的基层经验，带着对老父亲和弟弟的思念，他回了京师。

*

第四章

京城烽火

16. 论喝酒——开封篇二

治平二年（1065）早春二月，三十岁的苏轼抵达京师开封。殿中丞是一个八品的职级，但最初安排的工作岗位是判登闻鼓院。自唐朝起，为了方便臣民喊冤或者进献奇珍异宝等事，在宫门外竖立一面大鼓，名曰登闻鼓。只要你敲了这面鼓，登闻鼓院就会直接呈报给皇帝。

让一个大才子去处理这些鸡毛蒜皮的事，连皇帝宋英宗都觉得不合适，他早在还是藩王时，就听闻苏轼的大名，于是想任命苏轼为知制诰，这是一个极有前途的职位——皇帝的"首席秘书"兼"笔杆子"，很多宰相都做过这个职位。宋朝的制度，皇权受相权制约，宋英宗这一提议遭到宰相韩琦的反对——以苏轼虽是大才，但一下子担任如此要职恐怕人心不服为由，宋英宗退而求其次，想安排苏轼负责修起居注的工作，但也遭到反对。为了服人，宋英宗安排苏轼又参加了一次考试，结果苏轼拿到了最高的三等，于是安排他到史馆工作，全称为"殿中丞直史馆"。这个职位不错，修史和整理书籍，在那个时代也是大文人的象征，随时有机会受重用。

苏轼回京，兄弟俩团聚，但时间不长，苏辙不能继续以陪老父亲为由不到地方任职，于是活动了一下，三月被任命为大名府推官。大名府是现在的北京、河北一带，推官是负责司法工作，属于知府的幕僚。

这时有一个叫苏自之的人给苏轼寄来了几瓶酒，苏轼写了一首诗表示感谢，题目就叫《谢苏自之惠酒》：

高士例须怜曲蘖，此语尝闻退之说。

我今有说殆不然，曲蘖未必高士怜。

醉者坠车庄生言，全酒未若全于天。

达人本自不亏缺，何暇更求全处全。

景山沉迷阮籍傲，毕卓盗窃刘伶颠。

贪狂嗜怪无足取，世俗喜异矜其贤。

杜陵诗客尤可笑，罗列八子参群仙。

流涎露顶置不说，为问底处能逃禅。

我今不饮非不饮，心月皎皎长孤圆。

有时客至亦为酌，琴虽未去聊忘弦。

吾宗先生有深意，百里双罂远将寄。

且言不饮固亦高，举世皆同吾独异。

不如同异两俱冥，得鹿亡羊等嬉戏。

决须饮此勿复辞，何用区区较醒醉。

　　苏轼是喜欢喝点酒的，但酒量不大，他不追求醉酒，更不是酒鬼。在这首诗里，先是对韩愈所说的文人雅士都爱饮酒这种说法提出了异议，他认为天下的文人雅士各有所爱，未必都爱酒，而且把史上爱喝酒的名人都批评了一通：徐邈违禁令喝酒，阮籍醉卧六十天不醒，毕卓身为吏部郎偷酒喝被吏卒抓到而且被捆起来，刘伶要酒不要命。这些都是怪人，世人喜欢猎奇，于是记住了他们，主要是怜悯他们的贤能。杜甫的《饮中八仙歌》，把长安城中八位酒鬼说成八仙，这也很可笑：汝阳王李琎路上遇到运酒车，哈喇子当众流了出来，丢人啊！苏晋贪杯不守戒律，那是为了逃禅，没什么可称道的！

　　苏轼是批评饮酒过度，而不是反对喝酒：我今天不喝酒不等于我就是个滴酒不沾的人，有时客人来了，也陪着喝两杯；这让我想起了陶渊明，他不懂音乐，但收藏着一张不加漆绘的素琴，弦和琴徽都没有，每次好友欢聚饮酒，就会"抚而和之"，还说"但识琴中趣，何劳弦上声"。接着，他感谢了苏自之一番，说不喝酒好像很高尚一样，自己这样与众不同好像也不好，既然你的酒寄来了，不如与大家一样，向《列子·周穆王》里那位猎到鹿却以为是在做梦的郑人学习，把喝酒当成一场游戏，反正喝醉了也没什么大不了。

苏轼一开始一本正经地批评了史上众多酒鬼，可最后话锋一转，又说喝醉了也没什么大不了，可见他对喝酒这事不是持特别较真的态度，纪晓岚读这诗时说："一路庄论，几无转身之地，忽化出此意作结，可谓辩才无碍。"苏轼的辩才当然不用说，但为什么前后态度的转变会是这样呢？他这是在说：苏自之啊，我本来是反对喝酒的，就是因为你送给我酒，我也变成赞成喝酒的了！不得不说，苏轼感谢人真有一套，估计苏自之看后会觉得很有意思，会时不时地给他寄酒喝。

此时的苏轼，人生可谓好不得意。宋朝设集贤院、史馆和昭文馆，掌管典籍图书，与现在不同，那时在这些地方工作的都是名流，是一些在皇帝身边的"后备干部"，随时可能被重用。他这首"酒诗"，正是心情极好的明证。在《夜值秘阁呈王敏甫》诗中，他更不经意中透露出些许满意：

蓬瀛宫阙隔埃氛，帝乐天香似许闻。
瓦弄寒晖鸳卧月，楼生晴霭凤盘云。
共谁交臂论今古，只有闲心对此君。
大隐本来无境界，北山猿鹤漫移文。

然而命运总爱给苏轼开玩笑，就在苏轼进入仕途"快车道"时，当年五月二十八，夫人王弗去世了，年仅二十七岁，儿子还不满七岁，他俩的婚姻生活只有十年。苏轼对王弗敬爱，念念不忘，十年后，他在密州任上梦见夫人，作了那首著名的《江城子》：

十年生死两茫茫，不思量，自难忘。千里孤坟，无处话凄凉。纵使相逢应不识，尘满面，鬓如霜。

夜来幽梦忽还乡，小轩窗，正梳妆。相顾无言，唯有泪千行。料得年年肠断处，明月夜，短松冈。

屋漏偏逢连夜雨，十一个月后，治平三年（1066）四月二十五日，老父苏洵因病去世，享年五十八岁。六月，兄弟俩扶护父亲的灵椁和王弗夫人枢，回眉山老家。从1065年二月回京，到1066年六月离京，苏轼只待了一年四个月，又必须丁忧三年。顺利地再次开局后，又一次被按下暂停键，等他再回来时，政局已全然不同。这就是命！

17. 论食江脍——开封篇三

　　1066年六月，苏轼和苏辙护丧还乡，遵礼在家守制。到熙宁元年（1068）七月除丧。十月，苏轼续娶王弗夫人的堂妹王闰之为继室。十二月，苏轼、苏辙两兄弟再携家属还京，于次年二月到达汴京。此时苏轼三十四岁，而朝廷相比于苏轼上次离京时已是翻了个天。

　　十分欣赏苏轼的英宗皇帝在1067年正月去世了，那时苏轼还在丁忧守制。继位的神宗，立志于富国强兵，希望一改年年捐献金帛事北辽、西夏的局面，专任王安石实施变法，整个行政中枢，只有王安石一人在唱独角戏，时人说中书省里有"生老病死苦"之分——王安石生，曾公亮老，富弼病，唐介死，赵抃苦。

　　王安石向来不喜欢苏轼、苏辙两兄弟，这既有崇尚学派不同的原因，也是个性不合的问题。苏轼是史学派，王安石是经学派；苏轼爱开玩笑，王安石不苟言笑；在王安石眼里，苏轼是"学歪"了，不堪大任，在苏轼眼里，王安石是个固执又自视过高的人，不值得欣赏。这二位才华过人的人杰同朝为官，注定会有一场"死磕"。

　　苏轼重回到汴京时，王安石任右谏议大夫、参知政事，位居副相之位，而中书省里其他人都保持沉默，王安石又得宋神宗信任，简直是只手遮天。有王安石在，苏家两兄弟没什么机会，但苏辙运气好一点，上疏时"除冗官、冗兵、冗费"的观点被宋神宗看到，神宗亲笔批示："详观疏意，知辙潜心当世之务，颇得其要，郁于下僚，使无所伸，诚亦可惜。"用现在的话说就是：这人有水平，靠谱！原来的官太小了，没有发挥的舞台，可惜了！求贤若渴的神宗即日召延和殿，亲自任命苏辙为三司条例司的检详官，当时朝政都集中在三司条例司，这个位置是负责三司条例司监察工作，位置很重要，这么突然的安排，让王安石想不同意也没机会。

王安石当然也安排了不少亲信在三司条例司，包括他的智库兼执笔吕惠卿、苏轼的同年兼好友章惇，还有新政派的理论家曾布（唐宋八大家之一曾巩的弟弟，但两兄弟政治理念完全不同）。

苏轼则没有那么幸运了，他离京前的职位是殿中丞直史馆，这次还保留这个职务，但工作岗位却到了官告院。这个机构隶属于吏部，掌管官吏和将士的勋封、官告等事务，没以前职位重要，这是一个虚职，只是便于发工资。苏轼被"闲置"了。

闲置并不一定是坏事，王安石当权，顺我者昌，那些反对变法的，都被他赶出朝廷或主动要求外放任职。

我们还是先花点时间，心平气和地看待王安石的变法和当时时代背景。宋太祖靠发动政变立国，之前的唐和五代，各种军事割据势力左右着国家的命运，内忧才是主要矛盾，宋太祖立国时就重文轻武，"自废武功"。但经过一百多年，内忧是消除了，外患却冒了出来，北辽和西夏游牧民族屡次入侵，自废武功的大宋当然打不过。在冷兵器时代，北方游牧民族骑着马冲锋陷阵，对着大宋的步兵，简直就是案板上切菜。大宋虽然也有骑兵，但马匹的速度和耐力根本不在一个水平，几乎是每战必败。既然打不过，那就谈判吧，割地、纳贡的成本比战争的成本低，而花费这些成本的结果就是国库空虚，人民税负极重。北宋仁宗时期的税赋，已经是唐朝繁荣时期的四倍多。

王安石给宋神宗开出的药方是一套"组合拳"，政策配套加追责手段，以结果为导向，层层落实。一些改革措施顶层设计时想法不错，但在执行时完全走了样，比如青苗法是给农民发放贷款，国家收20%利息，一年两次，共40%利息。这比社会上的利息低，貌似一举两得，但执行起来却是不论农民需不需要，都强制借贷，有些地方连城市居民都被摊派贷款。王安石的理念是，只要有人想借，那就借，试问有哪一门生计可以承受如此高的利息？均输法"从贵就贱、用近易远"，东西便宜的时候由官府收购，高价的时候则放出来，由官府出面调节物资、平抑物价，官府也从中赚上一笔。但执行起来却变成几乎所有商品都由官府垄断，商贾不得利，物价未见下降，民间的利益全归到官府手里，市场一片萧条。而免役法则改民户分等服徭役为按家庭财富高低出钱，再由政府请人，这种颇有现代政府购买服务的样子，政府也能从中赚点差价。但执行起来却是官府任意敲诈，说你家有钱你家就有钱，得按相应比例出钱，否则要坐牢，穷人本来有力没钱，但也必须拿出钱来，老百姓简直过不下去。保甲法本意是寓兵于民，各地农村住户每十家（后改为五家）组成一保，五保为一大保，十大保为一都保。凡家有两丁以上的，出一人为保丁，农闲时集合保丁，进行军训，夜间轮差巡查，维持治安。看起来既可以使各地壮丁接受军训，必要时辅助正规军，既节省了国家的大量军费，又可以建立严密的治安网。但执行起来却是壮年劳动力被抽去训练，妨碍了农业生产，武器由人民向官府购买，贵得吓人，而且五日一练，这种民兵组织在打仗时除了虚张声势，又能派上什么用场？

王安石的设想很好，一些政策确实也击中流弊，可从效果看却不尽如人意，这主要是制度设计以增加国库收入为主，这就造成与民争利。在农业社会，官府不是扩大开垦面积，提高生产力，调动生产积极性，而是将自己变成一个"国有企业"，直接参与市场交易获利，必然导致"国富民穷"。下达指标、限期完成、不问过程、只看结果、层层追责，这就导致执行环节走样，与制度顶层设计的初衷相违背；刚愎自用、固执的性格，听不进任何规劝和反对意见，使得"忠厚老成者，摈之为无能；狭小儇辩者，取之为有用；守道忧国者，谓之流俗；败常害民者，谓之通变"。众多大臣遭贬斥，王安石的身边却围绕着一群小人。

俗话说"宰相肚里好撑船"，但王安石没有容人之量，不要说反对新政，只要对新政议论几句，都会被王安石赶出朝廷。在这种情况下，与王安石理念不一的大小臣工纷纷离京，御史中丞吕诲出知邓州，知谏院范纯仁和侍御史刘述、刘琦、钱顗也离京，苏辙转任河南府留守推官，富弼退休，张方平出知陈州，参知政事赵抃出知杭州，吕公著贬知颍州。知审官院的孙觉、宋敏求、苏颂、李大临，监察御史里行程颢、张戬，右正言李常，言官薛昌朝、林旦、蒋育等都被赶出京城。

面对这万马齐喑的局面，苏轼忍不住了，钱藻出守婺州、刘攽贬为泰州通判时，他都作诗对新政表达了不满。欧阳修门下的大弟子曾巩出为越州通判，苏轼想到王安石正是由曾巩介绍给欧阳修的，甚至可以说没有欧阳修的举荐，就没有王安石的今日，而王安石的得力助手吕惠卿，也是欧阳修介绍给王安石的。求才若渴的欧阳修，门下鱼龙混杂，甚至为弟子所害。曾巩如今被贬，多少有点"搬石头砸自己的脚"。凡此种种，苏轼写了一首诗，《送曾子固倅越得燕字》：

> 醉翁门下士，杂遝难为贤。
> 曾子独超轶，孤芳陋群妍。
> 昔从南方来，与翁两联翩。
> 翁今自憔悴，子去亦宜然。
> 贾谊穷适楚，乐生老思燕。
> 那因江鲙美，遽厌天庖膻。

但苦世论隘，聒耳如蜩蝉。

安得万顷池，养此横海鳣。

宋代文人聚在一起赋诗，会先抽签看按什么字为韵作诗，苏轼抽到"燕"字，所以说"得燕字"，"倅越"意为到越州担任副职，全诗大意是：欧阳修先生门下学生纷杂繁多，当然难以做到每个人都是贤能，你曾巩却是高超、不同凡俗，就如一片美丽花海里最芬芳的一枝。我当年从南方来到京城时，欧阳修先生和你同在馆阁。现如今，欧阳修先生屡屡受挫，你被赶去越州当副职，也好不到哪儿去。当年贾谊因遭诋毁而出为长沙王太傅，乐毅老了也想着回燕地，人到哪儿不是过日子呢？哪会因为江里的鱼鲙味道太美了，而讨厌天帝的庖厨满是膻味？只是朝廷胸襟褊狭，无容人之量，聒噪如蜩蝉之鸣。这班人是在乱来！你曾巩是个大才，去哪里找得到一个万顷的池子，才能养得了你这条横躺着都与海一样大的鲟鳇鱼？

"那因江鲙美，遽厌天庖膻。""鲙"，指的是鱼生，宋代流行吃鱼生，苏轼后面还有专门写鱼生的诗，用"江鲙"之美对比"天庖"之膻，矛头直指执政者，厌恶之心昭然若揭。"但苦世论隘，聒耳如蜩蝉"则更是将对王安石之流固执己见的憎恶道出，就差指名道姓了。这首诗具有鲜明的政治意味，所以在后来的乌台诗案中，被列为苏轼的罪证之一。苏轼也如实交代了他的写作动机："讥讽近日朝廷进用多刻薄之人，议论偏隘，聒喧如蜩蝉之鸣，不足听也。"（朋九万《东坡乌台诗案》）曾巩也因收到这样的赠诗没有及时主动上报朝廷，案发后受到责罚。这顿江脍代价够大的，而且只是说说，并没有吃到。

苏轼太能说，也太能写了，王安石决不让他有机会接近宋神宗。苏辙外放时，宋神宗想让苏轼接替这个位置，但被王安石否决了。后来机会来了，王安石主张改科举，罢废《春秋》与《仪礼》等明经科，宋神宗没有把握，诏令两制、两省、待制以上、御史、三司、三馆杂议，征求意见。苏轼于是上《议学校贡举状》，神宗看到后即日召见，并让苏轼就政令得失发表意见，苏轼趁机指出，神宗"求治太急，听言太广，进人太锐"，这让神宗为之悚然动容，并表示会认真考虑。神宗这次见了苏轼，有意起用苏轼为修起居注，方便见到苏轼，但王安石坚决反对，给苏轼安排了太常博士，"权开封府推官"。太常博士也只是八品，这是苏轼的本官，职务是开封府推官，但八品官一般做不了这个位置，所以加了个"权"字，暂时代理干一段时间，待考察。这是让他整天忙于繁杂无比的行政事务，离政治中心稍远一些。

明哲保身这套人生哲学，苏轼当然知道，好朋友刘攽上书反对新法，被贬为泰州通判，苏轼就作送行诗相送："君不见，阮嗣宗，臧否不挂口。莫夸舌在齿牙牢，是中唯可饮醇酒。"他在劝刘攽少说话，多喝酒。可是，面对这种局面，他自己终究忍不住了。熙宁四年（1071）二月，苏轼为民请命，进近九千字的《上神宗皇帝书》；三月，又进《再上皇帝书》，全面讨伐王安石新政，坦言"今日之政，小用则小败，大用则大败，若力行不已，则乱亡随之"。

苏轼的火力太猛了，此时他是开封府的地方官，当权派没办法把他赶往其他地方，就想办法给苏轼安一个罪名。工部郎中兼侍御史知杂事谢景温——他的妹妹嫁给了王安石的弟弟王安礼，是王安石的一名干将，奏劾苏轼丁父忧、扶丧归蜀时，沿途妄冒差借兵卒，并于所乘舟中贩运私盐、苏木和瓷器。此案一开始声势严厉，先是逮捕当时的篙工水师，又对所经过的州县可能的兵夫舵工进行侦讯，还找来当时途中相遇的天章阁待制李时中，要他出来做伪证。幸好李时中实事求是，当时还在朝的范镇、司马光为苏轼辩诬，最后查无实据，此事才暂告一段落。

新党认定苏轼是旧党的"狗头军师"，誓必要将他赶出京师，苏轼从这一诬陷案中看到了巨大的风险，又看到连范镇申请退休获批，司马光也回到洛阳，从此不谈时事，但局面至此已无可挽回，于是也上书乞请外调。

神宗还是欣赏苏轼的，于是批示"与知州差遣"，就是给个知州的职位干，但王安石不同意，上报的方案是让他到颍州任通判，当个副职。神宗想了想，还是给个好一点的地方吧，于是批示"通判杭州"。

熙宁四年（1071）七月，三十六岁的苏轼携一家老小乘舟离开汴京，到杭州赴任，这次他不用羡慕曾巩可以吃到江脍了，杭州好吃的东西更多！

18. 白鱼能许肥——淮安篇

　　宋朝的交通不算便利，对文官又很宽容，苏轼从汴京赴杭州上任，途中探亲访友，一路"摸鱼"，居然走了四个多月才到杭州任上。

　　虽逃过谢景温诬告一关，但王安石屡在御前诋毁苏轼不是个纯正的士人，私德有缺，能够以八品官身份出任杭州通判，这与神宗皇帝对苏轼的赏识分不开。在此之前，朝中"老领导"们和反对新法的朋友一个个离京，这令苏轼十分郁闷和难受，送吕希道知和州时说："年年送人作太守，坐受尘土堆胸肠。"送刘恕出监南康军酒时说："交朋翩翩去略尽，唯吾与子犹彷徨。"他甚至羡慕起他们来，为钱藻送行，他说："子行得所愿，怆恨居者情。"

　　现在轮到他出京了，他带上妻儿老小和搭"顺风船"一同去杭州的亲戚乘舟出都，先到陈州——现在的河南省周口市，拜谒张方平，也与被张方平带在身边做陈州学官的苏辙聚了聚。在船中，他做了八首小诗，诗名就叫《出都来陈，所乘船上有题小诗八首，不知何人有感于余心者，聊为和之》，其中一首写道：

> 鸟乐忘置罦，鱼乐忘钩饵。
> 何必择所安，滔滔天下是。

　　刚逃出政敌织的罗网，一出汴京，苏轼觉得换了天地，心想求一个安身之处，天下到处都可以，应该不难。苏轼想得有些简单，往后的日子还真不容易。

张方平在陈州过得并不顺心，他的一班下属，也换成了新党的新进后生。道不同不相为谋，张方平干脆向朝廷请以南京留台名义告老，苏轼作《送张安道赴南都留台》："我亦世味薄，因循鬓生丝。出处良细事，从公当有时。"此时的苏轼方才三十六岁，已有步张方平后尘致仕的想法，出世和入世这两种矛盾的想法，一直在苏轼心里并存。离别之际，张方平作诗《送苏学士钱唐监郡》："趣时贵近君独远，此情于世何所希。车马尘中久已倦，湖山胜处即为归。洞庭霜天柑橘熟，松江秋水鲈鱼肥。地邻沧海莫东望，且作阮公离是非。"张方平这是劝苏轼远离是非避祸，多赏湖光山色，饱尝柑橘、鲈鱼等美食，别问政事了，可惜苏轼做不到。

苏轼在陈州弟弟家住了七十多天，到了九月，兄弟相偕同往颍州，也就是今天的安徽省阜阳市，他们的老师欧阳修退休后就住在这里，两兄弟在欧阳修家住了二十天。欧阳修文章风节，负天下重望，桃李满天下，但也不乏"烂桃烂李"，前文提到苏轼送曾巩去越州时的诗中提到"醉翁门下士，杂遝难为贤"，指的是王安石和吕惠卿。其实把欧阳修害惨的是他的门生蒋之奇，他居然诬告欧阳修与自家的外甥女通奸，欧阳修心灰意冷，"某平生名节，为后生描摹殆尽。唯有速退以全节，岂能更待驱逐乎！"自治平四年（1067）出知亳州，后调知蔡州（现河南省汝南县），其后更是决心退休。苏轼见到的欧阳修，身体差到令他吃惊，发白、牙落，两耳重听，几近失明，患有严重的糖尿病，终年牙痛，自言"弱胫零丁，兀如槁木"。苏轼从老师身上仿佛看到了自己的未来，在《颍州初别子由二首其一》中说："悟此长太息，我生如飞蓬。多忧发早白，不见六一翁。"

颍州离别欧阳修和弟弟苏辙，过泗州（现江苏盱眙），进入江苏，从淮阴（现江苏淮安）往杭州，在洪泽镇遇到大风，无奈返回，作了一首诗，《发洪泽中途遇大风复还》：

> 风浪忽如此，吾行欲安归？
>
> 挂帆却西迈，此计未为非。
>
> 洪泽三十里，安流去如飞。
>
> 居民见我还，劳问亦依依。
>
> 携酒就船卖，此意厚莫违。
>
> 醒来夜已半，岸木声向微。
>
> 明日淮阴市，白鱼能许肥。
>
> 我行无南北，适意乃所祈。
>
> 何劳弄澎湃，终夜摇窗扉。
>
> 妻孥莫忧色，更有箧中衣。

大意是：风浪忽然大了起来，我能怎么办？只能往回走了。洪泽镇的居民们见我又回来了，各种嘘寒问暖，拿着酒问我买不买，这种深情厚谊，不买就不合适了。一觉醒来，夜已过半，岸上打更的声音隐隐约约可听见，明天淮阴市上售卖的白鱼应该很肥吧！此行很随意，早点晚点无所谓，去到哪儿开心就好。风浪啊，你们就别闹了，连我老婆孩子都不惧怕你们，正在整理着衣服呢！

这个"吃货"，半夜醒来，想起了白鱼，白鱼是鲤形目鲤科中的鲌亚科，白鱼属。这种鱼适温能力很强，全国各地有河流的地方几乎都可以看到它的身影，大的可以长到二三十斤，三四斤的已经可以称为上品。各地称呼也多，比如翘嘴红鲌鱼、娇鱼、白鳊鱼、翘嘴白、黄白鱼、翘嘴、和顺、拗劲、翘嘴鳡……白鱼吃小鱼小虾，不吃藻类，所以

91

没有土腥味，肌间刺较多，但只要鱼够大，肌间刺也变大，吃起来并不麻烦。在捕捞技术有限的古代，海鱼并不多见，而淡水鱼中，白鱼就已经是上品了。段成式在《酉阳杂俎》中说了个故事："何胤侈于味，食必方丈。后稍欲去其甚者，犹食白鱼。"当着大官"侈于味"的何胤，在吃吃喝喝方面很是讲究，每餐饭菜都摆一大桌，"食必方丈"。要归隐了，节约一下，各方面能节省都节省，就是不能少了白鱼，可见白鱼之高贵。北魏贾思勰在《齐民要术》"炙法"一节中，就详细记载了用白鱼制作饼炙和酿炙的烹饪方法——犹如今天的煎鱼饼和白鱼酿鸭肉，讲究得很。

在北宋，白鱼到处都有，公认以淮之白鱼为佳，通常做法是糟淮白鱼：把白鱼用酒糟、盐等调料腌制起来，入坛封固，放置阴凉处，可以长期保存，食时取出烹饪。北宋邵伯温《邵氏闻见前录》记载了一个故事：北宋时期，吕夷简任宰相期间，有一天他的夫人马氏去宫中为皇后贺节。皇后问她："上好食糟淮白鱼，祖宗旧制，不得取食味于四方，无从可致。相公家寿州，当有之。"马夫人回答："有。"并立即回家去拿。她在家找出十盒糟白鱼，准备将这些糟白鱼全部送到宫中时，吕夷简却制止了她：皇家都没有一条糟白鱼，而我家倒有这么多，超过了天子，这还得了！他考虑再三，只让马夫人送两盒进宫，表明自己家没有多少。那时的淮白鱼，珍贵得很，难怪苏轼半夜肚子饿，会想到第二天去买一条来吃。

但提到白鱼并不是苏轼的目的，表达对大风大浪的态度，才是他写这首诗的本意：遇大风，只能往回走。行程受阻，却是一副平和得很的心态：村民兜售酒，他不觉得碍事，而是说"此意厚莫违"；夜半醒来，听到打更声，不是说吵死人了，而是说"岸木声向微"，简直是催眠曲；醒来肚子饿了，不是说没东西吃，而是想到"明日淮阴市，白鱼能许肥"，明天再去买来吃。风啊浪啊，既然自己不在乎行程，既无所求，自然无所畏惧，连妻儿都安心得很呢，更别说苏轼自己了！

其实，说风浪也不是苏轼的本意，他是用对风浪的蔑视，表达对以王安石、吕惠卿为首的新党兴风作浪、排斥异己的不满和蔑视。苏轼对新党的态度溢于言表，好朋友刘恕——当时著名史学家，公开拒绝王安石让他到三司条例司任职的邀请，苏轼作诗说"孔融不肯下曹操，汲黯本自轻张汤。虽无尺棰与寸刃，口吻排击含风霜"，以孔融、汲黯比刘恕，以曹操、张汤比王安石，对新党的所作所为简直到了愤怒的程度。世间有各种困难，比如大风大浪，人间有各种险恶，比如王安石、谢景温之流，但世间也有各种美好，比如美酒，还有白鱼。只要不惧困难、不惧险恶，享受各种美好，你又奈我何？

这就是苏轼！拜谒过退休的"老领导"和恩师张方平、欧阳修，苏轼心中有更多不忿，但他不会像恩师们一样求退，他对新党不仅无惧，而且准备用他擅长的方式，与他们斗争！

*

第五章

通判杭州

19. 乌菱白芡——杭州篇一

苏轼带着家人磨磨蹭蹭，熙宁四年（1071）十一月二十八日才到杭州。当时杭州是东南第一大都会，时任杭州太守沈立，在政治主张上与苏轼高度一致，也勤于政事，与苏轼相处甚好。通判是太守的副职，但有两个通判，苏轼只是其中一个。到了杭州，苏轼作了两首诗给苏辙，既说明情况，也表达了不满，《初到杭州寄子由二绝》其一：

> 眼看时事力难胜，贪恋君恩退未能。
> 迟钝终须投劾去，使君何日换聋丞。

针对新法，苏轼说自己才力不能胜任，迟早被弹劾。"使君"指的是皇帝，《汉书·循吏·黄霸传》有"许丞老，病聋，督邮白欲逐之"。苏轼这是以"聋丞"自称，说迟早会被赶走，这首诗后来成为乌台诗案里他"讥讽新法"的罪证之一。而《初到杭州寄子由二绝》其二：

> 圣明宽大许全身，衰病摧颓自畏人。
> 莫上冈头苦相望，吾方祭灶请比邻。

说圣上对自己还是不错的，虽然衰老有病，越显困顿失意，不喜欢应酬，但新来乍到，还是请大家吃了一顿。刚到杭州，把家里安顿好，祭祭灶王爷，是向神明报到，而宴请同事和邻居，是希望与工作伙伴和

95

生活伙伴们搞好关系。此时的苏轼才三十六岁，居然说自己"衰病"，这是为自己下一步消极应付新政做好舆论准备。

宋神宗还是善待苏轼的，杭州是经济中心，其繁华程度不在汴京之下；而杭州的湖光山色，简直是人间天堂，让苏轼来杭州，这绝对是优待。我们从苏轼的诗词中，确实可以看到苏轼打心里喜欢这个地方。比如他刚到杭州第三天，就前往西湖孤山访问惠勤、惠思二僧，并作《腊日游孤山访惠勤惠思二僧》：

> 天欲雪，云满湖，楼台明灭山有无。
>
> 水清出石鱼可数，林深无人鸟相呼。
>
> 腊日不归对妻孥，名寻道人实自娱。
>
> 道人之居在何许？宝云山前路盘纡。
>
> 孤山孤绝谁肯庐？道人有道山不孤。
>
> 纸窗竹屋深自暖，拥褐坐睡依团蒲。
>
> 天寒路远愁仆夫，整驾催归及未晡。
>
> 出山回望云木合，但见野鹘盘浮图。
>
> 兹游淡薄欢有余，到家恍如梦蘧蘧。
>
> 作诗火急追亡逋，清景一失后难摹。

腊日这一天天气不太好，好像要下雪了，乌云密布，亭台楼阁若隐若现，鱼在水中游，鸟在林中鸣。山前山后，林木幽深。苏轼在僧舍的纸窗竹屋盘桓了一天，流连忘返。但这只不过是一日的欢娱而已，回到了家里，仿如庄周之梦。《庄子·齐物论》中有："昔者庄周梦为胡蝶，栩栩然胡蝶也。自喻适志与，不知周也。俄然觉，则蘧蘧然周也。"梦醒了，还得回到残酷的现实。

苏轼的心情就是在欣赏西湖美景的愉悦和现实工作的无聊与厌恶中"拉扯"着。说到西湖，少不了那首著名的《饮湖上初晴后雨》：

水光潋滟晴方好，山色空蒙雨亦奇。

欲把西湖比西子，淡妆浓抹总相宜。

此诗一出，所有写西湖的诗词都黯然失色。苏轼是真的喜欢杭州的景色，赞美杭州的诗词多不胜数，在《六月二十七日望湖楼醉书五首》其中一首中，他忍不住又露出了"吃货"的本色：

乌菱白芡不论钱，乱系青菰裹绿盘。

忽忆尝新会灵观，滞留江海得加餐。

湖里生长的黑色菱角和白色鸡头米随处可见，不需花钱就唾手可得，水中的菰白就像包裹在绿盘里。回忆起在京师会灵观时人们都争着买、尝新，现在遍地都是，多得可当饭吃。

菱角是菱科菱属一年生草本水生植物菱的果实，中国是它的原产地之一，长江下游太湖地区栽培尤多。之所以名"菱"，是它的叶呈菱形。一般在五六月开小白花，且在夜里开放，白天合上，我们白天看不到菱花。菱角又称为"水中落花生"，与花生的生长规律颇为相似。菱花授粉后，果实就埋于水下，垂生于密叶下水中，必须全株拿起来倒翻，才可以看得见。

芡实是睡莲科芡属水生植物，其种子芡实米别名鸡头米。睡莲又大又圆的叶子平铺在水面，像一个个硕大的圆盘。叶子直径可长至两米，叶脉粗壮。新叶盖着老叶，将整个水塘盖得密不透风。幽蓝的花，贯穿整个夏天，开始只是小花蕾，藏在水下，越长越大，钻出水面，高高扬起满身尖刺，"头角"峥嵘，形如鸡喙。授粉之后，花萼慢慢合拢并膨胀，形成如鸡头般的果球，又垂入水下。打开鸡头般的果球，里面藏着一颗颗外壳坚硬的褐色果实，如同石榴籽般排列。从鱼皮花生般的果实中剥取的果仁，浑圆，雪白，形似薏仁，这就是鸡头米。

菰是多年生浅水草本禾本科植物，至迟在唐朝，人们还经常吃它的果实菰米，也叫雕胡，就是我们现在在餐厅吃到的"野米"。大约在唐朝末年，菰被一种叫黑穗菌的真菌感染了，随后嫩茎膨大变形，再也不能孕穗扬花结出菰米来。颗粒无收的人们，看着那变得粗大肥嫩的茎秆，估计在饥饿的驱使下取来尝试，发现还相当美味，且无毒无副作用，于是将其当作蔬菜食用。由于感染黑穗菌后的菰茎嫩芽又白又胖，地下根茎互相纠缠，所以取"交"和"白"两个字，叫"茭白"。

以上这三种蔬菜，就是江南"水八仙"的重要成员，来历有趣且好吃，苏轼当然喜欢。他在其他咏西湖的诗中，也会时不时提到，比如"香风过莲芰，惊枕裂鲂鳢"，又比如这首《夜泛西湖五绝》之二：

> 苍龙已没牛斗横，东方芒角升长庚。
> 渔人收筒及未晓，船过唯有菰蒲声。

说的是：苍龙星已经消失，牛斗星横着移动，时间已经很晚了，东方晨光升起了长庚星。而夜里，渔人盗鱼，天还没亮就收起了盗鱼的竹筒，船只驶过湖面，只听到船擦到菰和蒲的声音。在这首诗后面，苏轼自注："湖上禁渔，皆盗钓者也。"

西湖是唐穆宗长庆二年（822）白居易任杭州刺史时为解决钱塘（杭州）至盐官（海宁）间农田的灌溉问题开挖的，经历代修筑，湖产鱼鲜，腴美自不待言。宋真宗时，指定西湖为皇家放生池，禁捕鱼鸟。苏轼作为杭州通判，对民间盗鱼睁一只眼闭一只眼，还将其写入诗中，无他，此时的杭州人民太苦了。

王安石推行的青苗法，由官府放贷给农民，利息高，政府从中获利，执行起来就是不管农民是否需要，强制放贷。苏轼到杭州的时候，农民到了还贷的时候还不起贷款，被官府逮捕、拷打，连担保人也一起入狱。这样的惨剧，还要由苏轼这个负责问囚决狱的通判来执行。他是反对新法，尤其反对青苗法的，但现在却要他执行他所反对的法令，看着衙役"鞭棰"这些穷人，还要签署无情的判词。他在诗中说"误随弓旌落尘土，坐使鞭棰环呻呼"，"执笔对之泣，哀此系中囚"，"平生所惭今不耻，坐对疲氓更鞭棰"，说自己"如今衰老俱无用，付与时人分重轻"，除了同情和内心隐隐作痛，他一点办法也没有。

老百姓偷点鱼，这不在新法关注的范围内，所以苏轼不管。游山玩水，"百日愁叹一日娱"，于自己厌恶的公事之外看看山水，解脱一下，这些都不过分。

今天我们大谈苏轼写西湖写得如何好，可谁又理解苏轼当时的心境呢？

20. 杭州的盐——杭州篇二

嘉祐四年（1059），二十四岁的苏轼在丁母忧三年后重回汴京，途经夔州时，凭吊了诸葛亮的盐井，就盐的问题写了一首《诸葛盐井》，写下了他对盐政的初步思考。到熙宁五年（1072），时隔十三年，苏轼已是杭州通判，盐政问题摆在他的桌面上，这次不能只是发首诗感慨一下，他必须面对一个两难的问题。

盐是任何人都离不开的，对穷人来说，其他开支可以尽量节省，唯独盐省不了，而且由于没有其他吃的，日常用盐量反而比富人高。宋代对盐实行专卖，政府的收入中，盐的公卖收益占相当大的比例，王安石新法中的市易法，就包括低价收购盐民生产的盐，然后高价卖出去。盐民和用盐的人都苦，只有政府得利。苏轼的《山村五绝》其三就谈到这个问题：

> 老翁七十自腰镰，惭愧春山笋蕨甜。
>
> 岂是闻韶解忘味，尔来三月食无盐。

七十岁的老人腰里带着镰刀到山中去割笋蕨充饥，哪里是像孔子听《韶》乐而三月不知肉味，山民因盐价昂贵，已经三个月没有吃到盐了。

杭州是食盐的主产地之一，政府在各地设置榷场，统一低价收购食盐，杭州盐民"苦不堪盐"，有的盐民就贩运私盐。王安石的严刑峻法特别苛刻，小民偶犯盐例，立即流配充军。上有政策，下有对策，杭州等地的做法就是睁一只眼闭一只眼，于是私盐比例大增。熙宁五年（1072），两浙发运使报告，杭、越、湖三州不行新法，导致公盐收益不足，王安石于是派卢秉提举两浙盐务。

卢秉是王安石破格提拔佐其议行新法的干将，为变法制置条例司派遣的八人之一。卢秉一方面从北方调来一千人的军队，负责两浙缉私，不让地方插手；另一方面，对盐户的产量进行推算，清算盐户历年亏欠，限令如期清偿，否则刑狱追索。这两招当然奏效，公盐收入大增，但也刑狱累累，史载"持法严苛，追胥连保，罪及妻孥，一岁中犯者以千万数"，《宋史》在给予卢秉定评时，写下了"不免于阿徇时好，行盐法以虐民"的评价。

卢秉督导两浙盐务，苏轼只能服从。杭州仁和县的汤村，有赭山、岩门盐场，卢秉在该村开凿一条运盐河，征召民夫千余人开河。苏轼负责督导工程，于是作了这首《汤村开运盐河雨中督役》：

> 居官不任事，萧散羡长卿。
> 胡不归去来，滞留愧渊明。
> 盐事星火急，谁能恤农耕。
> 薨薨晓鼓动，万指罗沟坑。
> 天雨助官政，泫然淋衣缨。
> 人如鸭与猪，投泥相溅惊。
> 下马荒堤上，四顾但湖泓。
> 线路不容足，又与牛羊争。
> 归田虽贱辱，岂识泥中行。
> 寄语故山友，慎毋厌藜羹。

这首诗是说：做官还不用干事情，羡慕司马相如；弃官归去，惭愧不如陶渊明。开凿盐运河的任务这么急，谁又管会不会耽误农事？服劳役的百姓已经这么苦了，老天爷还下雨，导致百姓疲惫，就如猪、鸭一般在泥水中互相溅了一身。我也在泥中，与牛羊争路而行，如果我早点辞官回乡种田，也不至于如此狼狈。老家的乡亲们啊，千万别嫌弃食物粗劣，那比吃官家饭强多了。

苏轼损人有一套，讥讽起事情来，一套一套的。像司马相如一样做官又不做事，这哪里是苏轼的作风，他是觉得新政严苛的盐法，干还不如不干！像陶渊明一样不为五斗米折腰，他常常挂在嘴边，但也仅此而已。这诗后来也成为乌台诗案给他定罪的证据之一，说他"讥讽朝廷开运盐河不当，又妨农事也"。

督导工程不仅目睹老百姓的辛苦，作为负责的地方官，自己的日子也很不好过，食无定时，居无定所，狼狈不堪是常态。有一天，寄宿在附近的水陆寺，苏轼想起了生活清苦但颇多佳句的西湖北山僧人清顺，于是写下了《是日宿水陆寺寄北山清顺僧二首》，其中一首写道：

> 长嫌钟鼓聒湖山，此境萧条却自然。
> 乞食绕村真为饱，无言对客本非禅。
> 披榛觅路冲泥入，洗足关门听雨眠。
> 遥想后身穷贾岛，夜寒应耸作诗肩。

贵为一州之通判，为了不饿肚子，居然要向村民讨点吃的。披着榛叶做成的蓑衣，在雨中左冲右突，泥土沾了一身，幸好有一个居所，把脚洗干净，关好门，听着外面的雨声入睡。如此恶劣的天气还要开凿运河，盐政之不人性、只要结果不论百姓死活的做法可见一斑。

百姓是如此辛苦，地方官疲于奔命，负责督查的盐官大老爷们又怎么样呢？苏轼在《盐官部役戏呈同事兼寄述古》中是这么写的：

> 新月照水水欲冰，夜霜穿屋衣生棱。
>
> 野庐半与牛羊共，晓鼓却随鸦鹊兴。
>
> 夜来屦破裘穿缝，红颊曲眉应入梦。
>
> 千夫在野口如林，岂不怀归畏嘲弄。
>
> 我州贤将知人劳，已酿白酒买豚羔。
>
> 耐寒努力归不远，两脚冻硬公须软。

诗中写道，月光照在水上，水差不多要结冰了，夜里结霜，衣服都冻起了棱角。自己与牛羊共住在野外的破屋，一大早鼓声与乌鸦和麻雀的鸣叫声一同响起。天气如此寒冷，而且靴子走穿了洞，皮袍也裂开了线，脸颊都冻红了，眉毛皱弯。尽管如此，因为太累也很快睡着、做梦。做这些事是为了什么呢？不赶紧辞归故里是怕被人取笑吗？州衙里的那些新进贤良干将们，知道上面来的督盐官们辛苦，已经酿好了酒，买好了猪肉和羔羊，就等着慰问上边来的官老爷们。我努力地忍着，练着耐寒的本领，看来离我辞归故里也不远了。我的双脚虽然冻硬了，但上边来的官老爷们你可得照顾好，让他们脚软才行。

苏轼与府里的一帮积极落实新法、向新党靠拢的同僚处得并不好，他巧妙地用自己脚硬对"软脚"，借此把同僚与督盐官一并嘲讽了一番。"软脚"在这里不仅指接风洗尘，而且与反面人物相关联，《新唐书·外戚传·杨国忠》载："帝常岁十月幸华清宫，春乃还，而诸杨汤沐馆在宫东垣，连蔓相照，帝临幸，必遍五家，赏赉不訾计，出有赐，曰'钱路'，返有劳，曰'软脚'。"苏轼借此骂这帮人与杨国忠一样祸国殃民。

在苏轼眼里，美食与美酒，一向是美好的，这一次却是例外："我州贤将知人劳，已酿白酒买豚羔。"就差说：好好的美酒和美食都被狗吃了！

苏轼对新政盐法之愤怒，已到了忍无可忍的地步，而新党看到这样的言论，岂会毫不在意？

21. 茶禅一味——杭州篇三

　　作为旗帜鲜明反对新法的人物，苏轼激烈而常常一针见血的言论，使他被新党视为旧党的智囊，官位品级虽小，但他与旧党重臣交往密切，更坐实了"狗头军师"的嫌疑。但如今，苏轼被派到江南重镇杭州来执行新法，这让他异常痛苦：违抗命令吧，那是渎职；执行命令吧，那是做违心事，简直就是折磨自己。

　　这种精神上的折磨，可不是西湖山水可以排解的，苏轼找到了另一排解方式——与僧人交往，在与他们的交流中获得精神上的解脱，苏轼自己说："三百六十寺，幽寻遂穷年。所至得其妙，心知口难传。"今天我们从苏轼的诗文中，还可以清晰地整理出与他对话的这些僧人的名单：惠勤、惠思、清顺、可久、辩才、宗本、山荣、昭素、慧觉、文及……

　　僧人不喝酒，但喝茶，苏轼好酒但无量，喝茶也是他的真爱，僧人们知道他喝茶讲究，也都以好茶好水烹茶接待他。有一天，他在西湖逛寺庙，一日之间，居然喝了七盏酽茶，于是作诗《游诸佛舍，一日饮酽茶七盏，戏书勤师壁》：

> 示病维摩元不病，在家灵运已忘家。
>
> 何须魏帝一丸药，且尽卢仝七碗茶。

　　前两句典出《维摩诘经》和《传灯录》，大概是说把病当病就是病，哪里需用到魏文帝的药丸啊？卢仝《走笔谢孟谏议寄新茶》诗里早就说了"喝七碗茶，想要啥有啥"。茶仙卢仝是韩愈同时期的诗人，唐元和六年（811），卢仝收到好友谏议大夫孟简寄送来的茶叶，邀韩愈、贾岛等人在桃花泉煮饮时，写下了《走笔谢孟谏议寄新茶》，其中的"一碗喉吻润，二碗破孤闷。三碗搜枯肠，唯有文字五千卷。四碗发轻汗，平生不平事，尽向毛孔散。五碗肌骨清，六碗通仙灵。七碗吃不得也，唯觉两腋习习清风生"，就是被后世传颂的"七碗茶歌"。苏轼借用这么多典故，表达的是：什么有病没病，什么在或不在，什么烦恼是非，在一盏茶面前，都可以视而不见。

茶禅一味，寺庙和茶给苏轼带来的享受，被他毫不夸张地写在了诗里，比如《佛日山荣长老方丈五绝》中的一首：

食罢茶瓯未要深，清风一榻抵千金。

腹摇鼻息庭花落，还尽平生未足心。

在寺里饱食斋饭，饭后睡了一觉，起来一瓯清茶，这比千两黄金还令人舒服。挺着大肚子，闻着院里的落花，平生没有满足的心愿，此刻已经得到了满足。快哉！乐哉！

宋人喝茶，和我们现代人喝茶不一样。宋人喝茶叫"点茶"：把茶叶磨成粉，加水调成膏状，再注入沸水，用茶筅回环搅动，直到茶汤上出现白色泡沫，然后才喝下去。遇到好茶，苏轼和我们一样异常珍惜，不同的是他还要吟诗作对，比如这首《月兔茶》：

环非环，玦非玦。

中有迷离月兔儿，一似佳人裙上月。

月圆还缺缺还圆，此月一缺圆何年。

君不见，斗茶公子不忍斗小团，上有双衔绶带双飞鸾。

月兔茶是产于四川都濡团茶中的一种名茶，苏轼得到此茶倍感珍惜。这种茶是做成小圆团状的。古人说的"环"，是圆形封闭、中间有孔的玉；"玦"则是圆形而有缺口的玉。环状的团茶，要烹煮，就必须"磨圭碎璧"，自然就有缺口了，由环变成玦。这种情况与月的阴晴圆缺同又不同，月缺了还会圆，团茶缺了就无法"圆"，哪一年都圆不了。爱茶的即便是斗茶，也不忍心把小团茶拿出来斗——它们上面有双衔绶带双飞的凤凰，怎么舍得"棒打凤凰两处飞"！苏轼把对月兔茶的喜欢，上升到月圆月缺，棒打凤凰，可见是真喜欢。

苏轼是真爱茶，对煮茶很有心得，甚至可以说是个中高手，看他这首《试院煎茶》：

蟹眼已过鱼眼生，飕飕欲作松风鸣。

蒙茸出磨细珠落，眩转绕瓯飞雪轻。

银瓶泻汤夸第二，未识古人煎水意。

君不见，昔时李生好客手自煎，贵从活火发新泉。

又不见，今时潞公煎茶学西蜀，定州花瓷琢红玉。

我今贫病常苦饥，分无玉碗捧蛾眉。

且学公家作茗饮，砖炉石铫行相随。

不用撑肠挂腹文字五千卷，但愿一瓯常及睡足日高时。

这首诗中一系列关于煎茶的专业名词和典故，可见苏轼喝茶之专业。所谓蟹眼、鱼眼，这是煮水的方法；"飕飕欲作松风鸣"，这是用声音辨识水的温度；"蒙茸出磨细珠落"，这是研磨茶叶；"眩转绕瓯飞雪轻"，这是用茶筅回环搅动，让茶汤上出现白色泡沫，释放出茶皂素。平时点茶，先略倾瓶中热水，再倒进水，谓之"第二汤"，所以有"银瓶泻汤夸第二"。古人煎茶，从煮水、用火"茶须缓火炙，活火煎"等古训，到茶盏的讲究，苏轼都熟悉得很。但这些都不是苏轼写这首诗的本意，他想说的是自己身体不好，且在试院煎煎茶混日子吧。

试院，是考试的地方，原来此诗是苏轼主持本州乡试时所作。在苏轼来杭州任通判的这一年，由王安石主持的变法之一科举法实施，废明经诸科，罢进士之试诗赋，只考《易》《诗》《书》《周礼》及《论语》《孟子》。苏轼是反对这一变法的，但作为一州之副手，新任太守陈襄让他主持乡试，他也不好推辞，只能应付了事，发发牢骚。这首诗中苏轼说自己虽然又病又贫，不能如文彦博那样用名贵的定窑花瓷作饮器，也没有艳丽如花的美女侍茶，但愿有煎茶的工具，能于睡足一个好觉后，有一瓯好茶喝，不再为那五千份考卷牵挂就已经很满足了。

这已经不仅是在品茶，而是在宣泄满腹不合时宜的牢骚。此时的苏轼，率真的个性让他口无遮拦，而危机也在一步一步向他靠近。

22. 刀鱼肥美——杭州篇四

对新法，苏轼并不是"逢新必反"，比如免役法，后来他就赞成；水利法，他也不反对，只是对于如何治水、派懂水利的人治水，他会在诗文里说一说。

江南是全国的粮仓，当然也是王安石实施变法的重要阵地，青苗法、市易法把民脂民膏搜刮了一遍，免役法和水利法总体上应该算是惠民措施。

兴修水利是王安石变法的重点工作，而江南的水利工程更是重中之重，其中的侧重点就在太湖。

太湖跨越江浙两省，在宋代，太湖流域几乎每年都发生湖水泛滥灾害。太湖之害，原因在于围湖造田，大家将沼泽地围垦起来，导致水道堵塞，治水必须治田。王安石一开始任命郏亶主持江南水利治理，就是按照这一思路，奈何变法派一向不屑于做思想宣传工作，一味采取强硬措施，对需退田还湖的耕种户也没有给予任何补偿，这必然引起大地主和农户的强烈反抗，不到半年，郏亶的治水以失败告终。

来给郏亶"擦屁股"的是历史上屈指可数的科学家沈括。苏轼与沈括曾在京城崇文馆共事，两人在一起工作有一年多，虽分属新旧两党两个不同的阵营，但并没有什么磨擦。作为曾经的老同事，沈括到了杭州，专门拜访了苏轼，而且还很虚心地请求苏轼为他书写几副最近的诗词书法作品留作纪念，并请求苏轼支持和协助他的治水工作。至于后来沈括将苏轼送给他的诗词逐首加以批注和解释，附在察访报告里面，贴上标签进呈给宋神宗，状告苏轼"词皆讪怼"，前面已经说过，此处不赘述。

沈括的方法是筑堤，防止洪水泛滥，这只是一个权宜之计，若真的下起大雨，大水漫灌，一样洪水泛滥。苏轼是不认可这种治水方法的，在沈括邀请他赴湖州考察治水工程时，他留下了这首《赠孙莘老七绝》：

> 天目山前绿浸裾，碧澜堂上看衔舻。
>
> 作堤捍水非吾事，闲送苕溪入太湖。

苏轼认为自己不是办水利事务的人，沈括让他办这个事，真是难为他了，明知不可为而不得不为；可是沈括是老同事，而且是钦差大臣，又是新党的先进，苏轼不好也不敢顶撞，可牢骚还是忍不住要发一发的。

赠诗的对象孙莘老，时任湖州太守，是苏轼的老朋友，也是"苏门四学士"之一黄庭坚的岳父，他也是因为反对王安石变法而被赶出汴京。这一行既已是推托不了的工作，但可以见到老朋友，苏轼还是很开心的，于是作诗《将之湖州戏赠莘老》：

> 余杭自是山水窟，仄闻吴兴更清绝。
>
> 湖中桔林新著霜，溪上苕花正浮雪。
>
> 顾渚茶牙白于齿，梅溪木瓜红胜颊。
>
> 吴儿鲙缕薄欲飞，未去先说馋涎垂。
>
> 亦知谢公到郡久，应怪杜牧寻春迟。
>
> 鬒丝只好封禅榻，湖亭不用张水嬉。

这首诗中苏轼彻底地露出了吃货的本色。湖州出产的橘子很有名，境内的顾渚山上的紫笋茶是贡品，当时的人已经会将纸镂花贴在梅溪的木瓜上面——红色木瓜就有了图案，吴兴厨师的鱼生手艺更是名闻天下，鱼片切得很薄，就快"飞"起来。苏轼将这些美食一一列出，并说"未去先说馋涎垂"，口水流了一地，你孙莘老不好好请客说不过去吧？末了苏轼又说了几个典故，谢安做过吴兴太守，杜牧也做过湖州地方官，杜牧在湖州做幕僚时，见到一美女，双方约定十年时间，杜牧一定争取做郡守，如果没做到，"从所适"——你想去哪就去哪。杜牧到湖州做郡守时，这女子已出嫁三年，杜牧赋诗："自是寻春去较迟，不须惆怅怨芳时。"苏轼这是跟老朋友说，你在湖州这个好地方，我早就该来敲你竹杠了。

湖州还出产刀鱼，苏轼来湖州的路上，船泊骆驼桥边，见到有人在捕刀鱼，于是也在另一首《赠孙莘老七绝》中，向老朋友开出了菜单：

三年京国厌藜蒿，长羡淮鱼压楚糟。

今日骆驼桥下泊，恣看修网出银刀。

说的是：我在汴京吃了三年粗茶淡饭，常常想起楚地用酒糟腌鱼和淮地的鱼，今天看到银刀鱼，开心啊！毫无疑问，孙莘老肯定会弄个刀鱼宴让苏轼过把瘾。

刀鱼主要分布于我国渤海、黄海以及东海区域，大多栖息于浅海以及河口一带。在每年春季，成熟期的刀鱼聚集成群，然后自海游入长江，沿江逆流而上进行生殖洄游，栖息于江内及其支流等水体中，以长江刀鱼为佳。刀鱼体形狭长侧薄，颇似尖刀，银白色，所以苏轼说是"银刀"。在古代，还被称为"鮆鱼"。刀鱼肉质细嫩，但多细毛状骨刺，肉味鲜美，肥而不腻，兼有微香，历来都为吃货们所追捧。苏轼是刀鱼的狂热爱好者，在这次吃湖州刀鱼后不久，他又在另一首诗《和文与可洋川园池三十首寒芦港》中说到刀鱼：

> 溶溶晴港漾春晖，芦笋生时柳絮飞。
>
> 还有江南风物否，桃花流水鲿鱼肥。

文与可是他的好朋友——善画竹的文同。"鲿鱼"就是刀鱼。"芦笋"可不是今天的芦笋，我们今天吃的芦笋要等到清朝时才由欧洲传进来，这里说的芦笋，是芦苇的嫩芽。

有了刀鱼，还必须有美酒，苏轼此行心情大好，在另一首《赠孙莘老七绝》中，还约孙莘老一醉方休：

> 乌程霜稻袭人香，酿作春风霅水光。
>
> 时复中之徐邈圣，无多酌我次公狂。

苏轼诗中提到了徐邈和次公，我们得"掉一下书袋"：三国时魏国能史徐邈嗜酒，曹操执政时，法令禁止酗酒，但徐邈常私下痛饮以至于酩酊大醉，校事赵达询问政事，徐邈称他是"中圣人"。平常喝醉酒的人称"清酒为圣人，浊酒为贤人"，徐邈弄了个"中圣人"，好在他办事非常妥当，曹操也就睁一只眼闭一只眼了。《汉书·盖宽饶传》说"盖宽饶，字次公，时称酒狂"，自知酒量有限的苏轼提到这两个人，这回是准备豁出去，一醉方休了。

喝酒是准备豁出去了，但酒后乱言可不行，苏轼为此与主人孙莘老约定：

嗟予与子久离群，耳冷心灰百不闻。

若对青山谈世事，当须举白便浮君。

    只赏美景，只吃美食，若论时事，罚酒一大杯！

    这首诗后来也成为乌台诗案给苏轼定罪的证据：说不谈时事，就是对时事有意见！真是欲加之罪，何患无辞。

23. 竹肉之辩——杭州篇五

忙完盐事和太湖水利工程，熙宁六年（1073）正月下旬，苏轼到杭州下属富阳和新城两县巡按。作为文人兼官员的苏轼，在这一路上写下的诗词，既有关于山水的，也有关于百姓的汗水和泪水的。

写山水，比如苏轼的第一首词——《行香子·过七里濑》：

> 一叶舟轻，双桨鸿惊。水天清、影湛波平。鱼翻藻鉴，鹭点烟汀。过沙溪急，霜溪冷，月溪明。
>
> 重重似画，曲曲如屏。算当年、虚老严陵。君臣一梦，今古空名。但远山长，云山乱，晓山青。

大意是：乘一叶小舟，荡着双桨，像惊飞的鸿雁一样，飞快地掠过水面。天空碧蓝，水色清明，山色天光，尽入江水，波平如镜。水中游鱼，清晰可数，不时跃出明镜般的水面；水边沙洲，白鹭点点，悠闲自得。白天之溪，见沙底而流水急；清晓之溪，清冷而有霜意；月下之溪，是明亮的水晶世界。两岸连山，往纵深看则重重叠叠，如画景；从横列看则曲曲折折，如屏风。笑严光当年白白地在此终老，不曾真正领略到山水佳处。皇帝和隐士，而今也已如梦一般消失，只留下空名而已。只有远山连绵，重峦叠嶂；山间白云，缭绕变幻；晓山晨曦，青翠欲滴。

苏轼写湖光山色，词之文雅，景之惊艳，都不在话下，所发的感叹才是他想表达的主题："算当年、虚老严陵。君臣一梦，今古空名。"说的是严子陵隐居之事。严光字子陵，少有高名，与光武帝刘秀同学，亦为好友。刘秀即位后，多次延聘严光，但他隐姓埋名，退居富春山。严子陵这种不慕富贵、不图名利的品格，一直受到后世的称誉。范仲淹撰《严先生祠堂记》，有"云山苍苍，江水泱泱。先生之风，山高水长"的赞语，更使严光以高风亮节闻名天下。苏轼却不这样看，他笑严光当年枉在此终老，未曾领略到山水佳景。归隐，时不时会挂在苏轼嘴边，但人生在世，还是应该有所作为，这才是苏轼的真实想法。新法置百姓于水深火热之中，苏轼作为坚定的反对派，尽管无力改变，却也在自己力所能及的范围内尽力减轻百姓的痛苦，最不济也会在文字里表达出同情。

有情怀，有责任感，怜天悯人的苏轼，不可能只纵情于山水，在《新城道中二首》其中一首中，苏轼写道：

> 东风知我欲山行，吹断檐间积雨声。
> 岭上晴云披絮帽，树头初日挂铜钲。
> 野桃含笑竹篱短，溪柳自摇沙水清。
> 西崦人家应最乐，煮芹烧笋饷春耕。

前六句写山水，后两句写汗水和泪水：住在山里的西崦百姓，在繁忙的春耕时节，为了节约来回时间，带着饭到田间，而做的是什么菜呢？煮芹烧笋，没有肉，这已经是"应最乐"了，生活就是如此清苦。

在我们现代人看来，芹菜和竹笋都是健康食品，不错啊！但问题是，营养奇缺的年代，补充蛋白质和脂肪才重要。但即便是这些山货，也并非随便就可以得到，苏轼在《山村五绝》中一首说：

"老翁七十自腰镰，惭愧春山笋蕨甜。岂是闻韶解忘味，尔来三月食无盐。"为什么会这样呢？市易法中，由政府廉价购入食盐再高价卖出去，政府从中获利，百姓买不起盐；而青苗法强制百姓贷款，山里的年轻人贷了青苗钱就跑到城里花天酒地，除了学得一嘴城里口音，什么都没得到，还背上一身债，到了还债时候，又是家破人亡之时。在《山村五绝》的另一首，苏轼写道：

> 杖藜裹饭去匆匆，过眼青钱转手空。
>
> 赢得儿童语音好，一年强半在城中。

百姓之苦，苏轼看在眼里，写在诗词歌赋里。此行苏轼多次提到竹笋，作为一个竹子的狂热爱好者，能充饥的竹笋，给苏轼留下了深刻的印象。巡按完富阳和新城两县，苏轼又往於潜县察看县政，顺便游了寂照寺，他与寺僧惠觉同游，面对寺里的绿筠轩，写下了这首著名的《於潜僧绿筠轩》：

> 可使食无肉，不可居无竹。
>
> 无肉令人瘦，无竹令人俗。
>
> 人瘦尚可肥，士俗不可医。
>
> 旁人笑此言，似高还似痴。
>
> 若对此君仍大嚼，世间那有扬州鹤。

大意是说宁愿生活中没有肉吃，也绝不能让住处没有竹子。没肉吃不过只是消瘦，没竹子却会变得庸俗不堪。瘦了还可以长肥，俗了就很难医治了。如果常人不解还说"这似高论又似痴言"，那请问，如果面对此竹而大快朵颐，既想得到清高美名也想享受甘味美食，世上哪有"扬州鹤"这样十全十美的事。在这里，苏轼用了两个典故，一个是曹植在《与吴季重书》中有："过屠门而大嚼，虽不得肉，贵且快意。"另一个典故来自《殷芸小说》："有客相从，各言所至，或愿为扬州刺史，或愿多赀财，或愿骑鹤上升。其一人曰：'腰缠十万贯，骑鹤上扬州。'盖欲兼三人之所欲也。"苏轼这是在赞赏慧觉的风雅高洁，也从侧面提醒了有物欲俗骨、缺乏风节的人。至于有人加了什么"若要不俗也不瘦，餐餐竹笋煮猪肉"，则是对这首诗的不理解，在这里，苏轼将不俗和不瘦列为一对矛盾，没有调和的方案。

竹，以神姿仙态、潇洒自然、素雅宁静之美，令人心驰神往；以虚而有节、疏疏淡淡、不慕荣华、不争艳丽、不媚不谄的品格，与古代贤哲"非淡泊无以明志，非宁静无以致远"的情操相契合。苏轼爱竹，他说："食者竹笋，居者竹瓦，载者竹筏，炊者竹薪，衣者竹皮，书者竹纸，履者竹鞋，真可谓不可一日无此君也。"爱竹成癖的苏东坡还跟画竹大家文与可学画墨竹，他对文与可的"胸有成竹"的绘画理论推崇备至。诗云："与可画竹时，见竹不见人；岂独不见人，嗒然遗其身；其身与竹化，无穷出清新，庄周世无有，谁知此凝神。"

差旅生活十分辛苦，苏轼在考察中更是体会了百姓的辛苦。想吃上肉，过上幸福的生活，对苏轼来说一点都不难，只要向王安石靠拢就可以了。但是苏轼宁可食无肉，也不能没有气节，没有正义感，所以他总是忍不住在诗词中留下那些呼号疾痛的字句，正如苏辙为他所作的墓志铭中所说："初，公既补外，见事有不便于民者，不敢言亦不敢默视也。缘诗人之义，托事以讽，庶几有补于国，言者从而媒孽之。"

想做竹子，是需要付出代价的，新党可不会放过苏轼，因为他太有名了，他的文章太有杀伤力了。

24. 酥煎牡丹——杭州篇六

　　苏轼在杭州通判任上近三年，出差占了相当多的时间，而回到杭州对他来说就是一次休息，毕竟杭州的山水太迷人了，家就在那里，朋友就在那里。总体来说，杭州通判任上三年，苏轼是累并快乐着的。

　　代替沈立的太守陈襄，字述古，也是因反对王安石变法而从知制诰这一皇帝身边红人之任外放地方的。苏轼十分敬重陈襄的品德，陈襄对苏轼也十分友好，苏轼只要出差回杭州，陈襄都少不了组织饮宴，吃吃喝喝，赋诗填词，不亦乐乎。

　　苏轼本身就是喜欢热闹的人，朋友间的聚会，他留下了不少佳作，比如这首《贺陈述古弟章生子》：

> 郁葱佳气夜充闾，始见徐卿第二雏。
> 甚欲去为汤饼客，唯愁错写弄獐书。
> 参军新妇贤相敌，阿大中郎喜有余。
> 我亦从来识英物，试教啼看定何如。

　　陈襄的弟弟陈章生了个儿子，在苏轼生活的时代，寿辰及小孩出生的第三天、满月和周岁，有钱人都会举办庆贺晚宴，晚宴上少不了吃面条，面条又长又瘦，寓意长寿，那时的面条还不叫面条，而叫汤饼，所以苏轼说"甚欲去为汤饼客"。

　　这首诗的精彩之处在下一句"唯愁错写弄獐书"，《诗经·小雅·斯干》载："乃生男子，载寝之床，载衣之裳，载弄之璋。"意为生了男孩，就让他睡在床上，给他穿华丽的衣服，给他玩白玉璋。璋是权力的象征，贺人生子送璋，寓意希望生儿子的人家将来儿子有出息。唐玄宗朝权相、口蜜腹剑的李林甫，虽然不学无术，但是他为人很聪明，非常善于揣摩人心，他也凭着这身本事慢慢得到唐玄宗的重用，《旧唐书·李林甫传》："太常少卿姜度，林甫舅子，度妻诞子，林甫手书庆之曰：'闻有弄獐之庆。'客视之掩口。"不学无术的李林甫，把"璋"写为动物的"獐"，成为历史上的笑话，苏轼说想去参加生子贺宴，弄碗面条吃，但又怕像李林甫一样写错字。苏轼既是嘲笑李林甫，也是借机嘲笑王安石。王安石屡次在宋神宗面前说苏轼做学问不正经，苏轼也认为王安石食古不化，不达世务。王安石喜欢字源学，乱拆字予以解释，曾说"波"为"水之皮"，被苏东坡回怼：那"滑"是不是就是水之骨？李林甫是唐朝宰相，王安石是当朝宰相，苏轼突然间嘲笑李林甫，在场的人懂的都懂。

在苏轼留下来的诗词中，更不乏红裙白酒、风花雪月。宋代士大夫饮宴，可不是像我们今天这样只是喝酒吃饭，他们筵席过程中还有歌舞表演，吟诗作对。公务应酬有官伎，有钱人私人应酬则有家伎，苏轼后来纳的妾朝云，就是在这时以家伎身份到苏轼家的。隶身乐籍的官伎，由政府供养，非一州太守特批不得脱籍，工作由政府派遣，但只限于歌舞和陪酒，不得与官员私通。

宋朝重文轻武，崇尚和平发展，不主动发动战争，社会安定，天下太平。士大夫的生活可谓自由、放浪、奢华，在女色方面尤其恣纵，苏轼感叹，"历数三朝轩冕客，色声谁是独完人"，他历仕三朝的同事，不沾声色之好的"完人"，他还一个也不曾见过。在这样的大环境下，苏轼也不能免俗，尤其是此时的苏轼，文名甚盛，绝对是那个时代的"网红"，名公巨卿、政治名流，各式名望出众的人物，都以与苏轼交往为谈资。杭州又是大都市，中央派驻杭州的机构本来就不少，从京城来杭公干的官员也多，作为一州的副职，迎来送往当然也少不了。据朱彧《萍洲可谈》，对这些应酬，苏轼对亲近的朋友诉苦：到杭州做通判，真是入了酒食地狱。

常在河边走，哪有不湿鞋？既然常参加饮宴，置身众香国里，苏轼也不可能做到一尘不染，但我们还是可以看到，苏轼在欣赏少女们的风情，享受衣袂间的香气时还是克制感情、节制有度的。上司陈襄很喜欢在有美堂设宴，苏轼在《与述古自有美堂乘月夜归》中说"凄风瑟缩经弦柱，香雾凄迷着髻鬟"；在《湖上夜归》中说"尚记梨花村，依依闻暗香"，他这是有距离地欣赏；在《九日，舟中望见有美堂上鲁少卿饮，以诗戏之》中说"西阁珠帘卷落晖，水沉烟断佩声微。遥知通德凄凉甚，拥髻无言怨未归"，他这是劝同为通判的鲁有开赶紧回家，家里妻妾正等着呢！

找理由想方设法逃避饮宴，在《述古以诗见责屡不赴会，复次前韵》中他说"我生孤僻本无邻，老病年来益自珍。肯对红裙辞白酒，但愁新进笑陈人"，居然用性格内向、老了病了当借口。此时的苏轼才三十多岁就称"老病"，说自己"我生孤僻"，谁信？

推不掉，那就中途溜了，在《初自径山归，述古召饮介亭，以病先起》说"惯眠处士云庵里，倦醉佳人锦瑟旁"，这等好事谁不想？可惜自己无缘享受，因为"迟暮赏心惊节物，登临病眼怯秋光"。

苏轼是清醒的，他说："平生嗜羊炙，识味肯轻饱？烹蛇啖蛙蛤，颇讶能稍稍。"风花雪月谁不喜？他开玩笑说自己喜欢吃烤羊肉，可不是吃素的，又借用韩愈《答柳柳州食虾蟆》中"余初不下喉，近亦能稍稍"入乡随俗，"烹蛇啖蛙蛤"，说明"逢场作戏"也未尝不可，但他虽处流俗，也不为流俗所污。

对于风月，苏轼是有节制地参与，但对赏牡丹花，苏轼却十分痴迷。西湖边的吉祥寺，种了不少牡丹。苏轼从外地出差回来后就去吉祥寺赏花，听闻太守陈襄今年还没来赏花，牡丹花期短，稍纵即逝，他为此着急，于是写了《吉祥寺花将落而述古不至》：

> 今岁东风巧剪裁，含情只待使君来。
> 对花无信花应恨，直恐明年便不开。

这诗很直白，也很直爽，陈襄第二天就邀请大家同往吉祥寺赏牡丹，苏轼又赋诗《述古闻之明日即至坐上复用前韵同赋》：

> 仙衣不用剪刀裁，国色初酣卯酒来。
> 太守问花花有语，为君零落为君开。

苏轼一生写了不少牡丹花的诗词，作为一名吃货，对牡丹花，他不仅仅欣赏，还想到吃牡丹花。刚到杭州不久，他就到明庆寺赏牡丹，并写下《雨中明庆赏牡丹》：

> 霏霏雨露作清妍，烁烁明灯照欲然。
> 明日春阴花未老，故应未忍着酥煎。

牡丹花在密密的雨露中开得清秀美丽，夜晚在明亮闪烁的灯光下，它红艳得像要燃烧一样；明天，应该还是春天里的阴天，花儿依然盛开不败，所以不应忍心以酥煎而食之。

是的，古人把牡丹花煎炸成酥吃了。宋人祝穆《古今事文类聚》关于"酥煎牡丹"，有轶闻：孟蜀时，兵部尚书李昊每将牡丹花数枝分遗朋友，以兴平酥同赠，且曰："候花凋谢，即以酥煎，食之，无弃浓艳。"其风流贵重如此。苏轼在这里是想让姹紫嫣红久驻人间，能尽情闻其香、睹其艳、赏其美，他不愿设想明天的骄阳将会夺去花的芳姿，也不愿像古人那样，忍心将它煎而食之，珍爱牡丹之情溢于言表。

说到吃牡丹花，苏轼在《雨中看牡丹三首》中还提到"未忍污泥沙，牛酥煎落蕊"。这些酥炸牡丹花的记载，宋人似乎很热衷。南宋林洪的《山家清供》里有"牡丹生菜"，说的是宋高宗吴皇后不爱杀生，要求宫里御厨进生菜，一定要采一些牡丹花瓣和在里面，"或用微面裹，炸之以酥"。这就是苏轼说的"牡丹酥"的做法，类似于今天日料中的天妇罗。

古人吃牡丹，除了怜香惜玉，觉得吃进肚子比化作春泥是更好的归宿外，还有另一个原因，那就是据说吃牡丹可以治眼疾。明朝万历年间的戏曲作家高濂，杭州人，也是养生专家，他的《遵生八笺》是古代养生学的集大成之作。他幼时患眼疾等疾病，因多方搜寻奇药秘方，终得以康复，遂博览群书，记录在案，汇成此书，其秘诀之一就是煎食牡丹花。

宋人苏轼不可能穿越到明代，但苏轼在杭州时总挂在嘴边的病，就是眼疾。在《东坡志林》里，有段子手之趣的苏轼还讲过：

> 余患赤目，或言不可食鲙。余欲听之，而口不可，曰："我与子为口，彼与子为眼，彼何厚，我何薄？以彼患而废我食，不可。"子瞻不能决。口谓眼曰："他日我瘖，汝视物吾不禁也。"管仲有言："畏威如疾，民之上也；从怀如流，民之下也。"又曰："燕安

鸩毒，不可怀也。"《礼》曰："君子庄敬日强，安肆日偷。"此语乃当书诸绅，故余以"畏威如疾"为私记云。

　　说的是苏轼患红眼病，有人告诉他不能吃鱼生，他想听从劝告，但嘴巴不同意，说："我是你的口，它是你的眼，你不能厚眼薄口，眼睛患病关我什么事，废我的口福这不应该。"苏轼不知怎么办，而嘴巴又对眼睛说："改天我生病时，你看东西我也不拦你。"想起管仲曾说：像怕生病一样敬畏天威的人，是人中的最上者；像流水一样随波逐流的人，这是人中的下等。又说贪图安逸享乐等于饮毒酒自杀，这是不应该的。《礼记》中曾言：君子能坚持庄严恭敬，就会在道德与事业上一天天强大，如果安乐放肆，就会一天天苟且偷安。把这句话写下来给各位绅士，而自己以"畏威如疾"作为行为标准。

　　苏东坡这个"段子手"，连患病也拿来开玩笑，当然也从病与吃中悟出了一番人生道理，他眼中的风花雪月，风流得很有趣。

25. 醉美荆溪——杭州篇七

熙宁六年（1073），苏轼到杭州已经两年了，杭州这个江南粮仓发生了灾情，在言官上奏、沈括奉派察访后，诏赐常州、润州（今镇江一带）五万石米赈济饥民，苏轼负责到常州、润州一带放粮。这一趟路途奔波，足足花了七个多月，连春节都是在差旅中度过的。

常年在外奔波，这次时间尤其长，离愁别绪不招自来，苏轼想象妻子在家思念自己的情景，写了这首《少年游》：

> 去年相送，余杭门外，飞雪似杨花。
> 今年春尽，杨花似雪，犹不见还家。
> 对酒卷帘邀明月，风露透窗纱。
> 恰似姮娥怜双燕，分明照、画梁斜。

大意是：去年相送于余杭门外，大雪纷飞如同杨花。如今春天已尽，杨花飘絮似飞雪，却不见离人归来，怎能不叫人牵肠挂肚呢？卷起帘子举起杯，引明月作伴，可是风露又乘隙而入，透过窗纱，扑入襟怀。月光无限怜爱那双宿双栖的燕子，把它的光辉与柔情斜斜地洒向画梁上的燕巢。

虽有酒，但"对酒卷帘邀明月"，寂寞和无奈才是主基调。苏轼在杭州通判任上三年，这次赈灾放粮是可圈可点的工作成绩，连上司陈襄都催他早点回去，但他坚持要把工作完成了才回杭州。

陈襄为什么催苏轼回去呢？原来政局有变，王安石被罢相了。

熙宁七年（1074）春，天下大旱，饥民流离失所，群臣诉说新法之害，神宗满面愁容，以为旱灾是上天示警，对新法的施行开始动摇。王安石认为天灾即使尧舜时期也无法避免，派人治理即可。监安上门郑侠反对变法，绘制《流民图》献给神宗，并上疏论新法过失，力谏罢相王安石。神宗不与王安石商量，停止了部分新法，王安石相位不保，于是上书请辞，神宗解除了王安石的宰相职务，改任观文殿大学士、知江宁府。

王安石虽被罢相，但新法大部分还在推行，神宗根据王安石的提议，以韩绛代王安石为同平章事，以吕惠卿为参知政事，可谓换汤不换药，旧党空欢喜一场。

苏轼的赈灾任务还得继续，他来到了宜兴，就被这里的一切迷住了。有江南"鱼米之乡"之称的宜兴，古称阳羡，境内有三湖九溪，以荆溪最负盛名，今天宜兴市城中横贯东西的溪水——东氿、团氿、西氿，人们习惯称之为"三氿"，就是荆溪。荆溪两岸风景美不胜收，苏轼泛舟溪上，心情大好，"一入荆溪，便觉意思豁然！"十七年前，苏轼登进士，进琼林宴时与同年蒋之奇共席，蒋之奇是宜兴人，向苏轼盛赞家乡之美，并约定退休后共到宜兴比邻而居。对这个约定，苏轼应该没放在心上，但这次亲临其境，荆溪两岸的风光，宜兴出名的紫砂壶黏土，常州的大米，当地纯朴的民风，低廉的物价，让苏轼觉得这里确实是一个适合退休后安度晚年的地方。在《常润道中有怀钱塘寄述古五首》之五中，苏轼写道：

惠泉山下土如濡，阳羡溪头米胜珠。

卖剑买牛吾欲老，杀鸡为黍子来无。

地偏不信容高盖，俗俭真堪着腐儒。

莫怪江南苦留滞，经营身计一生迂。

　　此时的苏轼，离退休还远着呢，但他已经对仕途厌倦了，对王安石离开后的政局也极不看好，于是在诗里设想着退休后他就住在宜兴，预约陈襄到访，他一定杀鸡饷客！

　　应该说，对局势的判断，苏轼是极有远见的。接替王安石的韩绛，虽然政治主张上属于旧党，但落实起新党推行的措施来，他也不遗余力。他与王安石是同年进士，两人私交极好，王安石执政时，韩绛就是班子成员，神宗是把韩绛当作新旧两党冲突的缓冲器，他在新旧两党中都说得上话。从历史发展来看，宋神宗的这一安排是起到了效果的。王安石执政期间，因为有着韩绛从中说和，他与保守派的斗争一直控制在新法方面。王安石虽然为了推行新法贬谪了很多官员，但也只是赶尽不杀绝，并没有将变法发展成朋党的趋势。这让新法推行的政治斗争可控，也有效避免了党争的出现。

　　保守派把矛头对准王安石，以为赶走了王安石就天下太平，他们没想到神宗才是变法的总设计师。王安石走后，吕惠卿设法架空韩绛，赶走老搭档曾布，陷害王安石以防王安石东山再起，并挑起新旧两党党争，这样他才有存在的价值。这种安排，比王安石在位时更糟糕。对此，苏轼看得清清楚楚，于是借古讽今，写了《王莽》：

汉家殊未识经纶，入手功名事事新。

百尺穿成连夜井，千金购得解飞人。

　　又写《董卓》：

公业平时劝用儒，诸公何事起相图。

只言天下无健者，岂信车中有布乎。

　　苏轼在这个时候写这两首诗，是有所指的，王莽也是推行新政，最后篡位成功，苏轼这是用王莽讥讽王安石，就差说两者都姓王。据《后汉书·董卓传》，王允与吕布谋诛董卓，有人书"吕"字于布上，负而行于市。有人告诉董卓，董卓不当回事，终致祸端。苏轼用此诗讥讽王安石信任的人背叛了他，其中巧妙地用"吕布"二字，"吕"指吕惠卿，"布"指曾布。骂人不带脏字，这一手苏轼厉害着呢。

　　不能说苏轼没有政治嗅觉，他看问题极准：王安石被罢相，陈襄高兴得想让他中断工作回来一起开心一下，苏轼并不看好未来的政局，想到的是在宜兴终老。但是，他又忍不住耍一下小聪明，写诗把王安石、吕惠卿、曾布恶心了一下，口无遮拦，这让一众小人把他恨得咬牙切齿，他们在等待一个机会，把苏轼推向万劫不复的深渊。

　　润州、常州一行，苏轼很辛苦，很努力，但从这一行的表现看，苏轼的智商极高，但情商又极低，他又向危险境地走近了一步。

26. 宴别西湖——杭州篇八

　　政局剧变，苏轼的职业生涯也面临着巨大的改变，首先是太守陈襄，他的职位与应天府的杨绘对调。

　　陈襄是福建侯官人，侯官也就是现在的福州，史上对他的评价是"其人公正廉明，识人善荐"。苏轼与陈襄都因反对王安石变法而来到杭州，他们共事的两年多时间里，能协调一致，组织治蝗，赈济饥民，浚治杭州六井，兴办学校，提拔文学后进。在力所能及的范围内，确实做了不少好事，在共事的过程中也建立了深厚的友情，而且相知甚深。如今陈襄要调离杭州，在有美堂设宴，告别僚佐。在推杯换盏之际，苏轼有感于友情的珍重，随即写了这首《虞美人·湖山信是东南美》：

> 湖山信是东南美，一望弥千里。
> 使君能得几回来？便使樽前醉倒更徘徊。
> 沙河塘里灯初上，水调谁家唱。
> 夜阑风静欲归时，唯有一江明月碧琉璃。

　　大意是：从有美堂望杭州，湖山满眼，一望千里，相信这是东南最美处。我的好朋友啊，你此去何时方能重回杭州？何时方能杯酒遣怀？沙河塘里两岸华灯初上，从江上传来的曲调正是唐代流行的《水调》。当夜深人静，扶醉欲归时，在一轮明月的映照下，只见钱塘江水澄澈得像碧色的琉璃。

苏轼用明澈如镜、温婉静谧的江月，肯定陈襄高洁的品质，也象征着他们纯洁深挚的友情。

还有一首《江城子·孤山竹阁送述古》：

> 翠蛾羞黛怯人看。掩霜纨，泪偷弹。且尽一尊，收泪唱《阳关》。漫道帝城天样远，天易见，见君难。
>
> 画堂新构近孤山。曲栏干，为谁安？飞絮落花，春色属明年。欲棹小舟寻旧事，无处问，水连天。

又一次在孤山竹阁为陈襄设宴饯行，竹阁在杭州西湖孤山寺内，白居易任杭州太守时所建，故又称白公竹阁。竹阁的画堂是陈襄在任时修建的，还有精巧玲珑的弯曲栏杆。在竹阁饯行的宴会上，歌女吟唱送别词，在场的所有人都被感动了。歌女在吟唱的时候落下了伤心的泪水，但又生怕会给宴会增添忧伤的气氛，所以她们用纨扇掩面而偷偷落泪，压抑着情感。继而移宫换羽，不再唱伤感的词，而唱起了唐代诗人王维的送别名曲《阳关曲》。画堂色彩斑斓，依山傍水在孤山上。前一年春天，苏轼与陈襄等僚友曾数次游湖，吟诗作词，眼下已是花飞春尽，大好春色要到下一年才有了。歌女想象她们第二年春日再驾着小船在西湖寻觅旧迹欢踪时，往事或许已如风，渺茫无处寻访，唯有倍加想念与伤心而已。

看着陈襄离去的身影，苏轼觉得此去一别，何时才能再见好友一面？这样一想，不觉悲从中来，于是他又提笔填写了这首《南乡子·送述古》：

> 回首乱山横，不见居人只见城。谁似临平山上塔，亭亭，迎客

西来送客行。

归路晚风清，一枕初寒梦不成。今夜残灯斜照处，荧荧，秋雨晴时泪不晴。

苏轼对陈襄的离去特别恋恋不舍，一送再送，直到回头不见城中的人影，而那临平山上亭亭伫立的高塔似乎也在翘首西望陈襄离去的身影，不忍好友的调离。归途中因思念友人而夜不成眠。晚风凄清，枕上初寒，残灯斜照，微光闪烁，忍不住流下了思念的泪水，即便秋雨停了，泪也不停地流。这些意象的组合，营造出清冷孤寂的氛围，烘托了苏轼因与陈襄别离而引发的凄凉孤寂心境。写离别、写儿女情长，苏轼绝对是一把好手，论感情的细腻、婉约，苏轼也是数一数二，这也是苏轼真实的一面。

送完陈襄，苏轼又忙于治蝗灾，同时迎来新太守杨绘，也就是苏轼诗词中出现的杨元素。杨绘是四川绵竹人，苏轼的老乡，史上对他的评价"为吏敏强"，"表里洞达，一出于诚"，也是因为反对新法而遭外放。这位聪明活泼、好酒多情的才子型人物，与苏轼的关系也非常好，可惜两人相处才两个月，苏轼三年任期届满，调任密州知州。

苏轼离开杭州赴密州之际，杨绘组织的游宴不绝，苏轼也写了一系列的唱和诗词，比如这首《南乡子·和杨元素》：

东武望余杭。云海天涯两渺茫。何日功成名遂了，还乡。醉笑陪公三万场。

不用诉离觞。痛饮从来别有肠。今夜送归灯火冷，河塘。堕泪羊公却姓杨。

苏轼借酒桌上对未来的展望想象离别、调任密州之后的情景：到了古称东武的密州后，向杭州回望，天涯一样遥远的距离只能看到两地之间茫茫无际的缥缈云海。为官在外，去留都不是自己能控制的，再见面也不知是何年，一旦功成身退了，一定回到杭州，和对方酣畅淋漓地喝上一场，一吐胸中的畅快。还表示在这愉快的宴席上，就不要倾诉那些离别的伤感话语了，畅饮美酒的时候不需要牵肠挂肚。宴会结束，灯火依稀，你会送我回去，而杭州，会有一位像羊祜一样感人泪下的好官留下来，真巧，这个官员也姓杨。

"醉笑""痛饮"，不善饮的苏轼倒不怜惜这些词语，杨绘这位老乡太对他的脾气了。《晋书》记载，羊祜镇守襄阳有功，死后襄阳人为他立碑，"望其碑者，莫不流涕，杜预因名为堕泪碑"，苏轼巧用杨绘的"杨"与羊祜的"羊"同音，用羊祜称颂杨绘是一位有高尚情操的地方官；而"功成名遂"也不经意间透露出苏轼有政治抱负的真实一面，所谓酒后吐真言，苏轼常挂在嘴边的"归隐"，只是说说而已。"不用诉离觞，痛饮从来别有肠"，苏轼说喝酒是件赏心乐事，不带忧愁和悲伤才能真正痛饮和享受喝酒的快乐。不拘于生活中的坎坷，一心向上的积极乐观心态，这种豪迈的人生观，才是苏轼主要的人生态度。

苏轼离杭赴密，杨绘虽刚到任杭州知州，但也在此时调回京城任翰林学士，于是同行一段，张先、陈舜俞陪同，到了湖州，恰逢湖州太守李常生子，大宴宾客三日，苏轼赋词《减字木兰花》：

> 维熊佳梦，释氏老君亲抱送。壮气横秋，未满三朝已食牛。
> 犀钱玉果，利市平分沾四座。多谢无功，此事如何着得侬。

大意是：李常啊，你做了得子的好梦，佛祖和太上老君就亲自把儿子给你送来了。这孩子生得气宇轩昂，生下来不到三天就已经可以吃下一头牛了。李常你摆下了"洗儿宴"，准备了丰厚的洗儿钱和洗儿果，来参加宴会的宾客都沾上了这好事的光，客人们收了洗儿钱，千万别说客套话"帮不上忙，无功不受禄"，生儿子要是有你们的功劳，那还得了？

这首词苏轼极尽幽默，用各种典故开玩笑，分寸把握得也很恰当。"维熊佳梦"典出《诗经·小雅·斯干》："大人占之，维熊维罴，男子之祥。"说的是李常择得吉梦生子这一美事；"未满三朝已食牛"，典出杜甫《徐卿二子歌》："小儿五岁气食牛，满堂宾客皆回头。"人家是五岁食牛，李常的儿子是三天食牛，博众一笑；在诗的副题中，苏轼说了一个笑话：晋元帝生子，宴百官、赐束帛，殷羡谢曰："臣等无功受赏。"帝曰："此事岂容卿有功乎！"同舍每以为笑。生儿子摆酒庆祝是件极开心的事，苏轼用开玩笑的方式，为这件开心事锦上添花。

这个段子手，在文字中把幽默用到了极致。达观之人，不缺幽默元素，对他们来说，欢乐无处不在。

*

第六章

流转密州、徐州、湖州

27. 枸杞菊花——密州篇一

熙宁七年（1074）年十二月初三，在路上磨磨蹭蹭了两个多月后，三十九岁的苏轼来到了密州，即今天山东诸城。密州属京东东路管辖，京东东路安抚使兼青州知府，而苏轼当知府的密州，下面则管诸城、安丘、莒、高密四县。此时的苏轼，官职是"太常博士直史馆权知密州军州事"。在杭州三年，苏轼没升官，太常博士是正八品官，一般这个级别不能当太守，所以只是让他"权知密州军州事"。又"权"了一次，暂时做一段看看。

在杭州当通判，他是二把手，不用负全责，太守让他干啥就干啥，对朝政不满就在诗文里发发牢骚，可这次到密州当太守，虽然是"权知"，但必须负全责，问题就摆在那里，这可不是发发牢骚就可以解决的，他必须直面问题。

一是应对蝗灾。在杭州临来密州之时，苏轼就忙着组织灭蝗，而密州的蝗灾比杭州更严重，新党派下来的官员习惯了欺上瞒下，报喜不报忧，甚至说"蝗不为灾"，只吃草不吃苗。苏轼到任后二十天就上奏朝廷，报告京东蝗灾惨状，请求中央政府豁免秋税救助。

二是全力抵制吕惠卿的"手实法"。吕惠卿上台后，为了扩大中央政府的收入，鉴于免役法确定免役钱的征收数额存在漏洞，推出了"手实法"，即各户主自报家产，按政府标准物价折价，收20%财产税；隐匿不报的，没收所有财产；检举揭发的，可得没收财产的三分之一奖励；诬告的只需杖六十至八十大板。这个制度使中央政府收入大增，但中上之户，却被搜割得彻彻底底，瞒报的轻则破产，重则倾家荡产。苏轼一面上书宰相韩绛，据理力争，一面抓住手实法这一法令来自司农寺的漏洞，对负责此事的提举官说："违制之坐，若自朝廷，谁敢不从？今出于司农，是擅造律也。"负责此事的提举官只能"从缓"。

三是抵制食盐专卖。苏轼在杭州时，杭州已实施食盐专卖，到任密州时，朝廷正准备把这一政策推行到密州，他向宰相韩绛呼吁"愿公救之于未行"，但是韩绛不予理会。他又上书侍中文彦博，以京东民风彪悍，实行官盐制度祸不可测为理由提请三思。可是，负责推行此事的是以雷厉风行作风著称、送过鱼给苏轼的老朋友章惇，苏轼的这些努力当然是螳臂当车，白费力。

四是缉盗。密州这个地方，民风剽悍，苏轼在上给文彦博的书中说："密州民俗武悍，恃好强劫，加以比岁荐饥，椎剽之奸，殆无虚日。"蝗灾加旱灾，官府又加重了盘剥，一些人就选择铤而走险，走打家劫舍之路，《水浒传》里的梁山好汉多出自这个地方，是有事实依据的。而此时，中央政府为了开源节流，将原来告发盗贼的赏金打了五折。苏轼一面上书宰相韩绛和侍中文彦博，争取中央政府的支持，一面积极缉盗，整治社会风气。

这些天灾或者人祸，正是导致密州普遍贫穷的原因。对天灾，苏轼积极组织应对，靠谱的捕蝗、不靠谱的求雨之法都用上；而对新法这一人祸，他挺身而出，积极上书争取，有条件时坚决抵制。他尽力了。

与江南水乡杭州不同，密州更穷更苦，连官府都穷得叮当响。宋朝重文轻武，立国之初就在各州郡设置公使库，地方上交给中央政府后的收入归公使库，地方官有权支配，吃吃喝喝、迎来送往都可以在这里面报销，目的是厚养士大夫。但新法实施后，各种搜割令地方公使钱暴减，密州这个穷地方更是生财无道。苏轼也不是贪官，相反，还要勒紧裤腰带，想办法筹措粮食，用于收养数千弃孩。与在杭州时吃香喝辣、饮宴多到令人头痛相反，苏轼来到密州，真可谓捉襟见肘，穷得很。

穷到什么程度呢？他写过一首《到颖未几公帑已竭斋厨索然戏作数句》：

> 我昔在东武，吏方谨新书。
> 斋空不知春，客至先愁予。
> 采杞聊自诳，食菊不敢余。
> 岁月今几何，齿发日向疏。
> 幸此一郡老，依然十年初。
> 梦饮本来空，真饱竟亦虚。
> 尚有赤脚婢，能烹赪尾鱼。
> 心知皆梦耳，慎勿歌归欤。

这是在知颖州时回忆密州的艰苦岁月：客人来了，但"斋厨索然"，啥都没有，他和通判刘庭式二人沿城寻觅废圃中野生的枸杞和菊花来招待客人。这可不是偶尔为之的行为艺术，当时苏轼常常这样做，为此他还写下了有名的《后杞菊赋》，并为这个赋写了序，大意是说：唐代陆龟蒙曾说过，他经常吃杞菊，一直到夏天五月，枝叶已经老硬，还是吃个不停。就此他还写了《杞菊赋》来宽慰自己。起先我也怀疑他的说法，觉得一个读书人，事业上不顺心，生活贫困一些，简省一些，也就差不多了。至于说肚子饿到吃草木的程度，似乎也太夸张了。我做官做了十九年了，家庭日益贫困，衣食穿着，还不如以前。这次来到密州，想想饭总能吃饱，谁知厨房里冷冷清清，整日愁眉苦脸的。随后每天和通判刘庭式沿着城墙在荒废的菜园里找杞菊来吃，相对摸着肚子大笑，这才相信陆龟蒙说的话是真的。于是写这篇《后杞菊赋》宽慰自己一下，并且做一些辩解。这篇文章写得很有意思，我们姑且录之：

　　"吁嗟先生，谁使汝坐堂上，称太守？前宾客之造请，后掾属之趋走。朝衙达午，夕坐过酉。曾杯酒之不设，揽草木以诳口。对案颦蹙，举箸嚘呕。昔阴将军设麦饭与葱叶，井丹推去而不嗅。怪先生之睠睠，岂故山之无有？"

　　先生怃然而笑曰："人生一世，如屈伸肘。何者为贫，何者为富？何者为美，何者为陋？或糠核而瓠肥，或粱肉而墨瘦。何侯方丈，庚郎三九。较丰约于梦寐，卒同归于一朽。吾方以杞为粮，以菊为糗。春食苗，夏食叶，秋食花实而冬食根，庶几乎西河南阳之寿。"

　　大意是："唉，先生。谁让你坐在堂上，还称太守？前有宾客请你吃饭，后有手下官员跟从。早上到衙门一直到中午，傍晚一直坐到酉时以后，这么长的时间里，没有喝过一杯酒，就是拿草木骗骗自己嘴巴。对着饭桌，时时皱起眉头，拿起筷子，却难以下咽。以前西汉的阴就将军拿麦饭与葱叶来招待井丹，井丹把饭菜推到一边，看也不看。奇怪的是你好像对草木之食情有独钟，难道你们家乡没有这样的草木！"

　　自己听了之后，笑着说："人活在这世界上，就像手肘一样能伸直也能弯拢。什么叫贫困，什么叫富有？什么叫美艳？什么叫丑陋？有的人吃粗糠照样长得白白胖胖，有的人整天山珍海味却还是长得很瘦。何曾每天饭菜，花费万钱，虞杲子吃的，翻来覆去还是韭菜。只是在梦里吃得比较丰盛或者贫苦，到头来还是一死。我以杞菊为食，春天吃它的苗，夏天吃它的叶子，秋天吃它的花和果实，冬天吃它的根，说不定我还能像子夏和《抱朴子》里说的喝菊花水的南阳郦县山中的人那样长寿呢!"

"以杞为粮,以菊为糗,春食苗,夏食叶,秋食花实而冬食根。"枸杞叶味道微苦但有甘味,粤菜还保留这道菜,枸杞子则药食皆用,有滋肾、润肺、补肝、明目的功效;菊花的菊苗及嫩叶、部分品种的花瓣,可作蔬菜,菊花具有散风清热、平肝明目、抗菌、抗肿瘤等功能。枸杞叶和菊叶虽然可以做菜,但味道和口感确实不尽如人意,苏轼生活的年代少有人食用,更不要说现代人了。枸杞子有甜味,菊花瓣有特殊的香味,拿来入馔倒是经常的,但吃它们的根部,则纯为医药用途。不过,这两种东西都有明目的功效,苏轼总有眼疾,倒还是挺合适的。

此时苏轼虽是堂堂太守,但这是"高配",他实际上只是一个八品官员,家里人又多,没有了公务接待费,还要接济弃婴,所以穷到这个程度。这个穷太守,对付穷日子,也是引经据典,在上面这篇文章里就写到了三个典故:其一,唐朝诗人陆龟蒙,自号"天随子",在书斋前的空地上种枸杞和菊花当蔬菜吃,甚至在夏天它们的枝叶又硬又苦时,他照吃不误,还写了一篇《杞菊赋》,所以苏轼写的这篇只能称《后杞菊赋》。其二,西汉扶风井丹,为人清高,从不趋候权贵,有五位好宾客的藩王想罗致他而不得,信阳侯阴将军阴就答应为五王邀请,实则派人劫持而至,阴就故意把麦饭、葱叶之类的粗食给井丹吃,井丹不屑地推开说:"以为君侯能供甘旨,故来拜访,相待何其菲薄?"阴就赶紧拿来大鱼大肉,井丹这才开吃。苏轼讲这个故事是为了引出下面两句:井丹被劫持了都会要求吃好的,你对这般清苦的生活还如此眷恋,难道故乡没有一点家业,不可以辞官归故里,回去吃饱饭吗?其三,《史记·仲尼弟子列传》载,子夏"居西河教授,为魏文侯师"。"西河"指的就是高寿的子夏。至于"南阳之寿",据《抱朴子》:"南阳郦县山中有甘谷，谷中皆菊，著花落水，居人饮之多寿，有及一百四五十岁者。"苏轼这是在说多食杞菊，可以像子夏和南阳人一样长寿。用枸杞和菊花度穷日子，苏轼这是有依有据。不得不说，知识就是力量，知识还可以是热量。还别说，苏轼吃了一年的枸杞和菊花后，药效显著，据他自己说是"颜面加丰"，气色旺盛，连他最担心的白发也日渐转黑。

面对穷苦，心胸豁达的苏轼超然物外，以洒脱的态度面对困难。此文后被诬为讥讽朝廷减削公使钱太甚，成为"乌台诗案"罪证之一，这是后话。

28. 饭瓮——密州篇二

　　负一州之责，面对的是天灾人祸，没有了公务接待费，自己又穷得叮当响，苏轼的应对办法是"超然"。

　　所谓超然，苏轼在《宝绘堂记》中说得很清楚，"君子可以寓意于物，而不可以留意于物"。"物"没有对错，人从"物"里跳出来，居于物外欣赏物，则天下没有不可爱之物；相反，如果人陷于物欲之中，则会患得患失，得之穷奢极侈，失之痛不欲生。

　　这是与恶劣环境相处的人生智慧，是精神上的自我安慰。苏轼不是圣人，在密州任上，他也有很孤独的时候，要不他怎么会梦见亡妻，写下那首著名的《江城子·乙卯正月二十日夜记梦》。熙宁八年（1075）除夕，苏轼病了，卧床好几天，情绪低落，他作了一首《除夜病中赠段屯田》，节选如下：

　　　　欲起强持酒，故交云雨散。
　　　　唯有病相寻，空斋为老伴。
　　　　萧条灯火冷，寒夜何时旦。
　　　　倦仆触屏风，饥鼯嗅空案。
　　　　数朝闭阁卧，霜发秋蓬乱。
　　　　传闻使者来，策杖就梳盥。

　　苏轼来到密州，身边没有了老朋友，病得睡不着觉，看着灯火望天明，卧床数天，连头发都乱糟糟的，听说段释之派人送来信件，赶紧依着手杖梳发洗漱起来。似乎病得不轻，这是什么病呢？苏轼研究专家孔凡礼从绍圣三年（1096）苏轼在《与程正辅》中说的"轼旧苦痔疾，盖二十一年矣"中倒推，刚好就是这一年，原来苏轼这次是痔疮初发。

诗中提到的段屯田段绎，字释之，是苏轼在密州结交的少数几个朋友之一。段绎是唐朝长期担任泾州刺史、泾原节度使的名臣段秀实的后代，苏轼担任密州太守时，上司是京东东路安抚使兼青州知府滕元发，段绎时任京东东路提点刑狱、屯田员外郎。苏轼在密州的穷困、孤独、多病岁月，幸有段绎关心，两人也多有唱和。在另一首和段绎与乔禹功的诗《二公再和亦再答之》中，苏轼写道：

> 寒鸡知将晨，饥鹤知夜半。
>
> 亦如老病客，遇节常感叹。
>
> 光阴等敲石，过眼不容玩。
>
> 亲友如抟沙，放手还复散。
>
> 羁孤每自笑，寂寞谁肯伴。
>
> 元达号神君，高论森月旦。
>
> 纪明本贤将，汩没事堆案。
>
> 欣然肯相顾，夜阁灯火乱。
>
> 盘空愧不饱，酒薄仅堪盏。
>
> 雍容许着帽，不怪安石缓。
>
> 虽无窈窕人，清唱弄珠贯。
>
> 幸有纵横舌，说剑起懦懦。
>
> 二豪沉下位，暗火埋湿炭。
>
> 岂似草玄人，默默老儒馆。

行看富贵逼，炙手借余暖。

应念苦思归，登楼赋王粲。

　　他说自己这个老病客，每逢节日就倍感寂寞，亲朋好友就如手里抓住的沙，一旦撒手就散了，好在有你们相陪。可是自己实在是穷啊，没有什么拿得出手的，"盘空愧不饱，酒薄仅堪盎"菜少酒薄，实在惭愧。

　　生活艰苦，苏轼还会想办法改善生活，除了前文说到他和通判刘庭式二人沿城寻觅废圃中的野生枸杞和菊花吃，他还组织了一次打猎。

　　苏轼上任第二年四月，密州大旱，苏轼又将在凤翔府里的抗旱绝招——求雨故伎重演，斋戒后往东武县南二十里外的常山祈雨。这次运气不错，过后还真下了一场大雨。但过了一个月，干旱又至，苏轼再到常山求雨，并许下事成之后建庙供奉报答，这次求雨又继续走"狗屎运"。密州旱情解除，十月常山庙建成，苏轼前往拜祭，心情大好，回程的时候与梅户曹在铁沟会猎，习射放鹰，并作词《江城子·密州出猎》：

　　老夫聊发少年狂，左牵黄，右擎苍，锦帽貂裘，千骑卷平冈。为报倾城随太守，亲射虎，看孙郎。

　　酒酣胸胆尚开张，鬓微霜，又何妨？持节云中，何日遣冯唐？会挽雕弓如满月，西北望，射天狼。

　　大意是：老夫我姑且抒发一下青年人的豪情，左手牵黄狗，右臂架苍鹰。戴着锦帽，穿着貂裘大衣，带领大队人马从平坦的山冈上席卷而过。满城传说太守要去打猎，大家都争着去看。我要亲手射杀猛虎，就像三国时的孙权一样。酒喝得很畅快，胸襟仍开阔，胆气更豪壮，就算头发微白，那又有什么关系呢？什么时候才派遣冯唐去云中郡，把边事委托给太守魏尚呢？我将像魏尚一样，把弓拉得如满月形状，瞄准西北面，打击入侵者。

这首词是苏轼开创宋词豪放派的代表作，主流评论认为这首词表达了苏轼强国抗敌的政治主张，书写了渴望报效朝廷的慷慨意气和壮志豪情。其实大家想多了，苏轼求雨得雨，百姓为报答这位"如有神助"的太守，倾城而出和他一起狩猎。这么多人狩猎，其实不需要什么技术，喊声都把各种野味吓得四处乱窜，而对苏轼很受用，"酒酣胸胆尚开张"，不仅胸胆大开，海口也大开，居然想上战场杀敌立功，他这是酒喝多后吹牛，不过这牛吹得确实有水平。苏轼在离开凤翔之前也参加了一次狩猎，收获也不少，苏辙也说"吾兄善射"，看来射术还很不错，但说到带兵打仗，既非苏轼所长，也非苏轼所愿，他是反对与西夏开战的，这事我们以后还会讲到。

苏轼写这首词时心情大好，除了求雨成功、密州旱情解除外，不排除还有一个原因——这次狩猎改善了生活，终于可以大口吃肉，大碗喝酒。这从他把这首词寄给鲜于子骏时说的话可以窥见一斑："近却颇作小词，虽无柳七郎风味，亦自是一家，数日前猎于郊外，所获颇多。作得一阕，令东州壮士抵掌顿足而歌之，吹笛击鼓以为节，颇壮观也。"从沿城墙找枸杞、菊花，到狩猎"所获颇多"，这个吃货对付穷困有积极作为的一面，不埋怨，想办法解决，这不也是一种超然吗？

要做到超然，就要接受现实，学会欣赏当前生活中的美好。苏轼从富庶的杭州来到贫困的密州，生活质量陡降自不待言，一南一北饮食习惯的差异更是巨大，在《和蒋夔寄茶》中，他说：

我生百事常随缘，四方水陆无不便。

143

扁舟渡江适吴越，三年饮食穷芳鲜。

金斋玉鲙饭炊雪，海螯江柱初脱泉。

临风饱食甘寝罢，一瓯花乳浮轻圆。

自从舍舟入东武，沃野便到桑麻川。

剪毛胡羊大如马，谁记鹿角腥盘筵。

厨中蒸粟埋饭瓮，大杓更取酸生涎。

柘罗铜碾弃不用，脂麻白土须盆研。

故人犹作旧眼看，谓我好尚如当年。

沙溪北苑强分别，水脚一线争谁先。

清诗两幅寄千里，紫金百饼费万钱。

吟哦烹噍两奇绝，只恐偷乞烦封缠。

老妻稚子不知爱，一半已入姜盐煎。

人生所遇无不可，南北嗜好知谁贤。

死生祸福久不择，更论甘苦争嫽妍。

知君穷旅不自释，因诗寄谢聊相镌。

　　好朋友蒋夔寄来的一盒新茶，茶香清逸，沁人心脾，更引人遐思。苏轼说他一生事事都随缘，足迹遍布全国各地，不管是乘船还是坐车、徒步，没有什么不方便的。到了吴越，三年的富足生活让他尝尽了美食。鲈鱼脍、洁白晶莹的米饭、螃蟹、江瑶柱等各式各样新鲜出炉的河鲜海味，在酒足饭饱、午醉初醒的时刻品一盅清茶，这位美食家常常充满了陶然自得的满足感。自从来到密州这个远离政治、经济和文化中心的穷乡僻壤，莽莽荒原上颠簸劳顿的车马，替代了江南水乡安逸的舟船；仅蔽风雨的简朴民宅，替代了雕梁画栋舒适的屋宇；一马平川、单调的桑麻之野，替代了如诗如画醉人的江南美景。而更让人难以适应的，则是饮食的粗陋和单调。荒瘠寒冷的大地，物产本来就不够丰富，再加上连年蝗旱，庄稼、菜蔬无不歉收，因而食物奇缺。早已习惯了鲜食美味的苏轼，如今却不得不学着像本地人一样吃粟米饭，饮酸酱，有时也把肉块埋在饭下蒸煮，做成所谓"饭瓮"，这大概可算是密州的一道美食吧。那些精致的茶具如今早已废弃，那些优雅的情趣如今早已忘记，好朋友破费万钱、千里相赠的茶中极品，竟然有一半被不识货的老妻幼儿拿去煮成姜盐茶。

经过一番对比，苏轼又来一番感叹：人生所遇，没有什么过不去的，南北差异也没有谁优谁劣，生与死、福与祸，早就无从选择，更别说什么甘与苦了。此时的苏轼，经历过杭州、密州两种全然不在一个层次的生活水平后感悟到，人生无常，时使物然，何必过于执着，人要豁达一些，生活带给你什么，你就享受什么，从一切事物上都可以得到乐趣，不要禁锢了自己的心。

心安即身安，在密州忙完一年，诸事料理停当，苏轼差人上山伐木，修葺官舍，收拾庭园。苏轼发现园北有一座废旧城台，他也向凤翔时的老领导陈亮学习，建起了一座高台。这座高台南望常山、马耳山，东为庐山，西望穆陵，北为潍河，登高望远，风景甚是壮阔，苏轼让老弟苏辙给它取个名，苏辙太了解老哥苏轼了，为之取名"超然台"，并作《超然台赋》，苏轼作《超然台记》曰：

> 雨雪之朝，风月之夕，予未尝不在，客未尝不从。撷园蔬，取池鱼，酿秫酒，瀹脱粟而食之，曰："乐哉游乎！"

摘园子里的蔬菜，钓池塘里的游鱼，酿高粱酒，煮糙米，就已经是"乐哉游乎"！

他又作词《望江南·超然台作》：

春未老，风细柳斜斜。试上超然台上望，半壕春水一城花。烟雨暗千家。

寒食后，酒醒却咨嗟。休对故人思故国，且将新火试新茶。诗酒趁年华。

大意是：春天还没有过去，微风细细，柳枝斜斜随之起舞。登上超然台远远眺望，护城河只半满的春水微微闪动，城内则是缤纷竞放的春花。更远处，家家瓦房均在雨影之中。寒食节过后，酒醒反而因思乡而叹息不已，只得自我安慰：不要在老朋友面前思念故乡了，姑且点上新火来烹煮一杯刚采的新茶，"诗酒趁年华"，与其沉溺过去苦苦周旋于心却不可得的一切，把握现在尚在的好年华，多做一些开心的事，借诗酒以自娱，不是更好吗？这就是超然！

超然台建后，朋友们纷纷以诗文赋应和，苏轼也时时登台，登高望远，吟诗作赋，他在《七月五日二首》其二中说："何处觅新秋？萧然北台上。"又说："新枣渐堪剥，晚瓜犹可饷。"新枣子渐渐可以摘了，最晚熟的瓜还可以吃到，这令他很满足，及时行乐还来不及呢，哪有时间悲秋，所以他说："念当急行乐，白发不汝放。"这也是超然！

当然了，超然并不一定是与快乐相依相伴的，毕竟生活中也总有不如意的事，超然不会使不如意之事不来，但超然可以使不如意之事没那么不如意。熙宁九年（1076）中秋夜，苏轼与同僚们畅饮于超然台，这是一次快乐的盛会，苏轼想起为超然台命名的老弟苏辙，苏轼调来密州，目的是与在济南的苏辙离得近一点，有机会常见面，但这个想法是不可能的，他们已经七年未见了，苏轼因此伤心大醉，这是一件不如意的事，苏轼作词《水调歌头》：

> 明月几时有？把酒问青天。不知天上宫阙，今夕是何年？我欲乘风归去，又恐琼楼玉宇，高处不胜寒。起舞弄清影，何似在人间。
>
> 转朱阁，低绮户，照无眠。不应有恨，何事长向别时圆？人有悲欢离合，月有阴晴圆缺，此事古难全。但愿人长久，千里共婵娟。

"人有悲欢离合，月有阴晴圆缺，此事古难全。"苏轼超然看待悲欢离合，"但愿人长久，千里共婵娟。"只要亲人长久健在，即使远隔千里也还可以通过普照世界的明月把两地联系起来，把彼此的心沟通在一起。他并不完全超然地对待自然界的变化发展，而是努力从自然规律中寻求"随缘自娱"的生活意义。所以尽管这首词基本上是一种情怀寥落的秋的吟咏，读来却并不缺乏"触处生春"、引人向上的韵致。

这才是真超然！

29. 医与食——密州篇三

苏轼的运气确实一般，他到密州，先是旱灾，后又遇洪灾。据《岁时广记》引《古今词话》：苏轼出守密州，适值大雨经月，黄河决流，水至城下，苏轼登城夜宿，发动百姓护城。水退之后，筑十余里长堤。

古代风俗，三月上巳节，一般在三月三日，人们于水滨约聚宴饮，后人模仿这种风俗，在环曲的水流旁举行宴会，曲水流觞，杯子停在谁面前就让谁喝酒，王羲之著名的《兰亭集序》就是这么来的。熙宁九年（1076）三月，来到密州一年多的苏轼看到堤成，满城欢天喜地迎接节日，心情大好，登上诸城南禅流怀亭，写下了这首《满江红·东武会流杯亭》：

> 东武城南，新堤固，涟漪初溢。隐隐遍，长林高阜，卧红堆碧。枝上残花吹尽也，与君试向江头觅。问向前、犹有几多春，三之一。
>
> 官里事，何时毕？风雨外，无多日。相将泛曲水，满城争出。君不见兰亭修禊事，当时座上皆豪逸。到如今、修竹满山阴，空陈迹。

大意是：东武城南刚刚筑就新堤，郑淇河水开始流溢。微雨过后，浓密的树林，苍翠的山岗，红花绿叶，满地堆积。枝头残花早已随风飘尽，一同到江边把春天寻觅。试问未来还有多少春光？算来不过三分之一。官衙里的公事纷杂堆积，哪天会处理完？风雨过后，更无几多明媚春日。今日相约，泛杯曲水，全城百姓也争相聚集。您不曾闻知东晋兰亭修禊的故事？当日满座都是豪俊高洁之士，如今只有长竹满山岗。往日陈迹，无从寻觅。

来到密州一年多，忙于与老天爷抗旱抗洪，与新法抗辩抗争，都是为了一城百姓，"官里事，何时毕？风雨外，无多日"。虽然微含怨艾，但可以理解，苏轼是人不是神。看到满城百姓安居乐业，争相出城到河边嬉游，苏轼想到了王羲之当时组织名士对诗作赋的情景，而现如今，只剩下一片竹林，陈迹早已无从寻觅了。超然的苏轼，对人生的起落变迁已经看透，他实现了真超然。

勤政爱民的苏轼，运气也不至于很差，这一年年初，他终于磨勘转尚书祠部员外郎，这是七品的官职。而对职务升迁，苏轼一向表现得不太在乎，我们看他在这一年（1076）四月作的《密州常山雩泉记》，自述官职为"朝奉郎尚书祠部员外郎直史馆知密州军州事骑都尉借紫"，终于把"权"字拿掉了，正式坐稳密州太守的交椅，待遇也有了提高。虽然经常怪话连篇，但成绩确实太突出了，不提拔也不行。

与杭州的弦歌侑酒比，在密州喝酒那叫一个寒酸。除了与乔太博左迁钦州将军那次，苏轼烹鹅杀鹿痛饮外，其余的基本上拿不出手。在《莫笑银杯小答乔太博》中，他对乔太博说："请君莫笑银杯小，尔来岁旱东海窄。"密州干旱影响收成，连东海都变窄了，所以酒不多，要换成小银杯。他对密州酒友赵明叔说："几回无酒欲沽君，却畏有司书簿帐。"苏轼原来八品官的那点收入，也只够养家糊口，公款酿的公使酒又是有严格限制的，一年不得超过百石，所以不敢拿公使酒请赵明叔，因为"畏有司书簿帐"。这次官升至七品，待遇有了提高，可以请赵明叔了，虽然酒有点淡，他作了《薄薄酒》二首，其一为：

薄薄酒，胜茶汤。粗粗布，胜无裳。丑妻恶妾胜空房。

五更待漏靴满霜，不如三伏日高睡足北窗凉。

珠襦玉柙万人相送归北邙，不如悬鹑百结独坐负朝阳。

生前富贵，死后文章，百年瞬息万世忙。

夷齐盗跖俱亡羊，不如眼前一醉是非忧乐都两忘。

　　淡薄之酒，要比茶水好；粗麻布衣，要比没衣服穿优越；家中妻妾丑陋，总比独守空房强得多。经过层层对比，我们可以看到，此时苏轼这个达观者的知足常乐。接着他又说，当大官的人，天不亮就要起身奔早朝，在殿廷等待皇帝朝见，天寒地冻，两只靴子都结满了霜冻，苦不堪言；还不如辞官归田的陶渊明，他三伏天虚闲高卧在北窗之下，享足了清风凉爽的乐趣。那些王公贵族，死后万人送葬，金缕玉衣，珠襦玉匣，何等荣耀，但终归还是要被埋葬在幽暗的坟墓之中；还不如那身穿乱麻、独坐街头、光着脊梁晒太阳的田夫，他尚能享受到阳光的温暖。什么"生前富贵，死后文章"？百年一瞬，万世空忙！不管是商朝末年为"名"的伯夷、叔齐饿死在首阳山，还是春秋末年为"利"的大盗盗跖死在东陵之上，像丢失的羊一样，他们的死，分不清谁高谁低。所以不如一醉"是非忧乐都两忘"。

　　在第二首《薄薄酒》中，苏轼认为，人间的美丑冷暖虽然相同，但富者荒淫腐化早死，而贫者丑妻陋妾却能长寿。在朝的官僚权贵贪婪强暴，厚颜无耻；而民众和隐士，却心怀高志，唯义是从。有钱的人死了，用珠玉裹尸，以求得"千载不朽"，但他们没有料到，这正招引来强盗掘其体，掠其宝，奸其尸，辱其身，其下场却更为悲惨，这完全是他们自找的！说什么"死后文章，名垂千古"，也都是些欺骗瞎子和聋子的鬼话。谁使他们一生富贵？到头来，终不免一死，进入坟墓。富贵功名没什么了不起，珠玉金钱也买不了他们的命，因此，"上"未必是"福"，"下"未必是"祸"。通达事理的人都能自我旷达，这并不是酒的功劳，而是因为世间的是非忧乐本来就是一场空呀！

对于朝政，苏轼是失望透顶的；对于仕途，苏轼此时也看淡了。密州两年，苏轼的诗词被后人称为"超然体"，他已从杭州的"牢骚派"进阶为"超然派"。没办法，身为一州之长，必须面对困难，克服困难，虽然尽力，但也时时无能为力，不"超然"，又能如何？

此时的朝政，正经历新一轮血雨腥风，新党自己内部乱了。

王安石去职后，推荐了他的追随者吕惠卿，宋神宗以韩绛、吕惠卿、曾布三人共同执政，苏轼的好朋友章惇为负责新政的三司使。韩绛碌碌无为，吕惠卿先是排挤曾布，继而大权独揽，为防止王安石东山再起，又往王安石身上"泼脏水"。对此韩绛看在眼里，但又没有能力抑制其，于是密请神宗重新起用王安石。吕惠卿知道后放手一搏，上奏神宗列数王安石兄弟的缺点，视王安石亦师亦父的宋神宗将吕惠卿的告状寄示王安石。王安石重用吕惠卿时，司马光警告王安石，说吕惠卿"谄谀之士，于公今日诚有顺适之快，一旦失势，将必卖公自售矣"。此时王安石痛心疾首，说自己"忠不足以取信，故事事欲须自明；义不足以胜奸，故人人与之立敌"。大宋主张变法第一人王安石把自己说成受害者。熙宁八年（1075）二月，宋神宗重新起用王安石，以同中书门下平章事再次拜相。王安石与吕惠卿这对昔日的师徒加战友已经反目成仇，但要赶走吕惠卿总得有理由。这一年十月，吕惠卿的弟弟崇政殿说书吕升卿因罪事而被遣出京师改任江南西路转运副使，大家看到宋神宗此意，于是一起扑上来"群殴"，先是御史蔡承禧论他结党误国等数件罪恶，御史中丞邓绾又告发他的兄弟强借华亭县富民钱五百万，与知县张若济买田地一同作恶，并将这两人一同下狱审问。不久后宋神宗便下诏让吕惠卿出京知陈州。

宋神宗对整个核心班子都不满意，不仅罢了吕惠卿，干脆把整个中枢都换了，于是韩绛也出京知邓州。御史中丞邓绾说：吕惠卿执政超过一年，所立朋党不相同，然而与吕惠卿共同作恶。于是章惇出京知湖州。苏轼与章惇曾经那么好，但是现在政见迥异，看到章惇遇到了点小风波，苏轼不忘安慰一下老朋友，在《和章七出守湖州二首》中，他鼓励了章惇一番，说章惇双亲健在，这比什么仕途顺利都重要，又说"早岁归休心共在，他年相见话偏长。只因未报君恩重，清梦时时到玉堂"，意为当年一起谈到归隐，只是现在君恩重，这种愿望只能留到梦里了。政见不同的好朋友，也只能说说这些皮毛话——没话找话了。其实，章惇哪是苏轼想象的如此这般，他的抱负大着呢！

王安石罢相，吕惠卿上台，新法有些调整，有些也变本加厉，王安石重新执政又会好到哪儿去呢？对这种朝三暮四的人事变更，苏轼认为是瞎折腾，但不能明说，于是建了一座"盖公堂"，把这事"说"了出来。

密州是汉代盖公故里，《汉书·曹参传》载，孝惠元年（公元前194），曹参为齐相，求为治之道，盖公为言"治道贵清静而民自定"，曹参用盖公与民生息之道，齐地大治，后来曹参当上了宰相，以治齐之道治天下。史上称道的"萧规曹随"，前提是盖公的不折腾治国方略。苏轼建盖公堂，其实是通过纪念盖公，对新政瞎折腾表达不满，也是希望后来治密州的官员与民休息，别折腾老百姓。

不仅建了盖公堂，苏轼还写了《盖公堂记》，这个"段子手"又编了一个"三易医而病愈甚"的故事：我居住在乡下时，有一位患了风寒病又咳嗽的人，前去求医，医生认为是肚子里有寄生虫，如果不治会死人的。他用多种金属矿物质来治疗，让其饮下治虫子的药，用药"攻击"他的肾脏肠胃，灼伤他的体肤，禁止他享用各种美食。一个月后，百病齐发，内热外寒，咳嗽不停，根本没有见到寄生虫。又求教医生，医生认为是发热病，给他吃寒泻的药，每天早晨呕吐，傍晚黑夜腹泻，于是连饭也不能吃了。他有些害怕就反过来治疗，将钟乳、乌喙等药材一并让病人吃下，而蛇头疔、疽痈（化脓性皮炎）、疥疮、晕眩等病症无所不发作。三次更换医生但病反而越来越严重。乡里老人教导说："这是医生的责任，用药错误。你什么病都没有。人生在世，以气为主，食物为辅。如今你每天药不离口，对外散发着臭气，而各种毒素搞乱了你的内脏，破坏了元气，隔绝了食物的辅助，所以害病。你应该卧床休息，谢绝医生，断绝吃药而吃一些自己喜欢吃的东西，元气恢复后饮食甘美，就是最好的药，可以按照这种饮食习惯，一次就能见效。"按照老人的话去做后，果然，一个月病就好了。

"人之生也，以气为主，食为辅。""谢医却药而进所嗜，气全而食美矣。"苏轼用食疗与医药的关系，比喻治国之道。无病呻吟，疑神疑鬼，胡乱求医用药，招来百病缠身，这说明治身之道贵静而身自健，治国之道亦然，与民休息，清静无为而民自定。他这是直指宋神宗无事生非，导致朝政之乱，后来乌台诗案宋神宗亲处苏轼，看来宋神宗并非不知道苏轼时常指桑骂槐。

当了两年的密州知州，苏轼对如何"牧民"更有心得了，在杭州时满腹牢骚，现在则是心中有数，有了一套完整的政治主张。这一年十一月，四十一岁的苏轼接到调令，以祠部员外郎直史馆移知河中府，就是现在的山西永济市。满打满算，他在密州也就两年多几天。

离开密州，苏轼在诗里说："秋禾不满眼，宿麦种亦稀。永愧此邦人，芒刺在肤肌。"道尽对密州百姓的恻隐之情。在《江城子·前瞻马耳九仙山》中，他说："人事凄凉，回首便他年。"这种漂泊的官旅生涯，凄凉又沧桑，他说："莫忘使君歌笑处，垂柳下，矮槐前。"希望大家不要忘了他。他在《与周开祖》中说："往日相从湖山之景，何缘复有。"对密州，尽是不舍。

　　这片于他饱含深情的大地，苏轼付出了太多，但却收获了超然，什么荣辱、甘苦，于他已是浮云。

30. 醉乡济南——济南篇

宋朝为了防止地方官员发展地方势力，对地方官员的任期有严格的限制，一般为三年一任，到期就调动。苏轼在密州的时间虽然只有两年多一点，但从任命时间看，加上在路上磨磨蹭蹭几个月，也就差不多三年了。

从密州到河中府，虽然不是特别远，但万一下雪就要在途中过年，苏轼还是决定先到济南看看老弟苏辙，他们已经七年没见面了。

此时的政局，又陷入了动荡。新法推行这么多年，国库是丰盈了，但老百姓苦不堪言，宋神宗虽然支持变法，但第一次让王安石下台时，就是希望有所修正，这次让王安石二次拜相，神宗希望关注百姓疾苦，奈何王安石坚决不妥协，宋神宗说了几句重话，他干脆撂挑子，称病不上班。儿子王雱欲彻底打击吕惠卿，却被吕惠卿反告一状，王安石对此一番严厉责怪，王雱一病不起，发背疽而死。王安石二次拜相，虽然扳倒吕惠卿，却赔上了独子，再加上与神宗的治国理念不尽一致，于是更力请解职。熙宁九年（1076）十月，王安石再次解职，归居金陵，相位由吴充、王珪执掌，吴充属于旧党，王珪属于新党，宋神宗希望两党政策倾向能够平衡。而此时，苏轼正在密州任上的最后一班岗。

王安石再次下野，苏辙认为这是一个难得的机会，此时他在齐州掌书记的职务刚好到期，于是匆匆上京，上书宋神宗，力主废除青苗、保甲、免役、市易四法，并留在京过年等候转机，因此苏轼到济南扑了个空，幸好有好朋友李常——他此时是齐州知州。李常就是两年多前苏轼从杭州赴密州，途经湖州时的知州李公择。那时李常得子，大摆宴席，苏轼还作词开玩笑，说生儿子这事要是别人帮得上忙，那还了得！可见他们两人关系之深。

李常家境好，为人也很大方，苏轼在密州过惯了穷日子，想到很快就可以见到这位老朋友，很是兴奋，在快到济南的龙山镇，忍不住赋词一首《阳关曲·答李公择》：

济南春好雪初晴，才到龙山马足轻。
使君莫忘雪溪女，还作阳关肠断声。

写到春光明媚的济南城，雪后的天色刚刚放晴。骑行到龙山镇中，顿觉马蹄轻盈。让李太守千万不要忘记湖州雪溪畔的歌女，她曾不时地唱出令人肠断的《阳关》歌声。

还没到济南，苏轼就觉得连马儿的脚步都变得轻快了，可见苏轼内心之兴奋，苏轼还提醒李常，当年在湖州雪溪边为苏轼举办的送别宴，歌女的《阳关》曲可好听了。老朋友之间不用客气，这么一提，既是对旧时老友隆重接待的回忆，说明这份热情苏轼牢记着，也提醒李常，这次的接待规格，你自己看着办。

这首词写"答李公择"，"答"必因有"问"，是的，苏轼还没入济南城内，李常已经派人带着诗在路上迎接苏轼了，一起在路上迎接的还有苏辙的三个儿子。除了以这首词答李常，苏轼在《至济南，李公择以诗相迎，次其韵二首》其一中说："敝裘羸马古河滨，野阔天低糁玉尘。自笑餐毡典属国，来看换酒谪仙人。"苏轼说穿着破旧的棉衣，骑着瘦弱的马，面对辽阔的旷野，乌云压顶的天空，米粒大的雪花，自己就像从匈奴逃回来的苏武，来看藏有好多酒的李白。苏轼姓苏，所以自比是狼狈不堪的苏武，李常姓李，所以用李白与之对照。缺酒喝的苏轼，这个比喻够风趣的，他是跟李常讨酒喝啊！

苏轼与李常在京城时就同朝为官，而且志趣相投，当时李常的官职为右言正，王安石执政，想起用他为三司条例司检详官，但被李常拒绝了。不但拒绝，他还上疏说"条例司始建，已致中外之议。至于均输、青苗、敛散取息，傅会经义，人且大骇，何异王莽猥析《周官》片言，以流毒天下"。王安石扣下李常的上疏，并让人告诉李常别胡说八道，这是把李常当自己人，但李常不领情，继续公开反对新政，终被王安石赶出京城，通判滑州（今河南省安阳市滑县），后来又知鄂州、湖州，这个时候正知齐州。因为与苏轼是老朋友、老同事，政治倾向高度一致，这时在济南相遇，李常当然热情接待。

从穷得叮当响的密州到了济南，苏轼可谓一头冲进了醉乡。一家人住在苏辙家，虽然苏辙不在，但并不影响日常的吃吃喝喝。元丰七年（1084），苏轼由黄州团练副使调任汝州团练副使，顺道到筠州看望老弟一家时，在《将至筠先寄迟适远三犹子》中，他对三位侄子回忆起这段日子，说"忆过济南春未动，三子出迎残雪里。我时移守古河东，酒肉淋漓浑舍喜"。酒肉管够，以至"淋漓"，不仅他一个人吃好喝好了，而且全家上上下下都满足了，所以是"浑舍喜"。苏轼在诗词歌赋中很少说起家里人，实际上在吃喝方面，他对家里人是照顾得很周到的，比如在荆州吃野鸡时，他就只啃鸡脚，肉留给了家人。

家里人吃好喝好了，李常为好热闹的苏轼安排了众多的饭局。苏轼在《次韵舒教授寄李公择》中回忆起这段愉快的经历，说"去年逾月方出昼（予去年留齐月余），为君剧饮几濡首"，闹了一个多月，喝得几乎头都泡到酒里了。据苏轼的《寒食宴提刑致语口号》说"还把去年留客意，折花临水更徘徊"，在《次韵李公择梅花》中说"更忆槛泉亭，插花云髻重",可知李常邀苏轼游济南名胜大明湖,临水设宴,举行折花城会,而且还有美人相陪。"插花云髻重",看来在密州两年多没见过这种大场面,给美人云髻插花,美人云髻因此变得沉重。在《与几宣义》中,说"每思槛泉之游,宛在目前"。李常这一次接待,让苏轼念念不忘。

在济南一个多月,苏轼还另有收获。此时的苏轼,文章名满天下,李常还向苏轼介绍了自己的外甥——正在国子监当教授、后来"苏门四学士"之一的黄庭坚,希望得到苏轼的指导。几年前,苏轼去湖州,当时的湖州太守孙莘老就向苏轼推荐了他的女婿黄庭坚,虽然一直未谋面,但通过李常的介绍,苏轼已经有了深刻的印象。李常又向苏轼介绍了神人吴复古,苏轼虽然才四十一岁,但眼疾和痔疮在那个时候没法根治,所以苏轼很信道家的养生修炼。潮阳人吴复古"以长生不死为余事,而以练气服药为土苴也",而吴复古对于养生,不追求长生不老,主张练气吃药,追求和与安,这很符合苏轼的想法,两人相见恨晚,终为至交。

在济南一住就是一个多月,老弟苏辙还在京城活动未归。苏轼之所以在济南待这么久,李常的热情招待倒在其次,主要是他想在济南和七年未见的苏辙好好聊聊。再说了,那些公务、繁杂之外,是要面对他所反对的新政,他确实不感兴趣。

苏辙待在京城未归,在他看来,换宰相是个转机,但苏轼不这么认为,苏轼在《盖公堂记》中就说瞎折腾是当前社会矛盾的关键,而这瞎折腾的总指挥其实就是宋神宗自己,换相其实是换汤不换药,所以他不抱希望。离任密州,赴河中府任,这是怠工的好机会,路况、天气、身体原因,都可以搬出来说事。

但在济南待上一个多月也实在说不过去,没办法,只能继续上路了,希望在路上能遇上苏辙吧。

31. 东园盛宴——开封篇四

宋代的交通确实不便，对西北用兵，稍好一点的马都用到战场上，苏轼经常说自己的马是赢马，就是瘦弱的马，舟车劳顿、人马俱疲，所以必须走走歇歇，路上耽搁些时间，正常得很。

从济南出发，一路西行，苏轼经过郓州，就是现在的山东菏泽郓城一带，好朋友鲜于侁在这里任京东路转运使，一通好招待，"佳人如桃李，蝴蝶入衫袖"，好不快乐！鲜于侁还送了一幅吴道子画的佛像给他，这份礼物可不轻。

苏辙知道老哥就快到了，迫不及待地去路上迎接，那个年代没有多的路，不用担心在路上会错过。这对七年未谋面的兄弟终于在距离开封二三百里的澶州和濮州之间相遇。苏轼在《满江红·怀子由作》中说："一尊酒，黄河侧。无限事，从头说。相看恍如昨，许多年月。衣上旧痕余苦泪，眉间喜气添黄色。便与君、池上觅残春，花如雪。"苏辙决定陪苏轼到河中府，而到京城附近的陈桥驿，接到了新的任命，苏轼改任知徐州，苏辙则到南都商丘任签书应天府判官，协助张方平。

这又有理由再磨蹭一段时间了，而进京城是不可能的，当时有旨：外官非奉诏，一律不许进城，他们只能到范镇在城郊的东园借住。

范镇是苏轼的四川同乡，既是苏轼的恩师，也是志同道合的师友，苏轼兄弟参加制科考试，范镇就是考官之一。他是王安石新政的坚定反对派，王安石执政时，一向敢言的范镇，当时是礼部侍郎、翰林学士兼侍读、知通进银台司，五次上疏反对新法，在疏中指斥王安石以喜怒为赏罚，"陛下有纳谏之资，大臣进拒谏之计；陛下有爱民之性，大臣用残民之术"。这一反对当然无效，范镇以户部侍郎的官职致仕退休，苏轼对他十分钦佩，说"公虽退，而名益重矣！"范镇十分难过，认为"君子言听计从，消患于未萌，使天下阴受其赐，无智名，无勇功；吾独不得为此，使天下受其害而吾享其名，吾何心哉！"这位老练的政治家看出神宗才是新法的总指挥，退休后的范镇，就在东园整天与宾客一起饮酒赋诗，不再过问朝政。苏轼兄弟到来，范镇当然予以热情接待，若干年后，苏辙回忆起这段日子时说"高斋留寓宿，旅食正萧然"，说的就是这事。

苏轼在范镇的东园住下来，但范镇却要到洛阳去看司马光了，这有点不合常理：苏轼两兄弟是范镇极赏识的门生，刚到家里来，而作为主人却要出远门。此时范镇已经退休，是一闲人，司马光在洛阳独乐园闭门修《资治通鉴》，没什么要紧事，为什么不能等苏轼两兄弟走后再去呢？

范镇行前，设宴东园道别，苏轼作《次韵景仁留别》：

> 公老我亦衰，相见恨不数。
> 临行一杯酒，此意重山岳。
> 歌词白纻清，琴弄黄钟浊。
> 诗新眇难和，饮少仅可学。
> 欲参兵部选，有力谁如荦。
> 且作东诸侯，山城雄鼓角。
> 南游许过我，不惮千里邈。
> 会当闻公来，倒屣发一握。

不就是主人要出门远游吗，"临行一杯酒"，何至于"此意重山岳"？"此意"是什么"意"？

原来，范镇和苏轼在"下一盘大棋"。王安石二次罢相，宋神宗对新法产生了动摇，他既想增加国家收入，实现富国强兵，所以必须支持新党，于是起用了王珪；但他又不想过分盘剥民众，希望适当安抚社会的怨气，所以让旧党的吴充领衔内阁。吴充趁机对王安石的新政作了一些调整，政局似乎朝着旧党希望的方向转变。司马光是旧党的灵魂人物，当年要求离京，神宗曾多次挽留，如果此时司马光肯站出来，说不定神宗皇帝会重新起用，那政局就完全不一样。范镇与司马光两人关系相当好，议论问题如出一口，只是在议论乐律方面见解有所不同，而此时会用下棋来决胜负，范镇赢了，就采用范镇的观点。两人互相约定生则为之作传，死则为之作铭，可见交往之深。要说服司马光，只有范镇出马了，所以，范镇不顾苏轼刚住到自己家里，撇下客人就往洛阳，劝说司马光去了。

苏轼两兄弟就在东园住下来，一住就是两个多月，名义上是为苏轼的长子苏迈娶妇于京师，为次子苏迨治病，其实是在东园等待范镇的消息。

当然不是干等，苏轼在这两个月，饮宴并不少。东园里，苏轼不把自己当客人，在这里设宴招待老同事鲁有开——苏轼在杭州任通判时的另一位通判，苏轼写诗劝他别在外面鬼混、赶紧回家的那一位。这时鲁有开要到卫州任知州，得知苏轼在东园，就过来叙旧。在这次东园饮宴中，苏轼作了《送鲁元翰少卿知卫州》，说"冗士无处著，寄身范公园"。"谁人肯携酒，共醉榆柳村。髯卿独何者，一月三到门。我不往拜之，髯来意弥敦。"鲁有开一个月之内三次带着酒上门，两人喝得大醉；又回忆起杭州共事的岁月，"忆在钱塘岁，情好均弟昆。时于冰雪中，笑语作春温。欲饮径相觅，夜开丛竹轩。搜寻到筐筥，鲊酼无复存。每愧烟火中，玉腕亲炮燔"。在冰雪中谈笑风生，跟对方喝酒，聊到肚子饿了，到处找东西吃，连酸菜汁都不放过。此前苏轼劝鲁有开早点回家，少在外面鬼混，那是因为鲁有开家有贤妻，苏轼与鲁有开肚子饿时，鲁有开的妻妾亲自下厨，所以苏轼说"每愧烟火中，玉腕亲炮燔"。不把自己当外人，这就是苏轼。

不能进城拜访朋友，但并不妨碍朋友们出城来找他，钱藻（醇老）、王汾（彦祖）、孙洙（巨源）、陈侗（成伯）、陈睦（子雍）、胡宗愈（完夫）、王存（正仲）、林希（子中）、王仲修（敏甫）……当然了，少不了苏轼最好的朋友王诜。

驸马都尉王诜，字晋卿，祖上是宋朝的大功臣王全斌，蒙祖荫庇佑，王诜娶了神宗的同胞妹妹贤惠公主，成了北宋的驸马。北宋朝廷对所有的皇室亲眷都十分忌惮，生怕他们干预朝政太多，皇亲国戚们虽然地位尊崇、物质条件优越，但在行为上有诸多限制，比如不许通宫禁，不许接宾客。不过王诜并不是一个守规矩的人，他甚至经常带着小妾出现在公主身边。王诜是山水画的名家，与苏轼私交极好，对苏轼多有接济，苏轼缺钱用时就找他"借"，但未见有归还的记录。苏轼在密州时缺酒，他就寄酒给苏轼，苏轼刚到东园住下，他就派人送来茶果酒食。寒食节他约苏轼到郊外的四照亭聚会。苏轼到后简直看傻了眼，四照亭前，金鞍玉勒的骏马排列成行，临时搭建的帐篷香雾缭绕，无数的仆从穿梭期间，六七个侍姬，个个貌若天仙，光彩照人，苏轼自认从未见过如此绝色。酒过三巡，管弦随作，清歌妙舞，苏轼一时兴起，作词《殢人娇·王都尉席上赠侍人》：

满院桃花，尽是刘郎未见。于中更、一枝纤软。仙家日月，笑人间春晚。浓睡起，惊飞乱红千片。

密意难传，羞容易变。平白地、为伊肠断。问君终日，怎安排
心眼？须信道，司空自来见惯。

唐朝的刘禹锡，在苏州刺史任内，与曾任司空的李绅交好，李绅邀
他去饮酒，还请了歌妓即席作陪，刘禹锡有所感而作诗一首，说李司空
对歌妓作陪这样的场景已经司空见惯了，不觉得奇怪，而刘禹锡自己对
此却有断肠刻骨之痛。苏轼自比少见多怪的刘郎，但他下决心要如贵族
们一样，任她国色天香，也不会神魂颠倒。

这次饮宴，应该是苏轼有生以来最开眼界的一次，两年后，苏轼对
此还念念不忘，他写了这首《作书寄王晋卿忽忆前年寒食北城之游走笔
为此诗》，寄给王诜：

北城寒食烟火微，落花蝴蝶作团飞。
王孙山游乐忘归，门前骢马紫金鞯。
吹笙帐底烟霏霏，行人举头谁敢晞。
扣门狂客君不麾，更遣倾城出翠帷。
书生老眼省见稀，画图但觉周昉肥。
别来春物已再菲，西望不见红日围。
何时东山歌采薇，把盏一听金缕衣。

东园的日子看似惬意，但苏轼内心应该平静不下来，他在等着范
镇的消息。其实，范镇也没把握，此次洛阳之行，他带了从前与司马光
讨论过的八篇乐论，他这是预见到二人对时事的判断与未来的行动未必
一致时，可能又要通过赌来决定。实际上，范镇与司马光确实争论了好

几天都没有统一意见。吴充拜相后，曾建议神宗召还司马光和吕公著等人，但神宗不答，新法涉及增加国家财政收入的，一项都不能改，司马光认为这次朝廷人事变动仍是换汤不换药。范镇说服不了司马光，最终他们又以投壶来决胜负，这次范镇没有取胜，只能失望而归，司马光让范镇带来《题超然台诗》，让苏轼继续超然，别胡思乱想了。

这是令人失望的消息，苏轼虽然早也有类似判断，但毕竟还寄予希望，现在希望变成了失望。苏轼两兄弟在东园住了两个多月，再不赶紧去上任实在不像话。这一年四月，两家人乘船离开东园，带着王诜送的羊羔酒四瓶，乳糖狮子四枚，龙脑、面花、象板、裙带、系头子、锦段若干赴任去了。

32. 蒸麦饭——徐州篇一

从开封赴徐州，必经南都商丘，此时，苏家的伯乐张方平就在这里，官职是宣徽南院使兼判应天府，苏辙为签书应天府判官，苏轼当然要来拜谒。这是他第二次到访张方平。

张方平是历仕仁宗、英宗和神宗的三朝元老，苏轼说他善于谋断，"是非有考于前，而成败有验于后"，把他视为孔融、诸葛亮一样的人物。他对"三苏"有知遇之恩，在知益州任上向朝廷推举苏洵，说苏洵的文章是"左丘明国语、司马迁善叙事、贾谊之明王道，君兼之矣"，见朝廷没有答复，张方平又将苏氏父子引荐给欧阳修，让他们直接到汴京去拜访欧阳修，并给他们提供路费。王安石变法，任参知政事的张方平强烈反对，反对无效，他则要求外放，出知陈州，这时他在南都。

神宗支持变法，目的是富国强兵，一雪向北辽和西夏纳贡的屈辱，经过这么多年的积累，他觉得差不多了，于是调集人马，准备先对西夏下手。张方平是坚定的反战派，他看到朝臣一味逢迎神宗，没人出来阻止，"明载老臣死见先帝有以借口之语"，老之将死，豁出去了，死后见先帝于地下，也有话说。于是由苏轼执笔，以张方平的名义，上《代张方平谏用兵书》。苏轼以史证之借鉴、时势之格局，从天、人、地全面详论"好兵""胜战"之弊害后，再回言汉高祖、汉光武"虑患深远"，按兵不动，而与友邦睦邻和亲结盟，不轻易动兵，反复言说，劝谏神宗纳谏而息偃征战。

苏轼是反战派，但这篇当时轰动一时的文章并没能改变神宗的决策，他从各地调兵遣将，准备对西夏和北辽发动大战，苏轼就是在这个时候来到徐州的。

熙宁十年（1077）四月二十一日，四十二岁的苏轼到达徐州任上，路上耽误时间太多，累积下来的公务自然不少，苏轼忙得顾得头来顾不得尾，此时朝廷诏令徐州武将梁交进宫，苏轼组织了几次送别宴，并有系列诗词相赠，其中就有《和子由送将官梁左藏仲通》：

> 雨足谁言春麦短，城坚不怕秋涛卷。
> 日长唯有睡相宜，半脱纱巾落纨扇。
> 芳草不锄当户长，珍禽独下无人见。
> 觉来身世都是梦，坐久枕痕犹着面。
> 城西忽报故人来，急扫风轩炊麦饭。
> 伏波论兵初矍铄，中散谈仙更清远。
> 南都从事亦学道，不惜肠空夸脑满。
> 问羊他日到金华，应许相将游阆苑。

"城西忽报故人来，急扫风轩炊麦饭。"梁将军来了，苏轼用蒸麦饭来招待。苏轼生活的时代，蒸要写成"炊"，这是为了避宋仁宗赵祯的讳。麦饭是徐州的特产，元初陆文圭在《送北禅释天泉长老入燕》中也有"徐州麦饭足可饱，青州布衫谁与缝"，说明徐州麦饭至迟在元代也还很有名，最起码很能填饱肚子。

在大麦和小麦来到中国前，小米和水稻是当时主要的农作物，适合置于炊器中蒸煮后食用。大麦和小麦则相反，即使去壳后依然不适于粒食，其籽粒的表面包覆着一层坚硬的种皮，很难直接与籽实分离，不论是整粒食用，抑或是将其放入石臼中捣成碎屑，都必须连同种皮一起蒸煮，加工出的麦饭根本无法与脱壳后的小米饭、大米饭相比，口感差，也很难消化。秦汉时期，一种用于将麦磨成面粉的石磨出现，于是麦子能够烹调出比小米更香甜的美味。到了苏轼生活的时代，各种名目繁多的面食也已经出现，胡饼、蒸饼、汤饼、蝎饼、髓饼、金饼、索饼都有记载，但徐州仍保留着吃麦饭的习俗。麦饭并不好吃，《三国演义》有一段记载：袁术大军在徐州遭到刘、关、张三将的截击而败退，"只剩麦三十斛，分派军士。家人无食，多有饿死者。术嫌饭粗，不能下咽"。袁术虽然出身"四世三公"的贵胄之家，但到了兵败如山倒、家人多有饿死的地步，竟然还嫌麦做的饭太粗，无法下咽。到了苏轼生活的年代，徐州还在吃麦饭，可见当时徐州的吃食还是很粗糙的，苏轼用它来接待客人，就当是入乡随俗吧。

又作词《浣溪沙·彭门送梁左藏》：

> 怪见眉间一点黄，诏书催发羽书忙，从教娇泪洗红妆。
> 上殿云霄生羽翼，论兵齿颊带风霜，归来衫袖有天香。

大意是：你可有什么喜事？一点黄色闪现在眉宇之间。原来皇帝下诏催你出发，还有羽书紧急来自边关。应召赴京风风火火，任凭送你的佳人以泪洗面。上殿议事犹如鹤啸九天，但愿你身添羽翼，宏图大展，既然天降大任御敌戍边，陈奏兵略就该风劲霜寒。将军你再度归来，衣袖上还存着天子殿内的香熏气味。

这是对梁交即将上阵杀敌予以鼓舞和激励，此时的苏轼，仿如主战派。在徐州，苏轼还写了一篇激烈战将上阵杀敌的词《阳关曲·赠张继愿》：

受降城下紫髯郎，戏马台南旧战场。

恨君不取契丹首，金甲牙旗归故乡。

替张方平撰稿上书宋神宗，苏轼是反战派，这是他从国家实力出发做出的理性思考，是从历史教训中得出的结论，苏轼是个精神上的自由主义者，他不看皇帝脸色，非把自己的主张说出来不可，宋神宗其实是很看重他的，奈何苏轼与他的想法始终南辕北辙，想不到一块儿，这是苏轼在神宗朝得不到重用的主要理由。

但是，苏轼又是个务实派，既然宋神宗已经征召战将，准备开战，苏轼也就不说丧气话，为即将赴前线的朋友们打气鼓劲。一旦开战取胜，他也欢欣雀跃，在宋军取得难得的一胜时，他在《观张师正所蓄辰砂》中就说："将军结发战蛮溪，箧有殊珍胜象犀。漫说玉床分箭镞，何曾金鼎识刀圭。近闻猛士收丹穴，欲助君王铸袅蹄。多少空岩人不见，自随初日吐虹霓。"

这就是苏轼，作为一个有追求的文人，他在军事上并不擅长，但他的思考和行动是一致的：未开战时反战，开战了则为之加油助威，战胜了则欢欣鼓舞，战败了则总结教训。他确实不是一个政治家，也不太会做官，但绝对是那个时代顶天立地的知识分子。

33. 铁甲波棱——徐州篇二

徐州为古九州之一，宋代的徐州，包括现在的江苏西北部、山东南部及安徽东北部，上有沂蒙山，下有淮泗河，向来是兵家必争之地，战祸频繁，民生艰苦，与杭州当然没法比，但比密州还是好一点。

与密州一样，徐州属京东东路所辖。此时，苏轼的好朋友李清臣为京东路提刑，是苏轼的上级，我们先记住这个人，后面还会提到他。徐州下辖彭城、沛、萧、滕、丰五县，通判傅裼，字子美，是苏轼的副手，二人合作得不错。

但苏轼刚到徐州并不开心，这从他所作的《春菜》一词中可以看出来：

> 蔓菁宿根已生叶，韭芽戴土拳如蕨。
> 烂蒸香荠白鱼肥，碎点青蒿凉饼滑。
> 宿酒初消春睡起，细履幽畦掇芳辣。
> 茵陈甘菊不负渠，鲙缕堆盘纤手抹。
> 北方苦寒今未已，雪底波棱如铁甲。
> 岂如吾蜀富冬蔬，霜叶露牙寒更茁。
> 久抛松茸犹细事，苦笋江豚那忍说。
> 明年投劾径须归，莫待齿摇并发脱。

这首诗的前八句，尽赞春天蔬菜和鱼之美，说蔓菁已经长出叶子了，韭菜快要破土而出了，荠菜蒸得很烂，白鱼很肥，用青蒿做的凉饼真滑嫩。早上起来，宿酒刚醒，穿着细履，下到菜园，摘下春菜，又香又辣。即便是庭前屋后的水渠，也长着茵陈和甘菊，切成细片的鱼生堆满了一盘，一幅丰盛的场景。对不起，这些场景不属于徐州，属于家乡蜀地。北方太苦寒了，越冬的菠菜被冰雪覆盖，就如铁甲般坚硬，这没法吃啊！哪像我们蜀地，冬天也有许多蔬菜。自己已好久没吃过白菜和粉葛了，至于苦笋和江豚，就更别提了。明年就该辞官不干了，别等到牙齿松了，头发掉了，那就太迟了。

苏轼又一次说起了家乡的美食，谁不说俺家乡好？对离家的游子来说，想起家乡的美食，都是各种美好，在失意的时候尤甚。诗中提到的蔓菁，又名芜菁，《诗经》中的"葑"指的就是蔓菁，各地还有一些俗称，比如大头菜、九英菘、合掌菜、结头菜、茉蓝、擘蓝，茄连、撤蓝、玉蔓青等，是十字花科芸薹属二年生草本植物，留在地里的宿根第二年会长出叶子，所以说"蔓菁宿根已生叶"。韭菜属石蒜科多年生草本植物，根系特别发达，有四十根左右，分为吸收根、半贮藏根和贮藏根三种，冬天韭菜的贮藏根抱团，天气回暖时韭芽破土而出前就如一个拳头，很像被称为拳头菜的蕨菜，所以说"韭芽戴土拳如蕨"。荠菜纤维比较粗，所以要"烂蒸"。青蒿味浓，所以要"碎点"——切碎如点，只用少量。白鱼就是翘嘴鱼，切生鱼片考验的是刀工，所以要"鲙细"。茵陈和菊花都长在渠边，所以说"茵陈甘菊不负渠"。不得不说，苏轼这个顶级吃货，对食物的认识不是一般的深刻，佩服佩服！

前面是一连串赞美，但说到徐州的菠菜，则是一脸嫌弃。"雪底波棱如铁甲"，这是苏轼在徐州春天唯一可以看到的蔬菜，还因被冰雪覆盖，硬如铁甲，就差来一句"这是人吃的吗"。苏轼生活的时代，菠菜被称为"波棱"，这是因为菠菜原产于亚洲西部的伊朗，伊朗古称波斯，叶为菱形，所以来自波斯的菱形菜叫"波棱"。这种菜在苏轼生活的时代不受待见是有理由的。一是它含有大量草酸，草酸与口腔里的钙离子合成草酸钙，包围着味觉感受器后会产生涩感。二是那时的烹饪工具落后，草酸并非无法去除，它在100摄氏度高温下会开始升华，125摄氏度时会迅速升华，157摄氏度时会大量升华并开始分解，但在苏轼生活的时代，铁锅还不流行，把菠菜加热到100摄氏度以上并不容易。三是那时缺油，菠菜喜油，少油的菠菜确实不好吃。

苏轼至于这么矫情吗？在密州时，他连枸杞、菊花都吃，还说"人生一世，如屈伸肘。何者为贫，何者为富？何者为美，何者为陋？"超然得很，怎么到了徐州就挑三拣四了？

想想他在来徐州之前下的一盘"大棋"就明白了，他与范镇想劝说司马光出山，希望能促使政局有所转变，但老政治家司马光对形势的判断没有那么乐观，他认为政治形势并没有改变的可能，还提醒苏轼继续超然，别胡思乱想。计划落空，苏轼多少有些失落。现在神宗又想用兵，这也是他与张方平所担心的，这个时候来到徐州，真的看不到希望，国家的前途和命运堪忧，确实超然不起来，沮丧得很。

这种复杂的思绪又不能说，只能把一腔怒火往菠菜身上发泄了。谁都会有情绪，所谓的天生乐天派，那可能就是缺心眼，能够从令人沮丧的情绪中尽快解脱出来，已经很不容易，苏轼是人不是神，他也需要一个释放情绪的出口，他能尽快从情绪中解放出来做到超然，已经不易。毕竟他可以做到超然，但他不可能是超人啊！

话说回来，幸好苏轼没有把这些情绪明讲出来，只是藏在对菠菜的不满里，否则后面的乌台诗案，让对方拿到这些证据，那可是要命的。

沮丧归沮丧，生活还得继续。到了徐州，一大堆公务够他忙的，老弟苏辙一路陪着他，即便到了南都商丘也还继续跟着他到了徐州，住了一个多月后才回南都任上，自是一番不舍。

这一年中秋过后，苏辙回了南都，苏轼心里空落落的，作了几首送别老弟的诗词，这些诗词，看了都会令人阵阵心痛，这里就不引用了。

34. 徐州辣汤——徐州篇三

　　苏东坡的运气很一般，在密州时先是蝗灾、后是旱灾，疲于奔命；而来到徐州不久，黄河决堤了，河水一泻千里，流入山东，到了八月，连日大雨，水围徐州，满城百姓陷于危险之中。苏轼不得不全身心投入抗洪一线中。他先是动员想出城的富人不要出城，声言"吾在是，水决不能败城"，一副"我在城在"的视死如归，稳住了富人们，也就稳住了民心；再是亲入驻扎徐州的禁军部队武卫营，对首领说："河将害城，事急矣，虽禁军，宜为我尽力。"禁军深受感动，派出人手与民夫一起组成抗洪抢险大军；三是汇集徐州父老意见，筑造一条防水堤；四是集中几百艘船只，系缆城下，减轻大水冲击城壁的水力。他自己则日夜在城上巡视，指挥堵守，大禹治水是三过家门而不入，苏轼是连家门都不过，就宿在城上。

　　如此这般，经过七十多天的奋战，到了十月初五，大水退去，水患才解除。这是苏轼一辈子值得大书特书的功绩，连神宗皇帝都降敕奖谕："昨黄河水至徐州城下，汝亲率官吏，驱督兵夫，救护城壁……河之为中国患久矣，乃者堤溃东注，衍及徐方，而民人保居，城郭增固，徒得汝以安也。使者屡以言，朕甚嘉之。"皇上很高兴，一通表扬后，赐钱一笔奖励守城民众，同时大笔一挥，批准了苏轼在城外加建外小城的防洪计划。徐州的防洪取得了重大胜利，连同未来的抗洪工程也在苏轼的指挥下完成，苏轼将这次抢险救灾的经过，写成《奖谕敕记》，连同皇上诏书，刻石记于黄楼，为了让后来者知道徐州这次防洪经验，还整理出《熙宁防河录》，倒不是为了留名青史，在那个资料保存不完善的年代，这一做法无疑是对后来者负责，苏轼做事是真周到。当然了，他也作诗《河复》一首，先是写了个序，交代事情经过：

熙宁十年秋，河决澶渊，注巨野，入淮泗。自澶魏以北皆绝流而济。楚大被其害，彭门城下水二丈八尺，七十余日不退，吏民疲于守御。十月十三日，澶州大风终日，既止，而河流一枝已复故道。闻之喜甚，庶几可塞乎。乃作《河复》诗，歌之道路，以致民愿而迎神休，盖守土者之志也。

把事情经过概括后，不揽功，把功劳归于人民，当然也不忘感谢神明，那个年代神明就是最大的"上级"。而正文，却创出了徐州的一道美食：

君不见，西汉元光元封间，河决瓠子二十年。
巨野东倾淮泗满，楚人恣食黄河鳝。
万里沙回封禅罢，初遣越巫沉白马。
河公未许人力穷，薪刍万计随流下。
吾君仁圣如帝尧，百神受职河神骄。
帝遣风师下约束，北流夜起澶州桥。
东风吹冻收微渌，神功不用淇园竹。
楚人种麦满河淤，仰看浮槎栖古木。

这首诗大概是说汉武帝时期，黄河在河南濮阳市的瓠子河处决堤，汉武帝沉白马玉璧，令群臣背柴堵决口，薪柴不够，用竹来凑，还是堵不住。这次黄河决口，幸亏我们最高领导德高如尧帝，神明都来保佑，黄河复入故道，水患就此而止。苏轼还是落入俗套，把功劳归于皇帝的盛德感动了神明。

"巨野东倾淮泗满，楚人恣食黄河鲔。"说的是黄河在巨野这一带决口，导致淮河、泗水河洪涝，黄河的鲔鱼冲了出来，济楚一带的人捕了大吃特吃。"鲔"在古代是个多义字，既指鲟鱼，也指鳝鱼。《陆玑·草木虫鱼疏》中指出大的有一千多斤。而《集韵》《正韵》则说："鲔音善，同鳝。"《后汉书·杨震列传》有："冠雀衔三鲔鱼，飞集讲堂前。"衔三条鲔鱼的鸟，其中的"鲔鱼"指的就是鳝鱼。苏轼没说清楚"鲔"是鲟鱼还是鳝鱼，但徐州人认为就是鳝鱼，据此还做出一道名菜：辣汤。

在苏轼生活的时代，徐州人怎么烹鳝鱼没有记录，这就给了后人无限的想象空间，一千多年前徐州的先人们在烹鳝鱼的基础上做出了流行于苏、鲁、豫、皖四省交界地带的辣汤。徐州辣汤是用鸡和猪骨熬汤底，煮的时候除了加葱，还要加大量的生姜。把面筋掐成一小块下锅，同时用筷子顺时针搅动，这时面筋就会被搅成片状，如鸡蛋絮，再加上鳝鱼丝、盐、味精，以及适量的白胡椒粉，最后加上些许香油就成。黑乎乎、黏糊糊、辣乎乎，"中吃不中看"，这是外地人对徐州辣汤的印象，相声大师马季先生为辣汤题书"千年一碗汤"，更让徐州辣汤因此扬名中外。尽管苏轼不揽功，说"水来非吾过，去亦非吾功"，但徐州父老乡亲是很感激苏轼的，在一年多后苏轼离任时，当地父老乡亲用花枝挂彩，敬酒送行时说："前年无使君，鱼鳖化儿童。"意思是前年大水时，如果没有太守您，城里的小孩都会变成鱼鳖，蒙受巨大灾难。

一千多年来，徐州人民就用一碗辣汤——甚至还把发明权给了苏轼，让苏轼与这座城市联系起来，可见苏轼对这座城市贡献很大，而徐州人民也有情有义，至于辣汤是不是苏轼发明的，就不必去较真了。

35. 竹笋红烧肉、子姜拌金针菇——徐州篇四

在徐州，苏轼当地的朋友不多，但毕竟徐州扼守于中原，相比密州，交通方便了不少，好朋友上门探访也就容易了很多。

访客中最重要的一位就是李常，苏轼不久前在离任密州赴河中府时路经济南，那时知齐州的李常热情地招待了他。这次李常齐州任满，转任淮南西路提点刑狱，专门到徐州拜访老朋友苏轼。李常是在寒食节的时候到达徐州的，苏轼还在城外督工，接到李常已到的消息，苏轼说他"巡城已困尘埃眯""欲脱布衫携素手"，匆忙赶回来，"归来谁主复谁宾"，主宾两人都是风尘仆仆，所以分不清谁是主人，谁是客人。

徐州的经济状况虽然比江南富庶地区差，但总比密州好一些，苏轼这次是大摆宴席，大宴李常这位好朋友。这次宴会，苏轼亲撰《寒食宴提刑致语口号》，当然少不了歌伎陪酒和歌舞表演，又赋诗"醉吟不耐欹纱帽，起舞从教落酒船。结习渐消留不住，却须还与散花天"，相当欢乐。

李常来的时候，苏轼正忙着督办城外工程，而且眼病又患了，只能让下面的官员们替他招呼李常，听说李常在傅国博家抵挡不住众家伎殷勤劝酒，酒量极好的李常大醉，苏轼作诗笑他"儿童拍手闹黄昏，应笑山公醉习园""不肯惺惺骑马回，玉山知为玉人颓"。

李常要走了，苏轼很是不舍，连续十天安排行程，每天都聊到深夜。李常走的时候，苏轼送竹笋和芍药作为礼物，还把家里的红烧肉秘方告诉了李常，在《送笋芍药与公择二首》其一中说：

久客厌虏馔，枵然思南烹。

故人知我意，千里寄竹萌。

骈头玉婴儿，一一脱锦裪。

庖人应未识，旅人眼先明。

我家拙厨膳，彘肉芼芜菁。

送与江南客，烧煮配香粳。

　　那时把东北称"虏"，"虏馔"就是东北菜，此东北不是现在的东北，苏轼生活的年代，徐州已算"东北"，而现在的东北不在大宋的版图内。那时还分"南烹"和"北烹"，苏轼的老家四川归入"南烹"，讲的是怀念家乡的味道。有研究粤菜的把这首诗作为粤菜历史悠久的依据。但说苏轼怀念粤菜，也不妥当，须知此时苏轼还没去过广东。这首诗大意是：我这几年吃厌了东北菜，空虚的时候特别想念家乡的美食。有好朋友知道我的想法，千里之外寄来了竹笋。吴筠《竹赋》说："一笋明其胤嗣，二节狭乎婴儿。"储光羲《笋》曰："稚子脱锦裪，骈头玉香滑。"就是这玩意儿！这里的厨师们应该是不懂竹笋这种美食，只有我这个长年奔波的旅人看到这东西两眼发光。我家的厨师用猪肉来烧竹笋，再放点芜菁。这竹笋和烧笋配方一并送给你了，用来配米饭，好吃啊！

　　苏轼是竹笋的狂热爱好者，在杭州时就多次谈到吃笋，他说"可使食无肉，不可居无竹。无肉令人瘦，无竹令人俗"。看来，他早就找到了不瘦也不俗的解决方案——竹笋烧肉。为了吃到竹笋，不惜于千里之外让老朋友寄给他，那时可没有快递业务，新鲜的竹笋从杭州到徐州，怎么也得十天半个月，早就过了吃竹笋的"黄金五小时"。竹笋的鲜嫩来源于其中的游离氨基酸和糖，竹笋被采收后的五个小时内，二者会出现一个"呼吸高峰"，之后谷氨酸和天门冬氨酸分解，竹笋鲜味锐减，糖转化为纤维，竹笋因此变老。竹笋放置一段时间后，草酸也会增加，口感因此变得又苦又涩。苏轼在《春菜》中说"苦笋江豚那忍说"，他吃到的是苦笋，但即便如此，他也乐此不疲，加上猪肉，脂肪可以分解竹笋里的部分苦味素，也就好吃了许多。

苏轼家的红烧肉，加上了芜菁。苏轼生活的时代，芜菁在中国各地广泛种植，苏轼的老家四川尤其多，明代文学家张岱的《夜航船》记载，说芜菁"蜀人呼之为诸葛菜。其菜有五美：可以生食，一美；可菹酸菜，二美；根可充饥，三美；生食消痰止咳，四美；煮食可补人，五美。故又为五美菜"。红烧肉，再加点芜菁，荤素搭配，确实是下饭神器，这是苏轼家的特有秘方，李常是苏轼的超级好友，所以告诉了他，写在诗里的是简单几个字，这也给后人留下了发挥的空间。

访客中的另一重要客人是老友王巩王定国。王巩是名相王旦的孙子，父亲王素官至工部尚书，苏轼任凤翔府签判时，西夏曾大举犯边，朝廷派王素知渭州才使士气大振，解决了边患，这个王素就是王巩的父亲。王巩还是对老苏家有知遇之恩的张方平的女婿，妥妥的簪缨子弟，却与苏轼脾气很对。苏轼约王巩到徐州一聚，在《次韵答王定国》中说"愿君不废重九约"，那是怕王巩不来；王巩说喝不惯别人的酒，苏轼说那你自己带酒来就好了，"子有千瓶酒，我有万株菊"；王巩还真带着家酿美酒来徐州，苏轼还开玩笑说"但恨不携桃叶女，尚能来趁菊花时"——酒都自带了，干嘛不把身边的美女们也带过来？重阳节那天，苏轼在黄楼设宴欢迎王巩，歌伎也安排上，苏轼喝得酩酊大醉，"我醉欲眠君罢休，已教从事到青州"——我醉了，想睡了，你也别喝了，酒都已满至肚脐下。对王巩的诗文，苏轼十分敬佩，说他自己"诗律输君一百筹"，希望王巩这次可以多住几天，"相逢不用忙归去，明日黄花蝶也愁"。这是苏轼第一次写下了"明日黄花蝶也愁",以后他还会提到;为了让王巩玩得高兴,苏轼不仅自己陪王巩登云龙山黄茅冈,还让属下县令颜复代他招待,他们带上官伎马盼盼、张英英和卿卿,游山玩水,"轻舟弄水买一笑,醉中荡桨肩相摩"。要知道,徐州的公款招待费用也是很有限的,苏轼这次是把家底都亮了出来,这让他想起以前在杭州时的风花雪月,所以感叹"舞腰似雪金钗落,谈辨如云玉尘挥。忆在钱塘正如此,回头四十二年非";王巩要走了,苏轼依依不舍,赋诗《次韵王巩留别》,感慨自己"去国已八年,故人今有谁"。王巩一走,他又会备感寂寞,"蛾眉亦可怜,无奈思饼师。无人伴客寝,唯有支床龟"。

在苏轼的朋友圈中,王巩肯定是最铁的那一位,在后来乌台诗案中,御史舒亶奏曰:"(苏轼)与王巩往还,漏泄禁中语,阴同货赂,密与宴游。"看来这次徐州的热情招待也被认为是罪状之一,在受苏轼牵连被处分的二十多人中,王巩被处分最重,被贬至岭南宾州,也就是现在广西宾阳县。苏轼感叹亲友之间都不敢往来,但王巩被贬宾州期间,两人写过很多书信,苏轼一再表示王巩因自己而无辜受牵连,遭受了那么多苦难,他感到很内疚、难过。苏轼劝王巩不要灰心,并建议他用"摩脚心法"对付瘴气,"每日饮少酒,调节饮食,常令胃气壮健"。王巩给苏轼的信,主要是交流诗词、书法、绘画心得,此外还常大谈道家长生之术,说自己正在宾州修行。苏轼很喜欢广西的丹砂等特产,便从黄州致信王巩说"桂砂如不难得,致十余两尤佳",可见两人情谊之深厚。

来徐州看苏轼的,还有杭州诗僧参寥。诗僧道潜俗姓何,本名昙潜,字参寥,后来赐号妙总大师。苏轼对参寥的诗评价极高,谓其"诗句清绝,可与林逋相上下,而通了道义,见之令人萧然"。在徐州,苏轼跟参寥开了个玩笑，在一次酒席宴会后，苏轼率一众下属和歌伎去找参寥，并叫他最喜欢的歌伎马盼盼向参寥讨诗。参寥也不推辞，当时口占一绝："多谢尊前窈窕娘，好将幽梦恼襄王。禅心已作沾泥絮，不遂春风上下狂。"参寥说我的禅心就如沾了泥巴的柳絮，不会随春风狂舞了，苏轼佩服得五体投地，说"我尝见柳絮落泥中，私谓可以入诗，偶未曾收拾，遂为此人所先，可惜也"。

招待参寥，当然不能风花雪月，连大碗喝酒、大块吃肉都不行，在知州衙门逍遥堂的后花园内，看到构树上有金针菇，苏轼命人采下，辅以子姜，即成一道菜。苏轼与参寥和尚品尝这道菜后写下《与参寥师行园中得黄耳蕈》：

> 遣化何时取众香，法筵斋钵久凄凉。
> 寒蔬病甲谁能采，落叶空畦半已荒。
> 老楮忽生黄耳菌，故人兼致白芽姜。
> 萧然放箸东南去，又入春山笋蕨乡。

大意是：参寥来徐州，我接待的斋菜就那几样，斋食本来也不丰富。天寒地冻，也没什么蔬菜，见到构树上长着金针菇，老朋友说弄点子姜就是一道美味。这道菜味道不错，参寥吃后放下筷子，回杭州春山吃他的竹笋蕨菜去了。

子姜拌金针菇，这是苏轼在徐州吃的一道菜。与我们现在市场上的金针菇不同，野生的金针菇是金黄色的，所以也叫黄耳菌。白芽姜就是子姜，生姜幼嫩时，芽尖先是白色后变紫色，这两个阶段分别称白芽姜和紫姜，老了则称老姜或干姜。这道菜怎么做，苏轼没有细讲，不知徐州现在还有没有这道菜。当然，讲菜不是苏轼的目的，他是想表达对参寥离开的依依不舍。我们记住参寥这个人，后面还会提到他。

到徐州拜访苏轼的，还有秦观、同乡张师厚，这些人都因仰视苏轼而来，此时的苏轼，文名满天下。欧阳修去世后，士人已视苏轼为天下文宗，能与苏轼交往，得到苏轼的指点，身价即升百倍，这也让苏轼因此惹祸。在那个年代，偶像是不好当的，这个我们留待往后细说。

36. 大麦杏仁粥——徐州篇五

苏轼的诗词，多写宴游、与朋友们唱和，工作上的事，写得不多。其实苏轼在徐州非常勤政，除了抗洪，还办了不少大事。

一是揖盗。徐州自古就是兵家必争之地，民风强悍，盗贼众多。徐州又有铁矿，朝廷在此设置冶铁官署利国监。而这个地方参与冶铁的土豪也很多，盗贼因此盯上这个地方。有一伙盗贼特别嚣张，匪首何九郎更是勇猛，官府对其无可奈何，苏轼重金补贴一个叫程棐的人，重赏之下必有勇夫，没多久程棐就把何九郎抓获归案。这种不按规矩出牌的办法，估计也只有苏轼想得出也干得出了。徐州这个地方盛产铁器，盗贼武器精良，如果不整治，后果不堪设想。苏轼于是上书朝廷，建议允许冶户组团自卫，并请命令南京负责军事的新招骑射指挥兼领沂州兵甲巡检公事，增强地方军力。他还组织了冶铁土豪们，每户出冶夫数十人，每个月集中到官署亮相演习，舞刀弄枪，盗贼因此收敛了不少。

二是组织勘探发现了煤矿。徐州有铁矿，冶金技术也很发达，徐州打造的刀剑也很出名，但靠木炭炼铁，火力不足，所炼的铁质量自然也不过如此。苏轼听说徐州地下有煤矿——那时把煤叫石炭，于是组织勘探，于元丰元年（1078）十二月发现了煤矿。从此，徐州打造出来的兵器更出名，苏轼作《石炭》诗纪念这事：

> 君不见前年雨雪行人断，城中居民风裂骭。
>
> 湿薪半束抱衾裯，日暮敲门无处换。

岂料山中有遗宝，磊落如礜万车炭。

流膏迸液无人知，阵阵腥风自吹散。

根苗一发浩无际，万人鼓舞千人看。

投泥泼水愈光明，烁玉流金见精悍。

南山栗林渐可息，北山顽矿何劳锻。

为君铸作百炼刀，要斩长鲸为万段。

　　苏轼只关注到煤炭对冶铁制造武器的作用，他万万没想到，作为一枚吃货，他在徐州发现煤矿并用于冶铁，将中国的烹饪技术往前推进了一大步。由于煤矿的发现，冶铁技术取得了重大突破，原本只用于制造兵器的铁也用于制造铁锅，"炒"这种烹饪技法才得以广泛推广，在此之前虽然也有炒，但用的是传热更差的铜鼎，这不是一般家庭可以承受的。铁锅的广泛运用，正是苏轼发现煤矿之后，这是苏轼对中国烹饪史的重大贡献。

　　三是上书建议给狱中患病的囚犯治病。他见到狱中囚犯因患病不得医而死，十分不忍，于是上《乞医疗病囚状》，请求配医生，并拨专门经费，配以业绩考核，但这个建议不被重视。

　　四是求雨抗旱。苏轼刚到徐州就遇上洪水，洪水过后不久徐州大旱。对付旱灾，苏轼也只能用当时的套路——求雨。苏轼到离城东二十里远的石潭求雨，并作《起伏龙行》。诗中，苏轼说"或云置虎头潭中，可以致雷雨，用其说"。古人的逻辑很简单：水潭是龙的属地，把虎头放到潭中，引发龙怒，就会引起龙虎斗，龙出战时当然雷雨齐至，再加上众人祈祷助威，雨就有了。这次苏轼又撞上狗屎运，依样画葫芦。虎头虽不好找，但虎头骨还是有的。如此这般摆弄了一番，还真就下了雨，于是又前往石潭谢雨，在路上作了五首《浣溪沙》，其中一首写道：

照日深红暖见鱼，连村绿暗晚藏乌。黄童白叟聚睢盱。

麋鹿逢人虽未惯，猿猱闻喜不须呼。归家说与采桑姑。

大意是：落日散发出一片深红色，让池水也暖和起来，池中鱼儿也清晰可见，村里的树木茂盛翠绿，乌鸦就栖息在里面，小孩子和白发老人都聚集在一起，欢乐地庆祝。常到潭边饮水的麋鹿突然逢人，惊恐地逃走了，喜庆的鼓声却招来了顽皮的猿猱，人们回家后兴奋地谈论一天的见闻，说给那些未能目睹盛况的采桑姑们听。

苏轼心系民生福祉，历经凤翔、杭州、密州和徐州的基层工作，他太了解民间的疾苦，见到民生艰难，他会大声疾呼，看到民众安家乐业，他也会笑逐颜开。他对民生的观察一向细致入微，在《次韵田国博部夫南京见寄二绝》中，他说：

岁月翩翩下坂轮，归来杏子已生仁。

深红落尽东风恶，柳絮榆钱不当春。

火冷饧稀杏粥稠，青裙缟袂饷田头。

大夫行役家人怨，应羡居乡马少游。

田国博就是田叔通，当时他正以国子博士督部夫役，就是负责督办地方征召民众服徭役的工作，所以称田国博部夫。苏轼说寒食节老百姓吃大麦杏仁粥在田间劳作，你天天督役，影响农事，这种工作连家里人都抱怨，东汉的马少游以功名利禄为苦事，你应该羡慕他才对。苏轼这是讥讽徭役扰民，也顺便推介了徐州的另一道美食：大麦杏仁粥。

当时徐州农村的习俗是寒食节吃大麦杏粥加饧糖。因寒食节不能开火，所以是"火冷"。北齐杜台卿的《玉烛宝典》载："寒食煮大麦粥，研杏仁为酪，别造饧沃之。"就是用大麦煮粥，把杏仁研磨后放进去，煮成糊状，再往里面放糖浆。古人惜墨如金，也容易导致语焉不详，大麦煮粥究竟是颗粒状的大麦下锅煮，还是磨成粉煮，这就有了争议。现在徐州还流行"热粥"，由大米粉、豆粉、小米粉做成，徐州人把它与苏轼联系起来，我看有人还引经据典，用苏轼的另一首《豆粥》"地碓春粳光似玉，沙瓶煮豆软如酥"来背书。《豆粥》这首诗是元丰七年（1084）八月，苏轼从贬所黄州北归，由南京送家眷到宜征安顿途中所作，与徐州没有关系，真要找依据，这首《次韵田国博部夫南京见寄二绝》才是。

苏轼说的这道大麦杏仁粥，有两个特点：一是寒食节吃的，因寒食节不开火，所以这个粥必须是冷的。二是这个粥是农民带到田间地头吃的，必须能吃饱，还能顶饿。以此估计大麦是颗粒状的可能性更大。这种"美食"延续下来的可能性不大，虽然味道应该不错，但口感实在不敢恭维。倒是粤菜中的杏仁露与它沾得上边，磨杏仁时加了些米，磨出杏仁米浆，兑水煮开、加糖，就是一碗杏仁露。杏仁中有香味的物质受热后容易挥发，所以杏仁露闻起来香但吃起来不怎么香，如果加入米粉、淀粉，糊化后形成一层网，把杏仁的部分香味罩住，这样的搭配让杏仁露闻起来香，吃起来也香。

苏轼虽在徐州做了这么多工作，但太辛苦了，对政治本来就厌倦的他，想到找人"活动活动"调到江浙一带富庶一点的地方为官，反正三年任期一到就会调动。因苏轼此时在京城并没有什么关系，只有恩师范镇的儿子范百嘉（字子丰），于是他写信，求他帮忙把自己调到江南去：

> 小事拜闻，欲乞东南一郡。闻四明明年四月成资，尚未除人，托为问看，回书一报。前所托殊不蒙留意，恐非久东南遂请，逾

难望矣。无乃求备之过乎？然亦慎不可泛爱轻取也。人还，且略示谕。

大意是，有一件小事，我想调到江南随便一个地方去工作，听说四明（现在的宁波）明年四月有个职位空缺，你帮我问问啊。

不久又去信，"近专人奉状，达否？即日起居何如？贵眷各安，局事渐清简否？某幸无恙。水旱相继，流亡盗贼并起，决口未塞，河水日增。劳苦纷纷，何时定乎？近乞四明，不知可得否？不尔，但得江淮间一小郡，皆所乐，更不敢有择也。子丰能为一言于诸公间乎？试留意。人还，仍乞一报，幸甚。奉见无期，唯万万以时自重"，大意是：我最近还好，就是徐州真没法待了，先是发水灾，后又变旱灾，盗寇越来越猖獗。我上次问你那个宁波调动的事有没有消息啊？要是不行，你帮我找个江淮一带的小城市，我也愿意去，我不挑肥拣瘦，只要让我去江南就成。

也不知是不是范百嘉帮了忙，元丰二年（1079）三月，调令来了，苏轼以原职级七品祠部员外郎、直史馆知湖州军州事。此时苏轼四十四岁，算起来，苏轼在徐州工作了差不多两年。

虽然苏轼一直在积极活动调离徐州，但真要离开，还是会依依不舍，毕竟这个地方苏轼还是付出了不少，他赋词一首《江城子·别徐州》：

> 天涯流落思无穷，既相逢，却匆匆。携手佳人，和泪折残红。为问东风余几许，春纵在，与谁同。
>
> 隋堤三月水溶溶，背归鸿，去吴中。回首彭城，清泗与淮通。欲寄相思千点泪，流不到，楚江东。

大意是：流离天涯，思绪无穷无尽。相逢不久，便又匆匆别离。拉着佳人，只能采一枝暮春的杏花，含泪赠别。你问春天还剩多少，即便春意仍在，又能和谁一同欣赏？三月的隋堤，春水缓缓。此时鸿雁北归，我却要到飞鸿过冬的湖州。回望旧地，清清浅浅的泗水在城下与淮河交汇。想要让泗水寄去相思的千点泪，怎奈它流不到湖州地。

苏轼词里的佳人，就是官伎马盼盼，苏轼对她很是喜欢，她平时学苏轼的书法，几乎可以假乱真。苏轼书写的《黄楼赋》中"山川开合"这四个字，就是在挥毫中间有事走开，马盼盼一时兴起所写。有人认为这首词中苏轼写别徐州是假，写别马盼盼是真。这就小看苏轼了，这个大男人，虽然有情有义，但也不会为情所困。

想离开徐州是真的，舍不得徐州也是真的，人就是这么矛盾，苏轼也是凡人一个，我们不能用圣人的标准来要求他。

37. 湖州鲈鱼脍、处州青蟹——湖州篇

　　宋朝官员离任赴任，就是一个顺带游山玩水、拜会朋友的机会，苏轼这次能从知徐州到知湖州，也算得偿所愿，便不再故意磨磨蹭蹭，但还是趁机旅游了一番。

　　老弟和恩人张方平都在南都，不用说，苏轼先到南都，这是他第三次到访张方平。在路上，他写了《罢徐州往南京走笔寄子由五首》，其四曰：

> 前年过南京，麦老樱桃熟。
>
> 今来旧游处，樱麦半黄绿。
>
> 岁月如宿昔，人事几反覆。
>
> 青衫老从事，坐稳生髀肉。
>
> 联翩阅三守，迎送如转毂。
>
> 归耕何时决，田舍我已卜。

　　苏轼说我前年来的时候，麦子老了，樱桃熟了；今年重来，樱桃和麦子已半熟，岁月如故，人事反复，我们这些老读书人，过着安逸无聊的生活，无所作为。你那里太守都换了三轮了，如车轮转动般迎来送往，又有什么意思呢？唉！什么时候才可以还乡过耕种生活？田舍我可是选好了的。

　　对这种由新党掌控的官场生活，苏轼彻底厌倦了。宋朝厚待文人，

但官员想辞职不干可不容易，基本上只有告老这一条退路，此时的苏轼才四十四岁，显然不能告老。苏轼处于后无退路而前路又茫茫的状态，找个安逸点的地方混几年，是没办法中的办法。

在张方平家住了半个月，继续赶路，路经灵璧镇，住在张氏园，应张硕之请，苏轼写下了《灵璧张氏园亭记》。张氏历世为官，费时五十年造园，里面生活设施应有尽有，特别是见到种养那么多吃的，更是把苏轼羡慕得不行。苏轼说张园"蒲苇莲芡，有江湖之思；椅桐桧柏，有山林之气……其深可以隐，其富可以养。果蔬可以饱邻里，鱼鳖笋菇可以馈四方之客"。

这对苏轼是一次很大的触动，他感叹："古之君子，不必仕，不必不仕。必仕则忘其身，必不仕则忘其君。譬之饮食，适于饥饱而已。然士罕能蹈其义、赴其节。处者安于故而难出，出者狃于利而忘返。于是有违亲绝俗之讥，怀禄苟安之弊。"他特别希望官场上的自由度能像饮食一样，吃饱了就好，适度取舍，那该多好。不愧是吃货，说什么都用吃来打比方。

路经无锡，苏轼与随行的参寥、秦观一同游惠山，苏轼在山上汲泉煎茶，赋诗《游惠山》：

> 敲火发山泉，烹茶避林樾。
>
> 明窗倾紫盏，色味两奇绝。
>
> 吾生眠食耳，一饱万想灭。
>
> 颇笑玉川子，饥弄三百月。
>
> 岂如山中人，睡起山花发。
>
> 一瓯谁与共，门外无来辙。

苏轼说他人生没什么追求，但求吃饱睡足，还羡慕起山里老百姓的日子。这就是苏轼，悲观时将期望值降至但求温饱，势可为时也希望能匡扶天下，用道家的精神抚慰自己，用儒家的追求向这个世界作交代。

苏轼在四月二十日到了湖州，湖州属两浙路，时下辖乌程、归安、长兴、安吉、德清、武康六县。湖州因濒临太湖而命名，苏轼在此之前两次到湖州且都留下诗词。在去湖州治太湖时，他作《将之湖州戏赠莘老》，念念不忘湖州的橘子、作为贡品的顾渚山紫笋茶、梅溪的木瓜、吴兴的鱼生，想到这些美食，他毫不掩饰地说"未去先说馋涎垂"，见到湖州的刀鱼，他又盛赞"恣看修网出银刀"，由乌程糯米"金钗糯"酿造的"乌程香"，更让好酒的苏轼赞不绝口，"乌程霜稻袭人香，酿作春风雪水光"。江南的美食、美酒和美景，应该是苏轼找熟人"乞江南一郡"的最大理由。面对无能为力的政局，寄情于美景与美食，无可厚非。

此番初到湖州，苏轼还真的以玩为主。六月酷暑，他到城南消暑饮宴，写了《泛舟城南会者五人分韵赋诗，得"人皆苦炎"字四首》，其中第三首就写了湖州美食：

> 紫蟹鲈鱼贱如土，得钱相付何曾数。
> 碧筒时作象鼻弯，白酒微带荷心苦。
> 运肘风生看斫鲙，随刀雪落惊飞缕。
> 不将醉语作新诗，饱食应惭腹如鼓。

吃了当地价廉物美的太湖大闸蟹与鲈鱼脍，也看到了精心制作的过程：鲈鱼切片如雪花飞落，赏心悦目。饱食一餐，不亦快哉。特别是湖州鲈鱼脍，味道如何没有写，但湖州师傅们切鱼片的刀工"运肘风生""随刀雪落",确实非同凡响。

湖州不缺美食,更令人开心的是,附近的好朋友、同年进士、知处州的丁陟丁公默送来了两只大螃蟹。这让苏轼欣喜若狂,作了一首七律《丁公默送螃蟹》:

> 溪边石蟹小如钱,喜见轮囷赤玉盘。
>
> 半壳含黄宜点酒,两螯斫雪劝加餐。
>
> 蛮珍海错闻名久,怪雨腥风入坐寒。
>
> 堪笑吴兴馋太守,一诗换得两尖团。

在苏轼生活的时代,处州包括现在的丽水、温州和台州。丁骘,字公默,晋陵(今江苏常州)人。与苏轼同年进士,此时正以除太常博士、正仪曹出知处州。螃蟹就是青蟹。首联"溪边石蟹小如钱,喜见轮囷赤玉盘",写螃蟹之大。青蟹是蟹类中之大者,比河蟹大得多。为了说明螃蟹之大,先说溪蟹之小:小溪小沟里的石蟹,是路人常见的,形体很小,小得像钱币。然而,螃蟹煮熟了,端上桌,屈曲着,犹如一只赤玉的盘子。"赤玉"喻其色,"盘"喻其大,因为是"轮囷"蟠屈着的,故以圆"盘"来比喻。又对照又比喻又描绘,把"喜见"的感情色彩突显了出来:哇,多大的螃蟹呵,它团缩着,好像一只赤色的玉盘!

颔联"半壳含黄宜点酒,两螯斫雪劝加餐",写螃蟹之美。打开螃蟹的背壳,澄黄澄黄的。此时酒兴就来了,上酒!削出大螯的肉,雪白雪白的,食欲大增,加餐!"半壳含黄",即蟹黄占满半个壳;"两螯斫雪",即螯肉削下白如雪。过去的咏蟹诗历来将蟹肉比喻为"玉",而苏轼在此喻为"雪",而且与"斫"字结合,更显一种动态美,构成了特殊的美不可言的意境,美到什么地步?似乎在催人喝酒、劝人加餐。

颈联"蛮珍海错闻名久，怪雨腥风入坐寒"，是写蝤蛑之盛名。南蛮之地，沿海一带，海汇万类，品种繁多，然而对于蝤蛑，却早就知道了，如今品尝，名不虚传，的确为一款美味。这天吃着蝤蛑，下着怪雨，刮着腥风，入座的时候感到一种寒意，在如此恶劣的气候里品尝美食，让这一餐留下了尤其难忘的印象。主观感受是：以前闻名久，现在印象深，又从一个侧面夸赞了蝤蛑。

尾联"堪笑吴兴馋太守，一诗换得两尖团"，写诗人之馋。苏轼与丁公默同科进士，友谊甚笃，又沾亲带故，交情更深。诗作来往本是平常之事，但这次苏轼寄诗丁公默，丁公默却送来了蝤蛑，于是诙谐幽默的苏轼把这说成因为自己"馋"，用"诗"换来了"蝤蛑"。苏轼走南闯北、东奔西跑，吃过不少方物，很多是他激赏的，比如江瑶柱、河豚鱼之类，却从未用过"馋"字，唯对蝤蛑，竟自称馋太守、以诗换蝤蛑。可见，苏轼对蝤蛑之大、之美，食蟹之乐、之趣，倍加青睐，给予一份特别的评价。

苏轼是想用寄情山水和享用美食逃避他厌恶的政治现实，南宋周密在《吴兴园林记·章参政嘉林园》中说："外祖文庄公居城南，后依南城，有地数十顷……有嘉林堂、怀苏书院。相传坡翁作守，多游于此。"苏轼刚到湖州，游山玩水、吃吃喝喝、诗词唱和，很是开心快乐。然而，喜欢在文字里讥讽新政的苏轼，却因到湖州后例行向朝廷上的《湖州谢上表》出了事。新党的一班人盯了他好久，也忍了他好久，这次终于逮到了机会。引起麻烦的是其中的这几句：

知其愚不适时，难以追陪新进；察其老不生事，或能牧养小民。

意思是：皇上您知道我愚笨，不合时宜，跟不上这批年轻人的步伐；您知道我老了，也不惹是生非，派我到地方，管管小民还行。但新党在神宗面前对此的解读是：什么"难以追陪新进"？明明就是"愚弄朝廷，妄自尊大"！又拿来早已收集的苏轼讥讽朝廷的一堆证据，说是"谤讪君上"。神宗很生气，诏令罢苏轼知湖州现职，并批令"御史台选牒朝臣一员，乘驿马追摄"，史上著名的乌台诗案就此掀开。

七月二十八日，御史台吏卒到了湖州，将苏轼拿下，押解京师，苏轼在湖州任上仅两个月又八天。看来，政治与螃蟹一样，虽然味美，但也是会咬人的。

193

*

第七章

首贬黄州

38. 送错鱼——开封篇五

　　史上著名的"乌台诗案"，因侦办此案的是御史台，而御史台从汉朝开始就称"乌台"（因当时的御史台院内遍植柏树，终年有乌鸦栖息）。因办此案的证据是苏轼的诗和其他文字，故名。这是一次有组织、有预谋、分工明确、你唱我和的"文字狱"，我们有必要花点时间来看看构陷苏轼的这班人是什么样的人，以及苏轼是如何得罪他们的。

　　首先吹响进攻号的是权监察御史里行何正臣。何正臣，字君表，今江西省峡江县砚溪镇虹桥人，自幼颖悟过人，被誉为神童，英宗治平四年（1067）进士，神宗元丰元年（1078）因投靠新党，被荐为御史里行。元丰二年（1079）六月二十七日，何正臣上札论苏轼到湖州任谢上表中，"陛下知其愚不适时，难以追陪新进；察其老不生事，或能牧养小民"是"愚弄朝廷，妄自尊大"，"老不生事"是在暗讽变法派生事，暗讽支持变法的宋神宗无事生非，又说："一有水旱之灾，盗贼之变，轼必倡言归咎新法，喜动颜色。轼所为讥讽文字，传于人者甚众。"他还拿出一本公开出售的苏轼文集作为罪证进呈。因诬陷苏轼有功，元丰五年（1082）二月升任吏部侍郎，元符元年（1098）改任宣州（今安徽宣城市）知府，元符三年（1100）死去，终年五十九岁。此人名正臣，行为更像奸臣，字君表，不是君子之代表，但像小人的代表！

　　马上跟进的舒亶，字信道，慈溪人，是王安石的忠实"信徒"，王安石任明州鄞县县令时，专门请了五位文学大儒进城办学，舒亶就是其中一位大儒楼郁的学生，舒亶将王安石奉为自己的精神导师。宋英宗治平二年（1065），年仅二十四岁的舒亶考中了进士，并在礼部考试中斩获魁元。王安石变法开始之后，舒亶在王安石的安排下进入御史台，为权监察御史里行，加集贤校理，成为王安石的"打手"。苏轼是变法的坚定反对派，舒亶早就在等待机会掀翻苏轼，何正臣之后，舒亶马上来个"二重奏"，说道："至于包藏祸心，怨望其上，讪渎谩骂，而无复人臣之节者，未有如轼也。盖陛下发钱（指青苗钱）以业贫民，则曰'赢得儿童语音好，一年强半在城中'；陛下明法以课试郡吏，则曰'读书万卷不读律，致君尧舜知无术'；陛下兴水利，则曰'东海若知明主意，应教斥卤（盐碱地）变桑田'；陛下谨盐禁，则曰'岂是闻韶解忘味，尔来三月食无盐'；其他触物即事，应口所言，无一不以讥谤为主。"把苏轼反对变法说成反对宋神宗，恶毒至极。他直指苏轼不是讥讽新政这么简单，而是"大不恭"，按律这是死刑，"虽万死不足以谢圣时"，舒亶是直取苏轼的性命而来的。乌台诗案后，作为有功之臣，拜给事中，权直学士院。再过一个月，又升为御史中丞，史书说他"举劾多私，气焰熏灼，见者侧目"。

来凑热闹的还有一个小官，国子博士、提举淮东常平的李宜之，他从苏轼不久前赴湖州任上途中写的《灵璧张氏园亭记》中截取一段"古之君子，不必仕，不必不仕。必仕则忘其身，必不仕则忘其君"，说是教天下之人不要有进取心，而且不必尊敬君王，"乞赐根勘"，用现在的话说就是一查到底，还要深挖保护伞。

致命一击来自御史中丞李定，李定字资深，扬州人，是王安石的干将。变法之初，王安石破格提拔其为太子中允、监察御史里行，这成为朝廷两派斗争的焦点。李定上任数日，监察御史陈荐就弹劾李定在其母死后匿丧不报，苏轼火力全开，上章弹劾，用语尖刻犀利，这就与李定结下了私仇。王安石全力保护李定，李定因其生母已外嫁，死时不知她就是生母而逃脱了旧党的围剿，但仇恨的种子已经种下，君子报仇，十年不晚，这次轮到李定拿起屠刀了。李定作为御史台的最高领导，上奏弹劾苏轼。先是说苏轼不学无术，浪得虚名，然后总结了苏轼四大罪：频发怪论，屡教不改；傲慢无礼，讥讽大臣；煽动群众，蛊惑人心；无视朝廷，诋毁圣上！

还有那位负责到湖州逮捕苏轼的皇甫遵。李定选的这名拘捕官，既要精明干练，又要善于虚张声势，还不能对苏轼暗生同情、心慈手软，皇甫遵完全做到了，对苏轼又吓唬又上手段，直接用绳子捆绑押解，途中不让苏轼与熟人接近。苏轼在《杭州召还乞郡状》里提到："定等选差悍吏皇遵，将带吏卒，就湖州追摄，如捕寇贼。"他去抓苏轼，还带上自己儿子一起去，估计他是想着自己做完这事必然高升，儿子与自己一起，也能博个功劳，最不济也能增长见识，锻炼能力。这个人，我们也应该记住他。

阴险的人总躲在角落，这个人就是苏轼的同年进士、在凤翔府的同事张璪。张璪初名琥，字邃明，滁州全椒（今安徽全椒）人。乌台诗案发生时，宋神宗让张璪以知谏院的身份与李定一起办案，此人竟蓄意置苏轼于死地。王安石的弟弟王安礼曾奉劝神宗宽恕苏轼，张璪竟火冒三丈，当面责骂王安礼，其唯恐苏轼得以免死的险恶用心昭然若揭。他与苏轼在凤翔共事两年，交游颇密，怎么就下得了狠手呢？可能祸起张璪返回汴京时，苏轼送给他的《稼说送张琥》。在这篇送别文里，苏轼好为人师，勉励张璪要认真学习："博观而约取，厚积而薄发，吾告子止于此矣。"成语"博观约取""厚积薄发"典出于此，苏轼这是将自己如何做学问的秘诀全盘托出，但估计张璪心里认为：大家是同年进士，都是年轻人，你苏轼不就中了个制科，有什么资格教我如何读书？如何做学问？他现在想要把苏轼踩在脚下，让他永不得翻身。那份快感，正是这类小人特有的。

掴起这场文字狱的最大后台是右相王珪。王珪，字禹玉，祖籍成都华阳，算是苏轼的老乡。王珪年少成名，自从踏上仕途后，更因性格沉稳、谦和礼让而受到朝野内外的欣赏，从扬州通判做起，历事仁宗、英宗、神宗、哲宗四朝。进士出身的王珪文采斐然，深受朝廷的器重，曾连续为皇帝起草诏书十八年，朝廷重大的典制策令多出自他手。自以为文章独步天下的他，见苏轼已几成天下文宗，非常嫉妒。再加上偏向旧党的左相吴充非常强势，代表新党的王珪决心放手一搏，想通过杀苏轼，挖旧党后台，对旧党来个一网打尽。虽然没有证据证明李定、舒亶、何正臣、张璪等人如何与他勾结构陷苏轼，但在乌台诗案久审不决，无法找到能要苏轼命的证据时，王珪终于忍不住了，亲自跳出来诬陷苏轼。王珪拿着苏轼所做的《王复秀才所居双桧二首》诗对宋神宗说道：苏轼在诗中写"根至九泉无曲处，岁寒唯有蛰龙知"，龙本应在天上飞腾，苏轼却要到九泉之下去寻找蛰龙，明显是在诅咒陛下啊！这个阴险老贼，终于露出了狐狸尾巴。顺便说一句，此人是李清照的外公，还是秦桧的岳祖父。

幸好天底下还是有好人，就在王珪在神宗面前构陷苏轼时，苏轼的好友章惇挺身而出，极力为之辩诬。章惇虽然跟王珪同属新党，并且是他的下级，但此时却已顾不得上下尊卑，义正词严地驳斥道："龙者非独人君，人臣皆可以言龙也。"意思是龙并非专指人君，大臣也可以被称为龙。他还举例说当年诸葛亮还称为卧龙呢，也没见刘备有啥不高兴啊！神宗觉得章惇说得有道理，王珪很尴尬。下朝后章惇并没有放过王珪，质问他为何要如此污蔑苏轼，王珪讪讪地回答说这些都是舒亶的说法，自己只不过是转述，章惇冷冷地回了一句：舒亶的口水也能吃吗？

构陷和营救都在进行，只是深陷狱中的苏轼并不知道。"去年御史府，举动触四壁。幽幽百尺井，仰天无一席。"他被囚禁在一个小屋子里，稍一伸手伸腿，就会碰到墙壁，仿如被投入深井。同在乌台狱中的苏颂有诗云："遥怜北户吴兴守，诟辱通宵不忍闻。"诗中的"吴兴守"指的就是苏轼，没有证据证明李定和张璪对苏轼上刑，但通宵审讯、辱骂，算不算刑讯逼供？苏轼终于扛不住了，招认了讥讽新政的指控，但大不敬这条他没认，认就死定了；他与范镇密谋请司马光出山的这一段也没"坦白交代"，否则肯定死路一条。

但苏轼还真差点就死在牢里了，这缘于一条鱼。叶梦得《避暑录话》有如此记载：

> 苏子瞻元丰间赴诏狱，与其长子迈俱行，与之期，送食惟菜与肉，有不测，则彻二物而送以鱼，使伺外间以为候。迈谨守，逾月，忽粮尽，出谋于陈留，委其一亲戚代送，而忘语其约。亲戚偶得鱼鲊送之，不兼他物，子瞻大骇，知不免，将以祈哀于上而无以自达，乃作二诗寄子由，祝狱吏致之……

大意是，苏轼入狱时，与长子苏迈约定，送牢饭就送菜和肉，如果是死定了，就送鱼暗示。一月后，苏迈因钱花完了，要去筹款，于是托亲戚代送饭，却忘记告知与父亲的约定，亲戚恰巧就将鱼送入。苏轼大惊，以为自己难免一死。遂作二绝命诗，让狱中看守给苏辙。

苏轼其实是有所准备的，《孔氏谈苑》载："子瞻忧在必死，掌服青金丹，即收其余，窖之土中，以备一旦当死，则并服以自杀。"原来他偷偷带了青金丹毒药进监狱，还埋在土中，随时准备自杀。幸好苏轼求生欲很强，宋神宗又及时"遗使就狱，有所约救"，苏轼才打消了自杀的念头，否则这次送错鱼，真的就要了苏轼的命了，不过也吓了个半死。

营救苏轼的行动一直没有停止，走在最前面的当然是苏辙了。他上书神宗："臣不胜手足之情，欲乞纳在身官，以赎兄轼，但得免下狱死，为幸。"用自己的官换苏轼免一死；已经七十二岁的范镇，不顾家人阻拦，火速上书皇帝救苏轼，可惜书稿未能流传；苏轼的恩师张方平，也是古稀之年的老人，他心急如焚，撰写一篇长书，言辞激烈，命儿子张恕亲自赴京城投书。奈何张恕心里犯怵，在闻登鼓院外面转来转去，终究还是没敢投书。不过后人分析，幸好张恕没把这封书投进去，张方平救苏轼心切，言辞太激烈，若点了神宗心火，反而会要了苏轼的命；左相吴充，巧施妙法，对神宗说："陛下以尧舜为法，而不能容一苏轼，何也？"神宗听后吃了一惊，只得回言："朕也没有别的意思，不过是抓来弄清是非，若没事就把他放了。"王安石的弟弟王安礼，也加入了这场"救苏运动"，他对宋神宗说："自古大度之君，不以语言谪人，按轼文士，本以才自奋，谓爵位可立取，顾碌碌如此，其中不能无缺望。今一旦致于法，恐后世谓不能容才，愿陛下无庸竟其狱。"神宗也听进去了。

起决定性作用的，还是两位太后，太皇太后曹氏与太后高氏。当年仁宗喜言："朕为子孙得太平宰相二人！"便指苏轼与苏辙。此时苏轼获罪，曹太皇太后得知后，很敏锐地对神宗讲：以作诗入狱，难免是受了小人中伤。我已经病成这样了，皇上您不可再有冤案啊。老太后说着老泪纵横。神宗是孝子，听了这番话也泪如雨下。太后高氏，则不消说了，她是苏轼为官后半段的守护神，宋神宗欲大赦天下，为太皇太后求寿，太后高氏说：不必大赦天下，但放了苏轼就够了。

御史台想弄死苏轼，好在他们只负责侦办案件，判案的是大理寺。大理寺的判罚是"当徒二年，会赦当原"，苏轼按律应判二年徒刑，但是因为当前朝廷有赦令，可以免罪！御史台不干了，自己一帮人千辛万苦挖出这么一"大瓜"，是打击保守派最好的机会，怎么能就这样轻飘飘地放过呢？神宗皇帝让审刑院复审，结果是同意大理寺判定，驳回御史台上奏，同时为了表示对苏轼的惩戒，依宋神宗特旨将苏轼连降两级，责授检校尚书、水部员外郎充黄州团练副使，本州安置，不得签书公事，令御史台差人转押前去。苏辙、王诜、王巩也被贬官，张方平、李清臣各罚铜三十斤，司马光、范镇、钱藻、陈襄、刘攽、李常、孙觉、曾巩、王汾、刘挚、黄庭坚、戚秉道、吴琯、盛侨、王安上、周邠、杜子方、颜复、陈珪、钱世雄罚铜二十斤。

史上纷纷将构陷苏轼的这班小丑列为奸臣、小人，其实，乌台诗案背后的总指挥就是宋神宗，李定诬陷苏轼的这一套，几年前沈括就用过，当时宋神宗根本看都不看，这次怎么就认真起来了呢？王安石二度罢相，神宗不得不在旧党与新党中采用平衡术，眼看旧党有死灰复燃的势头，他决定借惩办苏轼这个刺头发出清晰的信号：继续推进新政，顺我者昌，逆我者亡！

在专制政权里，绝对服从才是最大的政治。

39. 东坡鱼羹——黄州篇一

苏轼在元丰二年（1079）七月二十八日被捕，八月十八日被囚禁于御史台狱，十二月二十九日出狱，历时五个月又十一天。出狱时正要过年。对苏轼的安排是"责授检校尚书、水部员外郎充黄州团练副使，本州安置，不得签书公事，令御史台差人转押前去"。这是一个保留最低级别——九品的公职，"本州安置"即只能待在黄州，不能跨州走动。"不得签书公事"即剥夺了审批权和工作权，无事可干。元丰三年（1080）正月初一，四十五岁的苏轼就被御史台派人押送到黄州，年都不让过，一个月后到达目的地。

在苏轼生活的时代，黄州属淮南西路管辖，下辖黄冈、黄陂、麻城三县。苏轼在这里待了四年两个月，这是他出川后一生中连续居住时间最长的地方。苏轼还算是幸运的，神宗皇帝只是杀鸡儆猴，并不允许新党无底线迫害旧党。王珪、李定这帮人虽然没有完全达到目的，但把苏轼这位他们认为的"旧党狗头军师"兼喉舌整倒，也算是取得了阶段性的胜利，上面还有神宗看着，只要苏轼"闭嘴"，他们也不会对苏轼怎么样。所以在黄州这五年，尽管日子苦了一点，但却是苏轼人生路上相对安稳的阶段。

苦到什么程度呢？有官无职，连住的地方都得自己找，吃的就更成问题了。陪苏轼到黄州的是儿子苏迈，两个人就寄宿在寺院，城里的定惠院给予这对落难的父子极大的方便。在《与王定国书》中，苏轼写道："某寓一僧舍，随僧蔬食。"在写给章惇的书信中，他也说："现寓僧舍，布衣蔬食，随僧一餐，差为简便。"其间，和僧人们搭伙，只能吃斋，但也有开荤的时候，比如二月二十六日在诗里就说："卯酒困三杯，午餐便一肉。"估计是自己买来加餐。但无论如何，能吃饱就已经不错了，吃饱后只干两件事：睡大觉和瞎逛。

他写信的对象王巩是他的密友，受他连累被贬广西，章惇是他的同年进士，两人私交不错，但政见不同，不算亲密，但关键时刻章惇挺身而出，救了苏轼，此时也算自己人。对自己人可以掏心掏肺，包括把自己真实的一面向对方表露，但写成诗则要装一下，还要有感而发。有一天，苏轼吃饱后到定惠院旁边散步，见到一株海棠花，苏轼因此作了《寓居定惠院之东杂花满山有海棠一株土人不知贵也》：

> 江城地瘴蕃草木，只有名花苦幽独。
>
> 嫣然一笑竹篱间，桃李漫山总粗俗。
>
> 也知造物有深意，故遣佳人在空谷。
>
> 自然富贵出天姿，不待金盘荐华屋。
>
> 朱唇得酒晕生脸，翠袖卷纱红映肉。
>
> 林深雾暗晓光迟，日暖风轻春睡足。
>
> 雨中有泪亦凄怆，月下无人更清淑。
>
> 先生食饱无一事，散步逍遥自扪腹。
>
> 不问人家与僧舍，拄杖敲门看修竹。
>
> 忽逢绝艳照衰朽，叹息无言揩病目。
>
> 陋邦何处得此花，无乃好事移西蜀。
>
> 寸根千里不易致，衔子飞来定鸿鹄。
>
> 天涯流落俱可念，为饮一樽歌此曲。
>
> 明朝酒醒还独来，雪落纷纷那忍触。

他形容海棠"朱唇得酒晕生脸，翠袖卷纱红映肉"，海棠的红，如喝酒后脸红，海棠绿红相间，他说是"红映肉"，不经意间把寺院里吃不到的酒肉都写在诗里；他说自己"先生食饱无一事，散步逍遥自扪腹"，饱是饱了，无所事事、摸着肚子也是真的，但是不是"逍遥"，这就值得怀疑了。他接着写这株海棠花的来历，"陋邦何处得此花，无乃好事移西蜀。寸根千里不易致，衔子飞来定鸿鹄"，认为这个穷地方哪来的海棠，猜测是天上的天鹅把海棠花的种子从西蜀衔到了黄州，于是想到自己也如海棠一样流落到黄州，十分悲哀。这哪是逍遥？简直是消极！

苏轼是由儿子陪着，被御史台派人押着到黄州的，一群家属由老弟苏辙照看，几乎也在苏轼前往黄州的同时由苏辙护送来到黄州。一家人肯定不能住在寺院，幸亏鄂州太守朱寿昌帮忙说情，黄州官府把三司按黄州时的官邸临皋亭暂借给苏轼。临皋亭并不宽敞，苏轼家人口不少，住得相当拥挤，但胜在临江，有江景。苏轼把苦自己咽，却把好的一面示人，在《与范子丰书》中说：

> 临皋亭下不数十步，便是大江，其半是峨眉雪水，吾饮食沐浴皆取焉，何必归乡哉！江山风月，本无常主，闲者便是主人。问范子丰新第园池，与此孰胜？所不如者，上无两税及助役钱耳。

大意是，我住的临皋亭，走几十步就是长江，江水一半是我老家峨眉山的雪水，我吃喝洗漱都靠它，我住这不就跟回老家差不多吗？江山呀，风月呀，本来就不属于谁，像我这样一个闲人就是他们的主人，那些忙得要死的人哪有这个福分！你的丰新第园池与我这个地方比，哪一个更好？我这里还是比不上你的，因为你要交税我不用交税！

范子丰就是范百嘉，苏轼在密州时请他帮忙活动调到湖州的那位，而借官府一个地方暂住后就"嘚瑟"成这样，这是"自黑"，是苦中作乐。他还把自己住"江景豪宅"的事告诉了恩师司马光。在《与司马温公五首》中写道："寓居去江干无十步，风涛烟雨，晓夕百变，江南诸山，在几席上，此幸未始有也。"大意是：我这江景豪宅离江不到十步，每天吹着江风，看着江上朝夕百变的烟雨；不论坐着还是躺着，只要睁开眼江南的风景就尽收眼底，这可是从未遇到的好事啊！

他还在《书临皋亭》中写道："东坡居士酒醉饭饱，倚于几上。白云左缭，清江右洄，重门洞开，林峦坌入。当是时，若有思而无所思，以受万物之备，惭愧！惭愧！"每天酒足饭饱后，他都喜欢躺在胡床上看着窗外，白云、清江、远山，俨然如画，心里的舒畅和美滋滋，让他都快忘了自己是被贬谪来此反省的了。向朋友们嘚瑟也好，"自嗨"也罢，都是对自己的一番鼓励，但困难还是要面对的，以前他一有困难就向驸马王诜伸手，这次王诜也受连累被降官停职，于是只好向章惇求救了。但与章惇毕竟还是有点隔阂，不能明说，只能叫苦：

（黄州）鱼稻薪炭颇贱，甚与穷者相宜。然轼平生未尝作活计……俸入所得，随手辄尽……穷达得丧，粗了其理，但禄廪相绝，恐年载间，遂有饥寒之忧，不能不少念……

说黄州的物价很低，倒是很适合穷人居住，但自己平时就不会过日子，属于"月光族"……对穷、达、得、丧四种人生境遇，都能粗浅了解其中道理，但没了俸禄，怕是过不了一年，就会饥寒交迫，所以不得不叨念……

章惇知道苏轼爱面子，于是又给钱又给药，真是患难见真情。可

205

惜一向心大的苏轼没有珍惜章惇的这份友情，后来在章惇有难时苏轼作"壁上观"，甚至还踩了一脚，两人因此撕破脸。这也给苏轼带来了致命的麻烦，我们以后还会说到。

宋朝的官员俸禄不低，分为实物工资和货币工资，但是，此时的苏轼是最低品级，只有一份微薄的实物俸禄，但没有工作所以没有货币工资，公务接待费更别提了，根本没法养家糊口。在给秦观的书信中，他说到刚到黄州时如何过日子：

> 初到黄，廪入既绝，人口不少，私甚忧之。但痛自节俭，日用不得过百五十，每月朔便取四千五百钱，断为三十块，挂屋梁上，平旦用画叉挑取一块，即藏去叉，仍以大竹筒别贮用不尽者，以待宾客，此贾耘老法也。度囊中尚可支一岁有余，至时，别作经画，水到渠成，不须预虑。以此，胸中都无一事。

每天家用一百五十钱，每个月第一天就拿出四千五百钱，分成三十份，挂在屋梁上，够不着就不会乱用。每天早上用叉子挑取一份，然后把叉子藏起来，每天用剩的就放进竹筒里，用于客人来了加菜。只要解决了一年的家用，就觉得万事大吉了。

穷日子有穷日子的过法，但只能让自己人知道；对外嘛，该装还得装，刚到黄州，苏轼就写了《初到黄州》：

> 自笑平生为口忙，老来事业转荒唐。
> 长江绕郭知鱼美，好竹连山觉笋香。
> 逐客不妨员外置，诗人例作水曹郎。
> 只惭无补丝毫事，尚费官家压酒囊。

大意是，自己都感到好笑，一生为嘴到处奔忙，老来所干的事，反而变得荒唐。长江环抱城郭，里面江鱼味美啊；茂竹漫山遍野，只觉阵阵笋香。作为被贬逐之人，员外安置又何妨？按惯例，诗人都要做做水曹郎嘛。可自己对政事已毫无补益，还要耗费皇上的俸禄，惭愧惭愧！

这可不是说说，苏轼在黄州还真把长江的鲫鱼、鲤鱼吃出了花样，吃出了水准，他在《煮鱼法》中说：

> 其法，以鲜鲫鱼或鲤治斫，冷水下，入盐如常法，以菘菜心芼之，仍入浑葱白数茎，不得搅。半熟，入生姜、萝卜汁及酒各少许，三物相等，调匀乃下。临熟，入橘皮线，乃食之。其珍食者自知，不尽谈也。

这简直就是一份"东坡鱼羹"食谱：把新鲜的鲫鱼或鲤鱼切成块，加点白菜，再放进葱白，关键是不搅动。等到菜半熟之时，再把等量的生姜、萝卜汁、酒调匀倒入。鱼羹快熟的时候，再加入新鲜的橘皮丝。

他说这鱼羹鲜美芳香，吃过就知道。不过，按现代人的口味偏好和对美食的审美标准，这鱼羹也不过如此——一堆鱼骨头和肉混到一起的羹，能有多好吃？论做鱼羹，还是淮扬菜和粤菜更厉害，拆了骨再做才好吃。

被赶到黄州又怎么样？为长江环绕而想到有鲜美的鱼吃，因黄州多竹而犹如闻到竹笋的香味，这种"能从黄连中嚼出甜味来"的豁达、乐观，既支撑着苏轼五年的黄州生活，也是对迫害他的对手的蔑视。

生活的穷困，苏轼只对自己人诉说，文字里能自嘲不幸，却又以超然豁达的胸襟对待，这就是真实的苏轼，可爱、可敬又令人怜惜！

40. 熊白——黄州篇二

刚到黄州时，苏轼倍感孤独，他本来就是一个爱热闹的人，突然把他扔到黄州这个人生地不熟的地方，还没了工作，这可把苏轼给郁闷坏了。刚到黄州不久，还住在定慧院时，他作了一首词《卜算子·黄州定慧院寓居作》：

> 缺月挂疏桐，漏断人初静。时见幽人独往来，缥缈孤鸿影。
>
> 惊起却回头，有恨无人省。拣尽寒枝不肯栖，寂寞沙洲冷。

大意是：弯弯月亮挂在梧桐树梢，滴漏声尽，夜深人声已静。只见幽居人独来独往，仿佛那缥缈的孤雁身影。那孤雁突然惊起又回过头来，心有怨恨却无人知道。它挑遍了寒枝也不肯栖息，甘愿在沙洲忍受寂寞凄冷。

这哪里是在写孤雁，明明写的是他自己。刚到黄州，孤寂是不可避免的，但如孤雁般高洁自许、不愿随波逐流也是真的。

不过，朋友们很快就出现了，首先出现的是黄州当地的老朋友。没错，苏轼在黄州居然碰到了老朋友，他就是苏轼在凤翔府任上时认识的上司陈希亮的儿子陈慥。两人一别十九年，居然在苏轼被御史台官员押送往黄州的路上相遇。此时陈慥一家住在黄州附近的歧亭，陈慥请他到家里一住就是五天，好吃好喝招待，这让刚刚死里逃生、又在异乡举目无亲的苏轼十分感动。更重要的是，陈慥在黄州民间很有地位，大家都认他，他用他的影响力庇护着落难的苏轼，苏轼也因此很快被黄州百姓接受。苏轼说"凡余在黄四年，三往见季常，而季常七来见余，盖相从百余日也"，意思是在黄州四年，他到歧亭找陈慥三次，而陈慥去找他七次。每次都会在对方家里住上十天半月，四年下来共处的时光有一百多天，苏轼说的四年，是个约数，头尾算是五年。

陈慥家原来很有钱，现在在山上过着极简生活，但好客、豪爽的性格没有变，苏轼每次到他家，他都热情接待。苏轼在《岐亭五首》其一（节选）中写到陈慥如此热情：

> 抚掌动邻里，绕村捉鹅鸭。
> 房栊锵器声，蔬果照巾幂。
> 久闻蒌蒿美，初见新芽赤。
> 洗盏酌鹅黄，磨刀削熊白。

抓鹅捉鸭，蔬果当然也少不了，苏轼还在陈慥家第一次吃到蒌蒿，汉中名酒"鹅黄"更是少不了，所以"洗盏酌鹅黄"。"磨刀削熊白"，这"熊白"是什么呢？指的是熊的脂肪。李时珍在《本草纲目·卷五一·兽部·熊》中引用陶弘景的说法："脂即熊白，乃背上肪。色白如玉，味甚美，寒月则有，夏月则无。"冬天的熊很肥，把熊的肥肉炼出油来，就成厚厚一大块，吃的时候用刀削一块下来，所以有"磨刀削熊白"。请人吃熊白，这是极高的礼节，《北齐书·徐之才传》就有："德正径造坐席，连索熊白。"清朝吴伟业《读史偶述》有："相公堂馔银盘美，熊白烹来正割鲜。"如果是招待普通客人，猪油、羊油、鸡油或菜籽油就可以了。

陈慥太热情了，苏轼深受感动，酒量不怎么好的他"须臾我径醉，坐睡落巾帻",就在椅子上睡着了。每次苏轼到访,陈慥都"大动干戈",这让苏轼很过意不去,于是作《歧亭五首》其二(节选),劝陈慥戒杀生:

我哀篮中蛤,闭口护残汁。

又哀网中鱼,开口吐微湿。

刳肠彼交病,过分我何得。

相逢未寒温,相劝此最急。

不见卢怀慎,蒸壶似蒸鸭。

坐客皆忍笑,髡然发其幂。

不见王武子,每食刀几赤。

琉璃载蒸豚,中有人乳白。

《书南史卢度传》一文,可以解释苏轼写这首诗的意图:"余少不喜杀生,然未能断也。近来始能不杀猪羊,然性嗜蟹蛤,故不免杀。自去年得罪下狱,始意不免,既而得脱,遂自此不复杀一物。有见饷蟹蛤者,皆放之江中。虽知蛤在江水无活理,然犹庶几万一,便使不活,亦愈于煎烹也。非有所求觊,但以亲经患难,不异鸡鸭之在庖厨,不忍复以口腹之故,使有生之类,受无量怖苦尔,犹恨未能忘味,食自死物也。"他是从这些可怜的动物想到不久前狱中的自己,心有余悸。不过,苏轼这一想法只是一时半会说说,作为一个吃货,哪会太在意这些?他后来想出一个妙招——"食自死物",即自己不杀,吃已经死了的鸡鸭鱼肉,反正自己没动手,不算杀生。

两人在一起,有做不完的有趣事,谈论佛法,吟诗作赋,寄情山水,抚琴高歌。有一次苏轼去探望陈慥,两人谈天说地,彻夜不眠。陈恺的老婆柳氏看到这对"好基友"从早到晚黏在一起，这么晚还不睡，大喝一声：老陈你还睡不睡觉了？陈恺吓得连平时把玩的拄杖都应声而落，苏轼把怕老婆的陈恺嘲笑了一顿，作诗《寄吴德仁兼简季常》：

> 龙邱居士亦可怜，谈空说有夜不眠。
>
> 忽闻河东狮子吼，拄杖落手心茫然。

苏轼这首诗，贡献了"河东狮吼"这个成语。可以如此开玩笑，可见两人关系之密切。后来苏轼被赦离开黄州，送行者众，至慈湖（在湖北黄石）登船后，众人散去，只有陈恺从湖北一直送到了江西九江。四年之后，苏轼在京任职，陈恺又千里迢迢跑到京城开封来看他。1094年，苏轼再一次被贬，到了惠州半年，陈恺来信数封，说要赶来看望苏轼，被苏轼回信劝阻。

苏轼刚出仕时遇到陈恺的父亲陈希亮，少不更事的苏轼认为陈希亮处处为难他，没想到他经受乌台诗案被贬到黄州，第一个向他伸出援手的却是陈恺，他终于大彻大悟，也反省了一番。

41. 为甚酥——黄州篇三

苏轼在黄州四年多，经历了三任知州，对他都极为友好。苏轼刚到黄州时的知州是陈轼，与苏轼同名，字君式，苏轼的住宿就是他安排的，苏轼也经常去看望他。苏轼刚出狱，惊魂未定，怕陈轼因与他交往会受连累，陈轼责怪苏轼不该出此浅陋之言。半年后，换了另一知州徐大受，字君猷，对苏轼更是关怀备至，批了一块坡地给苏轼，苏轼在此耕种，大大改善了生活，苏轼自号"东坡先生"。逢年过节，徐大受就在黄州名胜涵晖楼或栖霞楼设宴，款待这位失意的新朋友。一来二往，苏东坡与徐大受也就熟络了。冬天，有人送给苏东坡一只果子狸，苏东坡送到徐大受那里，并作诗《送牛尾狸与徐使君》：

> 风卷飞花自入帷，一樽遥想破愁眉。
>
> 泥深厌听鸡头鹘，酒浅欣尝牛尾狸。
>
> 通印子鱼犹带骨，披绵黄雀漫多脂。
>
> 殷勤送去烦纤手，为我磨刀削玉肌。

这首诗先写了黄州大雪纷飞，遍地雪泥，他送去果子狸，顺便罗列了他想吃的四种美味：鸡头鹘、牛尾狸、通印子鱼、披绵黄雀。鸡头鹘为中药材，又叫竹鸡，就是竹荪菌，牛尾狸就是果子狸，通印子鱼是长江鲻鱼，《遁斋闲览》有："莆阳通应子鱼，名著天下，盖其地有通应侯庙，庙前有港，港中之鱼最佳，今人必求其大可容印者，谓之通印子鱼。"披锦黄雀就是肥黄雀，当地土人谓脂厚为披锦。徐大受收到这首诗，肯定又是大摆宴席，请苏东坡海吃一顿。

公款宴请只能偶尔为之，徐大受更多是拿着酒去看苏东坡，或者请苏东坡到家里来，连他家里的侍姬都与苏东坡混得很熟，苏东坡对她们都有题字或赠词，其中有一位叫胜之，苏东坡特别喜欢，除了送建溪双井茶和谷帘泉给她外，还为她作了这首《减字木兰花·胜之》：

> 双鬟绿坠，娇眼横波眉黛翠。妙舞蹁跹，掌上身轻意态妍。
> 曲穷力困，笑倚人旁香喘喷。老大逢欢，昏眼犹能仔细看。

在黄州四年多，苏东坡只有在徐大受这里才享受到极大的尊重和苦难中少有的欢愉。可惜徐大受三年任期到了，在调赴湖南途中病逝，苏东坡十分悲痛，在写给徐大受弟弟的信中说："某始谪黄州，举目无亲，君猷一见，相待如骨肉，此意岂可忘哉！"苏东坡说到做到，在后来的岁月里，与徐大受的弟弟多有往来，在一个朋友家里见到徐大受从前的侍姬胜之，还潸然泪下，满是唏嘘。

徐大受的副手、黄州通判孟震孟亨之也与苏轼非常熟络，徐大受宴请苏轼时，他多有作陪。对徐大受，苏轼更多的是敬重；与孟亨之，苏轼则是亲密无间，可以随便开玩笑。有一天，苏轼在家吃了笋干大麦饭，觉得味道不错，就让人带了点捎给他吃。"今日斋素，食麦饭笋脯有余味，意谓不减刍豢。念非吾亨之，莫识此味，故饷一合，并建茗两片。食已，可与道媪对啜也。"苏轼说这饭味道不会比肉差。元丰六年（1083）冬，孟亨之调任苏州通判，苏轼给老友苏州太守滕元发的信中说："孟震亨之朝散，与之黄州故人，相得极欢。今致仕在部下，且乞照管，其人真君子也。"元丰八年（1085）五月初六，离开黄州一直在江淮漂泊的苏东坡，到达常州，二十七日，与先期离黄的孟震同游常州报恩僧舍，作《与孟震同游常州僧舍三首》，其一这样写："年来转觉此生浮，又作三吴浪漫游。忽见东平孟君子，梦中相对说黄州。"

黄州与鄂州仅一江之隔，时任鄂州知州朱寿昌对苏轼的帮助也很大，时不时致酒送果，这简直是雪中送炭。从苏轼给朱寿昌的书信中，我们可以经常看到这样的文字："珍惠双壶，遂与子由累醉，公之德也。"这是苏辙护送哥哥一家老小来黄州时，朱寿昌送来了两瓶好酒；"酒极醇美，必是故人特遣下厅也。某再拜"，又送好酒给苏东坡；"特有厚贶羊面酒果，一捧领讫，但有惭怍"，朱寿昌又送来羊、面、酒和水果；"已迁居江上临皋亭，甚清旷。风晨月夕，杖履野步，酌江水饮之，皆公恩庇之余波，想味风义，以慰孤寂"，从定惠院搬到风景优美的临皋亭，这是朱寿昌帮苏东坡开的口，解决了一家人的居住大问题；"承赐教及惠新酒。到此，如新出瓮，极为奇珍，感愧不可言。因与二三佳士会同饮，盛德也"，朱寿昌送来新酿的酒，这次估计量不少，苏东坡叫来几位朋友一起喝；"双壶珍贶，一洗旅愁，甚幸甚幸！佳果收藏有法，可爱可爱！"朱寿昌又送来好酒，还有水果；"叠蒙寄惠酒、醋、面等，一一收检，愧荷不可言"，对朱寿昌送来的酒、醋和面，苏轼不客气地收下，当然又一次表示惭愧；"某每蒙公眷念，远致珍物，劳人重费，岂不肖所安耶！所问凌翠，至今虚位，云乃权发遣耳，何足挂齿牙！呵呵"，朱寿昌叫人送来各种"珍物"，还关心起苏轼的两位姬妾凌翠和朝云，苏轼说女人"何足挂齿"？末了还来个"呵呵！"有一次，朱寿昌送了些长沙特产猫头儿笋，苏轼住在寺庙里，不好处理，他对寺里做饭和尚的手艺又不满意，于是分给了朋友。他拿给老朋友杜沂的儿子杜孟坚一些，告诉他做好了别忘给自己送一盘："朱守饷笋，云潭州来，岂所谓猫头之稚者乎？留之，必为庖僧所坏，尽致之左右。馔成，分一盘足矣。"

还有居住在武昌车湖的四川老乡王齐愈（文甫）和王齐万（子辩）两兄弟，他们听说苏轼到了黄州，就主动来拜访。王家很富有，对苏轼很慷慨，苏轼约半个月就来他们家一次，五年间来了超过一百次。每次来访，他们杀鸡置酒热情款待，更重要的是，王家有不少藏书，这让苏轼有书可读。在《东坡志林》中苏轼以一篇《别文甫子辩》，写下了这一段雪中送炭的友谊。

不能不提时任著作佐郎、监黄州酒税的乐京，他因反对助役法被撤了县令职到了黄州，同是天涯沦落人，他和苏轼一起吟诗饮酒，苏轼在黄州附近游玩，也多有他陪；还有三个市井中人，只要苏轼需要，他们随时出现：一个是开酒坊的潘丙，一个是喜欢公益事业的古耕道，一个是开药店的郭遘。苏东坡在《东坡八首》之一中把他们三个人都点了名：

> 潘子久不调，沽酒江南村。
>
> 郭生本将种，卖药西市垣。
>
> 古生亦好事，恐是押牙孙。
>
> 家有一亩竹，无时容叩门。
>
> 我穷交旧绝，三子独见存。
>
> 从我于东坡，劳饷同一飧。
>
> 可怜杜拾遗，事与朱阮论。
>
> 吾师卜子夏，四海皆弟昆。

连开荒种地都帮忙，"劳饷同一飧"，一起种地，一起吃饭，这可不是一般的朋友关系。

还有一个朋友，监仓主簿刘唐年，他们家有一道美食，把米粉煎成饼，又酥又美味。苏轼问："此饼何名？"主人也不知道，苏东坡说就叫"为甚酥"好了。过了几天，苏东坡带了家里人去郊游，想吃刘唐年家的煎饼"为甚酥"，就写了这首《刘监仓家煎米粉作饼子，余云为甚酥。潘邠老家造逡巡酒，余饮之，云莫作醋，错著水来否？后数日，携家饮郊外，因作小诗戏刘公，求之》：

> 野饮花间百物无，杖头唯挂一葫芦。
>
> 已倾潘子错著水，更觅君家为甚酥。

苏东坡这首诗名极长，"煎米粉做饼子"短短六个字，却把"为甚酥"的主要原材料"米粉"和做法"煎成饼"说清楚了。当然，具体怎么做，大家可以发挥创造力。对不明白"为甚酥"这个典故的人来说，把"为甚酥"说清楚不容易，黄冈干脆用"东坡饼"取而代之，我总觉得太可惜了。回到这首诗本身，还有一个"潘子"，就是开酒坊的潘丙的侄子潘大临，潘丙可能没把酿酒秘方给他，潘大临家酿的酒很酸，苏东坡戏称为"错著水"。苏轼跟刘唐年说，自己在野外吃野餐，什么都没准备，潘大临家的酸酒"错著水"都喝完了，就想吃他们家的"为甚酥"了。苏轼已经适应了黄州的生活，此心安处是吾乡，他做到了。

42. 元修菜——黄州篇四

初到黄州时，苏轼感到亲友的疏离，他在《答李端叔书》中说："得罪以来，深自闭塞，扁舟草履，放浪山水间，与樵渔杂处，往往为醉人所推骂。辄自喜渐不为人识，平生亲友，无一字见及，有书与之亦不答。"这是真的吗？

乌台诗案受牵连、遭各种处分的有二十五人，处罚原因是收到苏轼的讥讽诗不上报，而但凡与苏轼有书信往来的众多亲友也被问了个遍。御史台想把这个案办成大案，架势确实吓人，亲友们惊魂未定，一开始不敢与苏轼联系，这是可以理解的。苏东坡给李端叔的这封信写于来黄州一年后，则把这种情况夸大了，因为从苏轼其他文字可以看出来，他在外地的朋友们很快就纷纷向他施予援手。

被苏轼牵连的王巩、张方平并没有埋怨他，而是第一时间与他联系，或书信，或诗词；老朋友李常也来诗相慰，辩才、参寥、法言三位诗僧也来信表示慰问。章惇就更不用说了，关键时刻挺身而出，劝苏轼要吸取教训，千万别再为了过嘴瘾而惹祸上身。章惇此时是翰林学士、右谏议大夫、参知政事，处在朝廷中枢，深知苏轼蒙难的前因后果。因牵连受处罚的秦观，与苏轼亦师亦友，更是书信往来频繁。笔者的潮汕老乡吴复古也托人带来建茗、沙鱼和赤鲤等礼物表示问候。

第一个来黄州看望他的朋友是杜沂，字道源。杜道源，四川人，宜州通判杜君懿之子。杜氏世居蜀中，与苏家的关系十分密切，早在二十五年前（嘉祐元年），杜君懿曾赠送苏轼两支上乘宣州诸葛笔，以供其应举使用。杜沂带着武昌西山山中稀有的酴醾花与菩萨泉来看望苏轼，苏轼为此还作了《杜沂游武昌，以酴醾花菩萨泉见饷，二首》。杜沂邀请苏轼到西山游玩，苏轼居然答应了。这是一次冒险之旅。黄州位于江北属于淮南，西山所在武昌位于江南，属于荆湖北路，身为贬官，朝廷明文规定是不能随便越境的。也许是遇见老朋友太激动了，苏轼在杜道源及其子杜传、杜俣和武昌县令江潨的陪同下，平生第一次登上了武昌西山，并作了《游武昌寒溪西山寺》，说"相将踏胜绝，更裹三日粮"，西山的幽胜百看不厌，苏轼打算下一次与朋友们带足干粮畅游三天。在此之后，苏轼多次游玩西山，乐此不疲。

第一位来黄州看望苏轼的现职官员是李常，宋朝为防止官员互相攀附，对官员交往管理十分严格，除非出差，否则只能是调职途中"偶遇"，李常此时是淮南西路提点刑狱，办公地点在舒州，也就是现在安徽安庆。黄州属该路管辖，在苏轼到黄州九个月后，李常终于逮到一个出差的机会来看苏轼。他们相聚数日，还同游西山，苏轼应李常之请作了《菩萨泉铭并序》。李常用菩萨泉的来历安慰落难中的好朋友：人世间万物皆有因缘，一切就随缘吧，想多了也没用。到黄州看望苏轼的在职官员还有李琮，时任淮南转运副使；还有监江州钱盐的孔平仲及张商英、李婴、朱嗣先、沈辽、毛滂、董钺、蔡承禧、刘攽、杨绘、张舜民等人，朋友们还是很记挂苏轼的。

苏轼还在狱中时，杭州、密州、徐州的百姓专门为他搭建解厄道场，为他消灾祈福。到了黄州，杭州的朋友们相约凑出钱来，一年两次，派人带上礼物到黄州去慰问他，苏轼为此赋诗《杭州故人信至齐安》：

昨夜风月清，梦到西湖上。

朝来闻好语，扣户得吴饷。

轻圆白晒荔，脆酽红螺酱。

更将西庵茶，劝我洗江瘴。

故人情义重，说我必西向。

一年两仆夫，千里问无恙。

相期结书社，未怕供诗帐。

还将梦魂去，一夜到江涨。

"轻圆白晒荔"就是荔枝干，"脆酽红螺酱"就是红螺酱，西庵茶是杭州的名茶，物轻情义重，更何况这种问候在几年里从未间断，杭州人对朋友的细致周到，至今犹然。

千里迢迢来看望苏轼的还有老朋友马梦得。马梦得可谓苏轼的"头号粉丝"，原来在太学里做"太学正"的小官，后来辞官跟着苏轼到凤翔做过一段时间的幕僚，之后浪迹江淮。这次到黄州，看到苏轼日子穷得实在过不下去，就向当地政府请领到一片废弃的营地，给苏轼辟作农场，苏轼称之为东坡，也因此自号"东坡先生"。苏东坡有了自己的田地，生活大为改善。马梦得也只能"帮帮腔"、跑跑腿，因为他自己也穷得很，苏东坡在《东坡志林》中这么调侃他："马梦得与仆同岁月生，少仆八日。是岁生者，无富贵人，而仆与梦得为穷之冠。即吾二人而观之，当推梦得为首。"

元丰六年（1083）正月，同乡巢谷（字元修）也来看望苏东坡。能文能武的巢谷，义薄云天，拥有一手好厨艺，其拿手菜有"猪头、灌血脏"、姜豉菜羹。苏东坡尝过后称赞说"宛有太安滋味"。两人还画饼充饥，谈起眉州有一种巢菜，就是豌豆尖，苏轼说这菜姓巢，是巢元修你们家的菜，因此给它命名"元修菜"，并赋诗一首，先是来一段序，有意思得很：

> 菜之美者，有吾乡之巢，故人巢元修嗜之，余亦嗜之。元修
> 云："使孔北海见，当复云吾家菜耶？"因谓之元修菜。余去乡十有
> 五年，思而不可得。元修适自蜀来，见余于黄，乃作是诗，使归致
> 其子，而种之东坡之下云。

诗的正文《元修菜》，写美食不输今天的美食博主们：

> 彼美君家菜，铺田绿茸茸。
> 豆荚圆且小，槐芽细而丰。
> 种之秋雨余，擢秀繁霜中。
> 欲花而未萼，一一如青虫。
> 是时青裙女，采撷何匆匆。
> 蒸之复湘之，香色蔚其馥。
> 点酒下盐豉，缕橙芼姜葱。
> 那知鸡与豚，但恐放箸空。
> 春尽苗叶老，耕翻烟雨丛。
> 润随甘泽后，暖作青泥融。
> 始终不我负，力与粪壤同。
> 我老忘家舍，楚音变儿童。
> 此物独妩媚，终年系余胸。
> 君归致其子，囊盛勿函封。
> 张骞移苜蓿，适用如葵菘。
> 马援载薏苡，罗生等蒿蓬。

悬知东坡下，堆卤化千钟。

长使齐安人，指此说两翁。

　　"豆荚圆且小，槐芽细而丰"，是说其形状；"种之秋雨余，擢秀繁霜中"，是讲栽种季节和采收时间；"点酒下盐豉，缕橙芼姜葱"，是细致地讲述食物的烹饪过程。苏东坡再三叮嘱巢谷回川后要记得给他寄来巢菜籽："君归致其子，囊盛勿函封。"这是担心用匣子装菜籽影响出芽，所以特意叮嘱一定要用透气的布囊装，其考虑之周到，足见苏东坡对元修菜多么钟情。第二年春天，巢谷从故乡眉山带来的元修菜籽便在黄州东坡雪堂前旺盛生长起来，苏东坡终于尝到了新摘的元修菜的味道。

　　朋友们的关心，帮助苏东坡渡过了人生的至暗时刻。

43. 二红饭、东坡羹——黄州篇五

尽管有了朋友们的关怀和帮助，但困难还是摆在那里，一个失业的九品贬官，那份实物工资确实少得可怜，苏东坡家里人口又多，要养家糊口，主要是靠耕种马梦得给他要来的那块坡地，苏东坡此时变为一个种地的农民，靠自力更生过日子。

黄冈东城门外这块五十亩的荒地，一把火烧掉枯草，才发现条件还算不错，居然有一口井，这下就解决了灌溉问题。离这块坡地不远还有一个十亩的池塘，里面有鱼有虾，沟边还有芹菜，这下可把苏东坡乐坏了，他在《东坡八首》其三兴奋地说：

> 自昔有微泉，来从远岭背。
>
> 穿城过聚落，流恶壮蓬艾。
>
> 去为柯氏陂，十亩鱼虾会。
>
> 岁旱泉亦竭，枯萍粘破块。
>
> 昨夜南山云，雨到一犁外。
>
> 泫然寻故渎，知我理荒荟。
>
> 泥芹有宿根，一寸嗟独在。
>
> 雪芽何时动，春鸠行可脍。

苏东坡看到的是芹菜根，这让他食指大动，想到了家乡的美食芹芽脍斑鸠，等到春天雪化了，芹菜芽长出来，再弄几只斑鸠，就是一道美味。

想象归想象，要让田地结出果实，还得实打实地干。苏东坡全家出动，撸起袖子加油干，买了一头牛帮忙干重活，加上邻里帮忙，李常又给他送来一批柑橘树苗，一切都顺利进行，苏东坡也乐在其中。有一天，牛得了重病，当地的兽医都没办法，最后居然让苏东坡的夫人给治好了，在给章惇的信中，苏东坡高兴地说了这件事：

> 某启：仆居东坡，作陂种稻。有田五十亩，身耕妻蚕，聊以卒岁。昨日一牛病几死，牛医不识其状，而老妻识之，曰："此牛发豆斑疮也，法当以青蒿粥啖之。"用其言而效。勿谓仆谪居之后，一向便作村舍翁，老妻犹解接黑牡丹也。言此发公千里一笑。

这本是一件不足挂齿的小事，然而苏轼却郑重其事地大书特书，告诉了当朝三品大员、参知政事章惇，不难想象他写信时那种眉飞色舞的神情，那种洒脱的情怀。他用分享这种茶余饭后的琐事，倾吐自己领略乡间生活情趣之后的轻逸和愉快。

辛勤的付出终于迎来了丰硕的成果，这块坡地收获大麦二十余石，种的赤小豆也大获丰收。苏东坡用大麦和赤小豆煮饭，妻子王氏谓之"新样二红饭"，苏东坡由此作了一篇短文《二红饭》：

> 今年收大麦二十余石，卖之价甚贱，而粳米适尽，乃课奴婢舂以为饭。嚼之，啧啧有声，小儿女相调，云是嚼虱子。日中饥，用浆水淘食之，自然甘酸浮滑，有西北村落气味。今日复令庖人杂小豆作饭，尤有味，老妻大笑曰："此新样二红饭也。"

说今年在东坡收获了二十多石大麦，卖价很低贱，而粳米正好吃尽，于是教奴婢把大麦捣去皮壳后做饭吃。嚼在嘴中，啧啧有声，孩子们互相调笑，说是嚼虱子。中午肚子饿的时候，用浆水淘了烧着吃，还觉得甘酸浮滑，有西北村落气味。这日又让厨子将大麦、小豆杂在一起做饭吃，尤其有味，夫人大笑着说："这是新样式的二红饭啊！"绝对不如粳米好吃的大麦，嚼在嘴中啧啧有声，孩子们不喊难吃，反而互相调笑，官宦之家遭政敌迫害落到此般地步，全家还苦中作乐，显然是受苏东坡乐观态度的感染与影响。

生活安定下来，把自己当成黄州一"素民"，也就不觉得那么难了。在给秦观的书信中，他说了自己如何按计划安排生活后又说：

> 又有潘生者，作酒店樊口，棹小舟径至店下，村酒亦自醇酽……岐亭监酒胡定之，载书万卷随行，喜借人看。黄州曹官数人，皆家善庖馔，喜作会。太虚视此数事，吾事岂不既济矣乎！欲与太虚言者无穷，但纸尽耳。展读至此，想见掀髯一笑也。

说到喝酒，划船去买酒，酒虽是乡村酿的，但也味醇汁酽；说到读书，岐亭监酒胡定之，随行带有万卷书，喜欢借给人看，向他借就是；黄州官署的一些官员，家家都会做好吃的东西，还很喜欢举行宴会，那就蹭饭去。苏东坡和秦观说，你看我的生活不是还过得去吗！你打开信读到这里，我想象得出你一定笑得须髯都会抖动起来。同样的日子，有人觉得苦不堪言，有人乐在其中，这就是人生智慧。

苏东坡在密州时就曾过过穷日子，不过，黄州的日子更困难，那就勒紧裤腰带，再难也得过下去。他写了一篇短文《节饮食说》，贴在墙上，既约束自己，也顺便昭告朋友：

东坡居士自今日以往，早晚饮食，不过一爵一肉，有尊客盛馔则三之，可损不可增。有召我者，预以此告之，主人不从而过是者乃止。一曰安分以养福，二曰宽胃以养气，三曰省费以养财。

给自己采用配给制，每日两餐，一杯酒一份肉，有重要客人也不能超过三个菜，别人请吃饭也按这个标准！

有肉吃还是不错的，当然不可能放开吃，毕竟是一大家子，那就在蔬菜上面捣鼓捣鼓。在《答毕仲举书》中，他说：

偶读《战国策》，见处士颜斶之语"晚食以当肉"，欣然而笑，若斶者，可谓巧于居贫者也。菜羹菽黍，差饥而食，其味与八珍等；而既饱之余，刍豢满前，唯恐其不持去也。美恶在我，何与于物！

"晚食以当肉"出自《战国策·齐策》。颜斶名重，齐宣王欲召之为官，颜氏推辞，他说他愿"晚食以当肉，安步以当车，无罪以当贵，清净贞正以自虞"。这里的"晚食以当肉"指饥饿的时候再进食，粗劣的食物也如同山珍海味。颜斶展示了一种返璞归真的状态，说知足寡欲，才能终身不辱。苏东坡对此是赞同的，他认为颜斶是巧于居贫者，有过贫居生活经历的人深刻体会到"晚食以当肉"的感受，吃饱了，大鱼大肉摆在面前也完全不觉得是美味，恨不得让人赶快拿走。苏东坡就此事提出"美恶在我，何与于物"，认为物的好坏全在个人的主观意愿，调整心态，不着意于物，那么处处都能发现美。

他可不只是说说，还真捣鼓出一道以蔬菜为主题的美食——东坡羹，还作了《东坡羹颂并引》：

东坡羹，盖东坡居士所煮菜羹也，不用鱼肉五味，有自然之甘。其法以菘，若蔓菁，若芦菔，若荠，皆揉洗数过，去辛苦汁，先以生油少许涂釜缘及瓷碗，下菜汤中，入生米为糁，及少生姜，以油碗覆之，不得触，触则生油气，至熟不除。其上置甑，炊饭如常法。既不可遮覆，须生菜气出尽乃覆之。羹每沸涌。遇油辄下，又为碗所压，故终不得上。不尔，羹上薄饭，则气不得达而饭不熟矣。饭熟，羹亦烂，可食。若无菜，用瓜、茄，皆切破，不揉洗，入罨，熟赤豆与粳米半为糁。余如煮菜法。应纯道人将适庐山，求其法以遗山中好事者。以颂问之：甘苦尝从极处回，咸酸未必是盐梅。问师此个天真味，根上来么尘上来？

"引"把东坡羹的做法和原理都讲清楚了：第一步，将白菜、大头菜、白萝卜、野荠菜反复揉洗干净，除去菜蔬中的辣苦汁；第二步，在大锅四壁、大瓷碗上涂抹生油；第三步，将切碎的菜、米及少许生姜放入锅中煮成菜羹，用油碗覆盖但不触碰菜羹，否则会有生油味；第四步，将盛满米的蒸屉放在锅上，等到菜完全煮熟后再盖上屉盖。

煮东坡羹的诀窍在于：油碗和蒸屉——菜羹煮沸时必然上溢，但因锅四壁涂有生油，又有油碗覆盖，因此不会溢上蒸屉。于是蒸气上达蒸屉，米饭也就煮熟了。这样一来，锅中的菜羹以及蒸屉中的米饭都可同时加工完成。如果没有这些蔬菜，换成瓜、茄、赤小豆也行。苏轼曾将这道菜介绍给一些道士、和尚朋友，很受欢迎。这道东坡羹，有人理解为"盖浇饭"，错！苏东坡这道菜的主要贡献是研究了如何在烹饪中"节能减排"，提高效率。

苏东坡还根据这道东坡羹，做了一道荠羹，用于治病养生。朋友徐十二患疮疾，苏东坡给他写了一封信："今日食荠，极美。念君卧病，面、酒、醋皆不可近……君今患疮，故宜食荠。其法：取荠一二升许，净择；入淘了米三合，冷水三升，生姜不去皮，捶两指大，同入釜中。浇生油一蚬壳，当于羹面上，不得触，触则生油气，不可食。不得入盐醋。君若知此味，则陆海八珍，皆可鄙厌也。天生此物，以为幽人山居之禄，辄以奉传不可忽也……羹以物覆则易熟，而羹极烂乃佳也。"

　　当然，苏东坡也不是吃素的，办法总比困难多，据何薳《春渚纪闻》卷六，记《牛酒帖》："先生在东坡，每有胜集，酒后戏书，以娱坐客，见于传录者多矣。独毕少董所藏一帖，醉墨澜翻，而语特有味。云：'今日与数客饮酒，而纯臣适至，秋熟未已而酒白色，此何等酒也？入腹无赃，任见大王。既与纯臣饮，无以侑酒。西邻耕牛适病足，乃以为肴。饮既醉，遂从东坡之东直出，至春草亭而归，时已三鼓矣。'所谓春草亭，乃在郡城之外，是与客饮酒，私杀耕牛，醉酒逾城，犯夜而归。又不知纯臣者是何人，岂亦应不当与往还人也？"私杀耕牛、醉酒逾城、犯夜而归。为了吃，苏东坡有时也是豁出去的。

　　穷日子有穷日子的过法，穷开心也是开心，苏东坡有一套让自己开心的法宝。

44. 东坡肉——黄州篇六

苏东坡躬耕东坡，节约一点，日子还过得去。贬谪的日子没有期限，他得做长久打算，有人给他介绍一块田，在距黄州三十里地的沙湖。元丰五年（1082）三月七日，他去沙湖看这块田，看完田，在归家路上，天气突变，忽然下起了大雨。同行的人，个个淋得非常狼狈，唯独苏轼似乎不觉有雨，照样安步徐行。不久，雨止天晴，他很为自己保有这份坦荡的心怀而得意。于是作了这首《定风波》：

> 莫听穿林打叶声，何妨吟啸且徐行。竹杖芒鞋轻胜马，谁怕，一蓑烟雨任平生。
>
> 料峭春风吹酒醒，微冷，山头斜照却相迎。回首向来萧瑟处，归去，也无风雨也无晴。

苏东坡在雨中举步轻行时，他心中根本没有晴明，所以也就无所谓风雨。人生在世的悲欢离合，命运的起伏泰否，人间一切变幻无常，唯有超脱物外，才能一尘不染。这种"修炼"，在密州时他就养成了，而黄州的生活只是让他这样天动我不动的襟怀更加坚定，苏东坡的修养已经达到仙人般的境界，再也没有人能对他实施精神上的迫害了。

这种超然心态，让苏轼安静了下来，在他笔下，一切皆美，当然包括美食。见到渔夫"擘水取鲂鲤，易如拾诸途。破釜不著盐，雪鳞芼青蔬"，从江中捕获鳊鱼、鲤鱼，放点蔬菜，连盐也不加，极简烹饪，他感慨这种"一饱便甘寝"的日子挺好，最起码不用交赋租。吃到橄榄，他也诗兴大发，"纷纷青子落红盐，正味森森苦且严。待得微甘回齿颊，已输崖蜜十分甜"，对橄榄这种苦尽甘来的味道，极喜欢蜜的苏东坡觉得还是直接来点蜜更好。

苏东坡爱蜜，还自己用蜜酿酒，秘方来自道士杨世昌：每次用蜜四斤，入热汤搅成一斗，加好面曲二两，南方白酒饼仔米曲一两半；捣细，用生绢袋子盛了，与蜜水共置一器内密封；等它发酵，几天后就酿成了。苏东坡对此很有成就感，作《蜜酒歌》：

> 真珠为浆玉为醴，六月田夫汗流沘。
> 不如春瓮自生香，蜂为耕耘花作米。
> 一日小沸鱼吐沫，二日眩转清光活。
> 三日开瓮香满城，快泻银瓶不须拨。
> 百钱一斗浓无声，甘露微浊醍醐清。
> 君不见南园采花蜂似雨，天教酿酒醉先生。
> 先生年来穷到骨，问人乞米何曾得。
> 世间万事真悠悠，蜜蜂大胜监河侯。

据《庄子·外物》载，庄周家贫，向监河侯借粟，被监河侯拒绝了，苏东坡说蜜蜂产蜜，自己拿蜜酿酒，这蜜蜂比监河侯好多了，可见他总能在苦中找到乐子。其实这个蜜酒并不怎么好喝，据喝过这酒的叶梦得说，有时苏东坡酿蜜酒也会失败，如遇蜜水腐败时，喝了就会拉肚子。

苏东坡本来就爱喝酒，虽然酒量很一般，到了黄州，更是不可一日无酒。元丰六年（1083），苏东坡到黄州的第四年，红眼病又患了，一个多月只能待在家里，酒自然也不敢喝，外界遥传他去世了，害得恩师范镇还为此大哭一场。这是一场虚惊，苏东坡得知后哈哈大笑。病好之后，苏东坡又畅饮起来，夜晚酩酊大醉后他独自回家，家里人都睡着了。进不了家门的苏东坡干脆倚着手杖听着江水的声音，感怀而填了这首《临江仙》："夜饮东坡醒复醉，归来仿佛三更。家童鼻息已雷鸣，敲门都不应，倚杖听江声。长恨此身非我有，何时忘却营营。夜阑风静縠纹平，小舟从此逝，江海寄余生。"他随手在家中墙壁题了这首诗，据叶梦得《避暑录话》卷二记载，第二天有人看到"小舟从此逝，江海寄余生"一句，以为苏东坡跳江自尽了，消息传到徐大受那里，徐大受被吓得不轻，"急命驾往谒，则子瞻鼻鼾如雷，犹未兴也"。黄州的酒实在差劲，他抱怨说："酸酒如齑汤，甜酒如蜜汁。三年黄州城，饮酒但饮湿。"但又别无选择，因"我如更拣择，一醉岂易得"。朋友们知道他好酒，都会送酒给他，徐大受就经常送他最佳的州酿，而黄州邻近郡县送来的酒，一时喝不完的，苏东坡会将它们混合放在一个酒器中，这便成了苏东坡的鸡尾酒，他称之"雪堂义樽"。"雪堂"就是他在东坡处建的几间房子，兼具书房和会客厅功能，他还作《饮酒说》：

> 予虽饮酒不多，而日欲把盏为乐，殆不可一日无此君。州酿既少，官酤又恶而贵，自酘则苦硬不可向口，慨然而叹，知穷人之所为，无一成者。然甜酸甘苦，忽然过口，何足追计，取能醉人，则吾酒何以佳为？但客不喜尔，然客之喜怒亦何与吾事哉。

他说酒好酒坏我无所谓，能喝醉就行，只是差酒客人不喜欢，但是客人不喜欢又关我什么事呢？这已不是超然那么简单了！

喜欢吃猪肉的苏东坡，在黄州当然不会放过猪肉。在徐州时他就把自己家的烹猪肉秘方给了李常，到了黄州，他对此进行升级，这就是各地东坡肉的基础版，怎么做？他写成了《猪肉颂》：

> 净洗铛，少著水，柴头罨烟焰不起。待他自熟莫催他，火候足时他自美。
>
> 黄州好猪肉，价贱如泥土。贵者不肯吃，贫者不解煮。早晨起来打两碗，饱得自家君莫管。

虽然没写用什么调料，但苏东坡研究起猪肉的烹调艺术来，却直指核心："净洗铛"——把锅子洗得干干净净，他对烹调极其执着、投入，不要小看这寥寥三字，这是追求最洁净、最佳烹调效果的具体表现，也是他心情平静、荣辱皆忘的精神境界的微妙体现；"待他自熟莫催他，火候足时他自美"，这是一种不急不火的从容心态，一种全力投入、忘却自我的创造性境界。他确信，这一烹调手法必将获得"他自美"的美妙结果；"黄州好猪肉，价贱如泥土。贵者不肯吃，贫者不解煮"的叹息，衬托出他发明新烹调艺术的快意、乐观。为什么偌大的黄州，面对这样好质量的猪肉，竟然无一人能研究、创造出上好的猪肉美食？这种艰难困苦下的乐观、适意，是苏东坡创作这道独一无二的"东坡肉"的重要前提条件！

苏东坡一生共写了两千七百多首诗，三百多首词，各种文章约四千五百篇，在当时倾倒世人，被奉为天下文宗，《宋史》称赞其"雄视百代"。苏东坡的文字，富于创造和开拓，取材广阔，创意奇雄，长于描摹，善于比喻，用事用典，挥洒自如，议论风发，理趣横生。他贬谪黄州时的作品被公认为是他创作的一个高峰，这个时期的作品超然、豁达、乐观，为天下读书人所敬仰，尤其是前后《赤壁赋》和《念奴娇·赤壁怀古》，正是这些精神的体现。

这些杰作，有些还因美食而起。元丰五年（1082），就在苏东坡来黄州三年多后，七月他写了名篇《赤壁赋》。这年十月十五日之夜，苏轼与客人从会客的东坡雪堂回住家临皋亭，也许是肚子饿了，这时有人说当天傍晚在江边举网，捕得一条巨口细鳞，状似松江之鲈的鲜鱼，只可惜没有酒。苏轼兴冲冲回家跟夫人要了酒。三人带着好酒好菜，乘上小船，再游赤壁，于是有了另一名篇《后赤壁赋》。

苏东坡在黄州平静地过着他的农夫生活，但此时的朝政却是一塌糊涂。平衡新党力量的吴充因病去世，朝政重新由以蔡确、王珪为首的新党把持。宋神宗多次有意起用司马光和苏轼，而新党力主只有推动战争才可巩固政权，宋神宗自然就还是没有起用反战的旧党，司马光、苏轼不被起用，新党的地位自然就牢固。新党鼓动神宗发动对西夏的战争，经过灵州、永乐两次战役，宋人死者约六十万，丧弃银钱绢谷更是不可计数。神宗得到永乐败讯时，"当廷痛哭，自此不饮不食，绕室彷徨，悔恨不已，因此得病，遂尔崩逝，可以说是赍恨而殁"。

宋神宗在死前还是做了一件正确的事——重新起用苏轼。放逐苏轼，这是宋神宗给旧党的一个信号，表明他继续推行新政的决心，但他又很欣赏苏轼的才华，几次想重新起用苏轼，却被王珪、蔡确拦下，神宗贵为皇帝，如果坚决想用苏轼，别人也无法拦得住，但他又离不开帮他执行新政的王珪、蔡确们，所以只能作罢。元丰七年（1084）春，神宗不再与执政的宰辅商量，以"皇帝手札"，量移苏轼汝州。用"皇帝手札"是万不得已的，这种特别的文件，一经颁下，臣下只能奉行，不得再议。时年四月，告下黄州，特授苏轼检校尚书水部员外郎、汝州团练副使，本州安置。虽然只是从偏远的黄州移到京畿附近的汝州，但告词中有："苏轼黜居思咎，阅岁滋深；人才实难，不忍终弃。"这是重新起用苏轼的一个重要信号。

苏轼自元丰三年（1080）二月到达黄州，至元丰七年（1084）四月离去，在此整整住了四年两个月。黄州邻里、朋友，纷纷设馈话别。一个流落天涯的人，对于温暖的人情，更易感动，他作了这首著名的《满庭芳·归去来兮》：

> 归去来兮，吾归何处？万里家在岷峨。百年强半，来日苦无多。坐见黄州再闰，儿童尽楚语吴歌。山中友，鸡豚社酒，相劝老东坡。
>
> 云何。当此去，人生底事，来往如梭。待闲看秋风，洛水清波。好在堂前细柳，应念我、莫剪柔柯。仍传语，江南父老，时与晒渔蓑。

大意是：回去啊，我能回到哪里呢？故乡在万里以外的岷山、峨眉山。人生百年过了一大半，苦于来日无多。眼见黄州五年两闰，孩子都会唱楚语吴歌了。山中老友们备上酒席，盛情款待劝慰我这老东坡。面对友人一片冰心，我还有什么可说的呢？人生到底为了什么，如此辗转奔波如穿梭？唯盼他年闲暇，坐看秋风洛水荡清波。别了，堂前亲种的细柳，拜托父老乡亲们了，别剪这细柳啊。致语再三，天晴时替我晾晒渔蓑，我还要回来呢。

黄州这片土地和这里的人们，给了苏东坡四年多的呵护，苏东坡也真心喜欢这个地方，即使在元祐时期他处于职业生涯的高光时刻，在《致潘彦明十首》之六中还说："仆暂出苟禄耳，终不久客尘间，东坡不可令荒芜，终当作主，与诸君游，如昔日也。愿遍致此意。"

可惜命运多舛，苏轼从此再也没能到黄州来，也没能再看他亲手垦辟的东坡。

幸好还留下了东坡鱼羹、熊白、东坡羹、东坡肉、为甚酥、元修菜……宽厚的黄州，有资格拥有这份财富。

*

第八章

回到开封

45. 鮰鱼一绝——南京篇

在苏东坡生活的时代，汝州在现在河南的汝阳，离开封不远。在黄州四年多，类似于被监视居住，是不能跨境走动的。这次调至汝州，换了个地方被监视，但路上是自由的，善于"磨蹭"的苏东坡当然不会错过这难得的机会，有太多的朋友要见了，特别是江西高安还有患难与共的弟弟，他迫不及待地先行出发，家属们则慢慢来，约好到九江会合。这个时候参寥正好到黄州陪苏东坡，于是结伴同行，陈慥一路相送到了九江才依依惜别。到了九江，当然要上庐山了。庐山寺院众多，苏东坡要上庐山的消息早就传开了，再加上有参寥陪伴，一路招待得令人相当愉快，虽然没留下什么美食记忆，但却留下了不少脍炙人口的诗词，包括这首著名的《题西林壁》：

> 横看成岭侧成峰，远近高低各不同。
> 不识庐山真面目，只缘身在此山中。

这首小诗，千百年来为大家传颂，并不是因为它在文学上有何特别优异的表现，而是因为苏东坡能够离开"身在庐山"的立场来看庐山，他所看的，不仅是诗的山，画的山，他是跳出庐山看庐山，给大家极大的启发：人只有跳出眼前所见的局限，才能领略事物的真实，得到精神生活与大自然圆融一致的享受。

游完庐山，到高安看望老弟苏辙一家。此时的苏辙在筠州监盐酒税，就是负责市场税收的基层官员，"朝来榷酒江南市，日暮归为江北人"，上下班还要坐船，连陪苏东坡的时间都没有。端午节这天，苏东坡去游真如寺，苏辙要上班，他又用上几年前在济南派孩子们在路上迎接苏轼的招数，让三个孩子陪苏东坡。苏东坡把这段经历写了一首诗，诗名就叫《端午游真如迟适远从子由在酒局》，迟、适、远是苏辙的三个儿子，"子由在酒局"不是说苏辙在喝酒，而是在忙着上班收酒税，这首诗是这么写的：

> 一与子由别，却数七端午。
> 身随彩丝系，心与昌歜苦。
> 今年匹马来，佳节日夜数。
> 儿童喜我至，典衣具鸡黍。
> 水饼既怀乡，饭筒仍悐楚。
> 谓言必一醉，快作西川语。
> 宁知是官身，糟曲困熏煮。
> 独携三子出，古刹访禅祖。
> 高谈付梁罗，诗律到阿虎。
> 归来一调笑，慰此长龃龉。

　　说的是端午节期间到苏辙家，家里人穿得整整齐齐，热情接待他，他们吃着家乡的小吃水饼和当地的粽子，讲着家乡话，一醉方休。端午节这天苏东坡带着苏辙三个孩子访真如寺，说说笑笑，吟诗作对。作对子不仅止于作对子，还真的有不同的观点——作对，那时叫"龃龉"。

　　这里面说到几道美食："鸡黍"，字面意思是以鸡作菜，以黍作饭，指招待宾客的家常菜肴，也用以表示招待朋友情意直率。典出《论语·微子》："止子路宿，杀鸡为黍而食之。"孟浩然的《过故人庄》，就有"故人具鸡黍，邀我至田家"。水饼估计就是面条，在苏东坡生活的时代，面条这个词还没有出现，汤饼、索饼、水引饼、馎饦等叫法都可指面条，苏东坡说"水饼既怀乡"，意指吃水饼怀念家乡，大概是四川一带将那时其他地方叫"水引饼"的面条简称为"水饼"，苏东坡的学生黄庭坚在《次韵子瞻春菜》有"韭苗水饼姑置之，苦菜黄鸡羹糁滑"，写水饼与韭菜苗一起搭配，从形状上推测也似面条；饭筒就是粽子，相传屈原五月五日投汨罗江，楚人哀之，至此日以竹筒贮米，制成筒粽，投水以祭之，后世以粽叶、竹叶等代替竹筒，才演变为粽子。苏东坡在另一首诗《和黄鲁直食笋次韵》中写"尚可饷三闾，饭筒缠五采"，按楚地习俗，五月初五以五彩丝系于臂，可以辟邪且令人不病瘟，也证明了"饭筒"就是那时候的粽子。

苏东坡在老弟家住了十天就走了，他还要到九江与一家子人会合继续赶路呢。不得不说，苏东坡虽然很注重养生，但却不具备起码的健康生活知识，从他的名篇《石钟山记》可以看出一家人是当年六月初九至湖口，父子二人游了当地的名胜石钟山，老老少少从九江出发是盛夏的六月，从湖口经池州，六月二十三日到芜湖，六月底抵达当涂、南京。苏轼全家这段长江上的旅程，恰好在六月的大热天，头顶日晒，脚下水蒸，小船空间狭窄不透气，生活在这小小船舱里，路途遥远，他还要探亲访友、游山玩水，一路下来长达两个多月，怎能不人人生起病来？最先病倒的是王夫人，他自己也疮毒复发，在给友人的书信中屡次提到"疮疡大作，殆难久坐""疮肿大作，坐卧楚痛""某到金陵一月矣，以贱累更卧病，殆不堪怀"。最要命的是，最小的儿子——侍妾朝云所生的遁（dùn）儿，还不满十个月，禁不住湿热夹攻，于七月二十八日病死于在金陵的船上。

这一年苏东坡四十九岁，在那个年代已近老年，老年丧子之痛，可想而知。苏东坡把这一切归因为自己的恶孽连累了这个孩子。在黄州的最后时期，这个孩子的出生给苏东坡带来了莫大的幸福，"吾老常鲜欢，赖此一笑喜"。如今遭遇丧子，苏东坡难忍悲伤，亲自抱着孩子去下葬，极少提及家人的他也写了"哭子诗"："归来怀抱空，老泪如泻水。我泪犹可拭，日远当日忘。母哭不可闻，欲与汝俱亡。"读来令人潸然泪下。历经了苦难的苏东坡，面对艰难困苦，他可以笑着面对，可丧子之痛不一样，他又不缺心眼，当然也有喜怒哀乐，与常人不同的是，他具备迅速调整自己情绪的能力。

王夫人也病得不轻，只能在金陵（即今天的南京）休整一下了。下野后的王安石就住在金陵。史上最有趣的一幕出现了，王安石主动来探望苏东坡。苏东坡一辈子的遭遇，除了他自身的性格外，王安石应该负绝大部分责任：虽然他只是在宋神宗面前诋毁苏轼的学识是歪学，把苏轼赶出朝廷，但后面加害苏轼的王珪、吕惠卿、蔡确、李定、舒亶、章惇、蔡京，无一不是王安石一手起用、提拔的。王安石推崇的是法家，讲的是为达目的不择手段，但他还算是有底线的，诋毁不构陷，赶尽不杀绝。受到他一手提拔的吕惠卿伤害之后，王安石也许对被他伤害的苏东坡有些许愧疚，主动赶来江边看望住在船上的苏东坡。

没有了政治需要，心态平和下来的王安石终于认可了苏东坡的文学成就。苏东坡还在黄州时，凡遇有从黄州来的人，王安石必定要问："子瞻近日有何妙语？"看到苏东坡的文章，他大赞"子瞻，人中龙也"。这次他们两人接连数日朝夕相见，谈诗论典说道，饮食游玩，都在一起。深度认识苏东坡后，王安石终于服了，发出了"不知更几百年，方有如此人物！"苏东坡也早就一笑泯恩仇，作《次荆公韵四绝》，其中一首更是写道：

骑驴渺渺入荒陂，想见先生未病时。

劝我试求三亩宅，从公已觉十年迟。

　　王安石希望苏东坡能在金陵买地陪他养老，苏东坡说我早十年跟着你就好了，这是一句客套话，两个政见完全不同的人，怎么可能谁从谁？其实，王安石也只是欣赏苏东坡的文学才华，对他的政治前途并不关心，此时的苏东坡还是最低品级的被剥夺工作权利的贬官，下一步的生活还是个大问题，以王安石与宋神宗的关系，向神宗皇帝推荐一下，哪怕说一下情也会有作用，但王安石没有任何动静。与王安石培养的那帮小人比，王安石当然可列入君子之列，王安石已经下野，躬身主动接近苏东坡，苏东坡当然不至于"给脸不要脸"，但要据此说两人如何惺惺相惜，许是想多了，苏东坡确实是个心大之人，他说他眼前没有一个坏人，但是敌是友这种观念他还是有的，后来在他当权有机会清算吕惠卿时，那是骂得相当彻底。

　　苏东坡在金陵滞留了约两个半月，尽管身体不适，奈何朋友们非常热情，吃吃喝喝当然不少。在南京，他吃到了鮰鱼，作《戏说鮰鱼一绝》：

粉红石首仍无骨，雪白河豚不药人。

寄语天公与河伯，何妨乞与水精鳞。

　　这首诗，除了诗名"鮰鱼"，通篇不提鮰鱼，却大谈其他鱼，他是用其他鱼来衬托鮰鱼之美，所以是"戏说"。鮰鱼的正式名称为长吻鮠，是鲿科、鮠属鱼类，分布于中国东部的辽河、淮河、长江、闽江至珠江等水系及朝鲜西部，以长江水系为主。除了鮰鱼这个叫法，还有江团、肥沱、肥王鱼、淮王鱼等名称。这首诗是说与粉红的石首鱼比，鮰鱼胜在无骨；与雪白的河豚鱼比，鮰鱼胜在不会毒死人。言下之意，鮰鱼的美味与石首鱼、河豚鱼有得一比，但优点比它们多。他还留意到鮰鱼没有鱼鳞容易处理的优点，于是跟天公和河伯说，这么好的鱼，不妨让它身上长鳞，一条鱼太完美，不合适！苏轼骂人有一套，夸人也有一套，夸起鮰鱼来是一套又一套，看来在南京，鮰鱼是吃美了。

南京可能没有意识到苏东坡给他们留下了如此有名的"美食IP"，倒是有人张冠李戴，说苏东坡写的是湖北石首市的鮰鱼，还上了央视的科教频道，这就贻笑大方了。石首鱼是头部长有石头的鱼类总称，大名鼎鼎的大黄鱼就属于石首鱼。现在湖北荆州的石首市，源于西晋太康五年（284）置县，以城北石首山为县名。此石首非彼石首，虽然石首市也出鮰鱼。

苏东坡一家在南京待了两个多月。没办法，小儿子死了，家里人病了，不休整一下路上再有死伤都有可能。而所谓的休整，也还是在船上住着，一大家子人，哪个朋友家里也安置不下，所谓舟车劳顿，不过如此。

46. 豆粥之乐——仪征篇

　　王安石希望苏东坡在南京置产养老，苏东坡也就应付一下，当然不会当一回事。带着一家人磨磨蹭蹭，小儿子去世，王夫人病倒，这让苏东坡意识到不能这么折腾。在南京，他收到消息，老朋友滕元发被起用知湖州，也在赶往赴任的路上，他们相约在真州或者扬州偶遇一下。苏东坡一家从南京出发赴真州，知真州的袁陟可以帮他先把家眷暂时安顿好。真州就是现在的江苏仪征，也算是江南，苏东坡打算干脆就在仪征买点田地，把家安在那里，自己再去汝州。

　　袁陟很给力，把苏东坡一家安排在仪真学舍暂住，苏东坡则积极地准备着买田置地。苏东坡托人把京城的老宅南园卖了，"得钱八百余千"，就是八十万，也没考虑老弟该不该分得一份，而是直接给苏辙写信，"稍留真，欲葺房缮，令整齐也"。有钱才好办事，下一步就是找心仪的田地了。

　　到黄州的第三年，滕元发借从池州徙官安州的机会看望苏东坡，二人关系可不一般。算一算时间，滕元发已经快到了，苏东坡赶紧赶去扬州与滕元发会合，两人在半路相遇，苏东坡说：

　　　　一别四年，流离契阔，不谓复得见公，执手怳然，不觉涕下。风俗日恶，忠义寂寥，见公使人差增气也。

　　见了滕元发，怎么就使苏东坡"增气"呢？原来滕元发给了苏东坡一个很好的建议：上表请求改谪常州，极有可能获得恩准。苏轼听了为之心动：他自己不是极喜欢江南吗，现在也在考虑在此买田安家，如果能够获恩准在常州居住，在这里终老，那是很完美的，苏东坡的"气"就是这么"增"的。

这更坚定了苏东坡在此购田买地安家的决心。游附近的镇江金山寺时，与佛印说到这个想法，佛印说要买就买金山寺庙产邻近的田亩，这样他就可以帮忙照管，苏轼还认真地看了京口蒜山的一块地，《蒜山松林中可卜居，余欲僦其地，地属金山，故作此诗与金山元长老》的末四句"问我此生何所归，笑指浮休百年宅。蒜山幸有闲田地，招此无家一房客"直接向佛印表明自己的心思：东坡我属于无房户，蒜山这刚好有闲田，我想此生归隐在这里。苏东坡与佛印很对脾气，两人还喜欢互开玩笑，佛印知道苏东坡喜欢吃烧猪肉，于是就做烧猪肉等苏东坡来，没想到不知给谁偷吃了，苏东坡于是作了这首《戏答佛印》：

> 远公沽酒饮陶潜，佛印烧猪待子瞻。
>
> 采得百花成蜜后，不知辛苦为谁甜。

苏东坡说，古有慧远和尚，用美酒款待陶渊明，今有佛印和尚，用烧猪款待我苏轼。做人呐，最重要的就是开心，千万莫要学那蜜蜂，采得百花酿成蜜，为谁辛苦为谁甜呢？

苏东坡最终还是将家业放在宜兴，那时叫阳羡。还记得苏东坡在杭州通判任上到润州、常州赈灾放粮，经过宜兴，被荆溪的风景和美味吸引吗？他写诗给当时知杭州的陈襄，诗里设想着退休后，他就住在宜兴，预约陈襄到访，他一定杀鸡饷客。宜兴注定与苏东坡有缘，还在苏轼刚登进士，进琼林宴时，他与同年蒋之奇共席，蒋之奇是宜兴人，向苏轼盛赞家乡之美，并约定退休后共到宜兴卜邻而居。此时蒋之奇刚好任江淮发运副使，其驻地就在真州，听说苏东坡到处找地，于是蒋之奇写诗给苏东坡说：当年中进士时约过一起卜居阳羡（宜兴）的，现在老家阳羡有人要卖地，要的话就让族人蒋公裕帮去商谈。真是踏破铁鞋无觅处，得来全不费功夫。苏东坡随即写了《次韵蒋颖叔》：

> 月明惊鹊未安枝，一棹飘然影自随。
>
> 江水秋风无限浪，枕中春梦不多时。
>
> 琼林花草闻前语，罨画溪山指后期。
>
> 岂敢便为鸡黍约，玉堂金殿要论思。

蒋之奇替他找到宜兴的卖主，苏轼便从金山到宜兴去看田。田在深山中，距城五十五里，地名黄土村，田主姓曹。苏东坡买下这块田，曹姓地主还请苏东坡吃了顿饭，告诉苏东坡说这种土酒名叫"红友"，苏轼笑道："此人知有红友，不知有黄封，真快活人也。"宫廷内库的酒，例用黄色罗缎密封，谓之"黄封酒"，苏东坡的意思是民间比官场开心多了。不过，这个曹姓地主是个混蛋加无赖，收了钱后反悔了，诬告到官府，虽然最后官司判苏东坡赢，但已被他拖赖了七八年田租。此事后来被御史黄庆基拿来作为诬陷苏轼侵占民田的罪状，专章弹劾，这是后话。

苏东坡是真心喜欢田园生活的，就在这段寻找田地的日子里，他写了这首《豆粥》：

> 君不见滹沱流澌车折轴，公孙仓皇奉豆粥。湿薪破灶自燎衣，
>
> 饥寒顿解刘文叔。又不见金谷敲冰草木春，帐下烹煎皆美人。萍齑

豆粥不传法，咄嗟而办石季伦。干戈未解身如寄，声色相缠心已醉。身心颠倒自不知，更识人间有真味。岂如江头千顷雪色芦，茅檐出没晨烟孤。地碓春粳光似玉，沙瓶煮豆软如酥。我老此身无着处，卖书来问东家住。卧听鸡鸣粥熟时，蓬头曳履君家去。

豆粥是一道平民美食，不过平凡得很有名，苏东坡在诗里就讲了两个故事：第一个故事讲的是汉光武帝刘秀。西汉末年，外戚专权，王莽篡位，天下大乱，群雄揭竿而起，绿林军、赤眉军、刘秀大军等，打得不亦乐乎。有一回，刘秀被王郎追杀，仓皇逃命，从蓟东跑到饶阳芜蒌亭，当时天已经很晚了，在马上颠簸了一天，又冷又饿，这时征西大将军冯异给他端来了一碗豆粥，刘秀喝完后说："得公孙豆粥，饥寒俱解。"另一个典故是关于西晋富豪石崇，豆粥是比较难煮熟的，可石崇想让客人喝豆粥时，只要吩咐一声，须臾间就热腾腾地端上来了。与石崇斗富的王恺百思不得其解，买通了石崇家厨师才知道其中的玄机：原来，厨师事先把豆子煮熟了碾碎，等客人来了熬好白粥，再把豆粉撒在粥里煮一下就行了，石崇这个快速煮豆粥法，可以归入今日预制菜行列。

苏东坡对这两个故事进行总结，说：刘秀当时身陷危难，石崇则沉迷声色，他们都没有从容安详的心态来仔细品味豆粥，没有体会到这"人间真味"，如今老夫我虽然漂泊不定，但也一样能喝到这碗豆粥。于是脸不洗、头不梳，趿拉着鞋喝粥去了。

豆粥如何煮，苏东坡还作了详细的描述："地碓春粳光似玉，沙瓶煮豆软如酥。"春碾后的米，光泽如玉，砂锅中慢慢熬着豆，柔软松酥。要用砂锅慢熬至柔软松酥，需要时间，看来不是石崇把豆子弄成豆粉的速成法。如今，豆粥还在江苏、安徽、山东、河南一带流行，不过都是升级版了，比如商丘豆粥，是将小米和黄豆浸泡以后，再用石磨碾成浆，滤去豆皮和豆渣，再用锅细煮慢熬而成。

买好了田地，苏东坡向往的田园生活就成功了一半，另一半则要待神宗皇帝恩准，允许他改谪常州居住了。

47. 大啖河豚——常州篇

在宜兴买了田，苏东坡即向朝廷提出申请，希望能改汝州安置为常州安置，让他住在常州，他向朝廷上了《乞常州居住表》，其中说道：

> 臣以家贫累重，须至乘船赴安置所。自离黄州，风涛惊恐，举家重病，幼子丧亡。今虽已至扬州，而费用竭罄，无以出陆；又汝州别无田业可以为生，犬马之忧，饥寒为急。窃谓朝廷至仁，既已全其性命，必亦怜其失所。臣有薄田在常州宜兴县，粗给饘粥，欲望圣慈特许于常州居住。若罪戾之余，稍获全济，则捐躯论报，有死不回。

苏东坡是写作高手，这理由编得非常合情合理：先是"卖惨"——一路颠簸，全家重病，幼儿丧亡；再是"哭穷"，水路到了扬州，须转陆路到汝州，但钱花光了，不知如何是好；三是讲实际困难，我在汝州没有田地产业，去了以何为生？四是讲道理、提要求，既然留我一条命，肯定不想让我活不下去，我在宜兴有点薄田，喝个粥还勉强可以维持，希望能让我在常州居住。这样的陈请，相信神宗皇帝看了都会被感动。

问题是，神宗皇帝就没看到。开封主管章奏的官署，挑剔苏东坡文字上的小毛病，不肯转呈，只是苏东坡暂时还不知道，他把这封乞状往扬州府一递，就开开心心地找朋友们去了。

在扬州，苏东坡见到了前辈吕公著，知扬州的吕公著设宴款待了这位远客，而吕公著一向严肃寡言，那顿饭吃得苏东坡都睡着了。苏门四学士之一的秦观就是扬州附近的高邮人，苏东坡当然要到他家里耍几天，讲起这几年的各种不容易和各地苦中作乐，说起秦观的怀才不遇，苏东坡汇成了一首《虞美人》：

> 波声拍枕长淮晓，隙月窥人小。无情汴水自东流，只载一船离恨向西州。
> 竹溪花浦曾同醉，酒味多于泪。谁教风鉴在尘埃，酝造一场烦恼送人来。

词的最后两句才是重点，苏东坡说像秦观这样有高见卓识的人才，竟然无人赏识，只能蒙尘于野，这让他那被离别扰动的心情更添了烦闷，回还之路上只有这烦扰情绪相伴。此时的苏东坡，自己一家人何去何从还不知道，却关心起秦观来，他借着与王安石刚修好的关系，两次去信王安石推荐秦观。苏东坡这人啊，自己的事不操心，却总操心别人。

又到了泗州，也就是今天的江苏盱眙。苏东坡出来漂了大半年了，居无定所，十二月十八日，他到雍熙塔下一个澡堂里洗了个痛痛快快的热水澡，作了两首《如梦令》，其一：

> 水垢何曾相受，细看两俱无有。寄语揩背人，尽日劳君挥肘。轻手，轻手，居士本来无垢。

擦背当然要用力，苏东坡说自己是洁净的，没有污垢，他告诉擦背的人，对身体洁净的人不该出此重手。此词表面上是写他没有污垢而嘱咐到擦背人切忌重手，实质是比喻自己秉性高洁，受贬是蒙冤的。这词要给神宗皇帝看到就麻烦了，这是想翻案啊！幸亏神宗皇帝没看过。

在泗州，苏东坡受到了知泗州的刘士彦等一众友人的热情接待，数次游泗州南郊的南山，也称梁山。十二月二十四日，在与刘倩叔游南山后，心情大好的苏东坡，写下了这首著名的《浣溪沙》：

> 细雨斜风作晓寒，淡烟疏柳媚晴滩。入淮清洛渐漫漫。
> 雪沫乳花浮午盏，蓼茸蒿笋试春盘。人间有味是清欢。

雨细，风斜，寒小，烟淡，柳疏，欢清，一切都是那么美好，苏东坡"婉约"起来，也是要命的，婉约派的文小、质轻、境隐，苏东坡一样信手拈来。心情大好的苏东坡，面对野餐时乳白色的香茶一盏和翡翠般的春蔬一盘，发出了"人间有味是清欢"的感叹，时节虽属寒冬，苏东坡心里已充盈着灿烂的春天。

这次从扬州到泗州，目的是到南都第四次看望张方平，而南都离贬所汝州也不远了，苏东坡这是做两手准备，万一请求移居常州不被批准，一家人还得北上汝州，所以这次一家人一起走。到泗州时已近年关，干脆在泗州过年，除夕那天，淮东提举常平的黄寔路经泗州，他们两人偶遇了，苏东坡为此作了《泗州除夜雪中黄师是送酥酒二首》，其中一首有：

> 暮雪纷纷投碎米，春流咽咽走黄沙。
> 旧游似梦徒能说，逐客如僧岂有家。
> 冷砚欲书先自冻，孤灯何事独成花。

使君半夜分酥酒，惊起妻孥一笑哗。

苏东坡诗里说的"酥酒"是什么呢？据元末明初学者陶宗仪的《说郛》："黄寔自言，元丰甲子为淮东提举，尝于除夜泊汴口，见苏子瞻植杖立对岸，若有所俟者，归舟中，即以扬州厨酿二尊，雍酥一夜遗之。"可见"酥酒"指的是雍酥和酒两样东西。黄寔是苏辙的亲家，送给苏东坡厨酿二樽，看来这是扬州的名酒。至于雍酥是什么东西，历来有争议，我猜测是一种奶制品。与苏东坡同时代的周邦彦写过题为《天启惠酥》的一组七言律诗，其中第二首写道："浅黄拂拂小鹅雏，色好从来说雍酥。花草偏宜女儿手，缄封枉入野人厨。细涂麦饼珍无敌，杂炼猪肪术最迂。胹肉便知全鼎味，它时不用识醍醐。"周邦彦收到的雍酥，从他诗里看，是小鹅一样的黄色，外形还很典雅，可以用来涂在麦饼上，与猪油一起吃就太油腻了，只需一小块就风味十足，有了它就不用醍醐了，醍醐是从牛奶中精炼出来的乳酪，可以肯定，雍酥又不同于醍醐，估计与黄油差不多。

在泗州他才知道，他上一次在扬州拜发的《乞常州居住表》宋神宗没看到，苏东坡于是改写一状，派遣专人入京投递，这次加了些深刻检讨，说自己"狂狷妄发，上负恩私。既有司皆以为可诛，虽明主不得而独赦"，又进一步"卖惨"，说"但以禄廪久虚，衣食不继。累重道远，不免舟行"，末了说"敢祈仁圣，少赐矜怜。臣见一面前去至南京（都）以来，听候朝旨"，表明自己此行主要目的是到南都看望苏家恩人张方平。刚到张方平家不久，朝廷告下，准了他的申请："仍以检校尚书水部员外郎、团练副使、不得签书公事，常州居住。"

宋神宗想找个合适的时机再起用苏东坡，可是，这个机会不再有了，就在允许苏东坡"常州居住"的一个多月后，三十六岁的宋神宗驾崩了。

从现存的文字看，很难得知苏东坡对宋神宗去世的真实想法，他作了三首《神宗皇帝挽词》，但那个时候臣子们基本都写了，属于必须的表态。在写给好朋友王巩的信中，他说乌台诗案很多人想弄死他，好在有神宗皇帝保护，这个应该是真情实感，苏东坡对神宗的感情，恐怕也仅此而已。

但苏东坡情商确实低了一些，可以改谪常州居住，理想终于实现，高兴是正常的，但这个时候神宗刚去世，怎么样也应该忍住，他却写成了诗，"道人劝饮鸡苏水，童子能煎莺粟汤。暂借藤床与瓦枕，莫教辜负竹风凉"，"鸡苏水"即用鸡苏煮的饮料，"莺粟汤"也是一种药用饮品，用艾叶、黑豆、陈皮、干姜、甘草、罂粟壳煎煮而成。又作诗："此生已觉都无事，今岁仍逢大有年。山寺归来闻好语，野花啼鸟亦欣然。"诗写了就写了，他还把这几首诗命名为《归宜兴留题竹西寺三首》，一起题在途中僧舍壁上。这几首诗后来被御史赵君锡、贾易用来作为诬陷苏轼见先帝驾崩幸灾乐祸、无人臣礼、大逆不道的罪证，此是后话。

苏东坡兴冲冲地回到常州，开始他的第二段贬谪生活，此时正是江南的春天，桃花流水鳜鱼肥，正是河豚欲上时，作为顶级美食家的苏东坡，不免食指大动，尽情享受一番。他特别喜欢吃河豚，幸好他只是没忍住嘴但忍住了手——只吃鱼不写诗，否则不知又得给别人留下多少把柄。

他自己不写，但别人会写。据南宋孙奕《示儿编》载有一则苏东坡吃河豚的轶事，说苏东坡谪居常州时，爱吃河豚。有一士大夫家，烹制河豚有独到之处，想请大名鼎鼎的苏东坡吃一顿。既蒙这位妇孺皆知的名士首肯，士大夫的家人无不大为兴奋。待苏东坡吃河豚时，都躲在屏风后面，想听苏东坡如何品题，即使挤得水泄不通，依旧鸦雀无声。但见苏轼埋头大啖，不闻赞美之声，当这家人相顾失望之际，这时已打饱嗝、停止下箸的苏轼，忽又下箸，口中说道："也值一死！"屏风后面的人，听到无不大悦。

幸好这是南宋时的笔记，要是苏东坡生活的时代有这种记录，这"也值一死"免不了被御史们说成在恶狠狠地诅咒神宗该死。

苏轼在常州，日子过得非常悠闲，他以为只要风调雨顺收成好，便可衣食无虞，从此可做个陶渊明式的诗人，从容欣赏江南的好山好水，尽情享受江南的水陆珍馐了。他把这种逍遥的想法写在了这首《菩萨蛮》词中：

> 买田阳羡吾将老，从来只为溪山好。来往一虚舟，聊随物外游。有书仍懒著，水调歌归去。筋力不辞诗，要须风雨时。

苏东坡又想多了，陶渊明式的生活不属于他，又一场政治大戏已经拉开了序幕，他还是这场大戏的主角之一，又将被卷入一场血雨腥风中。

48. 鲍鱼之用——登州篇

苏东坡在常州摆开逍遥自在的架势，此时开封正经历重大的人事变动。神宗皇帝驾崩，只有十岁的太子赵煦嗣位，是为哲宗，十岁的皇帝当然不能亲政，由祖母太皇太后高氏垂帘摄政，是为宣仁太皇太后。

宣仁太皇太后历经她的丈夫英宗、儿子神宗的两朝政事，看到神宗皇帝用王安石、吕惠卿变法，行新政，边臣无端挑起征西夏的军事，招来战败的损伤，使神宗惊悸悔咎，夺走了他正当英年的生命。她向往仁宗嘉祐时代的太平安乐、宽厚雍睦的政风，所以定年号为"元祐"。召用熙宁、元丰时代的旧臣，恢复熙丰以前的旧政，就是她的用人策略。她的治国策略是一切遵循祖宗成法，她的目标是重拾大宋帝国如嘉祐时代一样的和平与安乐。

但这些旧臣被逐出朝廷的时间太久了，宋朝的官制，官员的任用又得一步一步来。她先是稳住原来管治朝政的"三驾马车"：原尚书右仆射兼中书侍郎蔡确，调为尚书左仆射兼门下侍郎，虽然都是宰相，但从"右"到"左"，还是升了；以知枢密院事韩缜，为尚书右仆射兼中书侍郎；以门下侍郎章惇知枢密院事。都升了一级，皇恩浩荡，那就好好干呗。

另一方面，她又稍稍地起用旧党那班旧臣。最方便的是先起用资政殿大学士、知扬州的吕公著，就是在扬州招待苏东坡、让苏东坡吃着吃着就睡着的那位，诏授尚书左丞。旧党的领袖司马光此时正以西京留司御史台的身份在洛阳修《资治通鉴》，不能直接委以重任，先受命知陈州，入见宣仁太后后，当即留为门下侍郎。

起用苏东坡则要复杂得多，毕竟他已被降到最低一级，而且没有工作。宋朝官制，起复责降的罪官，先要恢复正式官阶，然后才实授官职。元丰八年（1085）五月，五十岁的苏轼复官七品朝奉郎，六月以朝奉郎起知登州军州事，登州就是现在的山东蓬莱县。

这就打破了苏东坡闲居常州的美梦了，他可是全副身家都在常州啊，对官场他本来就热情不高，当然高兴不起来。最早给苏东坡通消息的是已在朝廷任职的王巩，苏东坡在给他的回信中说：

> 谪居六年，无一日不乐，今复促令作郡，坐生百忧。正如农夫小人，日耕百亩，负担百斤，初无难色，一日坐之堂上，与相宾飨，便是一厄。

苏东坡这就有点夸张了，被贬谪黄州至今六年，还是有些艰难日子，还是有寂寞难耐的时候的，"无一日不乐"肯定不真，但复出为官高兴不起来也不假，他写《蝶恋花·述怀》：

> 云水萦回溪上路。叠叠青山，环绕溪东注。月白沙汀翘宿鹭。更无一点尘来处。
> 溪叟相看私自语。底事区区，苦要为官去。尊酒不空田百亩。归来分得闲中趣。

意思是荆溪太漂亮了，这个地方我太喜欢了，可惜我要走了，盼望着再回来。

"苦要为官去"，但不去也不行。苏东坡七月下旬离开常州，继续使出他擅长的磨磨蹭蹭的功夫，一路游山玩水，拜会朋友。七月底至润州，许遵陪他重游金、焦二山；八月二十七日过扬州，受到接替吕公著的杨康公热情接待；九月抵楚州，与杨杰游宴，至淮口，遇大风，蔡允元来看他，临别作书相赠，说自己"东坡赴官之意，殆似小儿迁延避学"，用小孩子逃避上学形容自己此时的磨磨蹭蹭，十分恰当。十月过海州，经怀仁至密州。

苏东坡离开密州已经十年了，时任太守霍翔，亲自提着牛肉和酒，又在苏东坡当年建的超然台上，置酒款待。苏东坡高兴地作了这首《再过超然台赠太守霍翔》：

> 昔饮雩泉别常山，天寒岁在龙蛇间。
> 山中儿童拍手笑，问我西去何当还。
> 十年不赴竹马约，扁舟独与鱼虾闲。
> 重来父老喜我在，扶挈老幼相遮攀。
> 当时襁褓皆七尺，而我安得留朱颜。
> 问今太守为谁欤，护羌充国鬓未斑。
> 躬持牛酒劳行役，无复杞菊嘲寒悭。
> 超然置酒寻旧迹，尚有诗赋镌坚顽。
> 孤云落日在马耳，照耀金碧开烟鬟。
> 郑淇自古北流水，跳波下濑鸣玦环。
> 愿君谈笑作石堨，坐使城郭生溪湾。

"重来父老喜我在，扶挈老幼相遮攀"，苏东坡高兴的是乡亲父老们如看待老朋友一样喜欢他，当然了，此次饮宴不再如当年他在密州吃枸杞、吃菊花那么寒酸了，而是有牛肉和酒等美味，"躬持牛酒劳行役，无复杞菊嘲寒悭"，也令苏东坡这位超级吃货很是受用。

苏东坡一路磨蹭，十月十五日才抵达登州，从常州到登州这一并不太远的旅程，足足走了近三个月。时隔六年，这一次被起用，苏东坡真不感兴趣。

对政治不感兴趣还表现在他向老朋友——知湖州的滕元发索要两件"朱红累子"这件事上，"朱红累子"就是红色的食盒，他在给滕元发的信中直说："某好携具野饮，欲问公求朱红累子两卓二十四隔者，极为左右费，然遂成借草之兴，为赐亦不浅也。"他这是准备在登州任上逍遥自在，带上食物外出游玩。他当过湖州知州，知道湖州出产的"朱红累子"极好，所以才向滕元发要。

苏东坡想多了，其实，宣仁太皇太后和司马光的真实意图不是让他到登州当个地方官，而是让他到朝廷中枢负责更重要的工作。只是限于宋朝官制，再想用一个人，也必须一步一步来，当然这一步一步可以走得快一点。就在苏东坡还在赴登州任的路上时，朝廷对他新的任命已经发出，"以朝奉郎知登州苏轼为礼部郎中"，这份新的任命在苏东坡到达登州后的五天才送达，苏轼这位登州知州，严格意义上讲只干了五天。

既来之则安之，不能白跑一趟，蓬莱的美食必须吃到。登州最出名的鲍鱼，那时叫鳆鱼，苏东坡吃了后大加称赞，并写了《鳆鱼行》：

渐台人散长弓射，初啖鳆鱼人未识。
西陵衰老繐帐空，肯向北河亲馈食。
两雄一律盗汉家，嗜好亦若肩相差。
食每对之先太息，不因噎呕缘疮痂。
中间霸据关梁隔，一枚何啻千金直。
百年南北鲑菜通，往往残余饱臧获。

东随海舶号倭螺，异方珍宝来更多。

磨沙瀹沉成大截，剖蚌作脯分余波。

君不闻蓬莱阁下驼基岛，八月边风备胡獠。

舶船跋浪鼋鼍震，长镵铲处崖谷倒。

膳夫善治荐华堂，坐令雕俎生辉光。

肉芝石耳不足数，醋芼鱼皮真倚墙。

中都贵人珍此味，糟浥油藏能远致。

割肥方厌万钱厨，决眦可醒千日醉。

三韩使者金鼎来，方丈馈送烦舆台。

辽东太守远自献，临淄掾吏谁为材。

吾生东归收一斛，包苴未肯钻华屋。

分送羹材作眼明，却取细书防老读。

苏东坡这首写鲍鱼的诗很长，信息量也很多：一是说鲍鱼历来为名人所好，包括王莽和曹操；二是受交通条件限制，"一枚何啻千金直"，鲍鱼十分昂贵；三是鲍鱼采捕手段既复杂又困难，"长镵铲处崖谷倒"；四是做鲍鱼必须有好厨师，"膳夫善治荐华堂"，要"善治"才行，好厨艺做出的鲍鱼，灵芝、石耳、醋泡鱼皮之类，通通靠边站；五是鲍鱼保鲜，可用酒糟或油泡，可见苏东坡吃的不是干鲍；六是苏东坡慷慨地送鲍鱼给朋友，说鲍鱼不仅好吃，还有药用价值，"分送羹材作眼明，却取细书防老读"，食疗可治眼疾——这是苏东坡自己的老毛病。苏东坡这次送出鲍鱼的友人，就是滕元发，不久前给他出主意上书神宗皇帝、请求改谪居常州的那位。苏东坡一生共给他写了六十五封信，从这次给他的信中我们知道，苏东坡给他送了三百只鲍鱼，至于多大，没说。

除了吃鲍鱼，苏东坡还看到了海市蜃楼。登州海上有名的奇景"海市蜃楼"，一般出现于春夏两季，而此时已是十月底，并不易见，他在登州磨蹭了几天，其中一个原因就是想看看有没有奇迹出现。苏东坡再次使出祈祷这一招，祈祷于海神广德王庙，这一次又瞎猫碰上死耗子居然应验，他终于看到了虚无缥缈中的这一奇景，作长诗《海市》记其观感：

东方云海空复空，群仙出没空明中。

荡摇浮世生万象，岂有贝阙藏珠宫？

心知所见皆幻影，敢以耳目烦神工。

岁寒水冷天地闭，为我起蛰鞭鱼龙。

重楼翠阜出霜晓，异事惊倒百岁翁。

人间所得容力取，世外无物谁为雄。

率然有请不我拒，信我人厄非天穷。

潮阳太守南迁归，喜见石廪堆祝融。

自言正直动山鬼，岂知造物哀龙钟。

信眉一笑岂易得，神之报汝亦已丰。

斜阳万里孤鸟没，但见碧海磨青铜。

新诗绮语亦安用，相与变灭随东风。

诗的最后，苏东坡感叹"新诗绮语亦安用，相与变灭随东风"，既然避无可避，那就一切随缘吧。苏东坡十一月二日别登州，过莱州、青社、济南、郓州、南都，十二月上旬抵达京师，这一路走了一个月多几天，效率不算太低。

尽管只做了五天登州知州，但苏东坡还是关注登州的，他看出了登州两大弊政：一是防备松懈，二是盐政需改革。登州与北辽隔海相望，但因久无战事，驻防的部队常常被调到其他地方用。对此，他上《登州召还议水军状》，请令登州兵士不得差往别州屯驻；在《乞罢登莱榷盐状》中，他请求官收盐税，恢复食盐的自由贸易，以刺激生产，便利民食。

关心民生，这是苏东坡一贯的作风，而这两状，也是苏东坡再度步入政坛的第一手笔。他无可奈何再度归来，而苏辙也被召回京，担任御史一职，兄弟俩即将又加入一场轰轰烈烈的政治斗争中。

49. 鲂鱼脍——开封篇六

宋神宗开启的党派斗争，才是导致大宋发展一落千丈的根本原因，神宗熙宁年间新党如何对付旧党，元祐年间旧党就如何收拾新党。

宋朝的御史可以风闻行事，状告别人可以不讲证据，也不需要负责任，党争往往先由御史们发起。刘挚和朱光庭攻击蔡确，蔡确罢相，出知陈州，又改知亳州，朝廷即以司马光接替蔡确所遗的相位，仍兼门下侍郎原职；右相韩缜被御史中丞刘挚，谏官孙觉、苏辙、王觌弹劾，理由是"才鄙望轻"，罢为观文殿大学士、知颖昌府。

与此同时，苏东坡开始了他仕途的高光时刻，在高太后和司马光的关照下，苏东坡在旧党把持下的朝堂中，开始步步高升。首先由正七品的第二十二级文官的朝奉郎，升迁为礼部郎中，这是从六品的第十八级文官。半个月后，苏东坡又升为起居舍人，品级没变，但已是第十七级文官了。三个月后，又升中书舍人，正四品，第十级文官。这还没完，1086年下半年，离上次升迁才约半年，苏东坡升为翰林学士、知制诰，知礼部贡举。翰林学士是正三品，清贵无比，从此苏轼又有一个名称——"苏大学士"。北宋与南宋一共有三百七十一个翰林学士，其中有一百六十三人成了宰相。更重要的是，他不仅是中书舍人，还是知制诰，负责为皇帝草拟公文，那是十分重要的朝堂大员。翰林学士与知制诰的组合，这是苏轼仕途的制高点，意味着苏轼真正地进入了权力的中枢，离宰相也只有一步之遥。不久，他又兼官侍读，这可是"帝师"，只要与年少的哲亲皇帝处好了关系，待他亲政时，宰相之位垂手可得。

如日中天的苏东坡，却在此时犯下人生最致命的错误：对新党的第三号人物章惇，苏东坡很不厚道。在乌台诗案中，章惇不惜与当时的宰相王珪翻脸，在神宗面前驳斥王珪对苏轼的诬陷，在苏轼经济困难时也及时接济。现在旧党上台，章惇必须被赶走，而这个人是苏东坡的朋友兼恩人，苏东坡此时的表现，可能改变不了章惇的命运，但却考验着苏东坡的人格。

苏东坡不至于直接操刀，但担任右司谏的弟弟苏辙却跑在冲锋杀敌的最前面，上《乞罢章惇知枢密院状》，其中：

> 臣窃见知枢密院章惇，始与三省同议司马光论差役事，明知光所言事节有疏略差误，而不推公心即加详议，待修完法然后施行。而乃雷同众人，连书札子，一切依奏。及其既已行下，然后论列可否，至纷争殿上，无复君臣之礼。然使惇因此究穷利害，立成条约，使州县推行，更无疑阻，则惇之情状犹或可恕。今乃不候修完，便乞再行指挥，使诸路一依前件札子施行，却令被差人户具利害实封闻奏。臣不知陛下谓惇此举，其意安在？惇不过欲使被差之人有所不便，人人与司马光为敌，但得光言不效，则朝廷利害更不复顾。用心如此而陛下置之枢府，臣窃惑矣。尚赖陛下明圣，觉其深意，中止不行，若其不然，必害良法。且差役之利，天下所愿，贤愚共知。行未逾月，四方鼓舞。惇犹巧加智数，力欲破坏。臣窃恐朝廷急有边防之事，战守之机，人命所存，社稷所系，使惇用心一一如此，岂不深误国计？故臣乞陛下早赐裁断，特行罢免，无使惇得行巧智，以害国事。

在废除免役法的问题上，章惇的立场与苏轼的想法是一致的，都认为新法中的免役法是利国利民的，不应废除，不同的是苏轼采取的方式是私下与司马光沟通，而章惇是凭一己之力硬怼司马光。如果苏辙认为章惇是"巧加智数，力欲破坏"，那么，他的哥哥苏轼又算什么呢？章惇当时的官职是知枢密院。为了罢免章惇，苏辙的逻辑是"窃恐朝廷急有边防之事，战守之机，人命所存，社稷所系，使惇用心一一如此，岂不深误国计？"说章惇就是破坏王，一旦军情告急，他继续使坏，那就麻烦了。真是欲加之罪，何患无辞。

有人认为苏辙是站在公的立场上就事论事。从章惇反对废除免役法联想到他也会在军情告急时使坏，这不是说他会叛国吗？这怎是于公？五天后章惇被贬知汝州。也许苏辙不弹劾章惇，也会有别人出面干掉章惇，但是，章惇可是与苏轼有过命交情的啊！苏轼与苏辙两兄弟又那么密切，苏辙出面弹劾章惇，章惇肯定将账记在苏轼身上。

更麻烦的是，就在章惇出知汝州后，苏轼在上《缴进沈起词头状》中说："臣伏见熙宁以来，王安石用事，始求边功，构隙四夷。王韶以熙河进，章惇以五溪用，熊本以泸夷奋，沈起、刘彝闻而效之，结怨交蛮，兵连祸结，死者数十万人……"苏东坡说的是事实，他的目的是反对朝廷再次起用沈起，并非针对章惇。他说王韶、章惇、熊本等人是因有边功而获得晋升，沈起、刘彝等人则是因拙劣效仿而兵连祸结，造成"死者数十万人"，但那句"臣伏见熙宁以来，王安石用事，始求边功，构隙四夷"则把章惇也一并否定了。苏东坡是反战派，这点他与章惇也是对立的，但为了反对任用沈起而拿老朋友、有过命交情、已被贬至汝州的章惇说事，有必要吗？章惇看到苏轼这样的表现，能不记恨吗？

苏轼和苏辙应该不至于恩将仇报，苏辙是旧党的匕首，苏轼倒是不结党，但他打心底里肯定也认为章惇继续在中枢任职不合适，所以没有为章惇说话。问题是，章惇是个有仇必报的人，我猜章惇当时的想法是：你苏轼当年差点被杀，我为你说话，现在你弟弟居然向我"开炮"，你不拦着，也不吭声。你被贬黄州，我送钱送药；我被贬汝州，你落井下石，给我下药……

心大的苏东坡，认为章惇确实不宜身居要职，到汝州去挺好，他根本没想到章惇此时正是一腔怒火，为了"安慰"章惇，"蠢到家"的苏东坡竟写了这封信：

> 轼启。前日少致区区，重烦诲答，且审台候康胜，感慰兼极。归安丘园，早岁共有此意，公独先获其渐，岂胜企羡。但恐世缘已深，未知果脱否耳？无缘一见，少道宿昔为恨。人还，布谢不宣。轼顿首再拜，子厚宫使正议兄执事。十二月廿七日。

大意是说：日前来信，劳烦您回复，得知您身体健康，十分宽慰。还归故里安居家园，早年我们都有此愿望。您能先得接近实现此愿，真是让我羡慕企盼。只是您在官场混得很深，不知道真能脱身否？只恨无缘见面说说过去的事情，来人要回去了，再次感谢！

文人失意的时候都喜欢用陶渊明归隐安慰自己，苏东坡与章惇都表达过。章惇是个有追求有野心的人，归隐也就是说说而已，苏东坡居然当真。此时两人身份悬殊，苏学士却仍是一副幽默诙谐的口吻，说早先咱俩都有隐居田园的梦想，没想到你先我一步实现了，可真让我羡慕嫉妒恨呀。这话被正在倒霉的人听了，该是多大的挖苦和嘲讽！可以想象，章惇看到此信时是什么心情。

苏东坡以为章惇和他一样，拿得起放得下，毕竟还是知州，日子还可以很风光，压根没想到章惇从此把他视为"头号仇人"，日后章惇拜相，对苏东坡加倍报复，这是后话。

其实，苏东坡不是一个不念旧的人，站在权力的高峰，他很感念在他人生低谷时给他帮助的人。他邀陈慥来京，既安排住宿，又多有饮宴题词，此时他已是"天下文宗"，题几个字那可不得了。还有一位老朋友，扬州的道士杜介，送了鱼给苏东坡，苏东坡为此写了《杜介送鱼》：

> 新年已赐黄封酒，旧老仍分赪尾鱼。
> 陋巷关门负朝日，小园除雪得春蔬。
> 病妻起斫银丝脍，稚子欢寻尺素书。
> 醉眼蒙眬觅归路，松江烟雨晚疏疏。

杜介是扬州一个道士，会炼丹，与苏东坡有些交情，苏东坡对他为什么印象这么深刻呢？原来，乌台诗案案发时，苏轼被押解进京，途经扬州，远远望见杜介的房子，苏轼对杜介有自由之身，能在静谧的私家住宅里做自己喜欢的事，无人打扰，没有忧患，十分羡慕。在黄州时，他给杜介写信：

> 去岁八月初，就逮过扬，路由天长，过平山堂下，隔墙见君家纸窗竹屋依然，想见君黄冠草履，在药垆棋局间，而鄙夫方在缧绁，未知死生，慨然美慕，何止霄汉。

杜介给苏东坡送来赪尾鱼，赪尾鱼就是尾巴红色的鲂鱼，也就是鳊鱼，《诗经·周南·汝坟》有"鲂鱼赪尾，王室如毁"。苏东坡说新年了，皇室赐来了酒，杜介又送来了鳊鱼，我家小园里还有白雪覆盖的蔬菜。病中的妻子起床做了鳊鱼刺身，孩子们忙着看看鱼肚子里有没有藏着传说中的书信，我的归属在哪里呢？希望能是江南吧。

这里面信息量不少，包括苏东坡的夫人手艺不错，能把鳊鱼做成脍，也就是刺身，刀工那是相当了得，须知鳊鱼可是布满肌间刺的；包括已达人生巅峰的苏东坡，还是最喜欢江南的；最重要的信息是，他从未忘记老朋友们。

难道苏东坡没把章惇当朋友？当然不是，他只是认为章惇不需要他关心！纵观苏东坡的朋友圈，可以下这样的结论：与权贵相处，他总处不好，与下属或江湖上的朋友却处得不错。不媚权贵，这是古代知识分子的人格追求，但情商极低的苏东坡，却常把不媚权贵做到得罪权贵，让权贵把他视为敌人、对手。

苏大学士，你谁都可以得罪，章惇可是得罪不起的呀！

50. 春江水暖鸭先知——开封篇七

　　旧党上台，对新党是"除恶务尽"，攻下新党三驾马车蔡确、韩缜、章惇后，又将矛头对准张璪、李清臣、安焘、李定，其中张璪、李定是苏东坡乌台诗案的主谋，而李清臣是苏东坡的好朋友，乌台诗案里他也受牵连，被罚铜三十斤，只是因为他也属新党，作为谏官的苏辙照样无情开火。而后来李清臣当上了宰相，因苏辙弹劾李清臣，也为自己与苏东坡未来凄凉的贬谪生涯挖下了一个大坑。

　　乌台诗案最大的黑手是时任宰相王珪，这人也是新党，但因宋神宗患病时，奏请皇太后拥立宋哲宗有功，在哲宗即位后被进封为金紫光禄大夫，封岐国公。同年五月十八日，卒于任上，又追赠太尉，谥号文恭，后又加赠太师，苏东坡两兄弟想说他几句也无能为力。对王安石变法的主要助手、已被贬谪地方多年的吕惠卿，苏东坡两兄弟是不依不饶。苏辙上《乞诛窜吕惠卿状》，指他诡变多端，见利忘义。于是吕惠卿被降官光禄卿，分司南京、苏州居住。苏辙、王岩叟、朱光庭、王觌、刘挚等认为处罚太轻，又继续轮番弹劾，吕惠卿再行责降为建宁军节度副使，建州安置。

　　这份谴责和处罚吕惠卿的公文，按照轮值次序，本应由苏东坡的好朋友刘攽草制，刘攽知道苏东坡有一肚皮积愤，不吐不快，就推说身体不舒服，趁机溜走，苏东坡把这件事接过来，痛快淋漓地撰写了"责词"，历数吕惠卿的罪恶。苏轼这篇责词，写得大为快意，当时为天下传诵。但苏东坡万万没有想到，吕惠卿助王安石推行新政，背后是宋神宗的支持，痛斥吕惠卿，就多少要殃及先帝，这是大忌，无异于在自己的前途上遍插荆棘。

苏东坡曾对苏辙说："吾上可陪玉皇大帝，下可陪卑田院乞儿，眼前见天下无一个不好人。"但那是他落魄的时候，而在开封春风得意的这几年，他可是一个有点随性的斗士，党同伐异，他也免不了俗，对章惇和李清臣这两位政治立场不同的老朋友，苏东坡照样不讲情面，只是在他们被贬谪后写封信、赋首诗安慰一下，他以为谁都和他一样可以超然。

对自己人，他则宠爱有加。最令人称道的是苏东坡与"苏门四学士"——黄庭坚、秦观、晁补之、张耒的交往。苏东坡此时官运亨通，他们也先后汇聚京城，在馆阁内任职，这其中不可能没有苏东坡这位老师从中周旋发力，而苏东坡对他们的揄扬，则是不遗余力。在《答李昭玘书》中，苏东坡说："如黄庭坚鲁直、晁补之无咎、秦观太虚、张耒文潜之流，皆世未之知，而轼独先知之。"被天下文宗的苏轼这么一赞扬，这四人马上名满天下。这是正式的表扬，还有非正式的以美食为载体的表扬，比如说黄庭坚：

> 鲁直诗文如蝤蛑、江瑶拄（柱），格韵高绝，盘餐尽废，然不可多食，多食则发风动气。

青蟹和江瑶柱是苏东坡的至爱，他常用来比喻美好的东西，这次他用来评价黄庭坚的诗，说黄庭坚的诗文立意高远，如青蟹和江瑶柱般，有了这些美味，哪还要其他美食啊？当然，黄庭坚的诗文也不是没有缺点，青蟹、江瑶柱这些东西好是好，吃多了会"发风动气"，黄庭坚的文章看多了也如吃多了青蟹和江瑶柱一样，会消受不起。如此表扬一个人，可是不留余地啊！

苏东坡一生爱茶，皇室专享的御茶"密云龙"，此时颇受皇室恩宠的苏东坡有时也会受赏赐获得，他对此奉为至宝，只用于招待最好的客人。他曾作《行香子·茶词》，盛赞密云龙：

> 绮席才终，欢意犹浓。酒阑时、高兴无穷。共夸君赐，初拆臣封。看分香饼，黄金缕，密云龙。
>
> 斗赢一水，功敌千钟。觉凉生、两腋清风。暂留红袖，少却纱笼。放笙歌散，庭馆静，略从容。

我们现在评价一泡好茶，什么唇齿留香、浑身通透、背脊冒汗，而苏东坡说喝了密方龙"觉凉生，两腋清风"。这种喝完顿觉两腋有阵阵清风、凉风袭来的好茶，苏门四学士只要来到苏东坡府上，苏东坡必然取之招待。时间一久，家中仆人都记住此事，只要四人来，不需要苏东坡特别吩咐，就知道卜什么茶给他们，有时朝云还会亲自动手给他们或煎或点。《春渚纪闻》卷六《龙团称屈赋》有这样的记载：

> 先生一日与鲁直、文潜诸人会饭，既食骨埚儿血羹，客有须薄茶者，因就取所碾龙团遍啜坐人。或曰："使龙茶能言，当须称屈。"先生抚掌久之，曰："是亦可为一题。"因援笔戏作律赋一首，以"俾荐血羹，龙团称屈"为韵。山谷击节称咏，不能已已。无藏本，闻关子开能诵，今亡矣。惜哉！

文中说的"骨埚儿血羹"，估计就是用骨头熬煮的高汤和羊血一起蒸的血羹，吃完后再喝如此难得的龙团茶，这茶太珍贵了，这么喝有点铺张，如果龙团茶能说话，会喊冤屈。苏东坡对苏门四学士之好，简直到了不惜一切代价的地步。当然了，他一生豪爽，所以也攒不下钱。

苏东坡元祐初在京师约三年多，主要工作就是草拟各种公文，从现存的资料看，除奏议外，所作《内制》集有十卷，附《乐语》一卷，《外制》集有三卷，共八百多篇。这些公文内容有朝廷典制、宫禁仪文、宰执恩例、馆阁掌故、寺观致祷、原庙告虔、外藩部落与边臣使客间的朝聘燕飨、抚绥存问，另有修省哀慕、节序令辰的应景文字，包罗万象。工作之重，估计也只有笔头快的苏东坡才能胜任。这几年里，苏东坡的诗、词、文，与密州和黄州比，确实没有什么拿得出手的大作，主要是时间和精力都给公务占用了。当然了，这几年也是苏东坡一生最幸福的几年，家人团聚，俸禄也高，物质生活上那是不必说，原来贬谪各地的朋友们也回到京城，饮宴开心的日子当然不会少。

还记得苏东坡最有钱的朋友驸马王诜吗？乌台诗案中他受连累，现在大家齐聚京师。与苏东坡要好的李公麟创作的《西园雅集图》，以写实的方式描绘了一众好友在王诜的西园聚会的场景，画中除了主人王诜和画家李公麟本人外，还有苏轼、苏辙、黄庭坚、秦观、米芾、蔡肇、李之仪、郑靖老、张耒、王钦臣、刘泾、晁补之以及僧圆通、道士陈碧虚等十六人。画中，这些文人雅士风云际会，挥毫用墨，吟诗赋词，抚琴唱和，打坐问禅，衣着得体，动静自然。通过此画，大概可以想象当年聚会的情景。

苏东坡诗书画俱佳，在京师这几年，不少人拿着画请苏东坡赏鉴题词。苏轼自许"平生好诗仍好画"。这不是吹的，苏东坡传世的题画诗统计约有六十一题、一百零九首之多。他观画作诗，多数出于一种品赏的态度，只从画中景物下手，直接抒写画面所给予他的感受，深得画中之趣。在这期间，他在惠崇和尚的春江晚景图中留下了这首鉴赏名诗：

竹外桃花三两枝，春江水暖鸭先知。

蒌蒿满地芦芽短，正是河豚欲上时。

　　惠崇是宋朝著名的画家、僧人，是欧阳修所谓"九僧"之一，与苏东坡不是同一时代。他能诗善画，特别是画鹅、雁、鹭鸶、小景尤为拿手，《春江晚景》其一为他的名作鸭戏图。苏东坡此诗，先从身边写起：初春，大地复苏，竹林已被新叶染成一片嫩绿，更引人注目的是桃树上也已绽开了三两枝早开的桃花，色彩鲜明，向人们报告春的信息。接着，他的视线由江边转到江中，那在岸边期待了整整一个冬季的鸭群，早已按捺不住，抢着下水嬉戏了。苏东坡由江中写到江岸，更细致地观察和描写初春景象：由于得到了春江水的滋润，满地的蒌蒿长出新枝了，芦芽儿吐尖了，这一切无不显示出春天的活力，惹人怜爱。画里能看到的就是这么多，但作为一名吃货，他很自然地联想到，这正是河豚肥美、逆江而上的时节。蒌蒿、芦芽、河豚，这是久未尝到的美味，从画里的江南美景，想到画里没有的江南美食，不知苏东坡题此诗时，会不会口水流了一地。

　　身在京师，公务缠身，苏东坡时刻想到的还是他理想的安居之所——江南，京城的工作和生活并不是他最想要的，江南才是。

51. 通印子鱼——开封篇八

乌台诗案中，除了苏东坡被贬谪外，还有王诜和王巩，苏东坡被贬黄州，而王巩居然被贬至更远的岭南宾州监酒盐税，这是最令苏东坡内疚和不安的。有一年重阳节，在黄州的苏东坡登栖霞楼，凄然填词《南乡子》，所挂念者即是王巩：

> 霜降水痕收，浅碧鳞鳞露远洲。酒力渐消风力软，飕飕，破帽多情却恋头。
> 佳节若为酬，但把清樽断送秋。万事到头都是梦，休休，明日黄花蝶也愁。

"明日黄花蝶也愁"，苏东坡第二次用了这句，这句诞生了成语"明日黄花"和俗语"黄花菜都凉了"，在此读来令人伤感。王巩在宾州干了三年，幸好期满后北归，这三年里与苏东坡书信、诗词唱和不断。其实，在这三年中，王巩的遭遇很惨。苏东坡在给王巩的诗集作序时说"以余故得罪，贬海上三年，一子死贬所，一子死于家，定国亦病几死"。

王巩被贬岭南时，一样拖家带口，其中就包括歌伎柔奴。苏东坡刚回到京城不久，与久别重逢的好朋友王巩见面，王巩让柔奴给苏东坡倒茶，苏东坡问她："广南风土应是不好？"柔奴回答："此心安处，便是吾乡。"这对同样体验过苦难的苏东坡来说，如同针刺要穴，凛然感到话中哲理和智慧，特地为她填了一阕《定风波》：

常羡人间琢玉郎，天应乞与点酥娘。自作清歌传皓齿，风起，雪飞炎海变清凉。

万里归来年愈少，微笑，笑时犹带岭梅香。试问岭南应不好，却道：此心安处是吾乡。

面对这样一个志同道合又遭自己连累的小兄弟，处在仕途巅峰的苏东坡非常想帮助他，然而，每次苏东坡举荐王巩，总遭谏官们一阵围攻，真是越帮越忙。这是因为，苏东坡虽然受皇家庇护，但却把朝中最重要的两股势力得罪了，谏官们知道，对苏东坡他们无可奈何，但王巩这些人是苏东坡的软肋，他们不会施以援手，最不济恶心一下对方也行，反正又不用负责任。

派系斗争从来都是残酷的，旧党刚上台时，集中精力对付新党，把新党赶出朝廷后，旧党内部也开始了争权夺利。旧党刚执政时，宰相司马光和吕公著都是正人君子，基本可以把控大局，但即便如此，政治智慧极差的苏东坡也把关系处理得一塌糊涂。

先是得罪了老师司马光。司马光是苏东坡参加制科考试时的恩师，旧党上台，司马光力推苏东坡，苏东坡也被公认为旧党的喉舌，理应唯司马光马首是瞻。但是，经过杭州、密州、徐州、湖州地方工作的历练，在对待新政的问题上，苏东坡与司马光的看法已不尽一致，司马光对其全盘否定，苏东坡则认为新法也有可取之处，不宜尽废。经历了乌台诗案和黄州贬谪生活，苏东坡也平和了不少，特别是在金陵见了王安石，对王安石好感大增，苏东坡对王安石说"从公已觉十年迟"，不全是客套，对王安石，他并不全盘否定，甚至带有些许好感。

司马光尽罢熙丰新法，罢到免役法时，即便是在旧党中也出现了反对意见。免役法是王安石变法中属于便民利民的部分，它按照老百姓的户产高下，分等出钱雇役，"有钱出钱，有力出力"，可以断绝胥吏勒索的机会，这一已经实行了十六年的办法，确实没有改回差役的必要。但司马光是"逢王必反"，很少有人敢在他面前争论，争亦无用，可苏东坡却一而再、再而三地与他争辩，司马光心里不耐烦，脸上就不免忿然作色起来。苏轼也很气恼，诘责他的态度。表面上，司马光只好强笑表示歉意，心里不免存了芥蒂。

朝廷为了详定役法，设了一个专门的役局，负责研讨役法的修订，苏轼也是被诏派参加的一员。在会议中，他屡次与局中官员孙永、傅尧俞激烈辩论，关系弄得很差。在说服司马光失败后，他就以与大臣主张不同为理由，乞罢此一兼差，状言："臣既不同，决难随众签书。伏乞依前降指挥，早赐罢免，取进止。"这一强硬表态，不仅不给司马光面子，也表明了苏东坡的政治站位，把司马光一派全得罪了。司马光不久后去世，他的追随者更将苏东坡列为政治对手。

如果说得罪司马光一派还是政见之争，那么得罪程颐一派则完全是意气用事了。程颐是司马光、吕公著两人会同荐举的河南处士。他十五六岁时，与其兄程颢从周濂溪学，为承袭宋学的代表人物，人称"二程子"，居学术界的领导地位，程颐此时是崇政殿说书，帝师之一。司马光去世时，程颐负责操办丧事，苏东坡同他为丧事礼仪争执了起来，嬉笑怒骂惯了的苏东坡还笑谑了他，这不但伤害了程颐的尊严，而且开罪了视程颐为圣人的一班洛学弟子，遗下无穷的后患。

这两派反苏势力的机会来了，苏东坡主持进士考试，拟定的考题为"师仁祖之忠厚，法神考之励精"。首先向苏东坡发难的是老朋友朱光庭。朱光庭与苏轼进士同年，是程颐的得意弟子，以司马光之荐，此时正任左司谏。"师仁祖之忠厚"，这不是说神宗皇帝不忠厚吗？"法神考之励精"，这不是说仁宗皇帝不思进取吗？如此断章取义，浮想联翩，令人无语。他弹劾苏轼为臣不忠，讥议先朝，控他有诽谤仁宗、神宗两代先帝的大罪。

苏东坡的老乡吕陶此时为右司谏，为苏东坡鸣不平，上疏纠弹朱光庭，他说："苏轼所撰策题，盖设此问以观其答，非谓仁宗不如汉文，神考不如汉宣。台谏当徇至公，不可假借事权，以报私隙。"他又一针见血地揭发此案的真实背景："议者谓轼尝戏薄程颐，光庭乃其门人，故为报怨。夫欲加轼罪，何所不可？必指其策问以为讪谤，恐朋党之弊自此起矣。"

这时，司马光门下那班官僚，也冲了出来，御史中丞傅尧俞，侍御史王岩叟，这两人原来与苏东坡关系都不错，但这时却掉转枪口帮朱光庭说话，疏论苏轼"以文帝有蔽，则仁宗不为无蔽；以宣帝有失，则神宗不为无失，虽不明言，其意在此"。朱光庭这些洛学弟子以国家赋予的谏权，作为报复私怨的工具，虽然可耻，但还可以理解，而司马光门下的傅尧俞，是苏轼多年好友，王岩叟与他私交也深厚，现在却也来趁火打劫，苏东坡不能理解，只觉得政治上的人情诡变，令他非常沮丧，于是请求辞职到地方任职。此事虽经吕公著疏解，太皇太后和稀泥，但洛蜀二党之说，不胫而走，朋党分立之势，就这样在别人心目中建立起来。其实，当时最大的派系，是司马光门下的朔派，而苏东坡此时有太皇太后宠着，如日中天，坐上相位是迟早的事，这是朔派和洛派最不愿意看到的，苏东坡在京这几年被攻击，正是由此所致。

苏东坡也不是政坛上的白痴，京城的两大家族韩家和吕家，他多有亲近。韩绛于元祐二年（1087）以司空、检校太尉致仕。秋冬间，从颍州进京来，皇帝留他在京过年，观赏上元灯景。苏东坡是韩绛省试时的门生，韩绛曾经接替王安石为相，苏东坡在知密州时多次在公事上向他上书求助，虽然没什么效果。荣休的恩师来京，苏东坡依礼往谒，韩绛殷勤置酒留饮，苏东坡作了《次韵韩康公置酒见留》：

> 庭下黄花一醉同，重来雪巘已穹窿。
>
> 不应屡费讥安石，但使无多酌次公。
>
> 钟乳金钗人似玉，鹍弦铁拨坐生风。
>
> 少卿尚有车茵在，颇觉宽容胜弱翁。

在韩家的富贵气派面前，勉强侧身贵族之家的苏东坡，显得落落寡合，无可奈何。

二月，春暖花开，韩家又一次设宴，席设花园中的水阁。主人出家伎十余人歌舞娱客，檀板金樽，衣香鬓影，好不热闹。苏东坡在《韩康公坐上侍儿求书扇》其一中写道：

> 一一窗扉面水开，更于何处觅蓬莱？
>
> 天香满袖人知否？曾到旃檀小殿来。

家伎身上的衣香，带给他感官上的享受，还是相当愉悦的。

当朝宰相吕公著，是北宋中期名相吕夷简的第三子，他的侄子吕行甫与苏东坡关系不错，吕行甫送鲻鱼给苏东坡，苏东坡写了这首《走笔谢吕行甫惠子鱼》：

> 卧沙细肋吾方厌，通印长鱼谁肯分。
>
> 好事东平贵公子，贵人不与与苏君。

子鱼就是鲻鱼，也是诗中所说的"通印长鱼"，驰名的乌鱼籽就是这种鱼的鱼卵，潮汕菜乌鱼饭、明炉乌鱼用的就是这种鱼。叫法如此之多，宋王得臣在《麈史·诗话》中把它们之间的关系说清楚了："闽中鲜食最珍者，所谓子鱼者也。长七八寸，阔二三寸许，剖之子满腹，冬月正其佳时，莆田迎仙镇乃其出处。"文中进一步解释了子鱼又名"通印子鱼"的原因，"予按部过之，驿左有祠，谓之'通应祠'，下有水曰'通应溪'，潮汐上下，土人以咸淡水不相入处鱼最美"。原来子鱼因产自通应溪为佳而得名，准确名称是"通应子鱼"，可是当时士人却将其误写成了"通印"，而子鱼鱼头还真有一长方形平台，确实有点像印章，于是以讹传讹。

"卧沙细肋"多被解释为肋鱼或鲨鱼，这是错误的。据中国科学院自然科学史研究所研究员曾雄生考证，这一错误自南宋施元之在为苏轼此诗作注时始，施元之引用《埤雅》"肋鱼，似鲫鱼而小，身薄骨细"，想当然地以为苏东坡说的是肋鱼。曾雄生认为，卧沙细肋就是唐宋时期著名的同州羊，又名苦泉羊，这在苏东坡同时代诗人的作品中多次出现：司马光有"羊羹忆卧沙"，并注"关中羊有卧沙细肋"；梅尧臣有"细肋胡羊卧苑沙"；黄庭坚"细肋柔毛饱卧沙"，并注"同州沙苑监有佳羊，俗谓之细肋卧沙"；陈师道有"细肋卧沙勤下箸"，并注"冯翊沙苑监，有卧沙细肋羊"；张耒有"重闻共此烛灯光，肥羊细肋蟹着黄"。曾雄生先生的说法是正确的。

苏东坡是在说：羊肉我吃厌了，想吃子鱼啊，吕行甫你这个贵公子，子鱼不送给更牛的人，却送给了我，谢谢你啊！

不怕得罪司马光和程颐两股最大的政治势力，却又与政治世家韩家和吕家保持良好关系，这是苏东坡在元祐年间的生存之道。政治主张不同、脾气不同，他不屑与之为伍，但他并不讨厌权贵，也不是见谁都变成一只刺猬，这就是极具个性的苏东坡。

*

第九章

杭州知州

52. 食疗养生——杭州篇九

　　苏东坡并不善于搞政治，拉帮结派更是他所不屑的，将与他交往的人冠以"蜀党"，这是政治对手们的污蔑。他做事我行我素，绝不迁就别人，在朝中一向孤立，很少有政治上声同气应的朋友。真正和他往来密切的，只有王巩和他的几个门生而已。

　　政治对手对苏东坡的"围剿"，火力集中在这些与苏东坡交好的人身上。苏东坡明白，只要他一天在朝，就会对政治对手们形成威胁，就会麻烦不断。现实政治的丑恶，已到了令他绝望的地步，他屡次向太皇太后请求外放，说自己"二年之中，四遭口语，发策草麻，皆谓之诽谤。未出省榜，先言其失士。以至臣所荐士，例加诬蔑"。他求太皇太后体谅他的处境，给他一个"不争之地"。太皇太后终于明白她没办法控制言官，只得准了苏东坡的请求。诏下："苏轼罢翰林学士兼侍读，除龙图阁学士充两浙西路兵马钤辖、知杭州军州事。"苏东坡于元丰八年（1085）十二月自登州来京，至元祐四年（1089）四月离开京城，在开封待了一共三年四个月左右。

　　二度来杭州，这一年苏东坡五十四岁。苏轼此行，朝廷给予特别的礼遇，太皇太后特准用宰相级别外放的恩例，诏赐衣一对，金腰带一条，金镀银鞍辔一副，马一匹，这都是加殿阁衔的封疆大臣才能得到的宠赐。不仅如此，刚要出杭州郊区，皇室的赏赐又至。据《墓志铭》载"公出郊未发，遣内侍赐龙茶、银合，用前执政恩例，所以慰劳甚厚"。龙茶，就是皇室贡茶密云龙。

苏东坡一向豪爽，在赴杭州太守途经扬州时，时任扬州从事的米芾前来相见，苏东坡拿出密云龙与他共享，朝云亲自奉茶。米芾为此写下《满庭芳·咏茶》："雅燕飞觞，清谈挥麈，使君高会群贤。密云双凤，初破缕金团。窗外炉烟自动，开瓶试、一品香泉。轻涛起，香生玉乳，雪溅紫瓯圆。娇鬟，宜美盼，双擎翠袖，稳步红莲。座中客翻愁，酒醒歌阑。点上纱笼画烛，花骢弄、月影当轩。频相顾，余欢未尽，欲去且留连。"此词既细腻传神地写出了煮茶的程序，又写出了雅宴清谈中侍茶者朝云的娇美，坐客的流连，呈现高会难逢、主人情重的意蕴，充满清雅、高旷的情致。这是从米芾的角度看这次盛会，至于苏东坡心情如何，米芾并不很清楚，但离开京城是非之地到他钟爱的杭州，高兴是肯定的，所以把皇家赏赐的密云龙都拿出来喝了。

苏东坡此行，拖家带口，还从京城带了百斛小麦，准备到杭州酿酒用。他在后来的《黍麦说》中说："吾尝在京师，载麦百斛至钱塘以踏曲，是岁官酒比京酰。而北方造酒皆用南米，故当有善酒。"这个酒鬼，在这篇文章中解释了他为什么要千里迢迢带着小麦到杭州："北方之稻不足以阴，南方之麦不足于阳，故南方无嘉酒者，以曲麦杂阴气也。"他认为做酒的稻米属阴，做酒曲的小麦属阳，南方属阳，北方属阴，所以稻米是南方的好，小麦是北方的好；到了杭州，用杭州当地的稻米和北方的小麦做曲酿酒，才可以酿出好酒，所以从京城带了百斛麦去杭州上任。苏东坡喜欢自己酿酒，还写了一部三百多字的《酒经》，不过技术不怎么样，在黄州酿的蜜酒，人家喝了还拉肚子，在密州酿的酒，自信满满的苏轼还自称为"薄薄酒"。

苏东坡这一年七月三日到杭州任上的，很会利用调任机会探亲访友、游山玩水的他，这一路磨蹭就是两个多月。尽管杭州这个地方是他做梦都想到的地方，他也是称病请求到地方任职的，但在得到知杭州的任命时，作《病后醉中》诗，得意之情，溢于言表：

　　　　病为兀兀安身物，酒作蓬蓬入脑声。

　　　　堪笑钱塘十万户，官家付与老书生。

　　不善于处理与朝廷里的上司和同僚关系，但很善于处理与地方同僚和下属关系的苏东坡，到了杭州，简直就是如鱼得水。杭州属两浙路，任两浙路提刑的是同年莫君陈，苏东坡刚到任不久，就与莫君陈泛舟西湖，边饮美酒边赏美景，作诗《与莫同年雨中饮湖上》：

　　　　到处相逢是偶然，梦中相对各华颠。

　　　　还来一醉西湖雨，不见跳珠十五年。

　　苏东坡说，人生在各处的相遇都是偶然的，此次相聚仿佛是在梦中，但你我的头上都有了白发了。远离杭州许久，这次回来又能够如醉如痴地观赏西湖的雨景，不见这雨珠跳落湖面的景象已经十五年了。苏东坡在写此诗十五年前任杭州通判时写有《六月二十七日望湖楼醉书》，诗中有"白雨跳珠乱入船"之句，写船游雨中之景，真切生动。也有认为诗中的"跳珠"指的是西湖的"跳珠轩"，在下天竺寺客寮中，因有泉出石罅，飞洒如珠得名。此诗写久别重逢，亦喜亦悲，但诗中无悲喜二字，这才是高手。

　　苏东坡二度来杭州，留下大量游玩的诗词，在这些诗词中可以看出，他的出游大多是与同僚一起的，颇有逃出京城牢笼、享受人生之意，而且还谈起养生来。他有一副手，通判袁公济，苏东坡就时常与他一起饮宴，并写下《次韵袁公济谢芎椒》：

燥吻时时著酒濡，要令卧疾致文殊。

河鱼溃腹空号楚，汗水[1]流骸始信吴。

自笑方求三岁艾，不如长作独眠夫。

羡君清瘦真仙骨，更助飘飘鹤背躯。

川芎和花椒都是中药，清瘦的袁公济用来养生，可内服，可泡脚，通经络，治嘴唇干燥，苏东坡给了袁公济另一个养生秘诀：独卧。依据是《神仙传》里"彭祖教采女云：服药百裹，不如独卧"。那时的人认知水平很有限，苏东坡将现在看起来是无稽之谈的《神仙传》当成养生"圣经"。

这期间，苏东坡还把蜂蜜也当成养生神器。苏东坡的老朋友仲殊和尚是安州人，他"为诗敏捷立成，而工妙绝人远甚"。这人经常吃蜂蜜，熟悉佛经的苏东坡想到《四十二章经》里有"若有人得道，犹如食蜜，中边皆甜"，于是写了《安州老人食蜜歌》：

安州老人心似铁，老人心肝小儿舌。

不食五谷唯食蜜，笑指蜜蜂作檀越。

蜜中有诗人不知，千花百草争含姿。

老人咀嚼时一吐，还引世间痴小儿。

小儿得诗如得蜜，蜜中有药治百疾。

正当狂走捉风时，一笑看诗百忧失。

东坡先生取人廉，几人相欢几人嫌。

恰似饮茶甘苦杂，不如食蜜中边甜。

因君寄与双龙饼，镜空一照双龙影。

三吴六月水如汤，老人心似双龙井。

---

① 《吴真君服椒法》云：半年脚心汗如水。（原注）

"蜜中有药治百疾"，这是夸大了蜂蜜的药效，苏东坡应该不会相信，但他本人确实喜欢蜂蜜。蜂蜜不论正中间还是边缘，都是一样甜，不像喝茶有甘有苦，由此他想到自己，"东坡先生取人廉，几人相欢几人嫌"。他以廉洁正直取人，所以有人喜欢他，有人不喜欢他，从吃蜜说到取人，苏东坡的思维真是天马行空。

在杭州见到棕笋，他还介绍给仲殊，写了这首《棕笋》：

> 赠君木鱼三百尾，中有鹅黄子鱼子。
> 夜叉剖癭欲分甘，箨龙藏头敢言美。
> 愿随蔬果得自用，勿使山林空老死。
> 问君何事食木鱼，烹不能鸣固其理。

棕笋，学名棕蓓，棕榈科棕榈属棕树的花苞，即棕树含苞未放的蓓蕾，或者说未开放的幼嫩花序，苏东坡在诗序中对棕蓓作了介绍："棕笋，状如鱼，剖之得鱼子，味如苦笋而加甘芳。蜀人以馈佛，僧甚贵之，而南方不知也。笋生肤毳中，盖花之方孕者。正二月间，可剥取，过此，苦涩不可食矣。取之无害于木，而宜于饮食，法当蒸熟，所施略与笋同，蜜煮酢浸，可致千里外。今以饷殊长老。"棕笋富含钙、多种维生素、氨基酸、蛋白质、纤维质，是一种丰美、微涩、甘甜的蔬菜。棕蓓炒菜，味微苦，继而回甘，有特别的花香味。食用棕蓓亦可促进肠胃蠕动，帮助消化，促进食欲，还有消炎清火及降血压的药用功效。现在的做法多是泡水、焯水去涩后用来炒肉或者做汤。而苏东坡介绍的方法是用蜜浸泡。又是用蜂蜜。

食疗养生方面，苏东坡很有研究，但也不太靠谱，这从苏东坡只活了六十六岁并不算长寿大概可看出。

53. 荠青虾羹——杭州篇十

苏东坡第二次到杭州，当然不只吃喝玩乐——虽然他留下的诗词里留下了太多的游玩痕迹，工作才是他的日常，但工作一般不会写进诗词里，那太枯燥了。不过，我们还是可以从他上奏的状和其他文字，包括诗词里，看到他的工作成果。

苏东坡这次到杭州，最大的贡献就是疏浚西湖。苏东坡刚到杭州不久，游完西湖后写了这首《去杭十五年复游西湖用欧阳察判韵》：

> 我识南屏金鲫鱼，重来扪槛散斋余。
> 还从旧社得心印，似省前生觅手书。
> 葑合平湖久芜没，人经丰岁尚凋疏。
> 谁怜寂寞高常侍，老去狂歌忆孟诸。

苏东坡看到的西湖是"葑合平湖久芜漫"，"葑"指茭白的根，"芜"指杂草，意思是说西湖被茭白根占据，杂草丛生，湖面都快合上了。江南的湖面本来就适合各种水生植物生长，西湖为皇家放生池，浚湖的工作被疏忽了。每年干旱时节，水草丛生，湖面上会出现一块又一块葑田，湖面度牒便越来越少了。苏东坡在向朝廷上的《杭州乞度牒开西湖状》说："熙宁中，臣通判本州，湖之葑合者，盖十二三耳；而今者十六七年之间，遂塞其半。父老皆言，十年以来，水浅葑横，如云翳空，倏忽便满。更二十年，无西湖矣。"

这是一项艰巨的任务，需要朝廷拨款支持，还要发动群众参与，问题是，在此之前苏东坡刚获支持初步解决了饥荒，又疏通了运河，再向朝廷开口，朝廷会答应吗？

这时，苏东坡杰出的施政能力得到了体现，他先是制造舆论，由杭州父老乡亲一百一十五人到帅府请愿，请愿的父老说："西湖之利，上自运河，下及民田，亿万生聚饮食所资，非止为游观之美。而近年来，堙塞几半，水面日减，葑葑日滋，更二十年无西湖矣。"气氛营造出来了，这时苏东坡愤然道："使杭州而无西湖，如人去其眉目，岂复为人乎！"这一步很重要，既把群众的热情发动了起来，又堵住了朝廷里反对派的嘴：疏浚西湖可是杭州老百姓的期盼，别到时又说是我想把环境造好，为了个人游玩享乐。

接着，苏东坡以他三寸不烂之舌，上《杭州乞度牒开西湖状》，首先从西湖的历史说起，得出"湖通则天下太平"的结论。其次列出西湖五条不可废的理由，分别是：西湖乃皇家放生地，事关皇上万寿无疆，一不可废；西湖关乎全城居民用水，二不可废；西湖用于灌溉，影响农业收成，三不可废；西湖影响运河，四不可废；西湖影响酿酒泉水，事关杭州二十多万缗酒税，五不可废。再次算清西湖疏浚所需费用，需要三万四千贯钱，提出利用之前节约余款，自筹一半，再以工代赈，又可解决部分饥民的问题，剩下的就请朝廷支持了，也不用给钱，给一百道度牒就行，花小钱办大事。这样摆事实讲道理，朝廷不答应都不行。

度牒是出家人的身份证明，出家人不用服兵役、劳役，不出身丁钱和其他苛捐杂税，属于寺院的田产免付租赋。宋朝度牒由中央政府专卖，一个人要出家做和尚，须先买好度牒，才由寺院剃度。老百姓和地主买度牒，享受出家人待遇，所以度牒卖得很贵。苏东坡向朝廷要的这一百道度牒就卖了一万七千贯钱。

钱解决了，剩下就是组织实施的问题，苏东坡的组织能力更是出色，他特别善于用人。驻杭州的两浙兵马都监刘季孙，是与他志同道合的同僚，所用的兵工，完全由他调度；监杭州商税的苏坚，娴习水道工程，苏东坡对其委以重任；钱塘县尉许敦仁，开西湖是他首先提的建议，且又是他所辖属地区的分内公事，交给他不会错。

至于工程的设计，艺术大师苏东坡不需要假手于人，比如将疏浚出的大量西湖淤泥用以建筑湖上的长堤，长堤上栽种花木杨柳，建小桥亭阁，这样点染的自然之美构成了西湖十景中著名的"苏堤春晓"和"苏堤六桥"。苏东坡的诗句"六桥横绝天汉上，北山始与南屏通。忽惊二十五万丈，老芋席卷苍云空"就描述了这些美景。长堤贯通西湖的南北两岸，大大缩短了游玩西湖的往返距离，游客出行更为便利，这就是现在的苏堤。至于如何使得西湖中的杂草不再滋生，苏东坡又想出一个两全其美的办法，即将湖边缘部分租给民众种植菱角，民众若想种植菱角增加家庭收入，必须对自己的地段定期拔草，同时官府将所得的租种费用和税收收入用于湖堤的保养。为了限制湖面种植，苏东坡在西湖中建造了三座小石塔，围成一个水域，严禁民众在此水域内种植菱角。这些小石塔就是现在西湖最为著名的美景"三潭印月"。

传说西湖疏浚工程开工后七天的端午节，百姓挑来猪肉和酒答谢苏东坡，苏东坡让人做成东坡肉后分给大家吃，这是杭州东坡肉的"身影"。

非常可惜，这个传说没有依据。自西湖工程开工之日起，苏东坡一有空就亲自督察工事，奔走于砾石泥淖之中，他将钱塘门外大佛头山石佛院的十三间楼，借作他的临时办公处。开工后七日确实是端午假日，游人都出钱塘门到十三间楼来玩，苏轼也在那里督工。看到湖上游人如织，苏东坡词兴大发，填了《南歌子》词：

山与歌眉敛，波同醉眼流。游人都上十三楼，不羡竹西歌吹古
扬州。

菰黍连昌歜，琼彝倒玉舟。谁家水调唱歌头，声绕碧山飞去晚
云留。

大意是：山色像歌女黛眉浓聚一样碧绿，碧波就像人的朦胧睡眼一
样流淌。人们都爱登上十三楼，不再羡慕竹西歌吹的古扬州。吃着菰叶
包的粽子和菖蒲菜，喝着玉杯中玉壶倒出的美酒，不知谁家唱起了水调
歌头，歌声绕着青山飞去，晚云又将它挽留。

没有提到猪肉，也没有提到东坡肉，与美食有关的倒是不少。"菰
黍"指的是粽子。菰，本指茭白，此处指裹棕的菰叶；黍指大黄米；连
起来就是菰叶裹大黄米的粽子。"昌歜"，当时以菖蒲嫩茎切碎加盐以佐
餐，名昌歜。"琼彝"指玉制的盛酒器皿。"玉舟"是玉制的酒杯。如果
东坡肉传说是真，苏东坡这个吃货没理由不把它写进去。

与民同乐倒是有的，苏东坡督工时常忘记回家吃饭，生活一向简
单，史料有他与堤工同吃一样饭菜的记载。南宋施德操《北窗炙輠录》
说："筑新堤时，坡日往视之。一日饥，令具食，食未至，遂于堤上取
筑堤人饭器，满贮其陈仓米一器，尽之。"施德操是洛学弟子，二程
洛学一向对苏东坡不感冒，没有美化苏东坡的动机，施德操这一记载
可信。

苏东坡虽然是个吃货，但生活节俭简单，但凡有什么好吃的，他都
会写下来。比如好朋友钱勰送给他江瑶，他写信感谢，说："惠示江瑶
极鲜，庶得大嚼，甚快。"吃到竹笋，也写信给钱勰："新刻特蒙颁惠，
不胜珍感。竹萌亦佳贶，取笋簟菘心与鳜相对，清水煮熟，用姜芦服自
然汁及酒三物等，入少盐，渐渐点洒之，过熟可食。不敢独味此，请依

285

法作，与老嫂共之。呵呵。"说竹笋是个好东西，把竹笋、蕈菇、白菜心和鳜鱼，用清水煮熟，加入姜、萝卜汁、酒等，分次撒盐，熟了就可以吃了。这种美味我不敢私藏，请你按照这个方法做做看，跟家人一起享用。

妻弟王元直从眉山到钱塘来看望他，他在《书赠王元直三首》中记道："十月十八日夜，与王元直饮酒，掇荠菜食之，甚美。颇忆蜀中巢菜，怅然久之。"这是吃荠菜时怀念起家乡的巢菜，苏东坡在黄州，巢谷开玩笑说是"吾家菜"，苏东坡因此叫它元修菜。"十一月二十八日，既雨，微雪。予以寒疾在告，危坐至夜。与王元直饮姜密酒一杯，醺然径醉，亲执枪匕作荠青虾羹，食之甚美。他日归乡，勿忘此味也。"这是用荠菜与虾肉做的一道羹，苏东坡亲自下厨，他可是个"不杀生"的人，亲自下厨非常不简单，看来确实是喝多了。最后还叮嘱王元直"他日归乡，勿忘此味"，看来对自己的厨艺相当自信。

当然不能排除苏东坡在杭州留下东坡肉做法的可能，其实他早在黄州时就把东坡肉的做法公开了，哪个地方都可以做东坡肉，何况是苏东坡二次来的杭州。我倒觉得，杭州不必纠结于红烧肉与苏东坡疏浚西湖之间的关系，如果说"昌歜"这道菜太普通没有推广意义，那么就把"荠青虾羹"好好宣传一下——这道菜属于杭州，没毛病。

54. 寒具——杭州篇十一

　　苏东坡曾官至三品翰林学士、杭州知州，待遇不会低，而知杭州期间，应该是他日子最好过的时候，何况他生活一向极简。当然，也有奢侈的时候，这主要是喝茶。

　　苏东坡喜欢喝茶，所以大家会送茶给他。此时他还受皇家恩宠，皇家的贡品密云龙他还能喝到。密云龙产自福建，这是时任福建转运使贾清在元丰元年（1078）奉神宗诏，专门制作供皇室专享的御茶，神宗赐名"密云龙"。元祐五年（1090）春天，时任福州转运使的曹辅寄了一些茶给苏东坡，当然不可能是密云龙，而是品质也很不错的福建壑源山的新茶，曹辅附上自己新写的一首七律，苏东坡作了这首《次韵曹辅寄壑源试焙新芽》答谢：

> 仙山灵草湿行云，洗遍香肌粉未匀。
> 明月来投玉川子，清风吹破武陵春。
> 要知玉雪心肠好，不是膏油首面新。
> 戏作小诗君勿笑，从来佳茗似佳人。

　　苏东坡诗中所说的"豁源"，即"壑源"，位于福建建瓯。据《东溪试茶录》，壑源是建安郡东望北苑之南山，"其绝顶四南下视建之地邑，民间谓之望州山。山起壑源口西，四周抱北苑之群山，迤逶南绝，其尾岿然，山阜高者为壑源头……土皆黑埴，茶生山阴，厥味甘香，厥色青白"。在宋代，这里因为出产上等好茶而著名。苏东坡同时代的梅尧臣、曾巩也多有诗文咏赏，但都不如苏东坡"从来佳茗似佳人"这一妙喻，这一句也成了评价好茶的绝好评语。

除了喝茶，苏东坡在杭州的吃喝普通得很。寒食节，他吃到了馓子，那时候叫"寒具"，还煞有介事地写了一首诗，题目就叫《寒具》：

纤手搓成玉数寻，碧油煎出嫩黄深。

夜来春睡无轻重，压扁佳人缠臂金。

在古代，寒食节要禁火三天，于是人们便提前炸好一些环状面食，作为寒食节期间的"快餐"，因是为寒食节所准备，故而被称作"寒具"，历代还有"粔籹""细环饼""捻头"等名称。这种油炸环形面食，形似手镯，苏东坡由此想到春睡的佳人手腕上的手镯。赞美西湖，他用西施，说"欲把西湖比西子"；欣赏茶叶，他说"从来佳茗似佳人"；说到寒具，他想到"压扁佳人缠臂金"，饮食男女，苏东坡也不例外。这些比喻都发生在杭州，至少说明他在杭州写这些诗时心情大好，人在情绪低落时，不会想到佳人。

苏东坡的吃喝并不奢华，按说应该存下来一些钱的，但他一生贬谪时间太多，钱都用在路上了，谪官收入极低，而他经济宽裕时又太大方了。他到杭州不久，杭州就遇到饥荒，接着就是瘟疫，苏轼立即实行两项救济措施：一是设置病坊，二是施药。除了拨出结余官钱两千贯外，苏东坡又从家里拿出黄金五十两，在城里的众安桥设置病坊一所，取名"安乐"，遴选懂点医术的僧人主持施医的工作，还规定每年从田赋中留出病坊的常年经费。这堪称中国历史上第一所公立的慈善医院，由苏东坡个人赞助了黄金五十两。《与某宣德书》载，有一范姓友人，送给苏东坡金五两，银一百五十两，苏东坡也代他捐给了"安乐坊"。

有了钱，还得有药。巧了，这药方还真有，就在苏东坡的手里，是从巢谷手上得到的，苏东坡说：

> 其方不知所从出，得之于眉山人巢君谷。谷多学，好方秘，惜此方不传其子，余苦求得之。谪居黄州，比年时疫，合此药散之，所活不可胜数。巢初授余，约不传人，指江水为盟。余窃隘之，乃以传蕲水人庞君安时。安时以善医闻于世，又善著书，欲以传后，故以授之，亦使巢君之名与此方同不朽也。

原来苏东坡在谪居黄州的时候，黄州也发生过瘟疫，苏东坡就用此方制药救人无数，当然也花了不少钱。巢谷传给苏东坡这秘方时约定不许外传，还对江水发誓，苏东坡这次干脆把秘方传给了善著书的庞安时，让这秘方彻底公开。

不仅如此，他还自费修合药剂——圣散子，施送给贫穷的病人。这圣散子的功效，苏东坡也有记载：

> 昔尝览《千金方·三建散》云：风冷痰饮，症癖痃疟，无所不治。而孙思邈特为著论，以谓此方用药节度，不近人情，至于救急，其验特异。乃知神物效灵……真济世之具，卫家之宝也。

多才多艺的苏东坡，于医术方面，还真有两下子，不过这只是他一家之言，是否有夸大，待考。

爱民如子的苏东坡，史料里还留下了他在知杭州时不少趣事。何薳的《春渚纪闻》载，某人欠绫绢钱二万不偿，被债主告到官府。苏轼把被告传来讯问，被告说："我家以制扇为业，父亲刚死，又遇今年入春以来，连雨天寒，所制的扇子卖不出去，并非故意不还。"苏轼看了他老半天，然后说："姑且把你所制的扇子拿来，我来替你发个利市。"一会儿扇子取到，苏轼选取白色夹绢团扇二十柄，拿起判官笔各写行书、草字，画枯木竹石，顷刻而尽。给了被告并告诉他："拿去，赶快变钱还债。"那个人抱扇泣谢而出。一出府门，就被闻讯而至的人抢购，一扇卖一千钱，刚好可以还债。

《春渚纪闻》还说了一个"赝换真书"的故事：一次，所属都商税务查获了一个逃税人，此人是南剑州乡贡进士吴味道，带了两大包私货，上面写了苏东坡的名字，送至"京师侍郎宅"。苏东坡问他内中所装何物，此人实说道："味道今秋忝冒乡荐，乡人集钱为赴省之赆。以百千就置建阳小纱，得二百端。因计道路所经，场务尽行如抽税，则至都下不存其半。心窃计之，当今负天下重名而爱奖士类，唯内翰与侍郎耳。纵有败露，必能情贷。"他说的侍郎，就是苏辙，这是假冒苏东坡的名义送东西给苏辙，目的是逃避沿途收税。这个吴味道，不知道此时苏辙已从吏部侍郎升为翰林学士、吏部尚书，所以一下子就露馅。苏东坡听后很是同情，叫笔吏另加包封，上写自己名衔送"京师竹竿巷苏学士收"，并手书一封信给苏辙，交给吴味道。这个吴味道，后来果然考中了，自是一番感谢。

知杭州这两年，远离朝廷的斗争，是苏东坡人生极为开心的一段时光。然而，朝廷里并不因为苏东坡的离去而太平，原本左右相吕大防、范纯仁的组合，在言官们的一轮轮攻击下，换成吕大防、刘挚组合，朔党党首刘挚终于攀上政治高峰。为了防止朔党继续做大，太皇太后一面重用苏辙，以苏辙为中大夫守尚书右丞，相当于"副宰相"，一面以翰林学士承旨知制诰召苏东坡回朝廷。元祐六年（1091）二月二十八日诏下杭州，这一年苏东坡五十六岁。苏东坡此次到杭州是元祐四年（1089）七月，知杭州的时间只有一年十个月左右，十万个不愿意，很是无奈。

接任的是知润州（今江苏省镇江市润州区）的林希，这人也是苏东坡的好朋友，苏东坡在知杭州时与他诗词唱和特别多，做了工作上的交接，还希望他把自己未完成的工作完成。事实证明，苏东坡看人不太行，这个林希，苏东坡多次向朝廷推荐，却也是关键时候对苏东坡下手很狠的角色，我们以后还会说到此人。

*

第十章

颍州、扬州、定州足迹

55. 漱茶说——开封篇九

　　元祐六年（1091）三月初九，苏东坡离开杭州，经吴淞江到苏州、扬州、润州、商丘，于五月底抵京。一路上再三上书，请求太皇太后让他到地方任职，即便是到一个军事州也行，他对京城里的政治斗争是彻底失望，也是极不愿意面对的。

　　但太皇太后此次召苏东坡回京，目的就是牵制以刘挚为首的朔党势力，苏东坡外放的请求越恳切，太皇太后对苏东坡两兄弟的信任就越坚决，将苏东坡的请求一律驳回。

　　苏东坡为了表示请辞的决心，此次赴京没带家眷。到京之后，为了表示自己仍然是外官，不住到苏辙的官邸，而是寄寓于开封城内兴国寺的浴室院中，继续上书乞请外放，但一切都是徒劳。六月一日，降旨宣召再入学士院，四日又奉诏兼侍读。六月中旬，苏东坡不得不搬到东府，与苏辙同住。

　　另一边，刘挚也为围剿苏东坡两兄弟布下了天罗地网，擢升与苏东坡有极大矛盾的洛党贾易为侍御史。苏东坡明知山有虎，不得不向虎山行，此次应召回京，他本来就没想在京城里待下去，体面的结果就是主动请求外放被允许，大不了就是各种吵架，结果也是外放。既然如此，不如先主动出击，摆开阵势，展示姿态，于是上札子揭穿这个阴谋，细数从前他与贾易之间的嫌怨，坚乞外放州郡，避免发生纠葛，苏东坡说：

贾易,（程）颐之死党,专欲与颐报怨。因颐教诱孔文仲,令以其私意论事,为文仲所奏,颐既得罪,易亦坐去。乃于谢表中诬臣弟辙漏泄密命,缘此再贬知广德军,故怨臣兄弟最深。臣多难早衰,无心进取,岂复有意记忆小怨?而易志在必报,未尝一日忘臣。

其后召为台官,又论臣不合刺配杭州凶人颜章等。今既擢贰风宪,付以雄权,升沉进退,在其口吻……不久必须言臣并及弟辙。辙既备位执政,进退之间,事关国体,则易必须扇结党与,再三论奏,烦渎圣听。

恶人肯定会先告状,对付恶人的手段就是在他告状前揭穿他,说他会乱告状。只能说苏东坡学精了,反正是避无可避,狭路相逢勇者胜,跟他们干就是。

架要吵,生活也得继续,苏东坡的日常工作是撰写各种公文,闲来的消遣就是与王诜、王巩、黄庭坚、秦观等不在政治核心的老朋友一起作诗品画。宋代岳珂在《桯史》上就记载了一个苏东坡看画判断画中人籍贯的故事,有些匪夷所思,却又有理有据,让人信服。

黄、秦诸君子在馆。暇日观画,山谷出李龙眠所作《贤已图》:

博弈、樗蒲之俦咸列焉。博者六七人,方据一局,投进盆中,五皆六,而一犹旋转不已,一人俯盆疾呼,旁观皆变色起立,纤秾态度,曲尽其妙,相与叹赏,以为卓绝。适东坡从外来,睨之曰:"李龙眠天下士,顾效闽人语耶!"众咸怪,请其故,东坡曰:"四海语音言'六'皆合口,唯闽音则张口,今盆中皆'六',一犹未定,法当呼六,而疾呼者乃张口,何也?"龙眠闻之,亦笑而服。

说的是李公麟画的《贤已图》，画名看似好听，其实画的是一帮赌徒聚赌的画面。这帮赌徒赌的是骰子，画面中，五个骰子都停在了六点，最后一个骰子还在滴溜溜地滚动。画面中，赌徒的姿态各异，十分传神。黄庭坚、秦观等人在一起看《贤已图》，对李公麟的画技赞叹不已。这时候，苏东坡从外面回来，只随便瞅了一眼，就说："李公麟为啥画个福建人？"大家问他为什么说这人是福建人？看画能看出人的籍贯？苏东坡解释说，大家看啊，如果最后一个骰子也是六，六个六，就是豹子，通吃。所以，这个在赌桌边大呼小叫的人，一定是在喊"六！六！六！"从发音角度来说，全国各地的口音，说"六"的时候，都是闭嘴的，只有福建人说"六"是张大嘴的，大家恍然大悟。有人还找李公麟求证，李公麟也十分叹服，他画的还真是一个福建人。现在福建还流行的"中秋博饼"，就是用六个骰子，看来正是宋代的遗风。

　　看画能看出画中人的籍贯，这叫"眼力"。苏东坡还是个对护牙颇有心得的人，但这不能叫"吃力"。古人没有牙刷，也没有牙膏，洁牙就是个大问题，漱口是常用的手段。茶叶香气浓郁，用来漱口当然不错，苏东坡在这个时候写过一篇《漱茶说》，其中讲道：

　　　　每食已，辄以浓茶漱口，烦腻既去，而脾胃不知。凡肉之在齿间者，得茶浸漱之，乃消缩不觉脱去，不烦挑刺也。而齿便漱濯，缘此渐坚密，蠹病自己。然率皆用中下茶，其上者自不常有，间数日一啜，亦不为害也。此大是有理，而人罕知者。故详述云。

　　意思是：每次饭后，用浓茶水漱口，口内烦腻得以去除，脾胃也不会受到损伤。齿缝中间的肉丝，经过茶水漱口之后，也会脱落，不需要再剔牙。牙齿得茶漱洗，也会渐渐坚固密实，蛀牙之类的疾病也会慢慢

　　　　　　　　　　　　　　　　第十章　颖州、扬州、定州足迹

好转。漱口的茶用中下等的就好了，上等茶不经常有。不过中下等茶用于漱口也不容易，那就几天一次吧，也是有益的。这个道理知道的人不多，我就把它写出来了。

苏东坡总结起护齿心得，那是一套一套的，但此时刘挚正指挥着两个无耻小人对苏东坡发动一轮轮围攻。苏东坡来京时，特意实地勘察灾情，到京之后，就上札子，报告浙西灾伤，太皇太后诏准赐米百万石、钱二十万缗救灾。侍御史贾易即与杨畏、安鼎联衔疏论："苏轼所报浙西灾伤不实，乞行考验。"贾易这一招很毒，他们请求"乞行考验"，上面总不能不同意，但一经查验，地方官为推卸责任，有可能掩饰灾情，不敢实奏，那么，苏东坡"奏报不实"就被坐实，浙西的饥民得不到救援，又不知有多少人饿死。

苏东坡这次可是有备而来，侍御史的上级是御史中丞赵君锡，以他中丞的地位，帮忙讲一两句话就不一样，赵君锡与苏东坡关系还很好，所以立刻派人去见赵君锡，求其一言以助。这是一步险棋，御史中丞是言官的首领，必须独立思考，被谏官员勾结御史中丞，那是犯了大忌，除非两者私交极好可以保守秘密。事实证明，苏东坡这个思路没问题，但问题出在他不懂看人这个毛病上。这个他视为朋友的赵君锡，已经投靠到刘挚这边，于是联合贾易，狠狠地参了苏东坡一本。他们罗织了苏东坡一堆罪名，最致命的是苏东坡书于扬州竹西寺的那首小诗，贾状说，"先帝崩逝，人臣泣血号慕，苏轼却作诗自庆"。

苏东坡写那首诗确实流露出高兴的情绪，但那是因为他求改谪常州居住被允许而高兴，被硬说成因宋神宗驾崩而高兴，查作诗的时间，一下就明了，只是苏东坡情商太低，过后题在竹西寺里，这就给了别人说辞。加上赵君锡状告苏东坡仗势颐指御史中丞与侍御史自相攻击，也确实是把柄。太皇太后当然不会怀疑苏东坡的忠心，虽然对苏东坡的诬陷很明显，但事已至此，她也不得不交给宰相们研究处理办法。太皇太后想严惩构陷苏东坡的贾易和赵君锡，而刘挚则千方百计护着这两人，左右相吕大防、刘挚的处理意见是"两罢"，太皇太后也只能同意，于是降旨：翰林学士承旨侍读苏轼为龙图阁学士知颍州，侍御史贾易以本官知庐州，后改宣州。至于御史中丞赵君锡，也被降为吏部侍郎。

苏东坡这次再度还朝，在京时间不满三个月，大吵一架后，刘挚狐狸的尾巴终于露了出来，就在苏东坡被罢为知颍州后，刘挚也被告发，太皇太后于是罢了他的右相。

56. 无核枣——颍州篇

苏东坡于元祐六年（1091）八月廿二日到任颍州。

对这次再度离京，他没太多的遗憾，毕竟他本就不想回京。在惜别苏辙的诗中，他说"想见冰盘中，石蜜与柿霜"，意思是自己现在还能从颍州溯江回乡，重尝家乡名产石蜜与柿霜，而老弟苏辙就不知何时才可以了。对能知颍州，他也算满意，他的恩师欧阳修四十三年前曾知颍州，并因喜欢颍州这个地方的风土，致仕后就居家于此。苏东坡在到任谢上表里说："文献相续，有晏殊、欧阳修之遗风。顾臣何人，亦与兹选。"

更重要的是，喜欢热闹的苏东坡，在颍州有不少老朋友。副手通判，就是苏轼在杭州时的老朋友赵令畤，苏东坡非常欣赏他的干练和才华，说他"吏事通敏，志节端亮"，这让苏东坡可以当半个甩手掌柜；颍州州学教授陈师道，元祐初，由于苏轼的推荐才以布衣出任徐州教授，后除太学博士，算是苏门中人，此时刚好在颍州，真是冥冥之中的安排；恩师欧阳修家的两位公子欧阳棐和欧阳辩此时也在家丁母忧守制，这也多了两位可以聊天唱和的朋友。苏东坡这一时期，政务清闲，心情平静，经常邀客饮酒作诗，在颍州虽然只有半年时间，却留下了六十多首诗词。

遗憾当然也是有的，那就是颍州这个地方穷了点，可以用于公款接待的公使钱太少了，不足杭州的三分之一，"到颍未几，公帑已竭，斋厨索然"，这让他想到了在密州采枸杞、菊花充饥的日子，在《到颍未几公帑已竭斋厨索然戏作数句》中，他说"幸此一郡老，依然十年初"，真是一夜回到解放前。幸好此时的苏东坡是三品大员，待遇不低，加上在京时太皇太后也多有赏赐，过小日子不成问题。

　　最值得高兴的事是他知杭州时的同事兼好朋友刘景文来访。这位刘景文，就是协助苏东坡疏浚西湖的两浙兵马都监，苏东坡向朝廷极力推荐，这次他得改换为文官，除知隰州，于是顺道到颍州看望苏东坡。苏东坡在《喜刘景文至》中说"我闻其来喜欲舞，病自能起不用扶"。两人重逢，不需什么弯弯绕绕，"相看握手了无事，千里一笑毋乃迂"。知杭州的日子是十分开心的，自是一番回忆和惦记，"新堤旧井各无恙，参寥六一岂念吾?"苏东坡最留恋的当然还是杭州，所以他说"平生所乐在吴会，老死欲葬杭与苏"，希望死后葬在杭州苏州，这是赞美杭州的话，死后葬在哪里，复杂得很，可不是想想那么简单的。

　　苏东坡在颍州，虽然时间很短，却也办了不少好事。一是经过充分论证，向朝廷上《论八丈沟利害不可开状》，取消了开八丈沟这个对地方不利的计划。二是兴修水利工程，奏请朝廷将原来派修黄河的夫役，留一万人开掘辖境内的沟洫，构筑清河三闸，通焦陂水，浚治颍州西湖。是的，颍州也有西湖。这些工程虽然在他离任以后才次第完成，但主要功劳应该归于苏东坡。三是赈灾，这一年，与颍州相邻的庐州、濠州、寿州都大闹饥荒，逃荒的难民涌向颍州，在通判赵令畤的大力协助下，开义仓积谷数千石予灾民，又以原价将酒务里的柴数十万秤卖给贫民，终于渡过了大饥荒。四是缉盗，有一个叫尹遇的，结伙为盗，招摇过市，劫财劫人，凶悍无比。苏东坡知道属下汝阴县尉李直方素有干才，忠勇负责，就将此事责成于他，许诺他"君能擒此贼，当向朝廷力言，给予优赏"。后来李直方果真把尹遇抓获，苏东坡也向朝廷上书奖励李直方，可惜碍于制度，朝廷无法兑现苏东坡对李直方的承诺，而苏东坡在自己应迁升朝散郎一官时，请求朝廷将此一恩例，移给李直方，但这也不被应允，苏东坡开了一张空头支票，他颇感遗憾。

说到苏东坡在颍州的工作和生活，不得不提通判赵令畤，他是苏东坡在颍州的得力助手，让苏东坡省心不少，生活上还陪他开心。据赵令畤《侯鲭录》载，在颍州时，虽因公使钱太少，公务接待安排不了，但苏东坡仍乐于在家中用诗酒宴请宾朋，连体贴他的王夫人也几乎变成了诗人。正月十五夜，梅花盛开，月色如水，王夫人看他独坐无聊，便说："春月胜于秋月，秋月令人有凄惨的感觉，春月却令人和悦。何不召赵德麟这些人来，饮酒花下？"苏东坡大喜，邀了赵令畤来，饮酒花下，还用王夫人的语意，作《减字木兰花》词：

> 春庭月午，摇荡香醪光欲舞。步转回廊，半落梅花婉娩香。
>
> 轻烟薄雾，总是少年行乐处。不似秋光，只与离人照断肠。

赵令畤属于王族，是安定郡王赵君平的侄子，赵君平用黄柑酿了酒，取名"洞庭春色"，送了些给赵令畤，赵令畤就带来送给苏东坡，苏东坡因此作了《洞庭春色赋》：

> 吾闻橘中之乐，不减商山。岂霜余之不食，而四老人者游戏于其间。悟此世之泡幻，藏千里于一斑。举枣叶之有余，纳芥子其何艰，宜贤王之达观，寄逸想于人寰。袅袅兮春风，泛天宇兮清闲。吹洞庭之白浪，涨北渚之苍湾。携佳人而往游，勒雾鬓与风鬟，命黄头之千奴，卷震泽而与俱还。糅以二米之禾，借以三脊之菅。忽云蒸而冰解，旋珠零而涕潸。翠勺银罂，紫络青纶，随属车之鸱夷，款木门之铜镮。分帝觞之余沥，幸公子之破悭。我洗盏而起

尝，散腰足之痹顽。尽三江于一吸，吞鱼龙之神奸，醉梦纷纭，始如髦蛮。鼓包山之桂楫，扣林屋之琼关。卧松风之瑟缩，揭春溜之淙潺，追范蠡于渺茫，吊夫差之茕鳏。属此觞于西子，洗亡国之愁颜。惊罗袜之尘飞，失舞袖之弓弯。觉而赋之，以授公子曰：乌乎噫嘻，吾言夸矣，公子其为我删之。

写的是：安定郡王用黄柑酿酒，命名为"洞庭春色"，他的侄子赵德麟得到后赏给我，我戏作这篇赋。我听说在橘林中游玩，自然少不了要说到商山（今陕西省商县东南）。怎能说霜后的橘子不能吃，秦末汉初东园公等四位老人不是在橘林中游戏吗？感悟这人世间的泡影，把千里江山隐藏在一瓣橘子的斑点之中。手举大枣的叶子很容易，汇集芥子却很困难。应该像贤德的安定王这样豁达开朗，把超脱的想象寄托于人世间。犹如袅袅的春风，清闲地飘荡在天宇之上。吹动洞庭的滔滔白浪，涨满了北方大河的苍湾。携着佳人一起去那里游览，让清风吹拂我们的鬓发。让黄色的骏马带领许多随从，掀起震撼湖泽的威力，与之一起奔腾而来。掺揉上江米和大米的稻草，铺上三棱形的菅草。忽然间蒸气升腾冰水化解，随即酿出的酒犹如珍珠，又像泪水一样滴落下来。用镶着翡翠的酒器和银质的酒器，穿戴上装饰着紫色珠络的青色纶巾。随着运酒车上的酒囊，叩敲木门上的铜环。分享帝王酒觞里剩下的那一部分残酒，所幸的是公子德麟并不吝啬。我急忙洗净了酒杯起来品尝，驱散腰腿麻木憋痛的顽疾。好像三江的大水都在这一口豪饮之中，气吞大江中的鱼龙和神鬼。忽而如醉，忽而如梦，脑子里景色纷纭，开始有些疯疯癫癫。摇起用包山上桂树做成的船桨，叩开林间琼楼仙屋的门。醉卧在凛冽松风中瑟瑟地缩紧身体，掬起春天里潺潺的清泉。追随着春秋时期越国的名士范蠡到渺茫的幻影之中，追忆和凭吊吴王夫差那孤单的身影。叮嘱不幸的西施姑娘用这杯酒，洗刷因亡国的愁怨而衰老的容颜。跌跌撞撞地赶路，衣服鞋袜惊起阵阵涤尘，失去了舞动袍袖、弯腰弓背的姿势。醒来后作了这篇赋，呈送给公子说："哈哈！我的话夸张夸大了，敬请公子替我作些删改。"

苏东坡这是借酒抒怀：仕途坎坷又如何？就该豁达开朗，借酒为乐。在作此诗后三年，苏东坡被贬岭南，路经襄邑（今河南睢县）时下大雨，他将这《洞庭春色赋》和另一首写酒的《中山松醪赋》一并作书，加上后记，总计六百八十四字，为所见其传世墨迹中字数最多的。这幅书法乾隆时入清内府，刻入《三希堂法帖》；溥仪逊位，被辗转藏入长春伪帝宫；1945年散失民间；1982年12月上旬发现并入藏吉林省博物馆，是不可多得的苏东坡传世真迹。

超然且极度松弛的苏东坡，此时居然想到"成仙"。他的朋友蒲廷渊知河中，他给蒲廷渊写信：

> 河中永洛出枣，道家所贵，事见《真诰》。唐有道士侯道华，尝得无核者三，食之后，竟窃邓太主药上升。君到彼，试求之，但恐得之不偶然，非力求所能致耳。

河中府就在今天的山西省永济市蒲州镇，苏东坡在知徐州前曾被任命为知河中府，只是因为朝廷后来改任他知徐州而与河中府擦肩而过。好朋友蒲廷渊知河中，博学的苏东坡想到《真诰》里有一个故事，说河中永乐县有个道净院，在唐文宗时，道士邓太玄在此炼成了丹药，但怀疑还不太行，就留贮在院内。邓太玄死后，门徒周悟仙主院事，这时有一个叫侯道华的道士，专门侍候周悟仙，众道士也随便使唤他，他好经史读子集，手不释卷，众人问他读这么多书干什么，他说："天上无愚懵仙人。"河中府盛产大枣，但无核枣每年不过一两个，"道华比三年辄得啖之"，连吃了三年。一天，侯道华从市中喝醉归来，偷了邓太玄炼的丹药吃下，用力砍院前的松说："不要妨碍我飞到高处去。"七天后，松树上有云鹤出现，并传出笙歌，侯道华飞坐在松顶，挥手成仙而去。

苏东坡认为，侯道华成仙，与吃丹药有关，也许与吃无核枣也有点关系。无核枣是核已严重退化的枣，其枣核部分无枣仁，只剩核膜，可以食用，用现代农业科技可以轻易做到，但苏东坡生活的时代当然少之又少。他不是真想成仙，而是因为好奇让蒲廷渊给他找无核枣。他也知道这无核枣可遇不可求，所以没有给蒲廷渊下死任务。

此时的苏东坡，安逸得很！

57.　鱼蟹不绝——扬州篇

　　苏东坡在知颍州安逸的任上只有半年，元祐七年（1092）正月底，朝廷告下，调苏轼以龙图阁学士充兵马淮南东路钤辖知扬州军州事。原来，上一任知扬州的李承之去世了。估计是太皇太后想照顾一下苏东坡，毕竟扬州属于江南，怎么都比颍州要好一些。苏东坡是三月二十六到扬州任上的，这一年他五十七岁。

　　其实，扬州并不比颍州好多少，比如用于接待的公使钱，每年只有五千贯，比杭州少了二千贯，而扬州也是东南大都会，招待、馈赠、迎送的开销很大，五千贯钱实在不够用，很伤脑筋。苏东坡向朝廷上《申明扬州公使钱状》，要求增加二千五百贯。向朝廷伸手，苏东坡一贯很有办法，一般是开口时要多一点，上面打个折，也就差不多了，同时将钱的出处也替朝廷想好，"系省官醋务钱内拨二千五百贯元额钱"。宋朝的醋也是官方垄断，从本地卖醋钱里拨付。不过这次有点例外，未等朝廷回复，苏东坡就又被调回京了。

　　苏东坡在扬州的副手通判是苏东坡的学生晁补之，这让苏东坡处理起州务省心很多。但扬州的事也是真多，苏东坡刚到任，就忙个不停。先是叫停了正在轰轰烈烈筹备的万花会。洛阳以牡丹闻名天下，在苏东坡生活的时代，扬州则以芍药抢尽风头，蔡京在知扬州时，当地每年作万花会，一次用花十余万枝。虽然盛况空前，但胥吏缘此为奸，借这名义剥削老百姓，苏轼说"以一笑乐，为穷民之害"，毅然禁止，虽然他心里也知道这是大煞风景的事情。再是根据淮南、两浙灾情，上书朝廷请求对百姓历年的拖欠宽延一年，得到朝廷的支持。为此苏东坡高兴地赋诗"诏书宽积欠，父老颜色好。再拜贺吾君，获此不贪宝"。三是整治漕运，上《论纲梢欠折利害并劾仓部金部发运转运官吏情罪状》，揭露利用官船夹带私货，偷盗官粮，状请朝廷撤销仓法，追问金部官吏不取圣旨、擅自立法、盘剥兵梢的罪行，查清并追究发运转运司吏的责任。

这个时候的苏东坡，像个斗士，亲民除弊，浑身长满了刺，不怕得罪人，是他职业生涯中极为积极、主动作为的一小段时期。这可能与他的最大政敌——右相刘挚被罢有关。这个时候的朝廷，突然间干净了起来，左相依然是不结党的老好人吕大防，右相是范仲淹的儿子范纯仁，另一位宰相是苏东坡的好朋友苏颂，就是乌台诗案中与苏东坡同被关在御史台狱中的那位。苏辙也担任了副相，"朝中有人好做官"，这个时期的苏东坡，往朝廷上报的状多，言语也颇激烈。

从苏东坡留下来的文字，我们可以看到，在知扬州这半年，苏东坡的生活质量远没有在颍州时高，饮宴不多，访客更是少之又少。江东两浙转运副使毛正仲给他送来了茶叶，他赋了一首《到官病倦，未尝会客，毛正仲惠茶，乃以端午小集石塔，戏作一诗为谢》：

> 我生亦何须，一饱万想灭。
>
> 胡为设方丈，养此肤寸舌。
>
> 尔来又衰病，过午食辄噎。
>
> 谬为淮海帅，每愧厨传缺。
>
> 糜无欲清人，奉使免内热。
>
> 空烦赤泥印，远致紫玉玦。
>
> 为君伐羔豚，歌舞菰黍节。
>
> 禅窗丽午景，蜀井出冰雪。

坐客皆可人，鼎器手自洁。

金钗候汤眼，鱼蟹亦应诀。

遂令色香味，一日备三绝。

报君不虚受，知我非轻啜。

作为一名吃货，他说"我生亦何须，一饱万想灭"——我的一生没有什么可以牵挂的，只要能饱餐一顿，就能放下一切。但是，"尔来又衰病，过午食辄噎"，意思是到了扬州，最近又老又病，过了中午就吃不下东西了，这是身体不允许。"谬为淮海帅，每愧厨传缺"，苏东坡此时的职务是龙图阁学士充兵马淮南东路钤辖知扬州军事州，扬州公使钱又不够用，想大摆宴席也不可能，这是条件不允许。但是，端午节毛正仲送来好茶，这个节也得好好过，于是"为君伐羔豚，歌舞菰黍节"。在这里，"羔豚"泛指美味佳肴，"菰黍"指粽子，"菰黍节"指的就是端午节。

吃不是重点，喝好茶才是。喝好茶必须有好水，诗中的"蜀井出冰雪"，"蜀井"并非四川的一口水井，而是井名，古称"蜀冈第一泉"，位于扬州市区西北郊大明寺附近，蜀冈位于江苏扬州西北四里处。苏东坡在《书六合麻纸》文中提到"扬州有蜀冈，冈上有大明寺井，知味者，以谓与蜀水相似。西至六合，冈尽而水发，合为大溪"。

有了好茶好水，石塔寺窗外是美丽的富有诗意的午后景色，一起品茶的客人还是互为欣赏的，大家在盛水的鼎器中洗净双手，准备品茶。古人品茶讲究"三点""三不点"，包括品茶环境，茶叶和器具，品饮者的修养，是品茶时需要考虑的。"三点"中，新茶、甘泉、洁器为"一点"，天气好为"一点"，风流儒雅、气味相投的佳客又为"一点"。相反，茶不新、泉不甘、器不洁；景色不好；品茶者缺乏教养、举止粗鲁，则为"三不点"。至于"候汤眼"，鱼眼蟹眼等烹饪诀窍，色香味等品鉴方法，苏东坡是例行交代一下，让毛正仲知道：自己喝茶可是认真的，你不是"虚受"，而自己也"非轻啜"。

从这首关于吃喝的诗中，我们可以看出苏东坡的情绪并不高，朋友们的往来少了，热闹场面也不多。这固然与苏东坡同时代的好友一个个去世有关，也与时局正在酝酿一场即将到来的变化有关。太皇太后垂帘听政七年了，旧党是在太皇太后的指挥下理政，而此时，宋哲宗已经渐渐长大，亲政的日期指日可待，未来又会是怎么样呢？受太皇太后恩宠，此时满身带刺还带着一张"破嘴"的苏东坡，大家会不会有意与他保持距离呢？苏东坡是否也意识到即将面临的隐忧呢？

当然，也有例外，比如苏东坡艺术上的同道中人米芾就不管那么多。这一年米芾从润州（今江苏镇江）州学教授改授雍丘（今河南杞县）县令，从镇江北上就任路过扬州时，专程前往拜谒苏东坡。据赵令畤《候鲭录》卷七载："东坡在淮扬，设客十余人，皆一时名士，米元章在焉。酒半，元章忽起立，云：'少事白吾丈，世人皆以芾为颠，愿质之。'坡云：'吾从众。'坐客皆笑。"苏东坡设宴招待米芾，叫了不少名士作陪，米芾做人做事一向与众不同，人称"米癫"，酒喝到一半，米芾想让知交苏东坡为其正名，苏东坡笑着说：我同意大家的意见！座上客狂笑不已。苏东坡本就是爱开别人玩笑的人，米芾想让他为自己正名，没门！

但这样欢乐的日子并不多，就在这一年四月，十八岁的哲宗大婚，马上又紧锣密鼓地筹办冬季亲行郊祀之礼，这是迈向亲政前的重要程序。这么重要的时刻，太皇太后又想起了苏东坡，于是，八月中诏下扬州，召苏轼还京为兵部尚书，兼差充南郊卤簿使。因有郊祀的差遣，所以屡诏催促，不得迁延。苏东坡知扬州只有半年，屁股还没坐热就要离开，又要到充满是非的京城，虽然心里十万个不愿意，奈何任务紧要，而且推辞不得，也只得匆匆办了交接，九月初就离开扬州，赴京去了。

58. 传柑宴——开封篇十

苏东坡这次被召回京，紧急的任务是参与宋哲宗年底的郊祀典礼，就是由哲宗率领群臣到景灵宫向历代帝后的御容行礼，谓之"朝献"，再到开封府城南熏门外的南郊坛祭天，这是哲宗皇帝亲政前的重要环节。太皇太后把她心仪的人选通通召回，参与这一重要活动，这是向哲宗皇帝"交班"，希望这些人能继续受重用。

这种任务推辞不得，但进入"领导班子"，苏东坡则一点兴趣都没有，在赴京途中，他就上了《乞过郊礼仍除一郡状》，朝廷不但不允，而且给他加了"侍读学士"的头衔，不仅要做好兵部尚书的工作，还要给皇帝讲课。到了京师，苏东坡和上次一样，仍然住在兴国寺的东堂，表示完成伺候皇上郊祀典礼的差使后，仍要求外放，不想留在京师招惹是非。

南郊祀典一过，苏东坡便立即奏乞到越州任职。朝廷告下，诏迁端明殿学士兼翰林侍读学士、礼部尚书，这是苏东坡仕途的天花板，地位仅次于宰相，虽然不情愿，但也只能硬着头皮干。一开始，苏东坡颇能感受到受重视，这从他参加元宵节的传柑宴并赋诗《上元侍饮楼上三首呈同列》其三可以看出来：

> 澹月疏星绕建章，仙风吹下御炉香。
> 侍臣鹊立通明观，一朵红云捧玉皇。
> 薄雪初销野未耕，卖薪买酒看升平。

吾君勤俭倡优拙，自是丰年有笑声。

老病行穿万马群，九衢人散月纷纷。

归来一盏残灯在，犹有传柑遗细君。

　　这一年，大宋的粮仓江淮两浙大丰收，苏东坡高兴地说"自是丰年有笑声"，正月十四，元宵节前的一天，"薄雪初销野未耕，卖薪买酒看升平"，看到一派国泰民安的景象，他自己虽然"老病行穿万马群"，但也与民同乐，"九衢人散月纷纷"。更重要的是，参加宣德楼御宴后，"归来一盏残灯在，犹有传柑遗细君"。诗中的"细君"就是妻子，饮宴之后，贵戚给赴宴的人送了柑，苏东坡将宫廷的礼物带给在家中等候的妻子。这"传柑"是怎么回事呢？苏东坡自注："侍饮楼上，则贵戚争以黄柑遗近臣，谓之'传柑'，听携以归，盖故事也。"原来这是宋朝以前的一种风俗，所以说是"故事"。元宵佳节，皇上请吃饭，皇亲贵戚会送黄柑给近臣，这不仅仅是礼节那么简单，更是一种身份认同，说明受柑者是有背景的人。

　　既然是皇亲贵戚的近臣，当然值得大吹特吹，我们在宋词中就可以看见不少"传柑"典故，特别是南宋，偏安一隅的君臣们，更以接近权力中心，有资格参加"传柑宴"为荣。苏东坡用"传柑"典故颇多，在他的诗词里，"传柑"有时是荣耀，高兴地赋几句，比如上面这首。有时又避之不及，比如在《上元词》中就写到"拼沉醉、金荷须满，怕年年此际，催归禁御，侍黄柑宴"，他这是对靠近权力中枢时的勾心斗角感到恐惧。数年后他被贬海南、与幼子苏过相依为命，仍念念不忘这一细节，在《上元夜过赴儋守召独坐有感》中写道："灯花结尽吾犹梦，香篆消时汝欲归。搔首凄凉十年事，传柑归遗满朝衣。"几枚小小的黄柑，见证了人世间的繁华转瞬、浮浮沉沉。

平静的日子才过了半年，又有麻烦找上门了。元祐八年（1093）三月，御史董敦逸连续四状攻击苏轼，接着御史黄庆基连续三状弹劾苏轼，大帽子是"洛党稍衰，川党复盛"，指苏东坡援引四川人和他的亲戚入朝为官，培养个人权势。此外，又找来一些琐碎且毫无根据的事，沿袭熙宁、元丰间李定、舒亶这辈人的谗言和元祐以来朱光庭、赵挺之、贾易之流的诽谤，拼拼凑凑，誓把苏东坡拉下台。御史们总与苏东坡过不去，告状也毫无新意，这种无根据陷害，连大好人左相吕大防也看不下去了，太皇太后更是气愤，结果是罢董敦逸为知临江军，黄庆基为知南康军。

御史们的中伤是小事，即将亲政的哲宗皇帝对旧党的厌恶才是大麻烦。侍读的日子，苏东坡发现，成长中的哲宗皇帝，相别虽仅四五年，面目却已完全不同。太皇太后刚刚垂帘听政时，朝廷大臣都当他是个不足论事的小孩，实际政务非但没有让他插手，连让他清楚是怎么回事都觉得多余，即便是哲宗想问点什么，大臣们也不怎么理他，这种风气自司马光开始就是如此，现在皇帝渐渐长大了，自己的权威遭无视，他怎能没有意见？苏东坡在侍读时意识到哲宗那种怪异的不合作态度，不愿听言的淡漠神情，于是千方百计循循善诱。然而，一切都是徒劳，哲宗皇帝因反抗心理，与太皇太后任用的旧臣间，已经筑起了一座隔阂的高墙，在心里对几乎任何一个元祐大臣，都产生排斥，苏东坡也不例外。

屋漏偏逢连夜雨，先是夫人王闰之八月初一病逝，继而九月初三，太皇太后驾崩。太皇太后患病期间已经意识到哲宗皇帝的态度，她也知道一切无可挽回，对宰相们说"老身病势有加，与公等必不相见；公等亦宜及早求退，令官家别用一番人"。大臣们个个束手无策，苏东坡此时却放手一搏，他联合另一侍读学士范祖禹进《听政札子》，对哲宗皇帝解说太皇太后对天下、对皇帝的恩德，希望哲宗不被小人的谗言蛊惑，不被那批失意在外的新党政客离间。

然而，形势已经不可逆转，这一年九月，朝廷告下，苏轼罢礼部尚书任，以两学士充河北西路安抚使兼马步军都总管、出知定州军州事，苏东坡想向哲宗皇帝告别，哲宗皇帝拒见。

政局变化的趋势，征兆已现。苏东坡心里明白，他们的失败，已是无可避免，年初的传柑宴，竟是他最后的盛宴。

59. 中山松醪、蜜渍荔枝——定州篇

　　苏东坡这次在京约一年，元祐八年（1093）九月底，五十八岁的苏东坡离京赴定州，这一年的十月二十三日到定州任上。

　　定州，即今天河北保定的定州市，在苏东坡生活的时代，此地与辽交界，成了边防重镇。这么边远的地方，没有朋友，这对爱热闹的苏东坡来说就是一个问题，此时朝廷还是旧党的天下，尽管已是风雨欲来，苏东坡奏请了两个朋友同行：一是工诗的李之仪，即苏东坡到黄州时写信给他，抱怨亲友不理他的那位，苏东坡保荐他来当签书判官厅公事；一是同乡孙敏行，参赞幕僚业务。执政的还是"自己人"，朝廷同意了。定州的两位通判滕希靖（兴公）、曾仲锡也与苏东坡相处得很好。苏东坡刚到定州，还算舒适，这从李之仪的《姑溪集题跋》中的一段可略知一二：

　　　　中山控北虏，为天下重镇，选寄皆一时人物，轻裘缓带，折冲尊俎。元祐末，东坡老人自礼部尚书为定州安抚使，之仪以门生从辟……每辨色会于公厅，领所事，穷日力而罢。或夜，则以晓角动为期，方从容醉笑间，多令官伎随意歌于坐侧，各因其谱，即席赋咏。

　　中山不是广东的中山，而是定州的别称。从李之仪的这段回忆可知，苏东坡在定州的工作还算顺利，每天工作清零后，晚上则吃吃喝

喝，还有官伎作陪，也会为她们填词。苏东坡离京时已感到时局将面临巨变，但多少还心存美好愿望，说不定旧党大臣们还可以说服年轻的哲宗皇帝，力挽狂澜呢？对这种暴风雨前的平静，苏东坡一开始心存幻想。

而此时，年轻的哲宗皇帝正静悄悄地开始布局，先稳住这帮元祐旧臣再说。十一月九日，哲宗还派翰林医官王宗古送来慰问，包括冬天的衣服，苏东坡上表感谢了一番，更往好处想了。

这一年的十二月二十五日，准备过年，家家都要舂米做年糕，苏家一大家人当然也忙得不亦乐乎。苏东坡醉睡醒来，看到一种馏饭蒸气做饼的工具，叫"馏合刷瓶"，觉得很新鲜，于是也选了一具寄与苏辙，并附了这首《寄馏合刷瓶与子由》：

> 老人心事日摧颓，宿火通红手自焙。
> 小甑短瓶良具足，稚儿娇女共燔煨。
> 寄君东阁闲蒸栗，知我空堂坐画灰。
> 约束家僮好收拾，故山梨枣待翁来。

苏东坡对老弟说，我这个老人家，心事困顿，蹲在家里的火炉边焙手取暖，家里的甑啊瓶啊这些炊具倒是充足，大大小小忙着蒸糕，也十分热闹。这个馏合刷瓶很是不错，就寄给你闲来蒸板栗吃，也让你知道你老哥我在空荡荡的大堂里画着灰。这东西可好用了，告诉家僮们保管好，故乡的梨啊枣啊，都还等着我们呢！

这种带着隐忧中的作乐，相信苏东坡也乐不起来，个人的沉沉浮浮，他已经习惯了，也有了充分的思想准备。从京城赴定州时，他就遣散了京中家臣，包括后来叱咤风云的高俅。但不管怎样，该干的工作还是应该尽力干好，当务之急是收拾定州一片衰败的边务。

苏东坡通过一系列强硬手段整治军纪，又搞了一次阅兵，振奋了士气，禁军的精神面貌有所提高，他又想出了两招：一是给破落的营房修葺一下，改善士兵的居住条件；二是重新组织原来的"民兵组织"弓箭社。这两个建议，前者需要钱，后者属增加民间组织，都需要上报朝廷批准。然而，这时候，朝廷内外乱成一片，大宋的政局又将发生一场剧烈的变动，谁还管这些远在天边的问题！

哲宗稳住政局后，马上排兵布阵，先是由潜伏在左相吕大防身边的礼部侍郎杨畏密奏重启新法，除旧党，用新党，列出一个包括章惇、安焘、吕惠卿、邓润甫、王安中、李清臣等人的名单，建议哲宗起用这些人。于是先起用已在京师的户部尚书李清臣为中书侍郎，兵部尚书邓润甫为尚书右丞。一场残酷的政治斗争拉开了帷幕。

远在定州的苏东坡，如一只待宰羔羊，只能选择及时行乐，与僚属李之仪、孙敏行、滕希靖、曾仲锡朝夕酬唱不倦，说说美食美酒，譬如作《立春日小集戏李端叔》，诗中说：

衰怀久灰槁，习气尚馋贪。
白啖本河朔，红消真剑南。
辛盘得青韭，腊酒是黄柑。
归卧灯残帐，醒闻叶打庵。
须烦李居士，重说后三三。

他们谈河朔的熊白，四川的红消梨、青韭和用黄柑酿的腊酒等美食，最后他还要求李之仪讲讲他所爱喜欢的营妓董九。苏东坡以"三三得九"相戏。

定州多松树，松脂和黍米、麦子一起酿成酒，叫松醪。当时的人认为这酒可以治风湿，苏东坡为此还作了《中山松醪赋》，说道：

取通明于盘错，出防泽于烹熬。与黍麦而皆熟，沸春声之嘈嘈。味甘余而小苦，叹幽姿之独高。知甘酸之易坏，笑凉州之葡萄。似玉池之生肥，非内府之蒸羔。酌以瘿藤之纹樽，荐以石蟹之霜螯。曾日饮之几何，觉天刑之可逃。投拄杖而起行，罢儿童之抑搔。

大意是：从盘根错节里取出松枝透明的汁液，通过烹煮渗出脂汁。跟黍米、麦子一起煮熟，蒸煮时沸腾烹溅而发出嘈杂的声响。酿出的酒味甘而余味略苦，惊叹幽雅的味觉体验独具风味。由此知道甘酸的食物容易腐败变坏，因此讥笑凉州的葡萄酒是用腐败变坏的葡萄做成的。这些美食像玉池中肥美的肉食，而不是宫廷内府的蒸羔。斟满刻有樱桃紫藤花纹的酒杯，再配上螃蟹那白白的双螯。每天喝上几回、饮上几杯，顿时感到苍天降给人的一切苦痛都可以解除。由于松醪可以治疗风湿苦痛，所以我把拐杖扔到一边站起来行走，从此不再需要小童每天给我捶背按摩。

享受松醪酒之余，苏东坡自然有感而发，他想到了嵇康、阮籍，想到了传说中的八仙，幻想着加入这个豪放的群体，或者骑上麒麟，乘着长风，像历史上的刘伶那样端着执酒器甚至拿起水瓢豪饮。向往彻底的自由，这是苏东坡这时的真实想法。

既然避无可避，此时的苏东坡异常沉着镇静，他不愿把有限的时日，虚靡于无用的忧虑，于是常与定州几个交好的同僚饮酒作诗、听歌言笑，欣赏蜜渍荔枝的美味，并连作三首荔枝诗。

在《次韵曾仲锡承议食蜜渍生荔支（枝）》中，苏东坡说"逢盐久已成枯腊，得蜜犹应是薄刑"。博学的苏东坡引用的是蔡君谟《荔枝谱》中关于荔枝的保存和吃法："红盐者，以盐梅浸佛桑花为红浆，投荔枝渍之，曝干，色红而甘酸。又蜜煎者，剥生荔枝，笮去其浆，然后蜜煎煮之。"看来那时的荔枝口味很一般，直接吃不怎么样，需要捣鼓一番，吃法有二：一种是用盐腌制的咸梅酱和扶桑花（即木槿）做成红浆，用以浸泡荔枝，然后晒干吃，而咸梅酱负责提供酸味，木槿负责上色；另一种吃法是把新鲜荔枝的汁液挤去，用蜂蜜煎煮入味吃。

在《再次韵曾仲锡荔枝》中，苏东坡自注"荔枝至难长，二十四五年乃实"。那时荔枝挂果的时间太长了，要种二十四五年才有荔枝吃。

在《次韵刘焘抚勾蜜渍荔枝》中，他说：

> 时新满座闻名字，别久何人记色香。
> 叶似杨梅蒸雾雨，花如卢橘傲风霜。
> 每怜莼菜下盐豉，肯与葡萄压酒浆。
> 回首惊尘卷飞雪，诗情真合与君尝。

苏东坡又让我们必须掉一回书袋，白居易在《荔枝图序》中写道："荔枝生巴峡间，若离本枝，一日而色变，二日而香变，三日而味变，四五日外，色香味尽去矣。"苏东坡想说眼看朝廷换新人，那些老人就像荔枝一样，离开后就不吃香了。看着这场满天惊尘飞雪的政局，还是与你吃吃蜜渍荔枝，欣赏诗情画意好了。

其实不用吃蜜渍荔枝，苏东坡很快就可以吃到品种不错的新鲜荔枝，因为这一次，他将被贬至盛产荔枝的惠州。

哲亲皇帝要报复被太皇太后压制、被大臣漠视的仇恨。卷土重来的新政派官僚们，要报复这多年来被排挤在外、投闲置散的怨愤。元祐九年（1094）来的当政人物将被一网打尽。先是由苏东坡的"老朋友"李清臣出面，说"苏辙兄弟改变先帝法度"，不久苏辙被赶出朝廷，以端明殿学士知汝州。四月下旬，御史虞策、来之邵就上言弹劾苏轼，说他从前所作诰诏文字，语涉讥讪，望朝廷给他来个全面清算。此时，苏东坡曾经的朋友张商英也落井下石，苏东坡的死对头赵挺之领头，御史台御史会劾苏东坡诽谤先帝。只有右相范纯仁为苏东坡据理力争，奈何哲宗皇帝不听。至绍圣元年（1094）闰四月初三日，朝廷告下定州，苏轼坐前掌制命，语涉讥讪，落端明殿学士兼翰林侍读学士，降到黄州起复时的原官——以左朝奉郎责知英州军州事，一下子从三品官降至七品。过了几天，又再降官为左承议郎，为从七品。但这还不是终点，随着章惇被起用为左相，他对苏东坡的报复马上到来。在苏东坡抵达当涂县时，新的诏令到了，"落左承议郎，责授建昌军司马，惠州安置，不得签书公事"。这是最低级别的九品公务员，与黄州一样，苏东坡又一次被剥夺了工作权。而负责写这一诏书，严厉谴责苏轼的，正是苏东坡多次推荐，接替他知杭州的林希。

章惇就更不用说了，这一次扑出来撕咬苏东坡的，正是他的"老朋友"们李清臣、张商英、林希。不得不说，苏东坡的交友识人，不行！

*

第十一章

再贬惠州

60. 豌豆大麦粥——汤阴篇

苏东坡在知定州任上才半年，在五十九岁时再次被贬，他已经可以泰然处之：黄州四年多的贬谪生活，他经历过；此去岭南，比黄州更苦一点而已，也没什么了不起。贬诏到时，也得上表感谢，在《英州谢上表》中，他说：

> 伏念臣草芥贱儒，岷峨冷族，袭先人之素业，借一第以窃名。虽幼岁勤劳，实学圣人之大道；终身穷薄，常为天下之罪人……累岁宠荣，固已太过。此时窜责，诚所宜然。

他说自己不过就是岷山峨眉山下一个卑贱的读书人，因勤奋读书侥幸得名，这么多年得到宠爱，所得已经太过多，此时不论如何责怪，都是应该的。没有一字自辩，承受一切的苦难。对于被谪岭南，他也十分洒脱，说"瘴海炎陬，去若清凉之地"，将瘴气缭绕、炎热的岭南山脚当成清凉之地。时势如此，没有人能挡得了这一股滔天的逆流。苏东坡已将一片用世的热肠，决然放下，从今以后，天悠地阔，何处不可安身？他已看透人生，不再希冀什么。

在宋朝，谪官奉到诰命之后，必须立即离任，也不用进行什么工作交接，苏东坡当天夜里就率领全家眷口启程了。一家人自北往南，再兵分两路：一路由大儿子苏迈带大部分人往宜兴，几年前苏东坡在那里置了田，生活没有问题；而苏东坡自己则由小儿子苏过和侍妾朝云陪同，再带上二位老婢，远赴贬所惠州。他自己调整情绪并不难，家人大多与他一起经历过黄州贬谪生活，应该也能适应，但对人生的起起落落，感悟肯定没有他深刻，这就有必要再叮嘱一番。在途经河南安阳汤阴县道旁一摊肆，大家停下车来，喝了豌豆大麦粥，苏东坡作了这首《过汤阴市得豌豆大麦粥示三儿子》：

> 朔野方赤地，河壖但黄尘。
> 秋霖暗豆荚，夏旱瘁麦人。
> 逆旅唱晨粥，行庖得时珍。
> 青斑照匕箸，脆响鸣牙龈。
> 玉食谢故吏，风餐便逐臣。
> 飘零竟何适，浩荡寄此身。
> 争劝加餐食，实无负吏民。
> 何当万里客，归及三年新。

河南安阳汤阴，这是周文王、扁鹊的故乡，苏东坡此时没有心情怀古，他提醒儿子们注意，苏家环境，已经今不如昔：现在在黄尘蔽天、赤地千里的路上，能够吃到"青斑照匕箸，脆响鸣牙龈"的新鲜豌豆，已经很不容易；昨日的"玉食"已经成为过去，风餐露宿将是未来生活的一部分，今天的这一碗豌豆大麦粥，可能是无上的享受。

路经南都，王巩约他见面，他怕连累王巩，于是说"但不如彼此省事之为愈也"，对再次被贬的生活，他说："某其余坦然无疑，鸡猪鱼蒜，遇着便吃，生老病死，符到便奉行，此法差似简要也。"由此可见，他做好了过艰难日子的思想准备。大宋立国时就立了不杀大臣的规矩，贬谪到岭南就是最严重的惩罚，苏东坡做好了客死岭南的思想准备，而传说中可怕的岭南，有幸迎来了中国历史上最伟大的文化人之一，广东从此留下了苏东坡的足迹。

苏东坡先过大庾岭，题诗龙泉寺的龙泉钟。从南雄下始兴，到韶州，游坐落于今韶关市曲江区乌石镇濛浬村北江之畔的月华寺，留下了题梁"上祝天子万年，永作神主。铰时五福，敷锡庶民。地狱天宫，皆为净土。有性无性，齐成佛道"。至曹溪，又游六祖慧能的道场南华寺，南华寺原名宝林寺，宋太平兴国三年（978）重建，改名南华，苏东坡至寺，礼拜藏六祖真身的大鉴塔，为南华寺题"宝林"两个大字作寺额，至今犹存。作《卓锡泉铭》《苏程庵铭》，又作《南华寺》，诗中说："我本修行人，三世积精炼。中间一念失，受此百年谴。抠衣礼真相，感动泪雨霰。"他把一切不幸归于误落人间。

又到了英州，这本来是他被贬的地方，还可当一州之长，但章惇一上台，连英州也不让他待，把他赶到更远的惠州。但既然经过了，也要到此一游。他曾憩于州治小厅之西。南宋时将他小住过的地方命名为"坡公堂"，不过现在已不见踪影。又游碧落洞，就在现在的宝晶宫景区里，并赋诗《次韵程正辅游碧落洞》。当时英德境内有寿圣寺，就是现在的南山圣寿寺，苏东坡在那里留下了"蜀人苏轼子瞻，南迁惠州，舣舟岩下。与幼子过同游寿圣寺，遇隐者石君汝砺器之，话罗浮之胜，至暮乃去。绍圣元年九月十二日书"。石汝砺向苏东坡描绘了罗浮山的风景名胜，这让苏东坡有些神往了。到了清远峡，游峡山寺，观瀑布，留下了《题广州清远峡山寺》。至清远县（今清远市），遇见一位当地顾姓的秀才，大谈惠州风物之美，苏轼甚为高兴，作诗《舟行至清远县见顾秀才极谈惠州风物之美》：

到处聚观香案吏，此邦宜著玉堂仙。

江云漠漠桂花湿，梅雨翛翛荔子然。

闻道黄柑常抵鹊，不容朱橘更论钱。

恰从神武来弘景，便向罗浮觅稚川。

"香案吏"指起居舍人，"玉堂仙"则是翰林学士的雅号，惠州有桂花、荔枝、黄柑、朱橘，简直是人间天堂。罗浮山是葛洪炼丹地，也是他得道成仙之地，苏东坡有点迫不及待地想拥抱这个南蛮之地了。

一路向南，到了广州，苏东坡拜访了崇道大师何德顺，德顺向苏东坡谈及广州女仙事，苏东坡还作了《广州女仙》。在贬谪黄州时，他已接触了子姑神，子姑神本是民间传说，苏东坡却一本正经地写了一篇《子姑神记》，记述他在黄州郭氏家中亲眼见到这位"厕所大神"的场面，甚至还应这位"神仙"的请求，填了一首《少年游》送她。楚地黄州，普通民众正月请厕神许愿求卜吉凶，是当地非常流行的民俗仪式，彼时的苏东坡早已懂得"看破不说破"的大智慧，自然也就顺着郭氏家中这位"神仙"的套路，陪着演了一出好戏。这次在广州，德顺再说女仙，苏东坡干脆直说了："我从她写的诗来分析，绝对不是神仙。"

在广州，苏东坡游白云山蒲涧寺、滴水岩。滴水岩今天尚在，蒲涧寺却已荡然无存，可惜了。苏东坡在此留下了《广州蒲涧寺》《赠蒲涧信长老》两首诗。又游南海庙前浴日亭，作《浴日亭》诗。从广州出发去罗浮山前，又作了《发广州》，他说"天涯未觉远，处处各樵渔"，到处都是砍柴打鱼的，所以到天涯也不觉得远，他已不再恐惧了。从广州出发，他们先至东莞石泷镇，换乘小船溯溪至泊头墟，改坐轿子至罗浮山；先憩于延祥寺，由寺寻宝盖峰，攀登峭崖之上；又入宝积寺，饮梁朝景泰禅师的卓锡泉泉水，作《品水记》。第二天，游长寿观，再到冲虚观参观了葛洪丹灶的遗迹和朱真人的朝斗坛，还宿宝积寺中阁。苏东坡此行，游踪所至皆有诗，他全然为罗浮山的风光所陶醉。

61. 罗浮春、桂酒、真一酒——惠州篇一

苏东坡于绍圣元年（1094）十月二日到达惠州。彼时的惠州，虽然山清水秀，风景绝佳，但尚未开发，还是"化外之地"。忽然来了苏东坡这样一位大名鼎鼎的人物，整个社会自然引起轰动，大家以极大的好奇和热情欢迎苏东坡，苏东坡在《十月二日初到惠州》中很是高兴地说：

> 仿佛曾游岂梦中，欣然鸡犬识新丰。
> 吏民惊怪坐何事，父老相携迎此翁。
> 苏武岂知还漠北，管宁自欲老辽东。
> 岭南万户皆春色，会有幽人客寓公。

他说"父老相携迎此翁"，还说如果苏武、管宁当年也受如此欢迎，就留在漠北、辽东了。把被贬惠州说成如到仙境一般，苏东坡这张破嘴，改是改不了的了。他也知道"章惇们"看到之后会不舒服，但是都已经贬到惠州了，又能差到哪里呢？最好把他们气死！与上次被贬黄州不同，苏东坡是一开始就喜欢上惠州了，原因之一是这里不缺酒。在诗里他说"岭南万户皆春色"，后面自注"岭南万户酒"，这是个双关语，既说岭南春色迷人，也说岭南家家户户都有酒。在古代，酒总以"春"命名，这个酒鬼！

知惠州的詹范，与已故的黄州太守徐大受关系很好，因为这层关

系，对苏东坡十分照顾，安排他在三司按临所居的宾馆合江楼居住。按理这种地方贬官是住不得的，但苏东坡不仅住了还作诗继续"嘚瑟"，作《寓居合江楼》，大赞合江楼景色之美，"海上葱茏气佳哉，二江合处朱楼开。蓬莱方丈应不远，肯为苏子浮江来"。他又说"楼中老人日清新"，在这里开心得很，"三山咫尺不归去"，让他走他还不想走呢，原因嘛，还是离不开酒，"一杯付与罗浮春"，又自注"予家酿酒名罗浮春"，自己酿酒，还自己命名。

这段时间的苏东坡，天天不离酒，诗词里也是酒气熏天。程乡县令侯晋叔及归善主簿谭汲来，陪他同游大云寺，松下野饮，设松黄汤，就是松花酒，苏东坡作《浣溪沙》：

> 罗袜空飞洛浦尘，锦袍不见谪仙人。携壶藉草亦天真。
> 玉粉轻黄千岁药，雪花浮动万家春。醉归江路野梅新。

携壶、醉归、谪仙人……喝得很尽兴，估计"章惇们"看得也咬牙切齿。

后来搬到嘉祐寺去住，寺旁有座松风亭，亭有梅花，苏东坡咏起梅花来也带着酒气，"天香国艳肯相顾，知我酒熟诗清温""酒醒梦觉起绕树，妙意有在终无言""酒醒人散山寂寂，唯有落蕊粘空樽"。这国色天香的梅花，已经与苏东坡为伴，这里边还有一个"第三者"，那就是酒。

从苏东坡留下来的文字看，在惠州期间，几乎每天都有客人。客至，则必置酒，所以他家酒的消耗量很大。岭南五州的太守经常送酒给他，但毕竟杯水车薪，不够他请客。苏东坡在黄州时酿过蜜酒，这次他又"故伎重演"，自己酿起酒来，知循州（今龙川）的周彦质送来栗子和米，苏东坡复书说：

惠米五硕，可得醇酒三十斗。日饮一胜，并旧有者，已足年计。既免东篱之叹，又无北海之忧，感怍可知也。

其中的孔北海，就是孔融，《后汉书·孔融传》说孔融"座上客常满，樽中酒不空"。博学的苏东坡自比孔融还幸福，你周彦质送我米，我用来酿酒，从此也就不用担心没酒喝了。除了酿"罗浮春"，他还酿"桂花酒"和"真一酒"。在给好朋友钱济明的信中，他说："岭南家家造酒，近得一桂香酒法，酿成不减王晋卿家碧香，亦谪居一喜事也。有一领，亲作小字录呈。"王晋卿就是苏东坡的好朋友驸马王诜，苏东坡将其自酿的桂香酒自比王诜家的碧香酒，还作了《桂酒颂》。对自酿的桂酒，苏东坡评价颇高，说"酿为我醪淳而清。甘终不坏醉不醒，辅安五神伐三彭"。"淳"指味浓，"醒"指醉酒后的病态，苏东坡说他酿的桂酒不仅味道浓郁而且还清澈，不仅久放不坏而且喝醉后还不辛苦。这事他很得意，又作诗《新酿桂酒》：

捣香筛辣入瓶盆，盎盎春溪带雨浑。
收拾小山藏社瓮，招呼明月到芳樽。
酒材已遣门生致，菜把仍叨地主恩。
烂煮葵羹斟桂醑，风流可惜在蛮村。

桂酒酿成，呼朋唤友大吃一顿，菜倒是一般，就是"烂煮葵羹"，重点是喝酒。苏东坡叹息"风流可惜在蛮村"，他有时把惠州说成仙境，有时又说这里是"蛮村"。其实，他是很想北归的。比如绍圣二年（1095）九月，朝廷大赦天下，消息传到惠州，苏东坡不免心动，写信托程之才探听详情："今日伏读赦书，有责降官量移指挥。自唯无状，恐可该此恩命，庶几复得生见岭北江山矣。"又书"赦后，痴望量移稍北，不知可望否？兄闻众议如何？有所闻，批示也。"这是苏东坡的奢望，章惇对元祐党人是打倒后再踩上一脚，虽然天下大赦，但"元祐臣僚独不赦，终身不徙"。

苏东坡得知后，彻底放弃了幻想，那就继续酿酒。罗浮山道士邓守安又传他一个"真一酒"方，用白面、糯米、清水各三分之一酿造。对这种酒，苏东坡也给予了极高的评价："真一色味，颇类予在黄州所酿蜜酒。"并作诗《真一酒》：

拨雪披云得乳泓，蜜蜂又欲醉先生。
稻垂麦仰阴阳足，器洁泉新表里清。
晓日着颜红有晕，春风入髓散无声。
人间真一东坡老，与作青州从事名。

苏东坡说打开酒瓮，拨开云雪般的真一酒酒酿，就得到乳白色的真一酒了，这酒就如在黄州酿的蜜酒，又可以把自己弄醉了。这酒为什么好呢？因为垂着的稻是阴的，仰着的麦是阳的，酿酒的器具是干净的，酿酒的泉水是清新的。早晨喝了真一酒，脸面红晕，春风一吹，酒气就弥漫全身，深入骨髓。桓温有一主簿，擅长鉴别酒，好酒谓之"青州从事"，差酒谓之"督邮"，而自己的这真一酒，就是"青州从事"，好酒好酒！

苏东坡在惠州，自酿三种酒，多少有点王婆卖瓜自卖自夸。据叶梦得《避暑录话》载，他问过喝过这些酒的苏迈、苏过：这酒到底如何？答曰："亦只一试而止，大抵气味似屠苏酒。"两人说到这个，还"自抚掌大笑"。

苏东坡好酒而不善饮，自言："予饮酒终日，不过五合。天下之不能饮，无在予下者。"一合就是十分之一升，五合就是一斤。那时的酒度数低，苏东坡的酒量约为一天一斤低度酒，但他喜欢看别人饮酒，"见客举杯徐引，则予胸中之浩浩焉，落落焉，酣适甚于其客"。如此寻乐，世上也只有苏东坡一人了。

62. 白酒鲈鱼——惠州篇二

苏东坡在惠州并不寂寞，虽然老朋友们去世的去世，被贬的被贬，但他名声太响了，即便被贬岭南，岭南各州的官员们却不避他，纷纷与他交好，成为新朋友。

对苏东坡帮助最大的，首推知惠州的詹范。苏东坡刚到惠州，身无居所，詹范就安排他居住在当时三司按临所居的宾馆合江楼，这种地方一般是不让贬官住的，虽然半个月后安排他迁居嘉祐寺，但这样的安排，也足见詹范对苏东坡的敬重。詹范对苏东坡十分关心，时常携酒来访，与苏东坡畅饮。绍圣二年（1095）二月十九日，詹范在家置酒宴请苏东坡，苏东坡带着酒，提着鲈鱼去拜访詹范，并写下《二月十九日携白酒鲈鱼过詹使君食槐叶冷淘》：

> 枇杷已熟粲金珠，桑落初尝滟玉蛆。
> 暂借垂莲十分盏，一浇空腹五车书。
> 青浮卵碗槐芽饼，红点冰盘藿叶鱼。
> 醉饱高眠真事业，此生有味在三余。

诗名透露了太多信息：时间是二月十九，一个普通的日子；地点是詹范家，"过"即拜访，"使君"指太守；主题是食槐叶冷淘，也即诗中所说的槐芽饼。"冷淘"指过水面及凉面一类食品，始于唐代的"槐叶冷淘"，唐制规定，夏日朝会有聚餐，皇家御厨所供应给官员的食物中，即有此味。其制法大致为：采青槐嫩叶捣汁和入面粉，做成细面条，煮熟后放入冰水中浸漂，其色鲜碧，然后捞起，以熟油浇拌，放入井中或冰窖中冷藏，食用时再加佐料调味，成为令人爽心适口的消暑佳食，相当于现在的冷面。诗中将其称为"槐芽饼"，宋代还没有"面"这个说法，所有面食，一"饼"了之。诗名还透露了一个重要信息：苏东坡不是空手去的，而是携白酒、鲈鱼。

苏东坡所说的鲈鱼，不是我们市场上常见的加州鲈鱼，加州鲈鱼是现代人从美国引进的品种。那么，苏东坡说的鲈鱼，只有两种可能：被现代人称为"海鲈"的花鲈或松江鲈。

苏东坡多次说起鲈鱼，比如在《后赤壁赋》中说："有客无酒，有酒无肴，月白风清，如此良夜何！客曰：今者薄暮，举网得鱼，巨口细鳞，状如松江之鲈。顾安所得酒乎？"于是美酒佳肴，宾主欢饮，吟诗诵歌，尽兴而归。他说得很清楚"巨口细鳞"。这是花鲈的特征，"状如松江之鲈"也没毛病，花鲈鱼鳃盖上有一褶皱，看起来与松江鲈鱼也是四鳃。苏东坡这次带到詹范家的鲈鱼，当然不排除就是松江鲈。因为松江鲈分布很广，北到辽宁，南至福建、台湾都有它的身影，而出现在珠江流域的惠州，也不奇怪。

苏东坡在诗里说，枇杷已经成熟了，就如金珠一样鲜亮，刚刚酿成的桑落酒，酒面上的浮沫也是透亮的。用垂莲盏盛酒，来浇学富五车的空腹。青绿的卵形碗装着冷淘面，红色的玉盘盛着豆叶煮的鱼，酒足饭饱、高枕无忧才是真正的事业，三国时的魏董遇说冬天是一年的余暇时间，夜晚是白天的余暇时间，阴雨天是日常的余暇时间，人生最有意思的，不是这些余暇时间吗？苏东坡用这首诗自慰：无官无职，时间多的是，正是"此生有味"之时，也顺便向"章惇们"表达了不屑：把我贬到惠州，又奈我何？我开心着呢！

利用与詹范这层关系，苏东坡在惠州做了不少好事，比如收拾枯骨，造为丛冢；广泛施药、救死扶伤；助力减轻赋税；推广水力碓磨及"秧马"等中原先进耕作技术、发展生产。尤其可圈可点的是，在他倡议并参与组织下的西新桥、东新桥和西湖筑堤这几项工程的修建，成为苏轼惠州功业中的亮点。当工程面临资金短缺时，苏轼将其最值钱的东西——皇帝赏赐的一条犀带捐了出来，并给远在筠州的弟弟苏辙写信求助，苏辙让妻子史氏将内宫赏赐的黄金也捐了出来。北宋绍圣三年（1096）六月，东新桥、西新桥与（后人称）"苏堤"最终落成，为惠州百姓解决了交通大难题。苏轼在《两桥诗并引》中说，"以四十舟为二十舫，铁锁石碇，随水涨落，榜曰东新桥"，"为飞楼九间，尽用石盐木，坚若铁石，榜曰西新桥"。惠州百姓欢欣鼓舞，彻夜庆祝，在东新桥上，"父老有不识，喜笑争攀跻"；在西新桥上，"父老喜云集，箪壶无空携。三日饮不散，杀尽西村鸡"。

　　广州，与苏东坡也颇有缘分。知广州的老朋友章楶（jié），字质夫，章惇的堂兄，却对苏东坡时时伸出援手，每月派人送六壶酒来给他。有一次，酒在途中不慎被打破了，负责送酒的小吏不敢说。苏东坡作《章质夫送酒六壶，书至而酒不达，戏作小诗问之》：

　　　　白衣送酒舞渊明，急扫风轩洗破觥。
　　　　岂意青州六从事，化为乌有一先生。
　　　　空烦左手持新蟹，漫绕东篱嗅落英。
　　　　南海使君今北海，定分百榼饷春耕。

　　苏东坡说，我看到你书中说要送美酒给我，兴奋得跳起舞来，赶紧打扫干净四处漏风的住所，洗干净破旧的盛酒器。哪知道这六壶酒就这么消失了，空欢喜一场。枉我左手拿着螃蟹，胡乱绕着东篱闻着菊花。不过，章质夫你的酒就如孔融一样"坐上客恒满，樽中酒不空"——还会补送给我的。

接任广州知州的王古（字敏仲），是好朋友王巩的从兄弟，苏东坡听罗浮山道士邓守安说广州人民饮水不洁致病，就给王古写信：

> 罗浮山道士邓守安，字道立，山野拙讷，然道行过人，广惠间敬爱之，好为勤身济物之事。尝与某言，广州一城人，好饮咸苦水，春夏疾疫时，所损多矣。唯官员及有力者得饮刘王山井水，贫丁何由得？唯蒲涧山有滴水岩，水所从来，高可引入城，盖二十里以下尔。若于岩下作大石槽，以五管大竹续处，以麻缠之，漆涂之，随地高下，直入城中。又为一大石槽以受之，又以五管分引，散流城中，为小石槽，以便汲者。不过用大竹万余竿，及二十里间用葵茅苫盖，大约不过费数百千可成。然须于循州置少良田，今岁可得租课五七千者。每岁买大筋竹万竿，作筏下广州，以备不住抽换。又须于广州城中，置少房钱，可以日掠二百，以备抽换之费……

王古接纳苏轼的建议，用竹管从白云山蒲涧引水，长仅十里，解决了广州的饮水问题。

经常陪伴、帮助苏东坡的，还有知循州的周彦质，程乡县令侯晋叔，博罗县令林抃（字天和），推官柯常，归善主簿谭汲来等。而虔州处士王原、赖仙芝，和尚昙颖、行全，道士何宗一，则是苏东坡的玩伴，也时常出现在苏东坡谪居惠州时留下的诗词、杂文里。

岭南，以极大的热情拥抱苏东坡，而苏东坡也用他的影响力和智慧，回馈这片给他温暖的大地。

63. 日啖荔枝三百颗——惠州篇三

苏东坡在惠州住了两年七个月，留下了诗词、杂文五百八十七篇，数量仅次于其在黄州的七百五十多篇。不过，苏东坡的创作高峰出现在密州和黄州，在惠州虽然数量众多，但与密州、黄州比，佳作则少了一些，这其中关于荔枝的几篇，则是佳作无疑。

苏东坡到惠州后的第二年四月十一日，吃到了惠州荔枝。这个时候的荔枝属于早熟品种，还带酸味，但已经让苏东坡赞不绝口，认为"荔枝厚味高格两绝，果中无比，食物中唯江瑶柱、河豚鱼近耳"，于是写下了这篇《四月十一日初食荔枝》：

> 南村诸杨北村卢，白华青叶冬不枯。
>
> 垂黄缀紫烟雨里，特与荔枝为先驱。
>
> 海山仙人绛罗襦，红纱中单白玉肤。
>
> 不须更待妃子笑，风骨自是倾城姝。
>
> 不知天公有意无，遣此尤物生海隅。
>
> 云山得伴松桧老，霜雪自困楂梨粗。
>
> 先生洗盏酌桂醑，冰盘荐此颁虬珠。
>
> 似闻江鳐斫玉柱，更洗河豚烹腹腴。
>
> 我生涉世本为口，一官久已轻莼鲈。
>
> 人间何者非梦幻，南来万里真良图。

大意是：南村的杨梅，北村的卢橘，都有白色的花朵、青青的叶子，冬天也不枯萎。烟雨蒙蒙的春天，它们的果实开始成熟，都比荔枝早，堪称荔枝的先驱。荔枝的外壳好似海上仙女的大红袄，荔枝的内皮便是仙女红纱的内衣，而荔枝肉就是仙女洁白的肌肤。根本无须美人杨贵妃赏鉴加持，荔枝本身自有动人的资质、绝世的姿容。天公遗留这仙品在凡尘，不知是有意为之，还是无意使然。这荔枝与松树一同生长，不像山楂、梨子那样，果质会因霜雪变得粗糙。主人清洗杯盏，斟满了桂花酒，用洁白的盘子端来了这红色龙珠般的荔枝。荔枝的美味好似烹制好的江瑶柱，又像鲜美的河豚腹。自己一生做官不过是为了糊口养家，为求得一官半职，早把乡土之念看轻了。哪里知道人生变幻无常，居然能在异乡品尝到如此佳果，贬谪到这遥远的南方也是一件好事啊。

　　苏东坡爱吃荔枝，这首诗诗名虽为《四月十一日初食荔枝》，但并不是他第一次吃到荔枝，而是在惠州第一次吃到这么好吃的荔枝。他的老家四川眉山就有荔枝，他在最后一次离开老家前，还亲手在家里种了一棵荔枝，既然老家产荔枝，苏东坡没理由没吃过。在被贬黄州时，杭州的朋友每年都托人给他送去礼物和问候，其中就包括荔枝干。苏东坡在定州时吃蜜渍荔枝，还写了几首诗。现在的荔枝产于两广、福建、海南、四川，眉山三苏祠里的荔枝树每年还在结果，尽管是后人栽种的。在苏东坡生活的年代，气候比现在热，据气候专家考证，元代经历的小冰期才使我国气候变成现在的状况，所以不排除当时杭州也产荔枝，否则难以解释杭州友人送荔枝干给苏东坡。

　　虽然别的地方也有荔枝，但岭南的荔枝为荔枝中的佳品则毫无异议。四月份的早熟荔枝已经让苏东坡觉得被贬惠州值了，等到吃到更好的荔枝，则让苏东坡彻底爱上了惠州。他自言："余在南中五年，每食荔枝，几与饭相半。"荔枝季节，他每天荔枝一半，饭一半。"日啖荔枝三百颗"，还真不一定是夸张之辞，《食荔枝二首》之一，是他的名篇：

> 罗浮山下四时春，卢橘杨梅次第新。
>
> 日啖荔枝三百颗，不辞长作岭南人。

这首七言绝句言简意赅，是上一首诗《四月十一日初食荔枝》的"精简版"，"不辞长作岭南人"比"南来万里真良图"更直接，更易记，也更朗朗上口，遂为千百年所传颂。

苏东坡还多次撰文形容荔枝的滋味，在《荔枝似江瑶柱说》中，他说：

> 仆尝问："荔枝何所似？"或曰："似龙眼。"坐客皆笑其陋。荔枝实无所似也。仆曰："荔枝似江瑶柱。"应者皆忧然……

在《荔枝龙眼说》中，他说："闽越人高荔子而下龙眼，吾为评之。荔子如食蝤蛑大蟹，斫雪流膏，一啖可饱。龙眼如食彭越石蟹，嚼啮久之，了无所得。然酒阑口爽，餍饱之余，则啴啄之味，石蟹有时胜蝤蛑也。戏书此纸，为饮流一笑。"

在惠州，苏东坡还有多首咏荔枝诗，表达了对岭南荔枝的喜欢，这是作为一个美食家真实的一面。他又作了《荔枝叹》，以纪实手法，追思汉唐贡荔之害，转入议论感慨，批判统治者的荒淫无耻，最后写时事，对民众遭受祸害深切同情：

> 十里一置飞尘灰，五里一堠兵火催。
>
> 颠坑仆谷相枕藉，知是荔枝龙眼来。

飞车跨山鹘横海，风枝露叶如新采。

宫中美人一破颜，惊尘溅血流千载。

永元荔枝来交州，天宝岁贡取之涪。

至今欲食林甫肉，无人举觞酹伯游。

我愿天公怜赤子，莫生尤物为疮痏。

雨顺风调百谷登，民不饥寒为上瑞。

君不见，武夷溪边粟粒芽，前丁后蔡相宠加。

争新买宠各出意，今年斗品充官茶。

吾君所乏岂此物，致养口体何陋耶？

洛阳相君忠孝家，可怜亦进姚黄花。

大意是：五里一土堡、十里一驿站，运送荔枝的马匹，扬起满天灰尘，急如星火；路旁坑谷中摔死的人交杂重叠，百姓都知道，这是荔枝龙眼经过。飞快的车儿越过了重重高山，似隼鸟疾飞过海；到长安时，青枝绿叶，仿佛刚从树上摘来。宫中美人高兴地咧嘴一笑，那扬起的尘土，那飞溅的鲜血，千载后仍令人难以忘怀。东汉永元年间（89—105）的荔枝来自交州（今我国两广地区和越南北部及中部），唐天宝年的荔枝来自涪州，人们到今天还恨不得生吃李林甫的肉，有谁把酒去祭奠唐伯游？我只希望天公可怜可怜百姓，不要生这样的"尤物"，成为人民的祸害。只愿风调雨顺百谷丰收，人民免受饥寒就是最好的祥瑞。你没见到武夷溪边名茶粟粒芽，前有丁谓，后有蔡襄，装笼加封进贡给官家？争新买宠各出巧意，弄得今年斗品也成了贡茶。我们的君主难道缺少这些东西？只知满足皇上口体欲望，是多么卑鄙恶劣！可惜洛阳留守钱惟演是忠孝世家，也为邀宠进贡牡丹花！

作为一个诗人，苏东坡没有沉迷于荔枝的美味中不能自拔，而要对

335

这种劳民伤财食荔枝批判一番，这是一个文化巨匠应有的一面。苏东坡在这首诗中对杨贵妃吃的荔枝究竟来自岭南还是四川下了结论："永元荔枝来交州，天宝岁贡取之涪。"东汉永元年间进贡到宫里的荔枝来自岭南的交州，唐天宝年间进贡到宫里的荔枝来自四川涪州。

能被列为贡品，这是荔枝产地无上的荣耀，这种争论看来在苏东坡时代就已经有了，岭南的交州和四川的涪州争论不休，福建也不甘寂寞加了进来，苏东坡又作了《减字木兰花·荔枝》：

闽溪珍献，过海云帆来似箭。玉座金盘，不贡奇葩四百年。

轻红酿白，雅称佳人纤手擘。骨细肌香，恰是当年十八娘。

苏东坡说，福建产的荔枝作为贡品进献到皇宫。那时候，经海运输荔枝的船队往来快速。后来，到了唐咸通七年（867），终于停贡了荔枝，从而朝廷上下的"金盘"都空了，此事到现在已经过去了四百年。壳轻红，肉浓白，果核小，果肉香，这种荔枝正适合美女纤细的手去剥开它，像极了当年那种叫十八娘的荔枝。

十八娘是福建荔枝的优良品种，据曾巩《荔枝录》记载，闽王有女第十八，极美，喜食一种颜色深红、形状细长的荔枝，因而此荔枝亦得名十八娘。

苏东坡在惠州，边吃荔枝，边批评别人吃荔枝劳民伤财，还顺带考证了荔枝的进贡史，既是美食家，又是思想家，还是考据派！

64. 羊脊骨——惠州篇四

与被贬黄州不同，苏东坡被贬至惠州，可谓不慌不乱，心如止水，既无抱怨，也不哭穷，但公开示人的貌似平静甚至有些许享受的生活，掩盖不了真实生活中捉襟见肘的窘态，这些实际情况只有极为亲近的几个人知道。

比如吃不起肉，只能买点羊脊骨，他却写得喜气洋洋，在给被贬在筠州的苏辙的万里家书中，他传授在惠州啃羊脊骨这一美味：

> 惠州市井寥落，然犹日杀一羊。不敢与仕者争，买时嘱屠者，买其脊骨，骨间亦有微肉，热煮漉出（不乘热出，则抱水不干），渍酒中，点薄盐炙微燋，食之。终日抉剔，得铢两于肯綮之间，意甚喜之，如食蟹螯，率数日辄一食，甚觉有补。子由三年食堂庖，所食刍豢，没齿而不得骨，岂复知此味乎？戏书此纸遗之。虽戏语，实可施用也。然此说行，则众狗不悦矣！

买来羊脊骨，看中的是其中的肉，做法是：先起锅烧水焯一下，晾干；再用酒泡一下，撒盐少许，在火上烤至微微焦黄。苏东坡这一做法，符合现代烹饪科学：焯水是为了去掉羊脊骨部分膻味；晾干是为了方便下一步入味；泡酒既可入味，也可去膻；加盐是调味；烤至焦黄是"美拉德反应"——让羊肉中原本没有味道的大分子蛋白质分解为鲜味的小分子氨基酸，并产生焦香味。苏东坡对自己的烹饪技术很是得意，说剜剔脊骨的碎肉，像是剔出螯间的蟹肉一样，虽然只得铢两，但乐趣无穷，几天吃一顿，"甚觉有补"。他还说这个方法好是好，就是"众狗不悦"，把羊脊骨吃得这么彻底，狗就啃不到肉了，所以不悦。苏东坡这是个双关语，也骂了章惇一伙。

自己吃可以省着点，朋友来了，除了备酒，肉怎么也得来一点。苏东坡与吴复古、陆惟忠、翟逢亨、江秀才聚会，由罗浮山县颖长老执勺烹"谷董羹"。苏东坡戏以《书陆道士诗》记其事说：

> 江南人好作盘游饭，鲊脯脍炙无不有，然皆埋之饭中。故里谚云："撮得窖子。"罗浮颖老取凡饮食杂烹之，名谷董羹，坐客皆称善。诗人陆道士，遂出一联句云："投醪谷董羹锅里，撮窖盘游饭碗中。"东坡大喜，乃为录之，以付江秀才收，为异时一笑。吴子野云："此羹可以浇佛。"翟夫子无言，但咽唾而已。丙子十二月八日。

这是一种江南人称作盘游饭的便餐，就如现在的杂锦烩饭，只是将鱼、肉等佐料都埋在饭底。由于在外面看不到肉，能弄到多少肉吃全凭运气，吃相难看的用勺子挖饭里的肉，就如在挖窖子，所以乡下土话称作"撮（掘）得窖子"。但估计肉少得可怜，所以吴复古说："此羹可以浇佛。"

肉不好弄到，但不妨碍拿来说说，议论一下就当画饼充饥。苏东坡在惠州，写下了令人啼笑皆非的《荐鸡疏》，向上苍表明，虽然他忘不了鸡肉的美味，想要满足口腹之欲，但也会念经忏悔，为杀鸡祈求佛祖慈悲，让遭难的鸡永离汤火之厄，轮回转世。他还作《食鸡卵说》，先是探讨杀生的理论问题，说："水族痴暗，人轻杀之。或云，不能偿冤。

是乃欺善怕恶。杀之,其不仁甚于杀能偿冤者。"他说物种有高低等级,水产类比较低等愚笨,受人轻视,有人觉得杀了也不会遭到报应。他认为这是欺善怕恶,比杀了能够报应偿冤的物种还要坏,更没有仁人之心。他又说道,好友李公择告诉他,没有受过精的鸡蛋不算动物,吃了不算杀生,苏东坡不赞成这个说法,认为:"凡能动者,皆佛子也……而谓水族鸡卵可杀乎?但吾起一杀念,则地狱已具,不在其能诉与不能诉也。"他认为只要杀了能动的东西,都属于杀生,只要杀念一生,则报应已成。

在黄州,苏东坡也思考过杀生的问题,不杀生的理论,苏东坡是一套又一套,但实际上他没有做到,于是只能频频忏悔,表示不再开戒:"吾久戒杀,到惠州,忽破戒,数食蛤蟹。自今日忏悔,复修前戒。今日从者买一鲤鱼,长尺有咫,虽困,尚能微动,乃置之水瓮中,须其死而食,生即赦之。聊记其事,以为一笑。"他所谓的不杀生,就是等鱼死了再杀,逻辑大概是"是它自己死的,不是我杀死它的"。如此安慰自己,连他自己也觉得好笑。他在《禅戏颂》说:"已熟之肉,无复活理。投在东坡无碍羹釜中,有何不可?问天下禅和子,且道是肉是素,吃得是吃不得是?大奇大奇,一碗羹,勘破天下禅和子。"缺肉吃的时候大谈杀生问题,最起码安慰了自己的心灵。

肉难以吃到,那就吃蔬菜吧,苏东坡对蔬菜一向很感兴趣,他在《新年五首》其三说"丰湖有藤菜,似可敌莼羹",惠州的藤菜就是落葵,也叫潺菜、木耳菜,吃起来与莼菜一样也是滑溜溜的,而莼菜因为晋代张翰的"莼鲈之思",一向被誉为思乡菜。因为有了藤菜,苏东坡将惠州比作眉州。苏东坡还自己种菜。作《撷菜》诗,先来一个序:

吾借王参军地种菜,不及半亩,而吾与过子终年饱菜。夜半饮醉，无以解酒，辄撷菜煮之。味含土膏，气饱风露，虽梁肉不能及也。人生须底物而更贪耶？乃作四句。

他说向王参军借了半亩地种菜，父子俩一年到头自给自足吃不完，半夜喝酒，摘几棵菜煮一下就是很好的下酒菜，比肉好吃。看正文：

> 秋来霜露满东园，芦菔生儿芥有孙。
> 我与何曾同一饱，不知何苦食鸡豚。

芦菔就是萝卜，芥是芥蓝，晋代的何曾日食万钱还说无处下箸。苏东坡说，何曾那么讲究，都是为了填饱肚子，又何苦去吃鸡呀猪呀呢？

苏东坡种菜是认真的，半夜听到雨声，他便高兴，想象着菜园里的菜一棵棵往上冒。天一亮，就迫不及待地赶往菜圃察看，并写下了这首《雨后行菜圃》：

> 梦回闻雨声，喜我菜甲长。
> 平明江路湿，并岸飞两桨。
> 天公真富有，膏乳泻黄壤。
> 霜根一蕃滋，风叶渐俯仰。
> 未任筐筥载，已作杯案想。
> 艰难生理窄，一味敢专飨。
> 小摘饭山僧，清安寄真赏。
> 芥蓝如菌蕈，脆美牙颊响。
> 白菘类羔豚，冒土出蹯掌。
> 谁能视火候，小灶当自养。

"芥蓝如菌蕈，脆美牙颊响"，他说芥蓝味道就像菌菇一样鲜，口感清脆咔咔作响。苏东坡没有吹牛，还真有一种"香菇芥蓝"，与香菇一样含香菇醇，所以有香菇味。"白菘类羔豚，冒土出蹯掌"，白菘就是白菜，他说白菜长得像乳猪，从土里冒出来，简直就是熊掌，这当然是夸张了。诗的最后"谁能视火候，小灶当自养"，说的是他打算亲自下厨，开个小灶露两手。

惠州多芋，苏轼与吴复古夜谈，肚子饿了，吴复古为他煨了两枚芋头，香浓味美，苏轼吃得很高兴，作《记惠州土芋》：

> 《本草》谓芋"土芝"，云益气充饥。惠州富此物，然人食者不免瘴。吴远游曰："此非芋之罪也。芋当弃皮，湿纸包，煨之火，过熟，乃热啖之，则松而腻，乃能益气充饥。今惠人皆和皮水煮，坚顽少味，其发瘴固宜。"丙子除夜前两日，夜馋甚，远游煨芋两枚见啖，美甚，乃为书此帖。

原来，惠州当地人吃芋是连皮一起水煮，吴复古只是把芋皮削掉，用湿纸包住，扔进火堆里煨熟就相当美味。这火堆还是牛粪烧的，苏东坡又作《除夕访子野食烧芋戏作》：

> 松风溜溜作春寒，伴我饥肠响夜阑。
> 牛粪火中烧芋子，山人更吃懒残残。

这可不是一首打游诗，诗的最后一句"山人更吃懒残残"，苏东坡引用了唐朝名相李泌的故事："山人"指李泌，"懒残"指衡岳寺僧明瓒，因性疏懒而好食残余饭菜，人以"懒残"称之。李泌还未出仕时在寺中读书，觉得这"懒残"不是一个凡人，于是半夜去拜访他，只见明瓒正在用火煨芋吃，对李泌说："慎勿多言，领取十年宰相。"李泌听了他的话，慎言慎行，终于做了宰相。苏东坡引用此典，也是意识到，他之所以仕途频遭厄运，与他一张破嘴有关。只吃菜不吃肉，很难做到，但苏东坡向学生张耒"传授"了戒肉秘诀：

> 某清净独居，一年有半尔，已有所觉，此理易晓无疑也。然绝欲，天下之难事也，殆似断肉。今使人一生食菜，必不肯，且断肉百日，似易听也。百日之后，复展百日，以及期年，几忘肉矣。但且立期展限，决有成也。已验之，方思以奉传，想识此意也。

他的秘诀是先定一个小目标：戒肉一百天，小目标达成后，再继续一个小目标，几年之后就可以了。苏东坡这是纸上谈兵，连他自己都做不到。

缺钱的日子，不妨碍苏东坡做好事；缺肉的日子，他也过得有滋有味，他对生活永远充满热爱，对困难总是超然面对，这也是我们喜欢他的一个原因吧。

65. 养生之法——惠州篇五

苏东坡儒、道、释皆通，与道士们交朋友，他主要是学酿酒、学医、学养生、学炼丹，贬谪惠州时苏东坡已经接近六十岁，在古代这已经是老年了。于是养生，就成为他生活的日常。

这也是迫不得已的事，盖因此时的苏东坡身体状况已经大不如前，痔疮旧疾时常发作，令他痛苦不堪。惠州既无医也无药，苏东坡只好通过控制饮食的方法来抵抗疾患，在《药诵》中他说：

> 吾始得罪迁岭表，不自意全。既逾年，无后命，知不死矣。然旧苦痔，至是大作，呻吟几百日，地无医药，有亦不效。道士教吾去滋味，绝薰血，以清净胜之。痔有虫，馆于吾后，滋味薰血，既以自养，亦以养虫。自今日以往，旦夕食淡面四两，犹复念食，则以胡麻茯苓麨足之。饮食之外，不啖一物。主人枯槁，则客自弃去。尚恐习性易流，故取中散真人之言，对病为药，使人诵之日三。

"呻吟几百日"，这痔疮够严重的，既然无医无药，那也只能自己想办法。苏东坡认为，痔疮是一种虫，虫喜欢有滋味的东西，只要禁吃有滋味的东西，就可以把虫饿死。于是下定决心，禁吃一切有滋味的东西，连米饭也断了，每日只吃没盐没酱的淡面，实在饿不过时，才吃些胡麻茯苓麨填填肚子，再加上行"少气术"作为辅助。这样坚持一两个月，病势稍退。

与痔疮作斗争是一时迫不得已，与岭南的瘴气较真则是长期的任务，苏东坡在饮食上很是在意。在《次韵正辅同游白水山》中他说："荔枝莫信闽人夸，恣倾白蜜收五棱。"前一句他说荔枝还是惠州的好，福建人说他们的荔枝好那是吹牛，不能信；后一句的"五棱"，说的是岭南的另一种水果杨桃，此果四面起脊，用刀切断，片片皆有五角，故名。之所以渍以白蜜而食，除了杨桃太酸外，还因为蜜渍杨桃有辟瘴毒的功效。当时的惠州人还嗜食槟榔，习惯用此物敬客，苏东坡尝过后作诗说："中虚畏泄气，始嚼或半吐。吸津得微甘，着齿随亦苦。面目太严冷，滋味绝媚妩。"他认为槟榔虽然有利于御瘴气，但只可当作药物，日啖一粒以上，败胃肠，泄元气，不可多吃。

刚到惠州不久，有一天，苏东坡突然想起古人避难穷山，或使绝域，齿草啖雪，也能坚持不懈，于是决心修炼几十年前一位隐者传授给他的道家龙虎铅汞之法。苏东坡认为，修炼龙虎铅汞之法，如果不打算"捐躯以赴之，剋心以受之，尽命以守之"，是很难成功的。为了坚定自己的信念，他将自己的想法事前告诉了老弟苏辙，他在信中强调说："此事大难，不知其果然不惭否？此书既以自坚，又欲以发弟也。"苏东坡请人做了一张禅榻和两大桌案，摆在明窗之下，又预备了干饼百枚，尽绝人事，不接客；每日一更上床睡觉，三更乃起，坐以待旦，饿了就吃干饼，不饮汤水，旨在细嚼以致津液。不过，这次修炼还是以失败告终，原因是吴僧卓顺受苏东坡的大儿子苏迈和佛印所托，自宜兴徒步来惠州看望他并带来书信，苏东坡一高兴，就结束了这次修炼。

苏东坡在这期间又修炼又养生，有一个原因就是受吴复古影响。每当苏东坡处于人生低谷时，吴复古总是及时出现。苏东坡抵惠州一个多月后，吴复古的儿子吴芘仲，从潮州派专人带书信及酒、面、荔枝、海产品等到惠州慰问。绍圣三年（1096）十一月，吴复古偕陆道士惟忠到惠州看望苏东坡，他们同好相聚，住在一起，饮酒谈道，炼丹打坐，非常热闹。尤其是吴复古，形容枯槁，既不吃饭，也不睡觉。对这个辟谷的老朋友，苏东坡说他"老蚕不食已三眠"。苏东坡的儿子苏过也写诗说"麦饭葱羹俱不设，馆君清坐不论年"。对这么一位特殊人士的接待是只开客厅不管饭，要住多久就住多久！这是身边一个通过道家修炼生活得好好的例子，苏东坡也真的想学学。

苏东坡在惠州很注意养生，但命运又给了他重重一击，绍圣三年七月，陪伴他的朝云染上瘟疫，三十四岁盛年的生命被夺走了。这一年苏东坡六十一岁，老年丧妾，彻底没人陪伴，苏东坡的痛苦，化作了一首首悼亡诗词，读来令人伤感。

朝云的死因，历来有不少传说，北宋朱彧《萍洲可谈》的说法是："广南食蛇，市中鬻蛇羹，东坡妾朝云随谪惠州，尝遣老兵买食之，意谓海鲜，问其名，乃蛇也。哇之，病数月竟死。"这个传闻不可信，苏东坡被贬惠州，官职中虽有"建昌军司马"一说，但这是为贬官专设的职位，被剥夺了工作权，手下无一兵一卒，何来"尝遣老兵买食之"？对朝云的死因，苏东坡在给友人的书信中屡次谈及，在《惠州荐朝云疏》中说："遭时之疫，遘病而亡。"在《与林天和二十四首》第十五首中说"瘴疫横流，僵仆者不可胜计"，"某亦旬浃之间丧两女使"。看来除了朝云染疫去世，苏东坡带来的两个老婢，其中一个也死掉了。再说了，岭南吃蛇吃蛙，已是普通习俗，在朝云去世后不久的重阳节，苏东坡作《丙子重九二首》其一中有"何以侑一樽，邻翁馈蛙蛇"，可见苏东坡也是吃蛇的，朝云对此早就见怪不怪了，何至于因误食蛇肉惊恐而死？

北归无望，苏东坡做好了终老惠州的准备，而寄居于合江楼与嘉祐寺终不是长久之计，苏东坡决定自己建个房子。一番寻找，选定归善县城东面的白鹤峰上一块数亩大的空地，面临东江，景色甚美，就将它买下来了，在此建了房子。房子有两进，前面小屋三间，作为门房，中间隔个庭院，种植花木。第二进为堂三间，题为"德有邻堂"。宅地左侧较为宽阔，造居室、厨房、厕所等。在此后面，造为书室，题名为"思无邪斋"，周以廊庑，共计有屋二十间。

更让苏东坡高兴的是，绍圣四年（1097）闰二月初，苏迈带领两房家小，到了惠州。六十二岁的苏东坡又过上了儿孙满堂的幸福生活。这一年的三月二十九日，苏东坡在新居前后徘徊观瞻，心里非常高兴，作诗记事道：

> 南岭过云开紫翠，北江飞雨送凄凉。
>
> 酒醒梦回春尽日，闭门隐几坐烧香。
>
> 门外橘花犹的皪，墙头荔子已斓斑。
>
> 树暗草深人静处，卷帘欹枕卧看山。

苏东坡高兴过头了，他在惠州的"幸福"生活，无时无刻不刺激着章惇，章惇借机会再挑拨宋哲宗进一步清算元祐旧臣，绍圣四年（1097）二月，再贬吕大防为舒州团练使、循州安置；刘挚，贬为鼎州团练副使、新州安置；苏辙，化州别驾、雷州安置；梁焘，雷州别驾、化州安置；范纯仁，安武军节度副使、永州安置。

苏东坡，才是章惇最想报复的一个。绍圣四年闰二月，章惇重提旧说，认为苏轼虽谪岭南，责尚未足，于是有再贬之命：苏轼责授琼州别驾，移昌化军安置。四月十七日，诰命颁到惠州；四月十九日，苏东坡将家属留在惠州，只带了苏过，赴儋州贬所去了。

*

第十二章

三贬儋州

66. 戒酒——雷州篇

　　苏东坡在惠州总共待了两年七个月，仅有的那点钱都花在做公益和建房子上了，新房子才住几天就又被贬儋州，这一路的花费、到儋州后的生活费都成问题。

　　与在黄州一样，苏东坡虽然被剥夺了工作权，但谪官有点折支薄俸，可实际上从被贬那天起近三年，屡经申请，分文领不到手。迫不得已，只好再致函知广州的王古帮忙：

> 　　某忧患不周，向者竭囊起一小宅子，今者起揭，并无一物，狼狈前去，唯待折支变卖得二百余千，不知已请得未？告公一言，傅同年必蒙相衷也。如已请得，即告令许节推或监仓郑殿直，皆可为干卖，缘某过治下，亦不敢久留也。
>
> 　　猥末干冒，恃仁者恕其途穷尔。死罪，死罪！

　　朝廷所欠的三年折支，是实物配给券，市场变卖估计可得"二百余千"，就是二十万，二百贯。但就是这点钱，苏东坡此时也要不到，而王古被劾"妄赈饥民"，降调袁州，此时也帮不上忙。要到儋州，须从广州沿西江经粤西进入广西，再到雷州渡海。苏东坡到了广州，与王古作别，因怕连累王古，一谢便走，不敢久留。

　　苏东坡此行只带小儿子苏过一人，大儿子苏迈一家与苏过家里人则回到惠州居住，二儿子苏迨一家则仍在宜兴。在广州江边作别家人，在留给王古的信中，他说："某垂老投荒，无复生还之望。昨与长子迈诀，已处置后事矣。今到海南，首当作棺，次便作墓。乃留手疏与诸子，死则葬海外。"苏东坡认为，此去儋州，必死无疑，尽管如此，他仍平静得很。

苏东坡从惠州顺东江而下，出东江口到今天广州黄埔区庙头村西的扶胥港作短暂停泊，后逆西江西行，先到新会。由于江水大涨，只得在新会停几天，顺便游了月华寺，寻访道人钟鼎于金溪寺。在新会，苏东坡多次过古劳乡，当地士人为之筑亭（后名为坡亭）。从新会南下，过圭峰山，至开平，过潭江，游访金鸡寺，然后再往北至新兴，从新兴折入西江后，抵达端州城区对岸新江口，游七星岩并留下"崧台第一洞"题字，然后再溯西江西行抵梧州。

苏辙被贬谪雷州居住，兄弟俩在藤州（今梧州市藤县）相遇。陆游在《老学庵笔记》中引用吕周辅的话，讲了这样一个"东坡食汤饼"的故事：

> 东坡先生与黄门公南迁，相遇于梧、藤间，道旁有鬻汤饼者，共买食之。粗恶不可食，黄门置箸而叹，东坡已尽之矣。徐谓黄门曰："九三郎，尔尚欲咀嚼耶？"大笑而起。

黄门公、九三郎，说的都是苏辙，汤饼指的是面条。说两人在路边吃汤面，这面做得实在太差，苏辙吃不下，扔下筷子叹了口气，苏东坡却呼拉拉地囫囵吞枣一扫而空，对苏辙说："这种饭你还想咀嚼吗？"对付恶劣的环境，苏东坡有他的一套方法，对于粗劣的食物，他也可以不辨滋味，直接吞下肚子。在黄州，苏东坡就用这种不辨滋味的方法来对付黄州的劣酒，酒好不好不要紧，反正都是水，能喝醉就行。苏东坡说"饮酒但饮湿",秦观后来听到这个故事时便说:"此先生饮酒但饮湿法也。"

章惇对苏东坡两兄弟的清算和迫害是坏话说尽,坏事做绝。元祐诸臣,苏东坡被贬最远,苏辙也到了雷州,让兄弟俩隔海相望,如此设计,也是"用心良苦"了。但还是有人不怕章惇的报复,在即将到达雷州时,知雷州的张逢就来信表达了慰问,六月初五,苏轼兄弟俩同至雷州,张逢、海康令陈谔带同本州官吏在衙前迎接,招待他们在监司行衙暂住,次日又设筵款待。苏东坡在雷州住了四天,初八就又启程,自雷州至琼州,途程四百里,苏辙亲自送别于海滨,张逢也派了人相送。苏辙在雷州,张逢也照顾有加。因为这事,章惇还罢了张逢,这是后话。

从徐闻至递角场,等待顺风渡海,这次旅途劳顿,苏轼的痔疾又发作了。这一夜,苏东坡在床上因为痔疮发作而呻吟,苏辙也彻夜不寐,就在床上背诵渊明《止酒》诗,劝老兄务须戒酒。苏东坡这些年来,为痔疮所苦,也决心接受苏辙的建议,于是作《和陶止酒》:

时来与物逝,路穷非我止。

与子各意行,同落百蛮里。

萧然两别驾,各携一稚子。

子室有孟光,我室唯法喜。

相逢山谷间,一月同卧起。

茫茫海南北,粗亦足生理。

劝我师渊明,力薄且为己。

微痾坐杯酌,止酒则瘳矣。

望道虽未济,隐约见津涘。

从今东坡室,不立杜康祀。

苏东坡说，时来或者物逝，都不以人的意志为转移，穷途末路也不会因为自己不想就停止了。与苏辙一起来到这个百蛮之地，相同的是都被贬，自己被贬为琼州别驾，苏辙被贬为化州别驾，又都带上幼子照顾自己。不同的是苏辙有举案齐眉的妻子相伴，而苏轼妻子已丧，不想再娶，闻法而喜可也。贬谪路上，二人在山谷相逢，一起上路，一个月内同吃同住，真是难得。如今要分别了，一个在海之南，一个在海之北，但生活还得继续。"你劝我为自己身体着想，向陶渊明学习戒酒。你说得对，我这痔疮就是因为喝酒闹的，只要戒酒就痊愈了。"戒酒目标虽然难实现，但只要下了决心，就仿佛要渡河的人到了水边，看到了方向。于是下决心：从今以后，我苏东坡的住所，再也不会看到酒了。

苏东坡一辈子受痔疮和眼疾折磨，这些疾病确实也与喝酒有关，苏东坡决心戒酒，可谓对症下药，连"从今东坡室，不立杜康祀"这样的狠话都说得出来，决心也不可谓不大。但对苏东坡这个酒鬼来说，戒酒也就是一时说说而已，把他扔到海南这个蛮荒之地，不喝酒，他如何过日子？

张逢、程氏父子、周彦质等会时不时寄点好酒给他，但漂洋过海毕竟不容易，日常要喝，还要靠自己酿酒。他在当地认识的潮州人王介石、泉州航商许珏，送他一点"酒膏"，他感激万分，作《酒子赋》曰："怜二子，自节口。饷滑甘，辅衰朽。先生醉，二子舞，归瀹其糟饮其友。"元符二年（1099）过年前，他酿了一次天门冬酒，新年酒熟，本无酒量的东坡老人，不知不觉间喝得醺醺大醉，作《庚辰岁正月十二日，天门冬酒熟，予自漉之，且漉且尝，遂以大醉，二首》，其一：

自拨床头一瓮云，幽人先已醉浓芬。

天门冬熟新年喜，曲米春香并舍闻。

351

菜圃渐疏花漠漠，竹扉斜掩雨纷纷。

拥裘睡觉知何处，吹面东风散缬纹。

　　被贬到海南，苏东坡已身无分文，于是他不得不"尽卖酒器，以供衣食"，只留下一个荷叶杯，"工制美妙，留以自娱"。下雨天，确实无聊，苏东坡喝了点酒，和陶渊明作《和陶连雨独饮二首》，其一：

平生我与尔，举意辄相然。

岂止磁石针，虽合犹有间。

此外一子由，出处同偏仙。

晚景最可惜，分飞海南天。

纠缠不吾欺，宁此忧患先。

顾影一杯酒，谁谓无往还。

寄语海北人，今日为何年。

醉里有独觉，梦中无杂言。

　　此时他所挂念的，唯有同在患难中的老弟苏辙。

阿堵不解醉，谁钦此颓然。

误入无功乡，掉臂嵇阮间。

饮中八仙人，与我俱得仙。

渊明岂知道，醉语忽谈天。

偶见此物真，遂超天地先。

醉醒可还酒，此觉无所还。

清风洗徂暑，连雨催丰年。

床头伯雅君，此子可与言。

苏东坡想到了同样爱喝酒的王绩、竹林七贤、饮中八仙和刘表，困难面前，他要的不是醉了醒、醒了再醉，而是"遂超天地先"。当然，无聊是真无聊，与其说他是与荷叶杯对话，不如说是自说自话。

不过，在儋州，苏东坡喝酒比以往还是少了，这倒不是他想戒酒，主要是因为没有了酒友，苏东坡说他之所以要酿酒，那是"酿酒以饷客"，而之所以要喝酒，是因为看着客人喝酒很开心，而现在客人都没有了，酒也就少喝了。

67. 吃蛤蟆——儋州篇一

　　六十二岁的苏东坡于六月十一日自雷州徐闻县渡海，经过一天一夜的惊涛骇浪，到达海口。苏东坡时的海南，属广南西路，置琼州、朱崖军、昌化军、万安军，分据岛之四隅。苏东坡要到的昌化军贬所，原来叫儋州，古称儋耳城，唐朝时改名为昌化郡，但人口实在太少了，宋朝时干脆称为昌化军，但大家习惯上仍称此地为儋州。这个地方，离苏东坡登岛的海口有二百一十里路。

　　上岸后，琼州通判黄宣义来拜见，苏东坡将邮递之事，拜托宣义代为收转。这太重要了，苏东坡未来在儋州的日子，岛外提供的补给与联系，全靠他了。苏东坡此行，需从琼州府治海口西行至澄迈，再从澄迈至儋州。全程都是陆路，苏东坡雇乘轿子前往，七月二日到达贬所昌化。经此长途跋涉，苏东坡病了一场，在给知雷州的张逢的信中，苏东坡说："海南风气与治下略相似，至于食物人烟，萧条之甚，去海康远矣。到后杜门默坐，喧寂一致也。"苏东坡一生，好吃好热闹，而儋州"食物人烟，萧条之甚"，章惇这一安排，真是击中了他的软肋。又说："某到此数卧病，今幸少间。久逃空谷，日就灰槁而已。"真是半条老命都没了。

　　昌化这个地方，实在太苦了，一向乐观、将就的苏东坡，再也嘚瑟不起来。在这里，苏东坡没有一个熟识的人，连住的地方都成问题。先是住在桄榔林下，后来官府才租借数椽官屋给他聊避风雨。

　　无人认识，无事可干，无书可读，在《夜梦并引》中，他说："至儋州十余日矣，淡然无一事。学道未至，静极生愁。"这种状态，很像刚被贬谪到黄州时。

刚到海南，正是夏季最酷热的时候，湿度又很高，这使最能随遇而安的苏东坡也无法忍耐，在与广州推官程全父的书信中说："此间海气蒸郁不可言，引领素秋，以日为岁也。"真是度日如年。

在《答程秀才》中，他说"此间食无肉，病无药，居无室，出无友，冬无炭，夏无寒泉，然亦未易悉数，大率皆无尔。唯有一幸，无甚瘴也。"苏东坡总结出儋州"六无"，而且还觉得总结得不到位，又补充说是"要啥没啥，幸好也无瘴气"。前"六无"都很无奈。这"六无"中，食无肉排在第一位，这时他不强调"宁可食无肉，不可居无竹"，困难就在这里，然而他仍宽慰自己，幸好还有一无——"无瘴气"。

就是这么无助！但是，即便如此，苏东坡也不低头，他到市场买米买柴，写下了这首《籴米》：

籴米买束薪，百物资之市。

不缘耕樵得，饱食殊少味。

再拜请邦君，愿受一廛地。

知非笑昨梦，食力免内愧。

春秧几时花，夏稗忽已穟。

怅焉抚耒耜，谁复识此意。

他说虽然米啊柴啊等东西可以在市集上买到，但米不是自己种的，柴不是自己砍的，尽管吃饱了，也觉得味道差了一些，他想向地方官申请一块荒地躬耕，总须自食其力，才不觉得内疚。

别看现在海南农业发达，具有得天独厚的自然条件，但在苏东坡生活的时代，当时的海南人不想耕田，到处都是荒地，食粮不足，他们就种几乎不用管的薯芋杂粮。苏东坡以一片精诚，作了《和陶劝农六首》，劝告当地人要勤快点，耕田可以改善生活。海南还有一个特殊的风俗，男人在家，终日游手好闲，一切外出靠体力劳作的事都由女人承担，包括上山砍柴、凿地汲井在内等重活。苏东坡又写了一首杜甫的诗，希望能劝儋人改俗。海南没有医药，如有人病了则相信杀牛就可以使病痊愈。苏东坡写了一篇柳宗元的《牛赋》，加上长跋，交给琼州僧人道赟，希望借他的手代为传播，能够稍稍改变这种风俗。这一切努力当然都是白费，一个地方长期形成的习俗，岂是你一个外来"怪人"可以改变的？再说了，苏东坡写这些诗，根本就没几个人看得懂。

"全民皆懒"的结果必然导致集体贫困，生存环境之恶劣可想而知。苏东坡听说苏辙在雷州，生活大不如前，体重骤减，于是作了这首《闻子由瘦》，也说说自己的生活：

　　五日一见花猪肉，十日一遇黄鸡粥。

　　土人顿顿食薯芋，荐以薰鼠烧蝙蝠。

　　旧闻蜜唧尝呕吐，稍近虾蟆缘习俗。

　　十年京国厌肥羜，日日蒸花压红玉。

　　从来此腹负将军，今者固宜安脱粟。

　　人言天下无正味，蝍蛆未遽贤麋鹿。

　　海康别驾复何为，帽宽带落惊僮仆。

　　相看会作两臞仙，还乡定可骑黄鹄。

苏东坡说五天可以吃到一次猪肉，十天可以吃到一顿鸡粥，当地人每顿都吃薯芋，他们推荐自己吃薰老鼠和烧蝙蝠。以前听说人家生吃乳鼠都要呕吐，最近也入乡随俗敢吃蛤蟆了。苏东坡在惠州吃蛇、吃蛙，现在吃蛤蟆，倒也自然。一番议论后，苏东坡还和老弟开玩笑说，照这样没有肉吃，消瘦下去，帽子太宽带子也系不住，到哪一天能回家乡时，兄弟俩一定会变成两个清瘦的仙人，可以骑在黄鹄身上飞还故乡了。

但是，即便是这么艰难的日子，也还不是尽头，章惇决心把苏东坡两兄弟赶尽杀绝。绍圣五年（1098）二月，章惇、蔡京派酷吏董必察访岭南，给予苏东坡兄弟致命一击。

让我们记住这个人：董必，字子疆，宣州南陵人，就是现在安徽芜湖南陵县人，早年受王安石赏识，对元祐诸臣有刻骨仇恨，当然不会放过苏东坡两兄弟。他到雷州就奏劾雷守张逢于苏东坡兄弟到时，同本州官吏至门首迎接，招待苏东坡两兄弟在监司行衙居住，次日又设酒筵接风，后来又帮苏辙租屋，每月一两次地送酒馔到苏辙处管待，差役七人为苏辙服务等等；海康县令陈谔差杂役工匠为苏辙租住的宅子大事装修，又勒令附近居民拆除篱脚，开阔小巷，通行人马，以便回避苏辙所居门巷等等。处理结果是诏移苏辙循州安置，雷守张逢被勒停（免职），海康县令陈谔特冲替（改调）。

处置完苏辙这边，董必又"直取"苏东坡，但是，渡海太辛苦了，他派一个小使臣过海。苏东坡确实没什么把柄留下，小使臣就以贬谪官员不得占住官屋，将苏东坡父子逐出官舍。被逐出屋后，父子二人无处可居，偃息于城南南污池侧桃椰林下数日。

住在桃椰林中，头无片瓦，仅有树叶，苏东坡在《答程秀才》中说："尚有此身，付与造物，听其运转，流行坎止，无不可者。"

只要人还在，就听从命运安排吧，这又有什么呢？这种超然自得，也只有苏东坡才做得到。

68. 菜羹、玉糁羹——儋州篇二

章惇必欲置苏东坡于死地，但天无绝人之路，苏东坡的保护神们又悄然而至。

苏轼到昌化两个月后，昌化军使易人，新任军使张中来了。张中是开封人，熙宁初年的进士，久闻苏东坡大名，到昌化之前经过雷州，知雷州的张逢应该拜托过他照顾苏东坡。他一到任，即前来叩门拜见苏老前辈，并且带来了张逢的书信。张中执礼甚恭，与苏过则成了莫逆之交，因为两人都喜欢下棋。苏家租住官屋，又在州廨的东邻，走动非常方便，所以张中几乎无日不来。张中对苏东坡的照顾和帮助是实实在在的。苏东坡租住的官屋，本已破败不堪，风吹雨打更是处处漏水，常常一夜三迁，东躲西避。张中就假借整修伦江驿的名义，派兵将苏东坡租住的房屋做了修补。此事，后来成了张中的罪状。张中又介绍了几位当地人给苏东坡认识，黎子云、符林、王介石……从此有人有地方聊天，就没那么闷了。后来苏东坡父子被赶出租借的官屋，自己买了一块空地建屋，张中和众人亲力亲为帮苏东坡盖起了房子，尽管只有五间平房，但也够用了，苏东坡为之取名"桄榔庵"。

当地的熟人逐渐多了起来，苏东坡就在城乡各处随意漫游。他可以跑进一座寺院，清坐终日，"闲看树转午，坐到钟鸣昏"。这样他就可以"敛收平生心，耿耿聊自温"，并作《被酒独行，遍至子云、威、徽、先觉四黎之舍三首》，其中之一：

半醒半醉问诸黎，竹刺藤梢步步迷。

但寻牛矢觅归路，家在牛栏西复西。

苏东坡在城乡随处乱跑，像当时昌化这样的落后地区，除城中有一两条大街外，他处道路皆无，所以他常常会迷路，要回家，只能以牛屎、牛栏等做路标。

作为一个吃货，没东西吃才是最大的问题。苏东坡生活的时代，海南人不种水稻，海南的米面全靠海北舶运而来。每遇天气变化，海运阻隔，立即断市。吃惯米面的苏东坡父子也只好入乡随俗，食芋饮水。对这种生活，苏东坡自谓："衣食之奉，视苏子卿（武）啖毡食鼠为大靡丽。"苏武当年的生活，苏东坡都认为是奢靡华丽的。当然了，除了吃芋，也常煮菜为食，苏东坡作《菜羹赋》，先来一段序：

> 东坡先生卜居南山之下，服食器用，称家之有无。水陆之味，贫不能致，煮蔓菁、芦菔、苦荠而食之。其法不用醯酱，而有自然之味，盖易而可常享。

东坡先生居住在南山脚下，服饰、饮食、器物、用具，与家里的相当。山珍海味因家境贫穷而无法享用，于是煮蔓菁、荠菜吃。不用醋和酱来煮，从而有其自然的美味。这些菜容易获得，所以能经常享用。

煮蔓菁、萝卜、苦荠，还没醋没酱，这种"自然之味"，能好到哪里呢？他承认生活的窘迫，但却洋溢着一种穷且益坚、乐天知命的精神，这就是我们喜欢他的原因。

菜羹吃厌了，儿子苏过想出新办法来，用山芋做羹，冠以美名曰"玉糁羹"。老父吃了，拍案叫绝道："色香味皆绝，天上酥酡则不可知，

人间决无此味也!"于是作了这首《过子忽出新意以山芋作玉糁羹色香味皆奇绝天上酥陀则不可知,人间决无此味也》:

> 香似龙涎仍酽白,味如牛乳更全清。
> 莫将北海金齑鲙,轻比东坡玉糁羹。

说这玉糁羹与龙的唾液一样香,但比它白,味道像牛乳一样,但更清新。不要将北海的金齑玉脍与东坡的玉糁羹比,那会给比下去。

有菜有芋头,这日子还可以过下去,但极端情况下,也得想办法。元符二年(1099)四月,岛上大旱成灾,米价暴涨,眼看将有绝粮之忧。苏东坡在《东坡志林》里的"辟谷说",讲了学龟蛇不吃的方法:

> 洛下有洞穴,深不可测。有人堕其中不能出,饥甚,见龟蛇无数,每旦辄引首东望,吸初日光咽之,其人亦随其所向,效之不已,遂不复饥,身轻力强。后卒还家,不食,不知其所终。此晋武帝时事。辟谷之法以百数,此为上,妙法止于此。能服玉泉,使铅汞具体,去仙不远矣。此法甚易知易行,天下莫能知,知者莫能行,何则?虚一而静者,世无有也。元符二年,儋耳米贵,吾方有绝粮之忧,欲与过子共行此法,故书以授之。四月十九日记。

这是道家辟谷法中的一种简单易行的方法,就是每日凌晨,模仿龟的呼吸,引吭东望,吞吸初日的阳光,与口水一同咽下。据说非但可以不饥,还能身轻力壮。他写下这个方法,决心与儿子一同练习,准备抵抗饥饿。他这是戏谑,面对饥饿开自己的玩笑。这样的苏东坡,谁能把他击垮?估计章惇、蔡京看到后也会气得咬牙切齿,但又无可奈何。

69. 老饕赋——儋州篇三

　　章惇对元祐诸臣清算得干干净净，凡是与二苏较为亲近的，不论其为朋友、宾从或门人，几乎无一不遭殃。在这样血雨腥风的政治风暴中，为了避嫌远祸，士大夫朋友们绝对不敢再与二苏通信，甚至从前朝夕相从的门生故吏，也断了音讯。

　　但也有例外的，比如广州推官程全父、苏东坡在惠州时知循州的周彦质就时不时从岛外送来酒和各种吃的、用的，惠州的老朋友郑嘉会（靖老）又托人送来千册书籍，这让苏东坡"有事可干"。在海南三年，他把从知扬州时开始和陶渊明的诗继续下去，从《和陶饮酒》起至《和陶始经曲阿》诗止，共得一百二十四首，辑成《和陶别集》。又整理黄州所作《易传》的未完稿，共写了九卷，又续撰《书传》十三卷。这些文学成就，是苏东坡文学创作的另一个高峰，正是在缺东西吃的环境下完成的。

　　照理说，海南应该不缺吃的，虽然缺肉，但有海鲜，可苏东坡偏偏怕腥，他作诗《客俎经旬无肉，又子由劝不读书，萧然清坐，乃无一事》：

> 病怯腥咸不买鱼，尔来心腹一时虚。
> 使君不复怜乌攫，属国方将掘鼠余。
> 老去独收人所弃，悠哉时到物之初。
> 从今免被孙郎笑，绛帕蒙头读道书。

想吃肉想到什么程度？苏东坡作《减字木兰花·己卯儋耳春词》：

春牛春杖，无限春风来海上。便丐春工，染得桃红似肉红。
春幡春胜，一阵春风吹酒醒。不似天涯，卷起杨花似雪花。

首先描绘了一幅春耕图：牵着春天的耕牛，拉起春天的犁杖，耕夫站在二者的近旁。接着写别样海南春光：春风无限，自海而来；春神把桃花染得像肉一样红；竖起春天的绿幡，剪成春天的彩胜；一阵春风，吹我酒醒。此地不像海角天涯，卷起的杨花，颇似雪花。

这是中国词史上第一首对海南之春的热情赞歌，苏东坡以欢快跳跃的笔触，突出了边陲绚丽的春光和充满生机的大自然，"染得桃红似肉红"。在他眼里，桃花的红之所以美，因为红得和肉一样！

缺肉吃，但确实馋。对此，苏东坡的解决办法是搞好邻里关系，他在《纵笔三首》其三中说：

北船不到米如珠，醉饱萧条半月无。
明日东家当祭灶，只鸡斗酒定膰吾。

写的是：北边运输的船只不来，米价贵如珍珠，自己已经半个月没吃饱过了，肚子里实在没东西。好在第二天是祭灶日，东邻家应该会将祭品比如鸡啊肉啊酒啊送一份给自己，终于可以饱餐一顿。

肉难弄到，但苍蝇腿也是肉，苏东坡倒不至于吃苍蝇，但他想到了吃蚕蛹，于是作《五君子说》：

齐、鲁、赵、魏桑者，衣被天下。蚕既登簇，缲者如救火避寇，日不暇给，而蛹已眉羽矣。故必以盐杀之，蛹死而丝亦韧。缲既毕绪，蛹亦煮熟，如啖蚳蝝，瓮中之液，味兼盐蛹，投以刺瓜、芦菔，以为荠腊，久而助醯，醯亦几半天下。吾久居南荒，每念此味，今日复见一洺州人，与论蒸饼之美，浆水、粟米饭之快，若复加以关中不拓，则此五君子者，真可与相处至老死也。元符三年四月十五日。

苏东坡眼中食物"五君子"，重点就是这味"盐蛹"——用盐水、刺瓜、萝卜渍的蚕蛹。这种美味加上蒸饼、浆水、粟米饭、不拓（面条），就成了"五君子"。他说有这五种东西，吃到死都可以。

办法总比困难多，美食难以弄到手，但想想以前享用过的美食，也可以带来愉悦的感受，画饼充饥也是没办法中的办法，苏东坡于是作《老饕赋》：

庖丁鼓刀，易牙烹熬。水欲新而釜欲洁，火恶陈而薪恶劳。九蒸暴而日燥，百上下而汤鏖。尝项上之一脔，嚼霜前之两螯。烂樱珠之煎蜜，滃杏酪之蒸糕。蛤半熟而含酒，蟹微生而带糟。盖聚物之天美，以养吾之老饕。婉彼姬姜，颜如李桃。弹湘妃之玉瑟，鼓帝子之云璈。命仙人之萼绿华，舞古曲之郁轮袍。引南海之玻黎，酌凉州之葡萄。愿先生之耆寿，分余沥于两髦。候红潮于玉颊，惊暖响于檀槽。忽累珠之妙唱，抽独茧之长缲。闵手倦而少休，疑吻燥而当膏。倒一缸之雪乳，列百柂之琼艘。各眼滟于秋水，咸骨醉于春醪。美人告去已而云散，先生方兀然而禅逃。响松风于蟹眼，浮雪花于兔毫。先生一笑而起，渺海阔而天高。

大意是：庖丁来操刀、易牙来烹调。烹调用的水要新鲜，锵碗等用具一定要洁净，柴火也要烧得恰到好处。有时候要把食物经过多次蒸煮后再晒干待用，有时用文火慢慢地煎熬。吃肉只选小猪颈后部那一小块最好的肉，吃螃蟹只选霜冻前最肥美的螃蟹的两只大螯。把樱桃放在锅中煮烂煎成蜜，用杏仁浆蒸羔羊。蛤蜊要半熟时就着酒吃，蟹则要和着酒糟腌，稍微生些吃。苏东坡认为，天下这些精美的食品，都是作为老食客的自己所喜欢的。筵席上来后，还要由端庄大方、艳如桃李的大国美女弹奏湘妃用过的玉瑟和尧帝的女儿用过的云璈傲，并请仙女萼绿华就着"郁轮袍"优美的曲子翩翩起舞。要用珍贵的南海玻璃杯斟上凉州的葡萄美酒。愿先生六十岁的高寿分享一些给自己。喝酒红了两颊，却被乐器惊醒。忽然又听到落珠、抽丝般的绝妙歌唱。可怜手已经疲惫，却很少休息，怀疑酒性燥烈，却把它当成膏粱。倒一缸雪乳般的香茗，摆一艘装满百酒的酒船。大家的醉眼都欣赏潋滟的秋水，全身的骨头都被春醪酥醉了。美人的歌舞都解散了，先生才觉醒而离去。趁着（水）煮出松风的韵律、冒出蟹眼大小的气泡时，冲泡用兔毫盏盛的雪花茶。先生大笑着起身，顿觉海阔天空。

可以说，此赋奠定了苏东坡在中国饮食历史上顶级美食家的地位，他把中国烹饪与饮食的精要做了一次全面的总结：厨师的技艺，要似庖丁、易牙那般高超；烹饪的精粹，全在于火中取宝；选材要精细，方能做出可人的佳肴；美食还要配美酒美茶，雪乳般的饮料沁人心脾，浮雪花的香茗让人乐陶；美食还要有歌舞陪伴，宴享之际，轻盈的歌舞，伴随着节奏的起伏，时急时徐，旋律时低时高。

我们今天还在讨论餐酒搭配或是餐茶搭配，苏东坡早就给了答案：既要餐酒搭配，也要餐茶搭配！我们今天吃完饭还安排"第二场"，这在苏东坡眼里根本不算什么，他的标准是歌舞等"一条龙服务"！

在海南，苏东坡画饼充饥，还有《曲洧旧闻》佐证，说苏东坡在海南："与客论食次，取纸一幅，书以示客云：烂蒸同州羊羔，灌以杏酪，食之以匕不以箸；南都麦心面，作槐芽温淘，糁襄邑抹猪，炊共城香粳，荐以蒸子鹅；吴兴庖人斫松江鲙。既饱，以芦山康王谷帘泉，烹曾坑斗品茶。少焉，解衣仰卧，使人诵东坡先生赤壁前后赋，亦足以一笑也。东坡在儋耳，独有二赋而已。"羊肉搭配杏酪，槐芽麦心面搭配襄邑抹猪，共城香粳搭配蒸子鹅，松江鲙配曾坑斗品茶，这个吃货讲究起来也是一套一套的。

70. 蚝仔粥——儋州篇四

　　苏东坡在海南过着苦日子，但章惇并不会就此罢手，虽然把苏东坡父子赶出了官屋，但苏东坡又自己建了房子，而彻底打掉苏东坡在海南的"保护伞"才是"上策"。于是，以董必纠举昌化军使张中，派兵以修缮伦江驿就房店为名，实与别驾苏轼居住一案，将张中"冲替"即免职、另候任用，权知广南西路都钤辖程节、户部员外郎谭棱、提点广南路刑狱梁子美皆坐失察罪，各遭降级处分。

　　此时的苏东坡，已适应海南的生活，张中被调离，只是让他的生活更难一点，本来就已经很差，再差一点也没什么了，苏东坡反而更超然，他的生活也不缺乐趣。海南缺医缺药，苏东坡就收录药方，且行游郊野，随时留意野草闲花之可以入药者，采撷尝试，又一一作记；海南没有墨，他居然自己造墨，元符二年（1099）四月，有墨工金华潘衡到儋州来谒，苏轼大喜。两人搭棚起灶，砍松烧火。苏东坡改造墨灶，用"远突宽灶法"，即烟囱的位置放远，灶肚扩大，虽然烟煤的收获减半，但是煤质却非常精良。两人捣鼓了半年，十二月廿二日之夜，墨灶忽然失火，差点把房子烧了。据叶梦得《避暑录话》：宣和间，潘衡在江西一带卖墨，说他曾为东坡造墨海上，得其秘传，因此生意大盛。后来到杭州时卖墨，墨价更数倍于前，而士庶更是争相购买。

　　他还在当地收了一个学生，琼山本地人姜唐佐，每日都来问学，连续有半年光景，姜唐佐后来赴京考试中了举，这是海南有史以来的第一位举人。苏东坡通过与当地读书人交游，将众多有文化追求的人吸收到自己身边，通过讲学、作诗、题字、赠画，为海南这片文化荒漠带来涓涓细流。清代戴肇辰的《琼台记事录》说："宋苏文忠公之谪儋耳，讲学明道，教化日兴，琼州人文之盛，实自公启之。"这样的评价，一点也不过分。

海南的自然环境和政治环境比黄州、惠州差多了，适应恶劣的环境，战胜困难，找到乐趣，还有所作为。这样的苏东坡，对手拿他已经完全没有办法。

关于吃的，苏东坡也找到了解决方案。海南那么多海鲜，苏东坡因为怕腥不吃，错过了太多美味。当他尝到了蚝，如同发现了新大陆，高兴地写下了《食蚝》：

> 己卯冬至前二日，海蛮献蚝。剖之，得数升，肉与浆入水，与酒并煮，食之甚美，未始有也。又取其大者炙熟，正尔啖嚼，又益□煮者。海国食□蟹□螺八足鱼，岂有献□。每戒过子慎勿说，恐北方君子闻之，争欲为东坡所为，求谪海南，分我此美也！

美味的鲜蚝，蚝肉和浆水加酒同煮，成鲜美的蚝仔粥。他说从来没吃过这么好吃的美食。硕大的鲜蚝，烧烤而食，味道更在煮蚝之上。苏轼吃得高兴，大为感慨，海南居然有如此珍味海鲜，而且还有螃蟹、螺蛳、八爪鱼，是朝廷显贵吃不到的。他又自嘲起来，说：自己经常告诫儿子苏过，千万不要告诉别人此处海鲜之美，否则那些北方的高官听到了，人人都争着求贬谪到海南，分抢我的美味。这些带着苦涩的笑话，既说明他口腹之欲得到了满足，又戏弄了当权者。苏东坡这张破嘴一辈子改不了。不过没关系，人生已到这个地步，不可能再差了，而苏东坡已活得如此自在，则是别人如何干涉、影响也改变不了的。

戏弄一下当朝权贵可以，指名道姓骂章惇不合适，但鄙视一下章惇的师傅王安石倒没什么风险。有一天他吃姜粥，写了这则《刘贡父戏介甫》：

王介甫多思而喜凿，时出一新说，已而悟其非也，则又出一言而解释之。是以其学多说。尝与刘贡父食，辍箸而问曰："孔子不彻姜食，何也？"贡父曰："《本草》，生姜多食损智，道非明民，将以愚之。孔子以道教人也，故不彻姜食，将以愚之也。"介甫欣然而笑，久之，乃悟其戏己也。贡父虽戏言，然王氏之学实大类此。庚辰二月十一日，食姜粥，甚美，叹曰："无怪吾愚，吾食姜多矣。"因并贡父言记之，以为后世君子一笑。

说王安石喜欢穿凿附会，时不时来个新说法，但过一段时间觉得不妥后，又出一说法解释，所以王安石的学说总有多种不同说法。有一次王安石与刘贡父一起吃饭，王安石问刘贡父，孔子为什么说吃饭的时候自始至终不能把姜撤掉？刘贡父告诉他，根据《本草》，生姜这个东西，吃多了会变愚蠢，而儒家信奉"民可使由之，不可使知之"的愚民政策，孔子说不撤姜食，是想让人变笨。王安石居然觉得有道理，过了很久，才知道刘贡父是在戏弄他，觉得王安石的学说不过如此。他又开玩笑说，难怪我这么笨，原来是吃姜吃多了。

苏东坡与王安石两人真是"八字不合"，虽然金陵一见，两人已经"一笑泯恩仇"，王安石也肯定苏东坡的才情了，可苏东坡从来就没认可过王安石。时不时自嘲一下，刺激一下当朝的权贵。其实苏东坡的心境平静得很，他作了这首《汲江煎茶》：

活水还须活火烹，自临钓石取深清。

大瓢贮月归春瓮，小杓分江入夜瓶。

茶雨已翻煎处脚，松风忽作泻时声。

枯肠未易禁三碗，坐听荒城长短更。

　　苏东坡一生好茶，这首诗是他品茶的全面总结。第一句说，煮茶最好用流动的江水（活水），并用猛火（活火）来煎。因为煎茶要用活水，只好到江边去汲取，所以第二句说，自己提着水桶，带着水瓢，到江边钓鱼石上汲取深江的清水。他去汲水的时候，正当夜晚，天上悬挂着一轮明月，月影倒映在江水之中。第三句写月夜汲水的情景，说用大瓢舀水，好像把水中的明月也贮藏到瓢里了，一起提着回来倒在水缸（瓮）里；第四句说，再用小水杓将江水舀入煎茶的陶瓶里。这是煎茶前的准备动作，写得很细致，很形象，也很有韵味。

　　第五句写煎茶：煮开了，雪白的茶乳随着煎得翻转的茶脚漂了上来。好茶沏出来呈白色，这里翻转"茶雨"，说明他沏的是好茶。茶煎好了，就开始斟茶。第六句说，斟茶时，茶水泻到茶碗里，飕飕作响，像风吹过松林发出的松涛声。他在《试院煎茶》诗里说"飕飕欲作松风鸣"，也是用"松风"来形容茶声。这虽然带点夸张，却十分形象、逼真地说明他在贬所的小屋里，夜间十分孤独、寂静，所以斟茶的声音也显得特别响。第七句写喝茶，说要搜"枯肠"只限三碗恐怕不易做到。这句话是有来历的。唐代诗人卢仝《走笔谢孟谏议寄新茶》诗说："一碗喉吻润，二碗破孤闷，三碗搜枯肠，唯有文字五千卷……七碗吃不得也，唯觉两腋习习清风生。"写诗文思路不灵，常用"枯肠"来比喻。搜索枯肠，就是冥思苦索。卢仝诗说喝三碗可以治"枯肠"，苏轼表示怀疑，说只限三碗，未必能治"枯肠"，使文思流畅。看来他的茶量要超过"三碗",或许喝到卢仝诗中所说的"七碗"。他在另一首诗中就说"且尽卢仝七碗茶"。喝完茶干什么?没事。所以最后一句说,喝完茶,就在这春夜里,静坐着挨时光,只听海南岛边荒城里传来那报更的长短不齐的打更声。

苏东坡从汲水、舀水、煮茶、斟茶、喝茶到听更,绘声绘色,十分详细生动。仿佛在说:我很寂寞无聊,但我很享受,你又能怎样?

章惇确实拿他没办法,否极泰来,苏东坡的转机出现了,因为宋哲宗死了!

元符三年(1100)庚辰正月初九,哲宗皇帝病死,只活了二十五岁。哲宗无嗣,由端王——哲宗之弟,神宗第十一子继位,就是徽宗。章惇聪明一世,但专横惯了,居然反对端王继位,宋徽宗继位后,当然会收拾他,不久就被罢相,贬为雷州司户参军,他也要流窜南荒了!

徽宗即位,大赦天下,起用部分元祐旧臣,元符三年五月,告下儋州,苏东坡以琼州别驾、廉州安置,不得签书公事。廉州就是现在的广西合浦。在此之前,苏东坡的好朋友吴复古听到这一好消息,迫不及待地渡海过来告诉苏东坡。

谪居海南三年,苏东坡虽然做好老死海外的思想准备,但当然也希望能回到他选定的终老所在地宜兴。现在能到廉州,也算是北归,高兴在所难免。但此时的老东坡,内心已经波澜不惊,时光和苦难仿佛已经消耗了他全部的激情和痛苦。在吴复古陪同下,苏东坡父子离开儋州,经澄迈到琼州渡海,六月十七日到达海口。学生姜唐佐来见,大家一起喝白粥吃馒头,苏东坡作《约吴远游与姜君弼吃蕈馒头》:

> 天下风流笋饼餤,人间济楚蕈馒头。
> 事须莫与谬汉吃,送与麻田吴远游。

蕈馒头就是形状像蘑菇的圆馒头，吴复古大谈白粥之美，说白粥能"推陈致新，利膈养胃"，但只吃白粥不顶饿，苏东坡于是大赞馒头之妙：天下风流莫过于吃笋饼，而人间美好就是吃圆馒头，这个好东西可别给笨汉吃了，还是送给麻田人吴远游先生吧。吴远游就是吴复古，他总在苏东坡最困难的时候出现，这次已经是第二次来海南看苏东坡了。

　　六月二十日登舟渡海。苏东坡将这三年间的感慨，写成这首《六月二十日夜渡海》：

<blockquote>
参横斗转欲三更，苦雨终风也解晴。
云散月明谁点缀，天容海色本澄清。
空余鲁叟乘桴意，粗识轩辕奏乐声。
九死南荒吾不恨，兹游奇绝冠平生。
</blockquote>

　　不论怎样的狂风暴雨，总有还晴的时候；云散了，月亮也就重现光明。虽然在南荒濒临死境，但苏东坡不恨这段经历。这段经历，"奇绝冠平生"，苏东坡将这段苦难当成了财富。

*

第十三章

曲终人散

71. 小饼如嚼月——合浦篇

　　元符三年（1100）六月二十日，六十五岁的苏东坡登船离开海南，二十一日在徐闻递角场再次踏上大陆，登岸后即拜伏波庙，作碑文《伏波将军庙碑》。

　　在雷城与秦观待了四五天，六月二十五日离开雷城，至城西北四十五里处的兴廉村净行院住宿。再乘舟北行至官寨，途中曾在石城县零禄葛麻墩村登岸，宿于三清堂寺。六月底，从官寨乘舟沿海湾前往廉州白石镇，七月四日至新的谪居地廉州合浦，知廉州的张仲修热情地招待他在官廨暂住。八月二十四日奉诏告，迁舒州团练副使、量移永州。虽然仍是闲官，但能离开岭南，也是一个很好的信号。八月二十九日，苏东坡离开廉州。

　　廉州在现在的广西北海合浦县，苏东坡在此住了五十天，其间还过了一个中秋节。廉守张仲修对苏东坡热情有加，廉州人对苏东坡的诗词文字也很熟悉，苏东坡在此吃到了烤猪和小饼。而要离开了，总得表示感谢，于是八月二十四日作了这首《留别廉守》：

> 编崔以苴猪，瑾涂以涂之。
>
> 小饼如嚼月，中有酥与饴。
>
> 悬知合浦人，长诵东坡诗。
>
> 好在真一酒，为我醉宗资。

"萑（huán）"是芦类植物。"苴chá"是包裹的意思。"瑾涂"指黏土。"真一酒"是苏东坡居惠州时自酿的酒，这里泛指岭南酒。大意是说：用芦苇包住猪，再涂上黏土，这样烤出来的猪真香。吃着圆圆的小饼，如同咀嚼天上的明月，中间还包着奶酥和麦芽糖，好吃啊！你们随口都能说出我的诗句，估计你们合浦人经常背诵我的诗吧，真是知己啊！幸好有酒，让我面对这么美好的食物和知己，可以一醉方休！

这首诗被人用来证明"月饼在宋朝就有了，而且合浦是月饼的发源地"，这就有些牵强了。苏东坡在合浦吃到的这种小饼，中原早就有了，比如胡饼，早在汉朝就出现，张骞出使西域时带来的，平时也会吃，与中秋无关。苏东坡在合浦吃到小饼刚好在七八月，但并不足以说明当时就有中秋吃月饼的风俗，平时可能也吃。"小饼如嚼月"，说的是吃小饼如同嚼月亮，形容小饼之圆，但不能凭此句推出"中秋吃月饼"的结论。如果因为这首诗有"小饼"就推出"那时中秋就吃月饼"的结论，那么，这首诗也讲到烤猪，是不是也应该推出"那时中秋就吃烤猪"的结论？

苏东坡写过大量的中秋诗词，但都没有提"月饼"。月饼的最早记载，出自南宋吴自牧记录当时临安风貌的《梦粱录》，其中卷十六"荤素从食店"中记载，当时的"蒸作面行"出售芙蓉饼、菊花饼、月饼、梅花饼、开炉饼等。但此书卷四有中秋节的记载，未见有吃月饼的习俗。这说明宋朝时的月饼，只是因为形状像月而得名，但还未列入中秋节的吃食名单中。

据汪朗先生考证，中秋吃月饼这一习俗，应该是明朝时才形成。明朝万历、天启年间太监刘若愚在回顾当初宫中事的《酌中志》中这样写道："八月宫中赏秋海棠、玉簪花。自初一日起，即有卖月饼者，加以西瓜、藕，互相馈送……至十五日，家家供月饼、瓜果，候月上焚香后，即大肆饮啖，多竟夜始散席者。如有剩月饼，仍整收于干燥风凉之处，至岁暮合家分用之，曰团圆饼也。"这种月饼，居然可以留到"岁暮"，就是年底，估计是硬得"可以砸死狗的"，那时没有防腐剂，也没有冰箱，只有水分少的干东西才可保存这么久。

在廉州，苏东坡又一次吃到了龙眼，这个"荔枝控"，在惠州时就吃过龙眼，还将二者作了对比，在《荔枝龙眼说》中将荔枝比作大青蟹，"一啖可饱"，将龙眼比作小石蟹，"啮久之，了无所得"。时隔几年，经历了更艰苦的儋州岁月，他对龙眼又有了新的认识，作了《廉州龙眼质味殊绝可敌荔枝》：

> 龙眼与荔枝，异出同父祖。
> 端如柑与橘，未易相可否。
> 异哉西海滨，琪树罗玄圃。
> 累累似桃李，一一流膏乳。
> 坐疑星陨空，又恐珠还浦。
> 图经未尝说，玉食远莫数。
> 独使皴皮生，弄色映雕俎。
> 蛮荒非汝辱，幸免妃子污。

说龙眼和荔枝其实是同属一品类中两个不同分支的水果，就和柑与橘一样，从外观看，难以评判高低。还真给他说对了，在如今的植物分类上，荔枝和龙眼同属无患子科植物，"异出同父祖"的表述没毛病。大赞龙眼好吃之余，他感叹说，幸亏龙眼长在蛮荒之地，不出名，才不会如荔枝般因进贡给杨贵妃而污了名声。经历了大风大浪，名声和苦难都已是浮云，他为龙眼不出名久居南荒而庆幸，再一次笑谈谪居海南的三年生活，"九死南荒吾不恨"，他是认真的。

离别廉州，经白州、郁林州、镡州、容州、藤州，九月二十日抵梧州，走西江经广州北归。九月二十四日，至德庆，游三洲岩；至端州，游七星岩，留题"崧台第一洞"五字及"眉山苏轼书"落款。十月初，游灵洲山宝陀寺，题诗于壁。

苏东坡十月上旬到广州，受到广州官员的欢迎，但这一路舟车劳顿，他病倒了。这时大儿子苏迈、二儿子苏迨二人带了孙子和女眷们都到广州来相会，一家人分别了近七年，终于团聚。苏东坡在广州休整，病好了，提举广东常平孙蒨送烧羊来，苏东坡复书答谢："烧羊珍惠，下逮童孺。"看着孙儿们大啖羊肉，津津有味，老人很是高兴。停留广州期间，岭南三监司——转运使兼代广州经略使程怀立宴请苏东坡于净慧寺（今六榕寺），因歇于寺内六棵榕树下，留题"六榕"两字。又至天庆观访道士何德顺，作诗《广州何道士众妙堂》；十一月初，离开广州，逆北江而上，在广州城西四十余里的金利山崇福寺受友人孙叔静追饯，后同登崇福寺鉴空阁；过清远峡宝林寺，颂禅月所画十八大阿罗汉。十五日，在清远峡受吴复古、何德顺等友人追饯，同游广庆寺并题名，后再次到峡山寺作短暂停留。

此时，孙蒨派专差送来好消息："已见圣旨，苏轼复朝奉郎，提举成都玉局观，在外州军，任便居住。"朝奉郎是七品官，"任便居住"就是不用干活，想住哪都行，彻底"解放"了。苏东坡眼下有两个选择：一是举家到颍昌（许昌），投奔在那里准备度余生的老弟苏辙；二是回阳羡（宜兴），那是他设想的终老之地。但不管如何选择，都要先过大庾岭再说。

于是继续北行，十一月下旬至英州，英州守何及之请作《何公桥》诗；至韶州，受到韶州太守狄咸、通判李公寅、曲江县令陈公密的欢迎，再次游访并宿于南华寺。韶州太守狄咸在接待苏东坡时上了用蔓菁和萝卜做的东坡羹，这把苏东坡乐坏了，于是作了这首《狄韶州煮蔓菁芦菔羹》：

> 我昔在田间，寒庖有珍烹。
> 常支折脚鼎，自煮花蔓菁。
> 中年失此味，想像如隔生。
> 谁知南岳老，解作东坡羹。
> 中有芦菔根，尚含晓露清。
> 勿语贵公子，从渠醉膻腥。

　　狄咸是湖南衡山人，故诗中称其为"南岳老"。东坡羹是他谪居黄州时的发明，如今已传遍天下，虽然自己多灾多难，但天下士人仍记着他，狄咸此举让苏东坡很是受用。曲江县令陈公密邀宴于其私宅，出侍儿素娘歌《紫玉箫曲》，老人醉眼看花，为赋《鹧鸪天》词：

> 笑捻红梅䫻翠翘，扬州十里最妖娆。
> 夜来绮席亲曾见，撮得精神滴滴娇。
> 娇后眼，舞时腰，刘郎几度欲魂销。
> 明朝酒醒知何处，肠断云间紫玉箫。

　　他想起了"前度刘郎今又来"的刘禹锡，应司空李绅之邀参加饮宴，发出"司空见惯浑闲事，断尽江南刺史肠"的感慨，久未享用如此场面，老人家很是受用。

72. 岭上梅——北归篇

　　自元符三年（1100）六月渡海，舟车劳顿，加上一路应酬不绝，三年海南淡出鸟来的生活一下子吃了太多油腻食物，消化不良。过了韶州，他就害起泻痢病来，且又到年关，只得留在南雄度岁，顺便调养。

　　建中靖国元年（1101）正月初三日，访南雄保昌县沙水村进士徐信，煮茗题壁。正月四日发南雄州，再走大庾岭梅关古道，再次游访龙光寺。在梅关古道旁村店歇息时遇一老翁，老翁说"我闻人害公百端，今日北归，是天祐善人也"，苏东坡于是在村居墙壁上题《赠岭上老人》：

　　　　鹤骨霜髯心已灰，青松合抱手亲栽。
　　　　问翁大庾岭头住，曾见南迁几个回。

　　被贬岭南七年，他以无比的勇气和忍耐，堂堂闯过生死之关。苏东坡在此诗中表达的是：他已斗赢了这场人生的逆境。

　　时局大变，宋徽宗一开始采取的是政治平衡术，偏旧党的韩琦儿子韩忠彦、新党的曾布担任宰相后，元祐旧人很多重被征召为中枢、州郡首长。大家认为苏东坡、苏辙重新被起用只是时间问题。苏东坡对此的认识是清醒的，曾布是坚定的新党，为人艰狡，政局的走势，有太多的不确定性，乐观不得。在大庾岭，他见岭上梅花都已结果，于是作《赠岭上梅》：

> 梅花开尽百花开，过尽行人君不来。
>
> 不趁青梅尝煮酒，要看细雨熟黄梅。

梅花只是比别的花开得更早，人的际遇也与时序一样各有千秋，青梅可以煮酒，熟梅则更甜些，也都各领风骚。所谓的审时度势，岭上梅无法做到，都是人在取舍。历经人生跌宕起伏的老东坡自比岭上梅，他再无幽怨，能够让他自此退出江湖，他就知足了。

元宵节前两三天，苏轼一家人到了虔州，也就是今天的江西赣州。由于赣江干旱，苏东坡一家只能在此等待江水涨时再走，在此偶遇同病相怜的刘安世（字器之）。寒食节，他与刘安世同游南塔寺寂照堂。刘安世好谈禅，但不喜欢游山。此时山中新笋出土，苏东坡想上山吃笋，就骗说邀他同参玉版和尚。到了光孝寺的廉泉，先坐下来烧笋共食。刘安世觉得笋味鲜美，便问："此何名?"苏东坡答曰："名玉版。此老僧善说法，要令人得禅悦之味。"刘安世这才恍然大悟，被苏东坡骗了。两人大为高兴，哈哈大笑。苏东坡用禅语作了这首《器之好谈禅，不喜游山，山中笋出，戏语器之可参玉版长老，作此诗》：

> 丛林真百丈，法嗣有横枝。
>
> 不怕石头路，来参玉版师。
>
> 聊凭柏树子，与问篲龙儿。
>
> 瓦砾犹能说，此君哪不知。

在虔州住了七十多天，苏东坡经庐陵、豫章（江西南昌），又再次上庐山，途经舒州，当涂，五月初一日到金陵。好朋友钱公辅的儿子钱世雄来书，说已代他借到常州顾塘桥孙氏的房屋，苏东坡对归程仍在犹豫。到了金山，与程之元、钱世雄同游金山寺，金山寺留有苏轼画像，此时自题一诗于上：

> 心似已灰之木，身如不系之舟。
>
> 问汝平生功业，黄州惠州儋州。

黄州、惠州、儋州是苏东坡的苦难修炼场，也是苏东坡文学成就的重要里程，但无论如何也不能算是"平生功业"的主要部分。苏东坡用自嘲总结他的一生，没想到这首诗成了他人生的绝唱。此时汴京朝局忽又大变，代表旧党的韩忠彦为相，与新党的曾布交恶，向太后驾崩后，韩忠彦失去了靠山，曾布就开始活跃起来了。对曾布，苏东坡太熟悉了，老弟苏辙居住的颍昌离京师太近，更不安全，于是决定率家里人到常州居住。

到常州须先到仪真，苏东坡原在仪真置有几间屋，备以收租糊口，此时缺钱，便把它们变卖了。米芾此时恰在真州任发运司属官，立即前去拜见苏东坡，二人自是一番闲聊，也有诗文书画交流。真州太守傅质在江上宴请苏东坡，酒罢，苏东坡觉得与米芾交流还未尽兴，又让人把米芾请来闲叙，一直聊到深夜。及六月初三午夜，苏东坡因耐不住六月盛暑的酷热，突然猛泻起来，一病不起，连米芾的宴请他都无法亲赴，米芾急忙送来"门冬饮"给他暖胃。苏东坡很感动，作《睡起闻米元章冒热到东园送麦门冬饮子》："一枕清风直万钱，无人肯买北窗眠。开心暖胃门冬饮，知是东坡手自煎。"

此时章惇已经贬往雷州，章惇的两个儿子章援、章持，都是元祐初苏东坡知贡举时所录取的门生，章援深信苏东坡在天下人热切期盼之下，朝廷顺应舆情，定会拜相。他明白父亲过去种种作为，非常恐惧万一苏东坡入相后，回手报复，如何得了？于是写了一封长信，替父亲求情。

苏东坡读完这封长信，对苏过赞道："斯文，司马子长之流也！"司马子长就是司马迁。苏东坡被这篇美文感动了，心里非常同情章家父子的遭遇，完全忘却章惇千方百计陷害的恶毒，立即叫人铺纸磨墨，扶病起床，亲笔写复信：

> 某顿首致平学士。某自仪真得暑毒，困卧如昏醉中。到京口，自太守以下皆不能见，茫然不知致平在此，得书乃渐醒悟。伏读来教，感叹不已。
>
> 某与丞相定交四十余年，虽中间出处稍异，交情固无所增损也。闻其高年寄迹海隅，此怀可知。但以往者，更说何益，唯论其未然者而已。主上至仁至信，草木豚鱼所知也。建中靖国之意，可恃以安。
>
> 又海康风土不甚恶，寒热皆适中，舶到时四方物多有，若昆仲先于闽客、广舟准备，备家常要用药百千去，自治之余，亦可以及邻里乡党。又丞相知养内外丹久矣，所以未成者，正坐大用故也。今兹闲放，正宜成此，然可自内养丹，切不可服外物也。某在海外，曾作《续养生论》一首，甚欲写寄，病因未能，到毗陵定叠检获，当录呈也。所云穆卜，反复究绎，必是误听。纷纷见及已多矣，得安此行，为幸！为幸！更徐听其审。又见今病状，死生未可必，自半月来，日食米不半合，见食却饱，今且速归毗陵，聊自憩。此我里，庶几且少休，不即死。书至此，困惫放笔，太息

而已！

某顿首再拜。致平学士阁下。六月十四日。

章惇掌权时，非欲置苏东坡于死地不可，而苏东坡北还，见章惇贬谪雷州，却劝他养丹储药以养生。苏东坡是个讲道理、不意气用事的人。元祐年间苏辙弹劾章惇，苏东坡不施援手，那时他认为章惇确实不宜在那个重要位置；章惇拜相后对他百般构陷，他应该也觉得曾经对不住章惇，以他对章惇的了解，也理解了章惇；而现在章惇再次倒霉，这事也就过去了，他不至于幸灾乐祸。再说了，此时他重病不起，已经预料自己时日无多，嘱咐苏辙为其写墓志铭，又怎么可能心生怨恨？

六月十五日，苏轼坐船赴常州，钱世雄安排好一切，苏东坡直接迁入租来的顾塘桥的孙宅家。但是此时，苏东坡的生命已经进入了最后时刻，钱世雄送来的"和饮子"与"蒸作"（饮料与点心），他都吃不下，在所作谢片中说："切望止此而已。"

一个中国历史上伟大的美食家，连他最爱的美食都无法享用，建中靖国元年（1101）七月二十八日，一个伟大的生命安然而逝，终年六十六岁。

附录：苏东坡主要人生轨迹

1. 景祐三年（1036）农历十二月十九（公历1037年1月8日）出生于眉山；

2. 嘉祐元年（1056）21岁，与苏辙随父出川进京赶考，通过开封府"解试"；

3. 嘉祐二年（1057）22岁，礼部省试第二，殿试登第，回眉山丁母忧；

4. 嘉祐四年（1059）24岁，再赴京补缺；

5. 嘉祐六年（1061）26岁，中制科，授大理评事、凤翔府签判；

6. 治平二年（1065）30岁，判登闻鼓院，除直史馆；

7. 治平三年（1066）31岁，回眉山丁父忧；

8. 熙宁二年（1069）34岁，判官告院；

9. 熙宁四年（1071）36岁，杭州通判；

10. 熙宁七年（1074）39岁，知密州；

11. 熙宁十年（1077）42岁，知徐州；

12. 元丰二年（1079）44岁，知湖州，乌台诗案发；

13. 元丰三年（1080）45岁，贬至黄州；

14. 元丰七年（1084）49岁，漂泊于汝州、常州之间；

15. 元丰八年（1085）50岁，知登州，旋至礼部郎中、起居舍人；

16. 元祐元年（1086）51岁，中书舍人、翰林学士、侍读学士；

17. 元祐四年（1089）54岁，知杭州；

18. 元祐六年（1091）56岁，翰林学士承旨兼侍读，出知颍州；

19. 元祐七年（1092）57岁，知扬州，旋被召回京，迁端明殿学士、翰林侍读学士、礼部尚书；

20. 元祐八年（1093）58岁，知定州；

21. 元祐九年（1094）59岁，贬至惠州；

22. 绍圣四年（1097）62岁，贬至儋州；

23. 元符三年（1100）65岁，北归；

24. 建中靖国元年（1101）66岁，七月二十八卒于常州。

后记：人生缘何不快乐　只因未读苏东坡

近年来，苏东坡又热了起来。国家层面，我们面对的是百年未有之大变局；社会层面，新冠疫情三年，从社会经济到人的行为习惯都有了变化；这些最终都会反映到个人层面：要面对的问题，与从前全然不同。于是，苏东坡被我们又找了出来，当成我们的"心灵鸡汤"。

苏东坡当然适合做心灵鸡汤，但我写这本书却没有这个意思。

熟悉我的读者知道，我写美食有两个抓手：一手是美食文化，一手是美食科学。严格考据，言出必有依据，这是经过法学专业训练过的我养成的习惯。苏东坡是公认的美食家，我写美食文章，常常会引用苏东坡的文字。在碎片化引用过程中我发现，不少传说中的东坡菜，苏东坡对某些食物的评价，其实是以讹传讹，而苏东坡说过的美食，有许多却被忽略。于是，我就萌生系统梳理苏东坡美食的想法。

古代的读书人，"齐家治国平天下"是他们的理想，比苏东坡稍早的北宋哲学家、理学创始人之一的张载更是将读书人的使命概括为"为天地立心，为生民立命，为往圣继绝学，为万世开太平"，讲吃吃喝喝，向来为天下读书人所不屑。苏东坡很另类，他不喜欢理学一副板着脸孔说话的样子，认为他们食古不化，还与理学的另一创始人程颐交恶，吃过不少苦头，理学派对苏东坡也不太感冒。这反映在他的文字里，美食多有涉及，但苏东坡从不为写美食而写美食，必有所指，或托美食言志，或通过美食表达他的所思所想、调侃自己、气气政敌。基于此，作为一个"苏东坡迷"，我也有了把苏东坡的美食说清楚的使命感。

要把苏东坡有关美食的经历说清楚，就必须把他说美食时的场景弄明白，这又涉及苏东坡的人生经历。我不是研究宋史的，也不谙苏学，写"苏东坡传"，我既没这个能力，也没这个兴趣，而且完全没有必要，研究苏东坡的资料已经够多了，我学习借鉴就是。而本书有关苏东坡的经历，主要参考了李一冰先生的《苏东坡新传》，这是我认为苏东坡传记中写得最好的，在此郑重致谢。

苏东坡有关美食的文字，散落在他的诗、词、赋、书信、杂文中，把这约一百万的文字通读两遍，基本上就都可以找出来。其中真正的难点在于弄清楚这些美食是写于何时。若时间弄错了，就会把苏东坡当时想表达的意思弄错。把属于某个的地方的美食弄到另一个地方，张冠李戴、贻笑大方，典型的如杭州将东坡肉"据为己有"，而徐州、黄冈却不吭声。而馓子这种美食，苏东坡生活的时代称"寒具"，他在杭州时写过，可有人就想说成属于徐州或海南。虽然苏东坡是属于全国人民的，全国各地也都有资格做苏东坡菜，但编造故事、不求甚解，这是欺骗群众，是对苏东坡的极不尊重，对此我有"拨乱反正"的热情。

研究苏东坡，最不缺的是资料，在众多研究成果中找出权威的、可靠的资料，这也是本书写作中的难中之难。我主要参考了《苏东坡全集》(团结出版社2021年版)、《苏轼文集》(中华书局1986年版)、《东坡志林》(中华书局1981年版)、《中吴纪闻　曲洧旧闻》(上海古籍出版社2012年版)、《苏轼年谱》(中华书局1998年版)，在此一并致谢！

从不同立场、不同角度读苏东坡，会得出不同的结论。林语堂先生、余秋雨老师写苏东坡，尽善尽美，这让我等苏东坡迷们欢欣雀跃。理学派说苏东坡，毁多于誉，他们带着门户之见，有仇必报。我还见过一个王安石迷写苏东坡，把苏东坡说得一文不值，欺世盗名，这本书我是在极度气愤、数次摔书中断断续续看完的。

"食色性也"，苏东坡说到美食时，总将他真实的一面表露无遗，从美食角度看苏轼，或许可以更接近真实的苏东坡。作为唐宋八大家之一的苏东坡，其文学上的成就，连一开始瞧不上他的王安石，在下野后也不得不感慨"不知更几百年，方有如此人物！"我们喜欢苏东坡，更因为他身处逆境时积极乐观的人生态度，那份超然和安贫乐道，十分励志，永远让人看到希望。这对我们这个时代，尤其重要。

我们喜欢苏东坡，还因为他并不是一个"完人"，他也有他的缺点，就如我们朋友圈里的某一位，甚至是我们自己。我以乌台诗案为节点，之前称苏轼，之后称苏东坡，这不仅仅是苏东坡这个名确实是乌台诗案后他给自己起的号，更因为经此劫难，苏东坡的思想和为人有了很大的变化。但江山易改，本性难移，他再怎么注意也很难掩饰自己的缺点，比如时常恃才傲物，甚至有点目中无人；没大没小，谁的玩笑也敢开，谁的外号都敢起；以三寸不烂之舌戏谑他人，变着办法骂人，不管这些人是否得罪得起。这种率真的性格，非常有趣，我们"苏迷"喜欢，但他的同事、朋友不一定喜欢，他也因此而吃尽苦头。最了解他的苏辙评价他恰如其分："其于人，见善称之，如恐不及；见不善斥之，如恐不尽；见义敢于勇为，而不顾其害，用此数困于世，然终不以为恨。"

我对苏东坡的了解还很肤浅，从美食角度解读苏东坡也只是一次尝试。水平所限，不完整、不准确的地方肯定不少，欢迎批评指正。

特别感谢我的恩师黄天骥老师。我虽未有机会聆听黄师授课，但我读博士时，他是中山大学研究生院常务副院长，既有这层关系，我也就不管他同不同意，以弟子礼事之。对我业余兴趣——从事美食写作，他大加鼓励，大肆褒奖。听说我在写这本书，老师主动要为此书作序。黄师治学一向认真严谨，劳他大驾、以近九十岁高龄通读全稿后倾情作序，这份情太重，学生只能深深记在心里了。

还要特别感谢周松芳博士和胡文辉兄。此书能写出来，周博士鼓励功劳最巨，才写出几篇，他已经约来广西师范大学出版社刘隆进兄，直接把出版合同给了我，我本想慢慢做的事，也"被逼"推到优先位置。胡文辉兄在阅读我将书里内容发表在公众号的文章时，及时指出我的一些谬误，让本书内容更趋于准确，真是难得。

啰唆了这么多，只是想告诉你：写这本书我是认真的，希望你喜欢！